# SWEET
# DREAMS
### ARE MADE OF RUINS

OLIVIA LONN

# SWEET DREAMS

# Are Made of Ruins

Shingfoo

©Shingfoo, 2023, pour la présente édition.

Shingfoo, 1081 chemin de la Mole, 06670 Levens.

www.shingfoo.com

Octobre 2023 pour l'édition brochée.

ISBN : 9782379872945

Couverture : ©Books & Moods

# PLAYLIST

# Tome 1

# Ascension

*Pour ma part, je ne suis sûr de rien. Mais toujours la vue des étoiles me fait rêver.*

Vincent Van Gogh

*Lettre à Théo Van Gogh, Arles, 9 ou 10 juillet 1888.*

# PROLOGUE.

*Khione*

*« Elle s'est éteinte, alors que le soleil peignait de rouge les rues vides et que son sang emplissait les draps.*

*Elle s'est éteinte, alors que la première étoile s'allumait. »*

Mon fredonnement improvisé se mue en silence et je bats des paupières, deux fois. Peut-être pour chasser les larmes, peut-être pour me ramener à la réalité. Je ne sais si je dois trouver mes mots magnifiques, ou pathétiques. La vérité, c'est que l'art est ma seule défense face à l'abominable. Mon seul refuge. Le seul moyen que j'aie trouvé pour que le chaos et la laideur extérieure ne pénètrent pas mes poumons. Ne s'infiltrent pas dans ma gorge.

Assise en tailleur sur le sol froid couvert d'ombres, j'observe Atë reposer, une main délicatement repliée sur son ventre, l'autre hors du lit, flottant dans le vide, un ruisseau de sang suivant silencieusement le contour de ses tatouages pour finir sa course sur le sol. La flaque sombre qui s'y est constituée est telle que la surface tremble à chaque nouvelle goutte écarlate.

Ce n'est pas la première fois que je vois la mort en face. C'est un visage connu, ici. Un visage que je maquille avec des mots, afin de pouvoir trouver un sens, une raison, ou du moins… une beauté à ce morceau de ténèbres et de néant. Je crois, innocemment, que si je transforme la mort en œuvre d'art, elle ne peut plus me terrifier. Que si je me force à la voir comme un début, elle ne peut plus m'imposer de fin.

Résonnement métallique de pas dans le couloir. La porte s'efface dans le mur.

*Trop tard*, je murmure doucement.

La musique lointaine emplit la pièce, comme un écho surréel, haché par la respiration rapide d'Ignio.

Immobile, les bras repliés autour de mes genoux, je ne lui jette même pas un coup d'œil. Son ombre longiligne qui s'étale dans la pièce tachée de lumière violacée et son pas pressé m'ont suffi à la reconnaître. Et puis… Je ne veux pas croiser son regard. Je sais déjà ce que j'y trouverais : une douleur intense, perçante, scintillant dans une mer de rage.

— Depuis combien de temps ? souffle-t-elle en s'efforçant de contrôler sa voix en miettes.

Elle essaye d'évaluer si elle est fautive. Si peut-être, elle aurait pu la sauver. Si c'est elle, l'assassin. Attendant toujours ma réponse, Ignio s'approche de la couchette et porte la main à la gorge d'Atë, par réflexe. La bouche entrouverte, hésitant à répondre, j'observe son visage fin aux sourcils inclinés s'emplir de cette expression de colère silencieuse qui lui est si propre. Ses fines tresses grenat sont attachées à l'arrière de son crâne par une pince, son débardeur noir révèle des bras aux muscles dessinés, particulièrement mis en valeur par sa peau ébène.

— Je ne sais plus, je lui avoue enfin. J'ai beaucoup chanté, pour l'apaiser, et cela m'a fait perdre la notion du temps.

Doucement, les doigts d'Ignio descendent vers le côté de l'endormie. La jeune femme ne peut réfréner un tressaillement, et porte sa main dans le rayon de lumière coloré qui traverse la chambre. Je suis des yeux les sillons sanglants qui ruissellent de sa paume.

— Je suis désolée, Ignio, j'ai pressé comme tu me l'as dit pour arrêter l'hémorragie, mais elle perdait trop de sang.

Frémissements.

— Ne te sens pas responsable. Je sais que tu as fait tout ce que tu pouvais, chuchote-t-elle amèrement. Je suis heureuse qu'elle ait eu la chance de partir au son de ta voix.

Elle déglutit, difficilement.

— Elle devait déjà se croire… là-bas, termine-t-elle, la gorge nouée.

Renversant la tête en arrière, la jeune femme renifle pour empêcher les larmes de couler. Et puis soudain, alors que son visage exprimait la tristesse et le découragement le plus pur, son nez se fronce dans un élan de colère.

— Putains de gangs. La troisième cette année…, gronde-t-elle tout en essuyant d'un revers de main une larme traîtresse qui est parvenue à s'échapper.

Je retiens un frisson. Ces bandes d'hommes, organisés en réseaux, font du trafic d'armes à grande échelle et terrorisent les populations des banlieues. Ils sont responsables de l'insécurité omniprésente, et de ces « no man's lands » modernes où les polices fédérales n'osent plus s'aventurer. Si le décollage économique est absent, si les habitants de ces quartiers vivent en exclus et en marginalisés de la société, c'est à cause d'eux. Des hommes surentraînés qui tentent de se sortir de la misère en y enfonçant les autres. Robots tueurs, drogues diverses et variées, puces électroniques, contenus pornographiques… Leurs trafics rapportent et leur ont permis au fil du temps de devenir une véritable mafia urbaine. Pressions, chantage, attentats, assassinats violents… Lorsque les gangs débarquent, mieux vaut courir pour sauver sa vie.

Le poing d'Ignio se crispe. Un tintement. Mes yeux tombent sur les plaquettes de médicaments et l'appareil bricolé qu'elle serre tellement que ses veines ressortent de sa main. Je ne rêve pas, c'est bien un reconstitueur de tissus. Dire que ce genre de technologie est inaccessible dans ces quartiers est un euphémisme.

— Ignio, où est-ce que…

— Nulle part, coupe-t-elle fermement. Il est déjà presque 11 h, Khione. File vite en coulisses, avant que je n'aie à me prendre la tête avec Henz. Tu as fait bien plus qu'assez.

Je me redresse sans discuter. Tout le monde sait que le bar l'Étincelle, officiellement tenu par Henz, un homme peu recommandable mais facilement manipulable, est davantage sous le commandement d'Ignio que le sien. Même s'il prend toutes les grandes décisions, impose les danses, s'entretient avec les clients, Ignio sait malicieusement tirer les ficelles et arranger la plupart de nos problèmes, de manière parfois un peu trop aisée.

— D'ailleurs…, poursuit-elle, je sais que tu préfères ne pas dormir ici, mais si tu veux vraiment te sentir en sécurité…

Je lui jette un coup d'œil. Ses yeux sont soudainement redevenus plus doux, bien que son eye-liner lui donne toujours un air sombre et audacieux.

— Je serai prudente, je lui assure en soutenant son regard.

Sa lèvre supérieure se redresse en une moue dépitée.

— File, grogne-t-elle. Arrête de te cacher dans l'ombre et va donc briller sur scène. Fais-nous rêver.

Je me force à sourire.

— On en a bien besoin…, je l'entends murmurer, la gorge nouée, alors que je passe la porte.

***

La lumière liquide des néons couleur violine plonge le bar dans une ambiance irréelle. Le son sourd de la musique couvre les voix et fait trembler les murs, faisant vibrer les corps au rythme lancinant des basses. À demi camouflée par un rideau de velours sombre, je scrute discrètement la salle, l'œil anxieux. Les assassins d'Atë se cachent parmi la foule, je le sais. Riant, se resservant de l'alcool, plaisantant à visage découvert à propos de cette fille qu'ils ont délicieusement poignardée, il y a à peine quelques heures, pour une raison que je ne veux même pas connaître. Et pourtant, dans quelques instants, leurs regards de loups seront braqués sur moi.

Les hommes. Ils sont sans pitié, capables de tout pour survivre, gagner en puissance, en prestige, et assouvir leurs désirs. Et pourtant, pour le temps d'une danse, d'une chanson… Il me semble que je peux les voir trembler. Leur souffle, leurs battements de cœur, je peux tout contrôler. À chaque fois que j'effectue mon premier pas sur la scène, le cœur battant, que toutes les voix se taisent et que tous les regards se braquent sur moi, c'est comme si soudain je me métamorphosais en muse, ou en serpent.

Un serpent qui hypnotiserait sa cible en ondulant, en se mouvant face à sa proie figée, attendant le moment propice pour lui piquer le flanc. Le problème, c'est que je ne mords pas, et qu'il suffit d'un faux pas pour que la proie se change en prédateur prêt à se jeter sur moi pour me dévorer…

Une douleur diffuse se propage dans tout mon corps. L'angoisse me tord le ventre. Comment faire rêver lorsque l'on vit soi-même dans un cauchemar ? Je ne connaissais certes que peu Atë, mais devoir mettre de côté la peine, la rage, le souvenir de ses pleurs… Tout cela pour incarner cet idéal pourtant si faux et si creux, me transmutant en un simple objet de désir…

C'est une torture.

— Mesdames, Mesdemoiselles, Messieurs…, tonne une voix masculine.

Je pince les lèvres en écoutant le timbre grave d'Henz. Je me suis instinctivement raidie, les doigts crispés sur un pli du rideau. Le stress a atteint son apogée, si bien que de désagréables frissons courent à présent le long de ma peau.

— Ce soir, Khione Blythe va réaliser sous vos yeux une extraordinaire performance sur le thème de l'ombre et de la lumière, continue-t-il d'un ton rocailleux qui se veut mystérieux. Je vous prie de la recevoir dignement. À toi, ma belle ! lance-t-il enfin en direction des coulisses.

Une inspiration, une expiration. J'aurais préféré être au bar, mais ce soir, c'est à mon tour de passer sur scène. Je ferme les yeux un instant, et renverse la tête en arrière. D'un souffle, je chasse le stress qui me serrait la gorge. Je scelle mes pensées dans une forteresse lointaine, bâillonne mes émotions. Lentement, je m'imprègne de l'ambiance de la salle. Les premières notes de musique m'enveloppent de leur étreinte musicale, tandis que je laisse mon cœur s'aligner sur le rythme envoûtant des basses. Mon corps résonne bientôt au son du désir muet que je sens vibrer dans l'air.

Je rouvre soudainement les yeux. Mon regard a changé. Mes iris affichent une lueur déterminée, joueuse, tandis que mes lèvres s'ourlent en un sourire d'une sensualité sauvage.

*Enfin.* J'ai revêtu mon masque de scène.

La musique se fixe. D'un geste souple et assuré, j'écarte le tissu et fais mon entrée.

Dès que les paroles débutent, je commence à danser. Le temps s'arrête. Mon cœur bat en rythme. Mes inspirations et expirations se calent sur mes mouvements. Mes regards, mes sourires, mes attitudes, depuis les gestes amples jusqu'aux micromouvements, sont entièrement déterminés par la mélodie qui m'anime et me possède entièrement. Je m'élève. Je danse au milieu des criminels, des hyènes, des monstres, sur un échiquier blanc et noir taché de sang et je ne sais si je suis la reine, le fou, le cavalier ou le simple pion. Je sais seulement que même si je ne suis qu'un pion, je suis un pion qui rêve. Qui crée. Quelque chose d'éphémère, peut-être. De futile. D'inutile. Mais quelque chose de beau. D'humain. Même si Henz m'a imposé de tout centrer sur le désir, je crois et j'espère que c'est un peu plus que cela.

Le refrain reprend une dernière fois, alors que je tournoie, totalement en phase avec la musique, me revêtant de lumière pour mieux plonger dans les ombres.

Un délicieux frisson. Je m'arrête sur la dernière note, essoufflée mais vivante, terriblement vivante. Des hurlements jaillissent de toutes parts. Haletante, immobile, encore galvanisée par l'intense chorégraphie, je porte une main à ma poitrine en signe de remerciements. Faire de mon corps un objet d'art, ou un objet de convoitise… Être obligée de forcer mes regards, de me cambrer et de me mouvoir toujours plus explicitement… Danser en rythme, susciter le frisson, la poussée d'adrénaline, déclencher des soupirs ou accélérer les souffles et battements de cœur… J'aimerais pouvoir le faire en dansant comme je l'entends. En faisant entrer les gens dans mon univers sans avoir à me métamorphoser en une projection de leurs désirs les plus profonds. Ignorant les rumeurs enthousiastes qui continuent, je ferme les yeux et laisse couler trois premières paroles.

Le silence se fait alors.

Ma voix emplit la pièce. Tout comme pour la danse, j'essaye d'y mettre toute mon âme. Chaque particule de mon être se joint à l'action. Doucement, je deviens poreuse et m'imprègne des émotions que porte la chanson. Ce n'est pourtant pas moi qui l'ai choisie. La musique, tout aussi sensuelle, m'a été imposée par Henz, mais telle une actrice, je joue le jeu. Je m'imprègne de mon rôle. Murmure certains mots, le regard plongé dans la foule immobile.

Deuxième couplet.

D'une démarche féline, je m'approche du bord de la scène. Mes épaules et mes bras improvisent une danse sensuelle qui rend la musique plus concrète, alors que, d'un pas légèrement plus grand, je monte sur une table. Debout, surplombant la scène, le visage renversé vers le plafond, je chante de tout mon cœur. Un pas de plus. Mes yeux semblent dotés du pouvoir de consumer tous ceux sur lesquels ils se posent. Je ne suis plus qu'émotions. Que désir. Une flamme, peut-être. Un feu follet. Moi qui ne suis amoureuse que de la solitude, des mots et des forêts, je me surprends à contempler les lèvres entrouvertes de tous ces hommes qui me regardent, ne songeant qu'à une chose, les dévorer.

*« Je ne suis qu'un rêve, baby,*
*Cherche à me saisir et je me change en cauchemar,*
*Referme tes doigts sur ma gorge,*
*Et je planterai mes crocs dans la tienne... »*

Les derniers mots sont prononcés sur un tempo plus rapide. Je me redresse alors, laisse couler un long regard sur l'assistance avant de m'arrêter sur le jeune homme blond cendré qui se tient deux tables devant moi. Silhouette athlétique, nez busqué, son air nonchalant est néanmoins mis à mal par ses yeux pétillant de désir. Assise sur le bord de la table, je me lève, réalise cinq pas aériens et d'un mouvement souple m'assois à califourchon sur ses genoux. Alors, sans attendre que le jeune homme réagisse, je prends délicatement son visage entre mes mains et l'embrasse avidement. La foule hurle. Les applaudissements, les sifflements résonnent tandis que j'entends crier mon nom. Les mains de l'inconnu se sont instinctivement plaquées sur mes hanches et je sens déjà ses lèvres chaudes répondre à mon baiser avec passion. Je laisse traîner quelques secondes supplémentaires durant lesquelles je prends le temps de goûter à ses lèvres, d'effleurer sa nuque, de respirer son parfum. Mais déjà la peau étrangère me brûle. Les mains du jeune homme se crispent de plus en plus sur mon corps, ses étreintes se font possessives, ses caresses excessives. Déjà, je me sens suffoquer, écrasée sous la puissance de ce désir qui me quitte en même temps que les effets de ma danse enflammée. Je romps l'étreinte, mes yeux plantés dans ceux de l'inconnu qui semble suspendu à mes lèvres. Un dernier regard, dont le message est plus qu'explicite.

*Le temps est écoulé.*

Je me redresse, et avant qu'il ne cherche à me retenir, me fonds dans la foule. Les compteurs de cryptomonnaie s'affolent, transformant le bar en un gigantesque casino. Il pleut des chiffres sur mon passage, mais aussi des regards qui me marquent au fer chaud. Le goût enivrant du désir a laissé place à celui, effrayant, de l'envie. Je me fraye un chemin sous des regards noirs de convoitise, des souffles rendus chaotiques par le désir qu'il me semble voir pulser dans leurs veines. Et c'est comme si soudain, ils m'abîmaient.

C'est que je suis à nouveau moi-même. Je ne suis plus dans mon rôle. Je me fichais bien de les voir haleter devant mon personnage mais maintenant qu'il s'agit de moi… je n'ai qu'une envie : fuir.

Fuir cette oppression, ces pulsions qui me rabaissent au rang d'objet.

Je marche les yeux rivés sur le sol, pour ne pas risquer d'entrevoir dans ceux d'un quelconque inconnu les pensées obscènes que je redoute tant. Mais cela ne suffit pas. Il me semble être caressée, agrippée par diverses mains qui me salissent et m'emprisonnent. Un dégoût profond monte en moi et me donne la nausée.

Plus que quelques mètres. Plus que quelques mètres où je dois rester aveugle, muette, sourde aux vulgarités. Plus que quelques mètres à tenir.

Je traverse rapidement le rideau noir, provoquant une vague de protestation dans le public du bar. Vite, je traverse les coulisses. Jette mes cuissardes, attrape des bottes, dénoue mes cheveux. Je dois me dépêcher, au cas où certains auraient l'idée de m'attendre à la porte de derrière pour me coincer. Mes doigts effleurent par réflexe le bas de mon ventre. La dernière fois, j'ai eu la chance qu'Atë n'a pas eue, et je suis bien consciente qu'elle peut tourner.

Je saisis un long manteau noir, en rabats la capuche, et ouvre la porte métallique à la volée.

Bientôt, je ne serai plus qu'une ombre dans la nuit. Une fugitive détalant dans les bois, invisible dans sa tenue sombre. Bientôt, la forêt me masquera aux yeux et aux oreilles des hommes. Les arbres me tendront les bras, les maïs m'engloutiront dans leur masse compacte, les défilés de roches me cacheront dans leur dédale ocre. Et là, dans ce labyrinthe mal connu, je saurai retrouver, en me faufilant dans les failles, en escaladant les parois, le vieux container rouillé dont j'ai fait mon refuge. Mes petits appartements privés. Ma cellule, coupée du monde. Là où je peux me retrouver, me plonger dans de vieux livres dénichés dans des décharges ou récupérés par des connaissances.

Mon havre de paix. Mon petit paradis, à l'abri de tout jugement, de tout regard.

C'est avec le cœur léger que je passe le pas de la porte, portée par la douce idée d'être bientôt seule, l'esprit vagabondant dans un autre monde.

Les chaînes de la volupté, le poids des regards, tout cela est derrière moi. De la lourdeur des émotions que sont la passion et le désir, je passe à la sensation de légèreté caractéristique de la liberté. Émotion de courte durée.

Les yeux rivés sur la lune, ce n'est qu'en entendant la porte claquer que je me rends compte que je ne suis pas seule dans le noir. Une main se plaque violemment sur ma bouche, tandis que je me sens tirée vers l'arrière. Mon cri est étouffé par le gant de cuir épais qui me presse les lèvres.

– N'aggrave pas ton cas…, gronde l'homme à mon oreille.

Un horrible frisson dévale mon échine alors qu'il me presse plus fermement contre lui. Fermant les yeux, j'essaye de calmer mon souffle saccadé et les sanglots qui montent dans ma gorge. La respiration de l'inconnu caresse mon cou avec une douceur intolérable. Il semble prendre le temps d'apprécier la sensation de m'avoir à sa merci, et desserre légèrement son étreinte pour humer mes cheveux. Un mélange de rage et de désespoir m'étreint le cœur. Je ne peux me départir de l'image d'Atë agonisante, pleurant sur sa dignité et son corps mutilé. J'ai envie de vomir tant il me semble que cette fois, c'est mon tour.

– Regarde, je referme mes doigts sur ta gorge…, murmure-t-il de sa voix rauque en joignant le geste à la parole.

Je suffoque. Tous mes muscles sont tendus à l'extrême.

– Mais où sont donc tes crocs, « baby » ?

Je n'ai jamais autant détesté les paroles d'une chanson qu'en cet instant.

Crissements de pneus. Deux immenses véhicules noirs mugissants pénètrent dans l'arrière-cour. Il s'agit de 4x4 bricolés, améliorés par des ensembles techniques et mécaniques probablement récupérés dans les fosses et décharges industrielles. Mon sang se glace immédiatement, alors que l'espoir d'avoir affaire à un individu isolé se volatilise complètement. Ces bagnoles sont la signature claire et nette d'un gang.

Un mouvement en avant me tire de la torpeur dans laquelle le surréalisme de la scène m'avait plongée. C'est le claquement d'adrénaline. Je hurle de toute mes forces, me débats, enfonce mes talons dans le sol pour freiner ma progression vers le convoi. Des larmes inondent mes joues tandis que je me plaque à mon tour contre l'inconnu, le danger ne venant plus de l'arrière, mais de l'avant.

Je le sens rire dans mon cou, se délecter de ma résistance, de mes supplications à moitié étouffées par sa main. J'implore continuellement, le corps parcouru de spasmes de terreur. Je n'essaye pas seulement d'attirer la pitié de mes ravisseurs mais aussi celle des témoins. Ils sont là, je le sais. Tous devenus sourds et muets, incapables de bouger. Qui viendrait m'aider ? Personne. Tous ne peuvent qu'assister à la tragédie, cachés dans l'ombre, dissimulés au détour d'une rue ou à l'abri dans leurs habitations.

Intervenir, c'est signer son arrêt de mort.

Les acclamations ont laissé place au lourd silence de la nuit. J'étais au sommet, sous le feu des projecteurs, me voilà au plus bas, enlevée par les ombres. Quelle ironie !

La porte d'un des fourgons s'ouvre, et un second homme saute du véhicule. La lune dessine le contour des armes mates qu'il porte dans son dos. Capuche rabattue sur le visage, je n'arrive pas à distinguer ses traits. Mais sa carrure et sa démarche féroce ne me disent rien qui vaille.

L'homme qui se trouve derrière moi me tourne face à lui et m'attrape violemment la mâchoire pour me forcer à le regarder. Je réprime un sanglot alors que je sens le nouveau venu en profiter pour me passer des menottes. Je suis maintenant complètement impuissante, seule face à deux yeux bleu glacial qui m'étudient en silence. Je suis trop à fleur de peau pour remarquer à quel point l'intensité de ce regard est dérangeante, ou pour m'attarder sur le tatouage de reptile qui semble grimper le long de sa clavicule.

— Je vous en supplie…, je murmure du bout des lèvres, tentant en vain de voir apparaître un éclair de compassion dans ses iris d'ange infernal, tandis que la pression se fait de plus en plus insupportable sur mon cou.

Indifférent, l'agresseur laisse traîner son regard sur mon visage, mes lèvres, descend le long de ma gorge et glisse sur mon corps.

— On va bien s'amuser ensemble, tu vas voir…, murmure-t-il d'une voix si rauque qu'elle me fait trembler jusqu'aux os.

Il me lâche ensuite sans ménagement et je m'effondre au sol, prise d'une quinte de toux.

— Debout ! gronde-t-il, tout en me soulevant par les épaules.

Je tente de reprendre l'équilibre, titube, crache mes poumons.

— Putain ! s'écrie-t-il, presque ironique, alors que je me tasse sur moi-même dans l'attente d'un coup. Qu'est-ce qu'ils foutent là, eux ?

Je tourne vivement la tête. Deux bagnoles de police viennent de faire leur apparition, illuminées de bleu et de rouge. Leur carrosserie rutilante, tout en courbes félines, laisse deviner — au plus grand étonnement de tous — qu'il s'agit des forces spéciales d'intervention.

L'homme me pousse violemment avant de s'arrêter aussi sec…
Et de s'effondrer lourdement sur le sol. J'ai tout juste le temps de
plonger à côté de lui et d'enfouir ma tête dans ses bras avant que
les tirs ne détonent de toutes parts. Les pare-brise volent en éclats,
les balles se croisent, tandis que des cris fusent de tous côtés. Une
explosion retentit et je serre les dents de toutes mes forces.

Les flammes de la voiture du gang illuminent l'espace et
projettent de grandes ombres sur les murs. Une onde de chaleur
m'enveloppe. Je suis trop près. Déjà, celle-ci se fait insoutenable.
Le feu semble me mordre la peau tandis que je rassemble toutes
mes forces pour essayer de ramper dans la direction opposée.

Il me semble que la seconde voiture s'enfuit dans un crissement
de pneus. Je n'en suis pas vraiment sûre. La réalité semble
déformée. Ma vision est floue, mon ouïe troublée. Le crépitement
des flammes semble tout dominer.

Au loin, il me semble entendre Ignio crier. J'ai si chaud ! Des
larmes de douleur s'échappent de mes yeux tandis que la sueur
perle de mon front. Une silhouette est étendue devant moi,
allongée sur le dos. Mon agresseur. La peau de son visage est
noircie par les cendres, un filet de sang perle de sa lèvre coupée,
ses yeux de glace sont toujours ouverts et semblent me fixer,
amusés.

– Tiens bon, princesse, souffle-t-il de sa voix grave. Le prince
charmant va venir te sauver.

Un sourire étire ses lèvres.

– Tu peux t'en aller pour cette fois, mais ne baisse pas la garde,
cela ne fait que commencer…

Le monde ondule. Je nage en plein délire. Je ne sais plus si c'est
un homme qui me parle ou Lucifer lui-même, tant le brasier qui
se reflète dans ses iris me semble être celui des enfers. Rien ne
tout cela n'est possible. Rien de tout cela ne fait sens. Mes

paupières se ferment d'elles-mêmes. Bientôt, plus rien n'importera de toute façon. Je me laisse aller vers les ténèbres quand soudain des bras froids me soulèvent et m'emportent. L'homme-diable ? Un ange ? Je ne le sais pas. Je n'ai plus la force de lutter.

Ma tête se renverse en arrière tandis que je m'applique seulement à respirer. Une porte de voiture, le contact d'une banquette arrière. Le véhicule démarre.

La dernière chose que je perçois est le contact frais et humide d'une lingette que quelqu'un me passe sur le visage.

Et puis… Plus rien.

# CHAPITRE 1.

♫ *Sweet Dreams Are Made of This*
We Rabbitz ♫

**Viktor**

Je soupire. La lumière de la ville me masque la vue des étoiles. Je scrute le ciel, les sourcils froncés, espérant dénicher dans ce vaste plafond bleuâtre un ou deux astres scintillants, mais ni la lune ni Vénus ne semblent vouloir se montrer ce soir.

Un claquement de portière m'oblige à baisser le regard.

— Oublie pas d'activer le revêtement rouille…, lancé-je d'un ton neutre.

Josh, qui s'avançait vers moi à grands pas, s'arrête, fouille dans sa poche et sort la carte du véhicule. Il réalise un petit mouvement de pouce et la carrosserie passe du noir luisant au cuivre oxydé. Je laisse couler un regard sur le pare-chocs couvert de mousse et à la peinture faussement décollée, et examine les portières éventrées. Le camouflage de notre bagnole est certes à la pointe de la technologie, mais les locaux ne seront pas dupes. Une Mercedes récente qui débarque subitement dans une décharge de périphérie, c'est bien pour se fondre un minimum dans le paysage, mais si un banlieusard passe un peu trop près, il découvrira vite la supercherie.

Je me détourne du véhicule, rabats ma capuche et remonte mon cache-cou. Même si cela m'étonnerait vraiment que l'on me reconnaisse, je préfère prendre quelques précautions. Josh exécute le même geste et ses cheveux teintés en blond foncé disparaissent sous l'épais tissu de son manteau.

— Alors, je suis beau en « Uniforme » ? ironise ce dernier avec un sourire narquois.

Je jette un coup d'œil à sa tenue censée nous permettre de nous fondre dans la masse. « L'Uniforme », comme il est ironiquement surnommé pour se railler des Centristes, n'est en réalité qu'une tenue bricolée alliant cuir, tissus épais et revêtement métallique, le tout agrémenté d'armes artisanales que la plupart ne prennent même pas la peine de camoufler.

— Très.

Beau… Oui, il est certain qu'avec la bonne dizaine d'opérations du visage et les heures passées à s'entraîner, il a fini par le devenir. Mais être à ce point-là obsédé par son apparence a quelque chose d'inquiétant. Je me retourne d'un quart et lui lance un regard en coin. Ses yeux, autrefois bruns, ont été éclaircis pour devenir olivâtres. Ses sourcils ont été redessinés, la courbe de ses lèvres retracée, son nez refait. Comme beaucoup, il a demandé une expertise et une agence spécialisée lui a fait un devis pour une transformation complète du visage. Il a examiné les plans, étudié les modélisations comme s'il allait refaire son appartement. Aujourd'hui, il est impossible de deviner qu'une telle chirurgie a été réalisée. Les femmes sont à ses pieds, il est satisfait de son reflet… Tout va pour le mieux dans le meilleur des mondes.

Je réprime un soupir en passant en revue les habitations de fortune, essayant tant bien que mal de calculer le nombre de logements décents qui auraient pu être construits grâce à l'argent que Josh a dépensé en chirurgie. On n'est pas au stade des bidonvilles... Mais presque.

La décharge que nous venons de quitter est aux portes du quartier et recouvre les premières habitations de son ombre inquiétante. Derrière, un petit peu plus loin, la forêt. La campagne.

Des terres encore sauvages où on peut, avec de la chance, croiser un cerf ou un lièvre. Mais plus probablement des déchets électroniques et des carcasses de robots. Ici, dans les « quartiers bleus », la misère et l'horreur du quotidien sont un puits d'humour. Hormis leur « Uniforme », censé rivaliser avec le costume des « Centristes » que nous sommes, les banlieusards se plaisent à surnommer le centre « la grande déchetterie », prétendument emplie de « déchets en plastique ». Et je ne vous ferai pas de dessin pour vous expliquer de qui ils parlent.

Un pas sur deux, mes rangers craquent en écrasant cartes SIM et vieux débris d'ordinateurs. Avec Josh, nous avons pris grand soin de dissimuler nos « gueules de silicone » et de revêtir « l'Uniforme », ce qui n'est pas pour me déplaire. J'aime porter ces longs manteaux lourds qui ensevelissent le corps sous leurs plis de tissus. Ils me rappellent ces années si lointaines, peuplées d'hommes aux chapeaux noirs et aux trenchs sombres. Le regard dissimulé par ma capuche, je prends le temps d'apprécier l'anonymat dans lequel la tenue me plonge. Ainsi vêtu, je ne suis plus qu'une silhouette inconnue aux yeux du monde. Je pourrais me glisser dans la foule, me laisser engloutir par la masse fluide des habitants et l'on ne me retrouverait probablement jamais.

Malheureusement, ce soir, ce plan me semble difficilement réalisable. Les rues sont calmes, traversées seulement par des hommes et des femmes encapuchonnés qui tracent leur chemin sans même lever la tête. L'ambiance semble venir de l'intérieur des bars, dont les néons projettent de grandes flaques lumineuses sur le sol.

— Tu vas voir, tu ne vas pas être déçu, sourit Josh en m'entraînant à sa suite dans les ruelles sombres mal éclairées.

— Il ne me semble pas qu'on soit venus ici pour s'amuser, Josh, répliqué-je d'un ton froid, un sourire cynique aux lèvres.

— Bordel, Viktor, quand est-ce que tu cesseras d'être aussi chaleureux qu'un iceberg ? grogne-t-il, agacé. Tout ce que la boîte demande, c'est que tu leur fasses part de tes impressions sur une candidate potentielle. Si le job, c'est juste de se poser et de profiter un max du spectacle, perso, je n'appelle pas ça du boulot.

Je soupire. Josh se tourne vers moi pour me regarder dans les yeux.

— Mec, s'il te plaît, arrête d'être aussi professionnel. Moi j'en peux plus de ton rôle de bureaucrate blasé. Je veux retrouver le pote avec lequel j'ai fait les plus grosses conneries de ma vie. Celui avec qui je surfe, je bois, je vais faire la fête après le taf. Donc, range ton costume de collègue parfait et dis-toi que c'est une soirée comme une autre.

Je tente de réprimer le dégoût que j'éprouve pour sa volonté de prétendre que rien n'a jamais changé depuis ces souvenirs emplis de sable, d'océan et d'innocence. Et pourtant, je sais que je ne peux pas lui en vouloir d'essayer d'oublier. Je ne peux pas lui en vouloir d'essayer d'être heureux.

Je soupire, vaincu.

— D'accord. Tu l'auras voulu. Mais admets que tes nouvelles méthodes de recrutement sont tout de même déconcertantes. Le bureaucrate blasé que je suis n'est guère habitué à aller ainsi sur le terrain.

Josh ricane.

— C'est parce que je pense que ça pourrait être *elle*, celle que nous cherchons depuis des lustres. Mais je pense que pour vérifier si elle nous plaît, la voir performer dans son environnement est la meilleure stratégie qui soit.

— Et du coup, si elle nous « plaît » ? je demande avec un ton beaucoup moins froid, un rien taquin.

— On la rejoint à la sortie des artistes, et on lui fait une proposition de contrat. C'est aussi simple que ça.

— Et si elle refuse ?

Il laisse échapper un soupir fatigué.

— Tu poses trop de questions. On avisera.

Je grimace devant cette réponse excédée mais ne réponds rien. Très vite, nous arrivons aux portes bondées d'un bar aux enseignes rougeoyantes. Je prends les devants et me faufile à l'intérieur, Josh sur mes talons.

La salle, immense, est décorée de néons roses et violets entremêlés, parfois suspendus au plafond, qui créent une ambiance électrique. Le son des basses fait vibrer les cloisons métalliques et couvre à demi les conversations animées et les rires qui fusent dans la pièce.

— On se met là, informe Josh en se laissant tomber sur une chaise, à une table libre pas si mal située.

Je m'assieds également, toujours sur mes gardes. Lentement, je prends mes marques. J'étudie mon environnement.

Jeunes adultes et hommes accomplis ont pris possession des lieux, et leurs regards aussi vides qu'avides semblent chercher dans la fumée et les courbes des serveuses de quoi oublier leur affreux quotidien. Leurs silhouettes athlétiques, leurs traits durs et leurs peaux rêches témoignent des rudes métiers qu'ils sont obligés d'exécuter pour survivre dans cette zone de la ville.

Pourtant, ce soir, leurs visages antipathiques sont illuminés d'une étincelle de vie alors que tous lancent des œillades impatientes vers la scène, dans l'attente du spectacle. L'excitation est palpable. À vrai dire, je tente moi aussi de masquer mon empressement. Josh m'a amené ici sans me dire un mot sur le spectacle en lui-même, ce qui est plutôt rare. De quoi éveiller ma curiosité.

— Tu prends quoi ? me demande-t-il tout en retirant capuche, gants et cache-cou.

— Comme toi.

Il commande puis s'étire en poussant un soupir de satisfaction. Je lui jette un regard amusé.

— Tu sais, l'humanité peut se passer de ta beauté légendaire…, raillé-je tandis qu'il hausse un sourcil. Ce n'est pas un crime si tu laisses ta gueule d'ange à l'ombre de ta capuche…

Josh semble tiquer. Il s'approche de moi et plante ses yeux dans les miens.

— Et toi, alors ? attaque-t-il. Tu as peur d'affoler les populations avec ta gueule de mannequin ? Tu sais que l'excuse VIP ne passe pas ici. Personne n'est en mesure de te reconnaître.

Je souris à travers mon cache-nez. Je sens malgré la provocation que j'ai touché un point sensible.

— Je n'en suis pas aussi sûr…, avoué-je en scrutant à tour de rôle les personnes qui nous entourent.

Josh ouvre la bouche pour me sortir une remarque bien sentie, très probablement sur ma mégalomanie, mais la serveuse l'interrompt en posant les verres sur la table.

— Merci, chérie, lui dit-il tandis qu'elle lui fait un grand sourire.

Je lève les yeux au ciel et me décide à baisser mon foulard pour approcher le verre de mes lèvres.

Le goût fort et enivrant de l'alcool m'emplit la gorge. L'arôme floral si caractéristique me caresse le palais et sature mes papilles. Une gorgée, deux gorgées. Je pose mon verre et l'observe en me délectant de la sensation de chaleur qui se répand dans mon œsophage.

– De l'absinthe… Sérieusement ?

Josh me fait un demi-sourire.

– N'en bois pas trop, il paraît que ça rend fou.

Je laisse échapper un ricanement, les yeux toujours plongés dans la couleur vert vif du liquide. D'une oreille, j'entends Josh plaisanter avec la serveuse.

– Je savais que tu reviendrais, la taquine-t-il avec un sourire charmeur. T'as fini ton service ? renchérit-il avec amusement. Viens là, ma belle.

La jeune fille s'assoit en riant sur ses genoux. Je détaille Josh un instant. Ses traits, plus harmonieux maintenant, n'ont pas perdu leur dureté. Sa mâchoire carrée et son teint hâlé lui donnent un air de militaire de cette région qu'on appelait la Floride. C'est un homme robuste, toujours prêt à se dépasser, surtout lorsqu'il s'agit de remporter la première place. Rude et joueur, il a ce physique d'acteur américain des années 80. Un mélange de Crocodile Dundee et d'Indiana Jones. Je l'observe plaquer ses lèvres sur celles de la gamine. Je lui donnerais 19 ans tout au plus. Avec ses courbes généreuses et son joli minois, il semble évident que Josh n'est pas le premier à la peloter entre deux services. Celle-ci, sentant probablement mon regard sur elle, lève les yeux et me fixe avec insistance, sa lèvre inférieure négligemment glissée entre ses dents. Je romps le contact visuel, mettant fin à son fantasme.

Mais en détournant la tête, voilà que j'accroche un autre regard. Cachée entre deux plis du rideau, une silhouette féminine observe le public. Je constate avec étonnement que je me suis instinctivement figé. La moitié de visage qui émerge de l'ombre m'étonne par sa beauté juvénile. Une sorte d'innocence émane de ses grands yeux gris inquisiteurs. Ses doigts blancs sont refermés sur le tissu, l'accrochant fermement. Je ne peux détourner les yeux. Non… C'est impossible. Ça ne peut pas être elle qu'on vient voir. Comment cette gamine candide peut-elle danser devant cette bande de loups affamés ?

Je me passe le pouce sur les lèvres et me recule dans mon fauteuil. La jeune femme disparaît dans un mouvement de tissus.

— Comment s'appelle-t-elle ? interrogé-je sans vraiment le réaliser.

— Qui ça ? La danseuse ? Khione, me répond Josh sans quitter des yeux sa bimbo.

« Khione ». Je me répète ce prénom à mi-voix, intrigué.

— Mesdames, mesdemoiselles, messieurs…

La voix masculine amplifiée claque dans l'air, et le silence se fait immédiatement. Un métis, tatoué aux bras, est monté sur l'estrade pour s'adresser au public. Je tique directement sur ses iris sombres et son sourire carnassier. J'attrape mon verre et le finis d'un coup. Pauvre gamine. Cela m'étonnerait bien qu'elle fasse cela par choix... Je tends l'oreille dans l'attente de la suite.

— Ce soir, Khione Blythe va réaliser sous vos yeux une extraordinaire performance sur le thème de l'ombre et de la lumière. Je vous prie de la recevoir dignement. À toi, ma belle ! lance-t-il enfin en direction du rideau.

Je grimace en entendant ce surnom. Les lumières s'éteignent, et les applaudissements commencent déjà à fuser. Une vague d'excitation semble s'emparer de la salle.

La musique lâche ses premières notes langoureuses. Soudain, la jeune femme émerge des coulisses. J'écarquille les yeux. Toute trace d'innocence a quitté son visage doux et harmonieux. Un regard enflammé a remplacé l'inquiétude et ce n'est plus une jeune fille prude mais une tigresse qui se plante au milieu de la scène les mains sur les hanches, l'air triomphant.

Sa chevelure blanc immaculé tombe en cascade écumante le long de ses épaules. Des yeux gris d'acier surmontés de longs cils noirs, des lèvres fines orangées assorties à ses pommettes, de légères taches de rousseur… Sa beauté est fascinante, captivante, presque cruelle. Elle a ce visage dont plus personne ne croit l'existence possible. Les lignes, les angles, dessinent un profil harmonieux et plein de caractère. Elle n'est pas de ces beautés plastiques, banales. Non. Elle est percutante, enivrante. Elle suscite l'émotion et l'admiration et produit ce désir désintéressé qui est caractéristique des œuvres d'art.

Campée comme elle l'est sur ses deux longues jambes, sa silhouette longiligne et athlétique se découpe nettement sur le décor. Derrière elle, sur l'écran géant qui délimite le fond de la scène, se déploient deux magnifiques ailes d'ange, l'une noire, l'autre blanche.

J'en ai vu, des modèles, et pourtant… Pourtant cette banlieusarde inconnue les surpasse toutes.

Je tourne la tête vers Josh, qui rit déjà de mon étonnement.

— Je te l'avais dit, mon pote, rappelle-t-il avec un sourire carnassier.

Il se tasse dans son siège et pose ses rangers sur la table.

— Maintenant, si tu veux un conseil… Profite du spectacle.

Premier mouvements. Premiers frissons. Khione commence à danser. Je n'avais jamais vu une chose pareille. Mon souffle s'emballe, les battements de mon cœur s'amplifient. Des frissons me traversent et me transcendent. Et je ne suis pas le seul. Tous, sans exception, semblent fascinés. Elle semble transcender la musique. Les regards ne se détachent pas d'elle tandis qu'elle se cambre pour réaliser des figures vertigineuses. Son rythme est lent, ses mouvements amples et souples, sa danse sensuelle. Ses gestes semblent épouser parfaitement le contour des notes et vibrer avec elles. Contorsionniste, elle s'arc-boute dans des grands écarts flamboyants, illuminée par les projecteurs qui subliment la scène déjà surréaliste. Petit à petit, la musique se métamorphose et la jeune femme aussi. Ses pas classiques deviennent plus sauvages, son regard plus vif. Sa combinaison blanche qui dévoile à divers endroits sa peau laiteuse se revêt de noir alors que la jeune femme se courbe pour continuer sa danse sur le sol. Elle y glisse, tournoie, fait rouler ses épaules et ses hanches dans une chorégraphie magnétique qui tient le public en haleine. Elle ne pense plus à rien. Elle n'est plus qu'émotions. Comme fondue dans une autre peau, elle se meut sur la musique tel un serpent envoûté par la flûte du dresseur. Son corps se recouvre d'ailleurs d'écailles fictives, sombres et brillantes, qui la transforment en véritable femme reptile.

Je reste immobile, les yeux rivés sur la scène, attentif aux sensations nouvelles que sa danse provoque.

Car j'ai bien décroché de la réalité. Il ne semble plus y avoir que son corps qui se tord, que ses bras qui se tendent, que son dos qui se cambre. Chaque geste m'arrache un frisson. La voir ainsi représenter cet illustre combat des forces contraires, avec tant de passion et de sensualité, me fait basculer à la limite de la folie. J'ai la gorge sèche. La peau brûlante. Elle sait comment plaire. Elle sait comment susciter le désir. Et j'ai beau me passer la main sur le front, la joue, les lèvres, pour tenter de me ramener à la réalité, mon corps n'a qu'une seule envie : l'étreindre, la posséder, m'emparer de ses lèvres et presser son corps contre le mien. Elle semble danser avec des mains invisibles, qui la relèvent et la couchent, la cambrent et l'emportent. Des mains, des mains qu'on aimerait être à soi.

Je penche doucement la tête sur le côté, fasciné. Cette fille est à la fois serpent et flamme, ange et diable, muse et nymphe. Véritable divinité incarnée, elle se tend vers le ciel, se courbe vers le sol, comme déchirée entre deux mondes. Elle s'adresse au public par l'intermédiaire de cette étrange langue des signes et tente de lui faire passer un message. La lumière la porte et la galvanise, sa part d'ombre la paralyse et la recouvre. Sa danse est une lutte, une bataille contre ses propres ténèbres et celles du monde. Parfois elle semble les embrasser et laisse libre cours à ses instincts, déclenchant des frissons dans l'assistance qui se sent, elle aussi, tantôt tentée, tantôt tiraillée, tantôt exaltée par ce combat. Au fil des pas, Khione se transforme en Ying Yang, le blanc et le noir se rencontrant, se mélangeant, se fracassant dans les projections de l'arrière-plan, dans la couleur de ses cheveux, dans les tons de son vêtement. Enfin, dans une dernière figure qui la fait s'envoler puis retomber au sol, l'univers fictif dans lequel elle se fond semble exploser en un camaïeu de couleurs blanches et noires laissant le combat inachevé.

Le public hurle.

Je ferme les yeux un instant pour reprendre mon souffle, calmer mes battements de cœur, faire taire ce désir violent, sauvage, insoupçonné qui a soudainement pris le contrôle.

Je me tourne vers Josh. Je dois avoir les yeux brillants car la serveuse, toujours juchée sur ses genoux, semble tout à coup intimidée par mon regard. Elle rougit et se mord la lèvre, mal à l'aise. Josh est dans le même état que moi. Les pupilles noires de désir, il s'humecte les lèvres.

— Bordel, j'ai l'impression d'avoir respiré dix litres de Xi4, s'exclame-t-il d'une voix rauque en passant une main dans ses cheveux.

J'esquisse un demi-sourire. Cette drogue de luxe qui se respire a tendance à stimuler les hormones et développer le désir. Et pour en avoir déjà consommé une bonne quantité, je serais d'accord pour dire que ses effets se rapprochent de ce que je ressens.

— Alors, tu valides ?

J'observe Josh, qui, redevenu sérieux, me scrute avec la plus grande attention. Je n'apprécie guère son air inquisiteur. Je me tourne vers la scène, et observe Khione. Elle est au milieu des loups, c'est certain. Mais ma réponse peut la jeter au milieu des lions.

— Je ne sais pas, réponds-je alors, songeur.

— Oh, moi, je sais très bien ce que ton regard veut dire, raille Josh. Tu es plus que d'accord que cette nana peut faire l'affaire. Tu le sais aussi bien que moi…

Je ne réponds rien.

— Écoute-moi bien, mec. Regarde un peu ce qu'il y a dans le coin, là-bas.

Je suis son regard et plisse les yeux.

— Qu'est-ce qu'ils foutent là, eux ? murmuré-je, en détaillant du regard les quatre hommes.

Peu de choses diffèrent de l'Uniforme habituel dans leur tenue, si ce n'est le prix des équipements. Armes « pures », c'est-à-dire non constituées des diverses pièces détachées comme la plupart de celles des locaux, revêtements métalliques qui s'approchent de l'armure, masques intégraux hors de prix… D'instinct, je devine que ce ne sont pas de simples civils. C'est même une certitude. Une certitude que Josh partage, assurément. Ce sont soit des miliciens, soit les membres d'un gang.

— À ton avis ? ricane-t-il. Ils ne sont pas là que pour prendre du bon temps.

Je serre les dents, bien conscient de ce que Josh me pousse à faire.

– C'est eux, ou nous, articule-t-il.

Je reste silencieux, dans l'attente de la suite. Josh pousse sa bimbo et se penche vers moi.

– Choisis donc pour elle. Nous… Ou eux.

– Je n'ai même pas entendu sa voix…

Je n'ai pas le temps de finir ma phrase que Khione se met à chanter, arrachant à Josh un air goguenard. Immédiatement, son timbre emplit mes tympans et une onde de chaleur se propage dans mon corps. J'ai envie de jurer. Cette fille est trop. Trop belle, trop douée, trop innocente.

Je pousse un soupir et ferme les yeux tout en me pinçant l'arête du nez.

– J'appelle des renforts, chuchote Josh à mon oreille.

Et j'ai comme la désagréable sensation qu'il m'a lamentablement coincé.

# CHAPITRE 2.

## *Viktor*

Son chant est aussi enivrant que sa danse. Elle chante avec le cœur. Avec l'âme. Avec tout ce qu'elle a, chaque particule de son corps. Le public est charmé, conquis. Cette fille est parfaite pour ce que la boîte souhaite en faire, c'est évident. Cela peut sembler surprenant qu'elle soit à la fois chanteuse, danseuse et extraordinairement belle, mais je me doute que c'est justement parce qu'elle combinait ces trois critères qu'elle a été repérée. Sa voix douce et suave me donne le vertige. Elle s'est avancée au-devant de la scène et marche à présent sur les tables, au milieu des verres. Tous la regardent comme si elle était une apparition. Cette fille est une sirène. Une sirène qui ensorcelle les hommes avec son chant…

Elle laisse couler de ses lèvres le refrain lancinant. Le chant parle du feu consumant de la passion, de la brûlure destructrice du désir. Elle allie souffrance et amour, en un duo fracassant qui vous transporte immédiatement dans l'univers des sens. La lumière a changé et l'enveloppe d'un rouge sombre mêlé de noir. Des flammes lèchent sa combinaison pour la changer progressivement en une déesse du feu. Et elle accepte d'être consumée. Chaque parole est une caresse, un baiser volé sur les lèvres des spectateurs ; alors que les mots prononcés la mettent à nu sans la déshabiller. Lorsqu'elle s'allonge, la tête renversée, à quelques tables de la nôtre et se met à fredonner le refrain, baignée dans les effluves d'alcool et les souffles virils, j'ai l'impression de manquer d'air.

Mais l'apothéose vient juste après. La chanson terminée, je l'observe se redresser, les pupilles dilatées et emplies d'étincelles, choisir une proie, marcher vers elle. Et puis c'est le choc. Le choc de ses lèvres contre les siennes, de ses mains contre ses joues, de ses jambes autour de ses hanches.

Je découvre un loup en moi qui gronde en la voyant embrasser un autre. Josh grogne une injure, les mains crispées sur les cuisses de la serveuse.

Je la vois déverser toute son énergie, toute sa passion accumulée. Durant sa performance, elle s'est fait réceptacle du désir ambiant, elle s'en est emplie et à présent, elle le déverse. Elle le déverse dans l'ivresse de cette étreinte, dans l'avidité de ce baiser. Tous, dans la salle, ont pris la place de l'homme qu'elle embrasse. Cela se lit sur tous les visages. Tous sentent ses caresses fantômes dévaler leur torse, ses mains agripper leur nuque, ses lèvres prendre possession des leurs. Je suffoque intérieurement. Josh a un léger rire nerveux.

— Wow…, souffle-t-il lorsque Khione embrasse à nouveau l'homme à pleine bouche.

Et puis soudain… Au fur et à mesure que ce dernier répond à son baiser, se saisit de ses hanches, elle se détache, affaiblit le contact physique, diminue la passion. Elle se redresse, plante ses yeux dans les siens avant de faire volte-face et de disparaître dans la foule qui l'acclame.

Mon trouble est si grand que je sursaute lorsque Josh pose une main vigoureuse sur mon épaule.

— Vite. Il faut se tirer avant qu'ils nous dament le pion, m'explique-t-il en désignant la place vide des hommes qui ont apparemment déjà quitté les lieux.

Je me lève en hâte et le suis jusqu'à la sortie.

L'air du soir nous accueille et nous permet de faire redescendre la pression.

— Du coup, tu comptes toujours faire ta petite proposition de contrat devant ces gars-là ? ironisé-je.

Il rigole.

— On n'a plus trop le choix, là. On va l'embarquer et puis c'est tout.

Je fronce les sourcils. Il me considère un instant et se marre.

— Non mais, tu t'es vu ? Arrête deux minutes de faire ton chevalier servant, outré que l'on puisse kidnapper la princesse. Je sais bien que cette idée te fait fantasmer tout autant que moi.

Je gronde quelque chose mais ne réplique rien. Josh dégaine son arme et je fais de même.

— Les renforts arrivent dans quelques minutes, m'assure-t-il plus bas. Dès qu'ils sont là, on les allume, tu la récupères et tu la mets dans une des bagnoles. Moi, je vais chercher la mienne. On se retrouve à l'agence. N'en profite pas trop quand même pendant que je ne suis pas là, termine-t-il avec un sourire carnassier.

Je lui réponds par un regard noir. Nous avançons jusqu'à l'arrière du bâtiment en rasant les murs. Un détour, et nous nous retrouvons dans une cour intérieure plongée dans l'obscurité. Je désigne à Josh une poubelle en métal massive derrière laquelle nous nous accroupissons. Je passe la tête pour observer les alentours lorsque la porte arrière du club s'ouvre magistralement. Une silhouette longiligne sort, enveloppée dans un long manteau. C'est alors que je le remarque. Tapi dans l'ombre d'un mur, immobile, un homme l'attend. Celui-ci semble bien entraîné, car il ne lui faut pas plus d'un quart de seconde pour l'attraper d'un mouvement fluide et la plaquer contre lui.

Du cri de la jeune femme ne provient qu'un son étouffé par la main gantée. L'homme lui murmure quelques mots à l'oreille, tandis qu'elle se fige, immobilisée par la peur. Deux immenses 4x4 Ford trafiqués déboulent soudain dans la ruelle.

— Ils ont intérêt à se dépêcher…, je murmure à Josh qui incline la tête.

Khione a l'air d'avoir compris l'identité de ses agresseurs puisqu'elle se met à hurler et à se débattre de toutes ses forces. Ses supplications déchirent l'air et je serre les dents. Je n'apprécie pas véritablement la tournure que prennent les événements. Un second homme sort d'une bagnole et la chope par la gorge, ce qui a le don de me crisper davantage. Je détourne le regard en direction de la rue.

— Je vais me faire un plaisir de les descendre…, soufflé-je à l'intention de Josh, la mâchoire contractée.

Ce dernier lâche un petit rire nerveux. Soudain, un doux ronronnement se fait entendre et il se fige. D'un même mouvement, nous dégainons nos armes.

— C'est parti…, dit mon acolyte dans un sourire, déjà ivre d'adrénaline.

Le temps s'étire. D'un mouvement rapide, je me redresse et me plaque contre la carrosserie de la voiture de police qui s'est immobilisée dans un crissement de pneus. Le métal froid m'arrache un frisson. J'entends l'agresseur jurer.

— Qu'est-ce qu'ils foutent là, eux ? hurle-t-il aux autres.

Cette question restera sans réponse. Un quart de tour. Je vise la tête, presse la gâchette. Il s'effondre. C'est la seconde du basculement. Le silence et puis soudain, le chaos. Les sirènes me vrillent les tympans. Le son étouffé des balles, le bruit cristallin des pare-brise qui explosent. Je garde la tête froide. Khione a eu le réflexe de plonger au sol, où elle a enfoui la tête entre ses mains. J'ai blessé deux autres hommes, et le combat tourne clairement à notre avantage. Les agresseurs sont désorientés, surpris par notre attaque et visiblement incapables d'y répondre. Je m'apprête à m'avancer pour aller la chercher quand soudain, une des bagnoles du gang explose dans un nuage ardent. Je jure. Bordel ! Il n'y a que ces connards de flics pour balancer une grenade sur une bagnole alors que notre cible se trouve juste à côté !

Je sors à découvert et cours auprès d'elle. Le souffle n'était certes pas très violent, mais il l'était suffisamment pour blesser sérieusement.

Au milieu de la poussière et des flammes crépitantes qui lèchent le sol, je distingue une silhouette. Khione semble avoir été projetée sur quelques mètres, comme en témoigne son vêtement déchiré et bruni.

La chaleur me mord la peau tandis que je me penche pour la soulever. Ses joues sont noircies par la poussière, ses paupières sont fermées et elle semble inconsciente. Lorsque je la prends dans mes bras, sa peau est brûlante. J'ai l'impression de sauver une poupée de chiffon. Un pantin désarticulé. Sa tête se renverse en arrière et elle se laisse complètement aller contre mon torse, évanouie. Je ne sais pas si c'est cette foutue impression de jouer au prince charmant, l'adrénaline de cette soirée folle ou la vision de son visage d'ange baigné de lumière orange, mais je suis complètement dérouté. Ailleurs. J'ai l'impression de vivre la scène de l'extérieur. Je m'éloigne mécaniquement de la carasse noircie par le feu, et me dirige droit sur la voiture de police.

Le flic m'ouvre la portière en vitesse. Je les déteste, ils me détestent. Nous n'échangeons même pas un regard. J'allonge doucement Khione sur la banquette et attrape une trousse de soins. Le véhicule démarre. Malgré la précipitation, ils ont eu l'intelligence de prendre un fourgon d'arrestation, si bien que j'ai toute la place et tout le matériel nécessaire pour la soigner. Encore essoufflé, j'ouvre une lingette imbibée d'un liquide violacé qui stoppe les brûlures et guérit les tissus abîmés.

J'ai un instant d'hésitation avant de la lui passer sur le visage.

Il y a moins d'une dizaine de minutes, elle était la vedette du bar, l'étoile montante, acclamée, désirée… Et maintenant… Maintenant elle est redevenue une jeune fille endormie, si innocente dans son sommeil profond. Si innocente et si belle…

Je serre les dents pour me forcer à redescendre sur terre.

Lentement, je trace les contours de son visage. Le calme est revenu, et le bruit familier des pneus sur l'asphalte de la route m'apaise. Le conducteur étant séparé de l'habitacle par une vitre teintée blindée, je suis seul avec elle.

Seuls. Moi accroupi, à quelques centimètres d'elle, mon souffle se mélangeant au sien. Elle allongée, la tête renversée, les lèvres entrouvertes, empreinte d'un calme étonnant. Je me demande à quoi elle rêve. Si elle rêve de grandes étendues sauvages, de champs de maïs, des forêts et des canyons qui serpentent à quelques kilomètres de la banlieue, séparés de cette misère par une muraille de béton. Ou de spectacles enivrants, de chorégraphies déroutantes, d'applaudissements… J'effleure à demi ses lèvres pour cueillir la goutte de sang qui y perle. Il n'y a entre sa peau et la mienne que le tissu humide de la lingette. Je descends doucement sur sa gorge où elle se fait encore plus laiteuse et désirable, glisse sur le haut de son décolleté… Je m'aperçois soudain que j'ai retenu mon souffle et soupire.

Je jette la lingette d'un mouvement rageur et me lève pour aller chercher de quoi la détacher. Les menottes utilisées par ces salauds sont à fermeture magnétique. J'utilise un outil étrange, une sorte de pince métallique que j'accroche au bord. J'appuie sur une gâchette. Les menottes se décrochent et tombent au sol dans un bruit assourdissant. Les paupières de Khione tressautent mais elle n'ouvre pas les yeux.

Méticuleusement, j'essuie ses mains griffées par le bitume. Ses doigts sont longs et fins, terminés par des petits ongles laissés naturels. J'hésite à poursuivre. Sa combinaison déchirée laisse à nu le haut de sa cuisse gauche, et j'entrevois entre les lambeaux de tissus sa peau égratignée. Je glisse ma main dans la poche de mon manteau, et en sors un couteau à la lame aiguisée. Doucement, je la fais glisser le long de sa cuisse pour ouvrir un peu plus sa combinaison. Lorsque j'applique une compresse sur sa peau abîmée, elle se tord en laissant échapper un gémissement. Je me mords la lèvre jusqu'au sang. Bordel ! Dire que les filles avec lesquelles je couche ont du mal à me sortir de mon indifférence… Et pourtant, elle, le simple fait d'entrevoir sa peau nue suffit à me rendre fou.

Bosser en sa compagnie ne va clairement pas être de tout repos…

Je froisse la lingette, qui a pris une teinte plus foncée, et je la jette. Enfin… si cette fille accepte de quitter les loups pour les lions…

# CHAPITRE 3.

*Khione*

J'ai l'étrange impression de flotter, comme si tout mon corps lévitait au beau milieu d'une mer de nuages cotonneux. Une douce chaleur m'enveloppe et me berce, m'arrachant un long soupir de satisfaction. Je suis engourdie, comme plongée dans un état second. Jamais je ne me suis sentie aussi sereine. Toutes les émotions négatives ont déserté mes membres au repos, si bien que je ne ressens ni la peur, ni la douleur, ni l'angoisse diffuse du lendemain. Je suis régénérée. J'ai la tendre sensation d'avoir rejoint le ventre maternel, et d'être à nouveau dans une bulle protectrice que rien ou presque ne pourrait faire éclater. Je m'abandonne à ce bonheur parfait, cette ataraxie complète, savourant pleinement chaque instant. Et puis, soudain, une lueur. Quelque chose semble me rappeler, me sortir de ma transe. Je ne suis pas sûre de le vouloir. Des sons, des sensations me remplissent tandis que je retrouve progressivement la pleine possession de mes sens. J'inspire profondément, avec l'impression de prendre la première goulée d'air de ma vie. Mes mains glissent, parcourent l'espace alentour et palpent la texture moelleuse d'un matelas.

– Mademoiselle ? murmure une voix féminine.

Je papillonne des paupières, perdue.

— Prenez le temps de vous réveiller, murmure-t-elle d'un ton dur, bien qu'il semble se vouloir bienveillant.

Je me redresse, et l'épaisse couette qui me recouvrait glisse sur ma poitrine. Une lumière orangée m'éblouit et m'empêche de distinguer mon environnement. Je baisse les yeux sur le lit, et tâte le tissu. Il est d'une légèreté étonnante. Souple, soyeux, il semble absorber la chaleur corporelle. Je n'ai jamais vu un drap de cette qualité. Mon regard glisse sur le bord du lit tandis que mes doigts jouent toujours avec l'étoffe sans se résoudre à la lâcher. Je me fige soudain dans mon mouvement. Mes yeux s'écarquillent en découvrant le mobilier high-tech noir étincelant, l'écran de verre incrusté au mur, la cascade d'eau artificielle qui dégouline depuis le plafond. Je tourne la tête face au lit. Une immense baie vitrée s'étale sur toute la longueur et dévoile une vue des plus magnifiques. Des dizaines de buildings massifs se découpent dans la lumière dorée du soleil à peine levé. Leur façade rutilante reflète l'étendue infinie de l'océan tout proche.

— La mer…, murmuré-je sans vraiment m'en rendre compte, ébranlée par cette vision hors du commun.

Une étrange sensation m'envahit. De toute ma vie, jamais je n'aurais pensé voir cette étendue d'eau sombre un jour. C'était l'un de mes vœux les plus chers, il m'arrivait même d'en rêver la nuit lorsque j'étais petite. Et il est exaucé aujourd'hui… J'ai le souffle coupé. Les bras m'en tombent.

*Que s'est-il passé ?*

Je regarde à nouveau autour de moi, avec un étonnement mêlé d'incompréhension. J'aperçois alors une jeune femme, d'une trentaine d'années, qui s'était respectueusement retirée pour me laisser le temps de me familiariser avec mon nouvel environnement.

— Mais… Où suis-je ? soufflé-je, totalement désemparée, alors qu'elle s'avance en affichant un sourire gêné.

Elle est brune, avec des cheveux de la couleur d'une nuit sans lune, parfaitement lisses, coiffés vers l'arrière avec du gel. Ses traits révèlent des origines asiatiques, avec ses yeux noirs en amande maquillés par un fin trait d'eye-liner qui lui donne un regard froid et dur. Sa silhouette, fine et athlétique, est mise en valeur par un costume noir sans cravate, dont la chemise entrouverte laisse deviner un début de tatouage. Teint pâle, talons hauts, lèvres ourlées et sourcils parfaitement dessinés, tout ferait d'elle une femme magnifique si une terrible cicatrice ne lui barrait pas le visage, creusant sa peau depuis le dessus de son sourcil jusqu'au milieu de sa joue.

— Vous avez été amenée ici après l'agression dont vous avez été victime hier, me répond-elle d'un ton ferme et professionnel. L'explication détaillée de votre présence vous sera donnée dans un instant. Je vous prie de revêtir les vêtements que je vous ai fournis. Dès que vous serez prête, vous n'aurez qu'à sortir. Je vous attendrai à l'extérieur. Ne soyez pas trop longue, on brûle déjà de vous rencontrer. Avez-vous des questions ?

Je bafouille un « non » mal assuré et la suis du regard, impressionnée et intimidée tandis qu'elle prend congé.

Une fois seule, je reste un instant abasourdie. Les souvenirs de la veille me submergent alors violemment, me donnant la désagréable sensation de me prendre une claque en pleine figure. Mon souffle s'accélère à la seule pensée de ce qui était en train de se passer. Je frissonne et serre les dents pour chasser les idées noires qui m'assaillent.

— Je ne suis pas avec eux. Et c'est tout ce qui compte.

Ces quelques mots prononcés à voix basse m'aident à me détendre. Non, je suis bien loin d'être avec eux. Au lieu de ça, je suis dans cette chambre à couper le souffle, à des kilomètres de chez moi, pour une raison que j'ignore. « *Vous avez été amenée ici après l'agression dont vous avez été victime.* » Merci, mais une clinique ou un commissariat auraient été des lieux plus appropriés pour ce type de situation. Je passe en revue mes bras et mes jambes. Aucune trace d'égratignures ou de brûlures… Je savais que les technologies médicales des quartiers riches étaient extraordinaires, mais à ce point, je ne le pensais pas… Je passe mon pouce sur mon épiderme parfaitement lisse. Tout est exactement comme si rien ne s'était jamais produit. Il y a de quoi perdre l'esprit. Non, vraiment rien ne va dans cette histoire, et j'en viens même à penser que je ne suis tout simplement plus de ce monde. J'ai failli me faire enlever par un gang. Je n'arrive déjà pas à l'admettre. Cela me paraît tellement… surréaliste. Mais bon… Admettons. La police arrive. Pourquoi pas ? Sauf qu'il ne s'agit pas de la police de quartier, mais de la police spéciale… Qu'est-ce qu'elle fichait ici ? Pourquoi me secourir ? Ça n'a aucun sens ! Et maintenant, me voilà ici, guérie et choyée, avec ce « on » mystérieux qui trépigne de me rencontrer… Essayerait-on de m'acheter ? Mais pour quelle raison ? Je me masse les tempes, et décide de mettre fin à ces interrogations qui me donnent le tournis. Je m'assieds sur le bord du lit et m'apprête à me lever lorsque je me fige dans mon mouvement.

– C'est pas vrai…, murmuré-je.

À mes pieds, sur une largeur d'environ cinquante centimètres, s'écoule un cours d'eau limpide où se déploient de magnifiques nénuphars blancs et roses. Le filet d'eau artificiel semble suivre sinueusement les contours du lit, le transformant ainsi en un îlot légèrement surélevé. Deux petites marches me permettent de l'enjamber et de rejoindre le centre de la pièce, où, pieds nus sur le sol de verre, je remarque que la cascade artificielle sert à l'alimenter. Cette dernière tombe souplement dans un réceptacle de marbre sombre et dégouline ensuite dans un conduit de verre où se pressent divers minuscules poissons exotiques. L'eau refait surface au pied du lit, au milieu des nymphéas, où les néons roses et bleus lui donnent une couleur féérique.

J'attrape distraitement le vêtement soigneusement plié au bout du matelas, tout en détaillant fiévreusement mon environnement. La matière me plaît tout de suite. En le dépliant, je remarque qu'il s'agit d'une combinaison noire d'une beauté simple. Je l'enfile rapidement, et je la sens se resserrer automatiquement autour de ma taille. J'ai un mouvement de surprise. Du tissu intelligent ! Au bar, pour mes spectacles, je suis obligée de tricher en portant une combinaison blanche et en utilisant des projecteurs… Je laisse mes mains glisser le long de mes hanches. L'étoffe est devenue une véritable seconde peau. Je m'approche d'une paroi, constituée d'un matériau réfléchissant qui reproduit l'image de la pièce sur sa surface sombre. Je me campe devant lui en espérant distinguer ma silhouette, quand soudain le reflet s'éclaircit pour se transformer en un véritable miroir.

— Vraiment, je ne suis pas au bout de mes surprises…, murmuré-je, en effleurant de l'index la commissure de ma bouche.

Un sourire flottant sur les lèvres, je m'examine un instant, puis passe des bottines à petits talons noir métallisé.

Une fois parée, je jette un dernier coup d'œil à la pièce, puis prends une grande inspiration et presse la poignée.

La femme brune de tout à l'heure m'attend, comme promis. Assise dans un fauteuil de cuir noir, les jambes soigneusement croisées, elle étudie avec attention une tablette de verre translucide sur laquelle s'affichent diverses informations. La lumière bleutée chatoyante lui caresse le visage et adoucit ses traits.

— Je suis prête, annoncé-je d'une voix timide qui se voulait pourtant assurée.

Elle lève des yeux scrutateurs sur moi, pose sa tablette dans un renfoncement du mur et se lève.

— Eh bien, allons-y, déclare-t-elle d'un ton qui se veut doux, alors que son visage reste profondément neutre.

Nous sortons de cette petite pièce dont l'aspect se situe entre celui d'un bureau et d'une salle d'attente, pour nous retrouver dans un long corridor. Moquette sombre au sol, jointures de métal noir… Décidément cette couleur revient souvent… Il faut dire qu'elle donne tout de suite un côté luxueux et raffiné qui n'est pas pour me déplaire. Les murs, en dégradé de gris, sont revêtus d'une fine couche de ce même verre qui composait la tablette de ma guide et l'écran géant de la chambre.

Les dernières actualités y défilent, et des visages de journalistes en pleine présentation côtoient graphiques, statistiques, bulletins météo…

J'essaye d'absorber toutes ces nouvelles informations, totalement subjuguée par le spectacle qui se déroule sous mes yeux. La brutalité de ce changement est extrêmement déstabilisante.

*Suis-je toujours dans le même monde ?*

Ma guide s'arrête devant une porte, au fond du couloir. Celle-ci émet un léger faisceau lumineux qui lui caresse le visage de haut en bas, puis s'efface sur la gauche.

La jeune femme se tourne ensuite vers moi.

— Allez-y, je vous prie.

J'entre dans la salle, et la porte se referme automatiquement. La pièce est obscure par rapport à l'extérieur, et mon regard se laisse encore une fois happer par la sublime baie vitrée illuminée par le soleil matinal, et par la ville qui s'étale sous mes pieds.

— Magnifique, n'est-ce pas ?

Je tourne vivement la tête. J'étais tellement absorbée par cette contemplation merveilleuse que je ne m'étais même pas aperçue que je n'étais pas seule. Un homme blond en costume impeccable s'avance vers moi, un sourire éclatant fixé aux lèvres. Teint hâlé, nez droit, mâchoire saillante… Avec ses légères fossettes au coin des joues et son air de cow-boy américain, il est pour moi l'archétype du jeune businessman moderne obnubilé par son apparence. En d'autres mots, il a le charisme insupportablement envoûtant des « gueules de plastique ».

– Oh, excusez-moi, m'empressé-je de dire. C'est juste que…

Mes yeux tombent à nouveau sur le paysage. Je voudrais dire que je n'ai jamais rien vu d'aussi magnifique, mais je me sens soudainement très niaise. De quoi vais-je avoir l'air, face à ce Centriste certainement né au sommet de l'une de ces grandes tours ?

– Ne vous en faites pas, je comprends, me rassure-t-il, bienveillant. Je vous en prie, asseyez-vous. Mon collègue et moi sommes impatients de faire votre connaissance.

Il passe une main dans mon dos pour m'inviter à m'asseoir. Le contact de ses doigts contre ma peau nue me fait frissonner. Malgré son attitude marketing et son sourire poli, je sens le poids de son regard, un regard avide, un regard de prédateur. Et comme toujours… c'est moi la proie. Me surprenant à ressentir une sorte de méfiance, je m'arrête net dans mes pensées. Quelle ingratitude ! Ces hommes viennent de me sauver la vie. J'ai grandi dans des quartiers qui m'ont appris à me méfier du « sexe fort », car là d'où je viens, les femmes doivent se battre pour préserver leurs droits, leur intégrité physique et un semblant d'égalité. Mais ici, c'est différent, j'en suis sûre.

Angoissée mais pleine d'espoir, je me laisse conduire à une table de réunion transparente. De loin, je remarque un autre homme assis qui, tout comme son collègue, n'a probablement pas 30 ans.

Je dirais 27, 28 ans maximum. Il semble brun. Il ne me regarde pas, concentré sur son ordinateur translucide, enveloppé dans un halo de lumière bleutée qui m'empêche de distinguer ses traits et la couleur exacte de ses cheveux.

— Mademoiselle Blythe, c'est bien cela ? me demande le blond alors que je m'assois. Vous acceptez que je vous appelle par votre prénom ?

— Oui, bien sûr…

— Très bien. Eh bien, mademoiselle Blythe, je vous présente Viktor Kortain, dont je vous détaillerai la fonction exacte dans un instant. Et moi-même, Josh Garbenta.

Le fameux Viktor ferme son ordinateur d'un coup sec, se lève, et passe la main sur la baie vitrée. L'opacité de celle-ci à cet endroit précis s'estompe pour laisser entrer le soleil et faire apparaître la vue. Il se dirige ensuite à grands pas vers moi, ses sourcils légèrement froncés lui donnant un air soucieux, et me tend la main.

— Excusez-moi, j'avais une affaire urgente à régler, déclare-t-il d'une voix naturellement rauque qui me fait trembler.

— Aucun problème, me forcé-je à dire tout en lui serrant la main.

Avec un discret sourire forcé, il tourne les talons et regagne sa place. Je me concentre pour ne pas flancher, et me réinstalle précautionneusement sur mon siège, essayant tant bien que mal de dissimuler mon trouble.

Cet homme est déroutant. Je le trouve magnifique. Il a une beauté très différente de celle de ce Josh Garbenta. Il est brun foncé, avec des cheveux épais coiffés naturellement vers l'arrière. Un regard expressif. Une mâchoire marquée, qui lui donne un visage légèrement carré. Un nez fin pas très droit, comme s'il avait été brisé plus d'une fois. Deux sourcils sombres bien dessinés, laissés librement épais. Mais ce qui me fait chavirer, c'est son regard. Si sombre. Si beau. Il semble contenir une douleur diffuse, aveugle. Son visage est soucieux, barré de légers plis au niveau du front qui lui donnent un air naturellement triste. Il porte un long manteau de tissu noir épais par-dessus son costume-cravate. On dirait un prince, venu d'un autre temps, d'une autre époque. Sa beauté est à la fois démodée… et terriblement enivrante. Je l'observe s'asseoir à la dérobée. Il ne me regarde pas. Il semble perdu dans ses pensées. Il affiche une sorte de distance nonchalante, diamétralement opposée à la chaleur artificielle de son collègue. Je baisse la tête et prends une inspiration, tout en prenant soin de bien me redresser. Je suis reçue par des personnes apparemment influentes, qui semblent pouvoir décider de mon avenir, et je suis en train de perdre mes moyens comme une adolescente. Je suis en colère contre moi-même. Je tâche de me reprendre. Hors de question que je montre la moindre trace de faiblesse.

— Bien…, reprend le blond en se reculant dans son fauteuil. Tout d'abord… Comment allez-vous ?

— Mieux, je pense, assuré-je en examinant instinctivement mes bras. Merci.

— C'est tout naturel. Je comprends que cet événement puisse être un choc pour vous… Pour tout vous dire, nous étions sur les lieux au moment où tout cela s'est produit. Nous revenions d'un déplacement extérieur et nous nous sommes arrêtés pour nous hydrater. Nous avons immédiatement repéré la présence de membres d'un gang connus de nos services et potentiellement dangereux pour la population locale. J'ai donc prévenu la police, et celle-ci a pu heureusement arriver avant qu'il ne soit trop tard.

Je jette un coup d'œil à Viktor, qui a détourné le regard. Je me sens soudainement gênée, voire même honteuse. Ils étaient là, pendant que je dansais… Ils me regardaient, pendant que j'embrassais avidement un inconnu, après un spectacle enflammé…

La voix de Josh qui reprend me tire de ma rêverie.

— Néanmoins, tout le mérite revient à monsieur Kortain. C'est lui qui vous a tirée des flammes après l'explosion.

Je relève les yeux vers lui, interdite, et le gratifie d'un léger signe de tête. Il l'écarte d'un geste de la main, comme si cet acte ne méritait aucune gratitude, et je le surprends à foudroyer son collègue du regard.

Josh, à nouveau, s'avance légèrement sur son siège.

— Si nous vous avons convoquée ici, c'est pour vous demander d'être prudente. Le gang qui vous convoitait vous a manquée cette fois, mais j'ai bien peur qu'ils retentent quelque chose contre vous.

Je me recule, et laisse flotter quelques secondes, attendant qu'il continue. Toutefois, il semble bel et bien en avoir terminé. L'irritation monte. Je ne peux pas croire qu'ils m'aient amenée ici juste pour cela. Ça ne fait aucun sens. Ou alors… C'est peut-être exactement cela, la mentalité des Centristes. Cette gentillesse vide. Cette lointaine empathie dénuée d'actions. Ils ont joué aux héros, et s'attendent peut-être à ce que je les remercie en pleurant pour flatter leurs egos avant de retourner dans ma misère. Mon poing se serre.

— Je vous remercie pour votre sollicitude, mais je suis incapable de m'assurer une quelconque protection face à un gang armé, réponds-je d'un ton froid. La situation va m'obliger à changer de quartier, et si je veux espérer survivre, il me faudra un nouveau travail. Il y en a seulement deux possibles. Danseuse, ou prostituée. Dans les deux cas, je serai rapidement repérée par ceux qui me veulent du mal.

L'amertume m'emplit la bouche. Je n'ai qu'une envie, me lever et partir.

Josh doit s'apercevoir que je me suis braquée car il tente immédiatement de m'adoucir.

— Ce n'est pas la seule raison de votre présence ici, rassurez-vous…

Je ne réponds pas, et continue de le fixer d'un regard dur, les bras croisés sur ma poitrine.

— En réfléchissant à ce problème, nous sommes parvenus à la même conclusion que vous, m'explique-t-il calmement, les mains croisées façon PDG. Nous avons une solution à vous proposer. J'ai évoqué ce possible retour dans votre quartier afin de voir si vous aviez une solution qui vous permette de continuer à vivre en sécurité.

*Et dans la misère…*

— Nous aurions vraiment apprécié que notre proposition ne soit pas la seule, afin que vous ayez le choix, reprend-il.

Je laisse échapper un rire ironique et Josh hausse des sourcils interrogateurs.

— Je n'ai jamais eu le choix, avoué-je seulement d'une voix sombre en scrutant les buildings.

Le Centriste paraît être un instant déstabilisé par cette phrase à laquelle il ne semble visiblement pas savoir quoi répondre. Quand je me tourne à nouveau vers eux, je remarque que Viktor a esquissé un sourire amusé qui lui creuse une magnifique fossette dans la joue.

Lorsqu'il s'aperçoit que je le regarde, il reprend immédiatement son sérieux. Josh, lui, tente de reprendre le contrôle de la situation.

— Excusez-moi, je ne voulais pas…

Je suis probablement en train d'aller trop loin. Ils ont peut-être une manière étrange de communiquer à laquelle je ne suis pas habituée, à rester vagues sans exprimer clairement ce qu'ils attendent de moi, mais il semble qu'ils aient véritablement l'intention de m'aider. Il est peut-être temps de faire taire mon ego de banlieusarde et d'écouter ce qu'ils ont à me dire.

– C'est moi, corrigé-je, embarrassée. Je suis désolée. Parlez-moi de cette proposition, s'il vous plaît.

Le visage du blond se détend. Il se redresse et fait apparaître un building en trois dimensions au centre de la table. J'arrive – difficilement – à contenir mon émerveillement.

–Starlight, la firme pour laquelle nous travaillons, a été créée il y a sept ans par le gouvernement afin de promouvoir la culture sur notre territoire. Nous embauchons des jeunes talents, notamment dans le registre de la musique, pour les faire connaître, leur permettre de partager leur passion et inciter d'autres jeunes à s'épanouir dans ce domaine. Cette initiative est issue de la politique d'aide aux quartiers défavorisés de l'État : plus de 60 % de nos bénéfices leur sont reversés pour permettre leur développement. Depuis plusieurs années, nous ratissons la ville, à la recherche de talents qui pourraient participer à notre projet. Et plus particulièrement d'une, ou d'un artiste extrêmement talentueux et charismatique qui deviendrait l'égérie de Starlight. Hier soir, nous étions sur le chemin du retour après être allés rencontrer une jeune femme au sud de la ville quand nous avons décidé de nous arrêter à ce bar… comment s'appelle-t-il déjà ?

– L'Étincelle.

– Ah oui, c'est cela, L'Étincelle. Bref, nous avons assisté à votre prestation, et nous avons été comme qui dirait, conquis. La passion que vous mettez dans votre spectacle et votre hallucinante maîtrise de la danse et du chant font de vous la candidate idéale.

Je n'écoute Josh que d'une oreille, abasourdie. Une artiste ? Une égérie ? Tout cela semble trop…

— En acceptant de travailler avec nous, vous aurez bien évidemment accès à de nombreux avantages, continue posément Josh. Vous serez logée dans la chambre même dans laquelle vous vous êtes réveillée, nourrie par des chefs étoilés, vous aurez un crédit illimité pour l'achat de vêtements et d'accessoires… Une équipe de professionnels s'occupera de vous 24 h sur 24, dont des maquilleurs, professeurs de danse, de chant, coachs sportifs et photographes. Lors de vos plages de temps libre, vous pourrez réaliser les activités qui vous plaisent, et dans le contexte de votre travail avec nous, vous aurez l'occasion de rencontrer les plus célèbres talents et les plus grands noms de la ville.

Je me pince discrètement pour vérifier que je ne dors pas. Un tel basculement du destin… Tous mes besoins soudainement comblés, tous mes désirs les plus fous instantanément satisfaits. L'angoisse et l'excitation se mêlent et s'agitent dans mon abdomen, me donnant la nausée. Si ce rêve se termine… si cette opportunité s'échappe… je vais tomber de haut. De très haut.

— Mademoiselle ?

La voix grave de Viktor me fait sursauter. Je relève rapidement les yeux. D'un geste, il a interrompu Josh dans sa litanie de louanges et il m'observe, l'œil soucieux.

— Tout va bien ?

Je prends une inspiration.

— Je… J'ai un peu de mal à prendre conscience de ce qu'il m'arrive. Tout cela est si… inespéré…, murmuré-je en me massant les tempes, le visage déformé par une grimace. Je veux dire… C'est bien plus que ce dont j'ai jamais osé rêver…

J'étouffe un petit rire nerveux, transportée par une excitation à laquelle j'essaye pourtant de ne pas succomber. Josh m'adresse un sourire affectueux.

— C'est tout à fait normal, ne vous en faites pas. Nous l'avons prévu et c'est pour cette raison que monsieur Kortain est avec nous aujourd'hui. C'est un brillant psychologue, spécialisé dans de nombreux domaines, notamment celui de la gestion de la célébrité. Il sera chargé, si vous acceptez de devenir notre égérie, de vous suivre tout au long de votre carrière pour vous aider à vous adapter à ce changement brutal, mais aussi à l'exposition médiatique ou de tout ce qui concerne la gestion de votre image, par exemple.

Viktor hoche lentement la tête.

— Nous avons beaucoup d'autres détails à vous communiquer concernant le projet, mais vous en connaissez maintenant les grandes lignes. Nous voudrions entendre votre impression. Êtes-vous intéressée ?

Je me recule dans mon siège, luttant pour me montrer aussi maîtresse de moi-même que possible.

— Vous m'avez parlé du projet… De sa raison d'être. Mais vous me parlez également d'un psychologue… Pourquoi aurais-je besoin d'un psychologue ?

Josh ouvre la bouche, mais Viktor l'interrompt.

— Je m'en charge, assure-t-il seulement.

Son collègue hoche la tête et se recule dans son fauteuil.

— La principale ombre au tableau est la transition violente que vous allez devoir supporter. Ces dernières 24 heures, Starlight a étudié en profondeur votre dossier et a déjà établi une stratégie pour vous faire connaître rapidement et sûrement. Vous disposez en ce moment même d'une fenêtre de tir médiatique. Ce que vous avez vécu est hors du commun. Une jeune artiste qui échappe de justesse à un enlèvement, c'est un fait divers qui allèche de nombreux journalistes. Nous ne pouvons pas nous permettre de laisser passer cette opportunité. Si vous signez, dans deux heures, vous faites un shooting. Dans cinq, une conférence de presse. Ce soir, votre histoire passe au journal télévisé, demain vous êtes sur le plateau. Il faudra enregistrer un album d'ici à trois semaines, pour ne pas perdre l'effet du coup de projecteur sans noyer le public. On pourra ponctuer l'attente par l'ouverture de comptes sur les réseaux sociaux. Dans un mois, vous faites la une de la presse *people*, et dans deux, vous commencez une tournée. À vous de voir si vous êtes capable de tenir le rythme.

Je reste songeuse. Viktor a parlé calmement, les coudes posés sur la table, en me regardant droit dans les yeux. Visiblement, il m'a déjà bien cernée. Il m'a parlé en toute franchise, sans détours ni artifices, et a terminé son discours par une pointe de défi. Ils forment décidément un bon duo… L'un chaleureux et amical, le second professionnel et direct. Il est presque impossible de ne pas se sentir en confiance.

Néanmoins, malgré leur attitude impeccable, j'éprouve une émotion ambiguë en entendant cette proposition. Un mélange d'excitation et d'appréhension, de joie et d'inquiétude. Je me pose la même question pour la célébrité que pour la beauté : est-ce une bénédiction ou une malédiction ? Je n'arrive pas à trancher. Pourtant, je vais devoir le faire sans en avoir aucune idée. J'avoue considérer cette opportunité comme un cadeau empoisonné… Je me demande sincèrement ce que cache tant de perfection apparente. Pour autant… je suis irrésistiblement attirée par ce nouvel univers aux lois tout autres. J'ai besoin d'aller plus loin. Sera-t-il conforme à mon imagination ? Comment fonctionne-t-il ? J'ai envie de répondre à ces questions. Le luxe… l'argent, le succès, la célébrité… Ils représentent pour moi une sorte de fruit défendu terriblement tentant. J'ai une chance considérable, j'en ai conscience. L'opportunité de changer de vie. N'importe qui se jetterait dessus… Et pourtant, une petite voix dans ma tête me crie que ce n'est pas une bonne idée. Une étrange impression me serre le cœur, comme si j'étais sur le point de faire une énorme erreur.

Ma tête bouillonne. J'ai froncé les sourcils pour me concentrer.

Hésiter… Hésiter entre quoi au juste ? La misère ? L'insécurité omniprésente ? Vraiment, on m'a trop appris à me méfier. Certes, si je signe je le regretterai peut-être, mais si je refuse… Je suis certaine de passer ma vie à me torturer avec la pensée de ce qui aurait pu se produire, si j'avais dit oui…

— D'autres désagréments à prévoir ? je demande, absente.

— Les autres incommodités, comme la gestion de votre image ou l'exposition médiatique, nous les réglerons ensemble au fur et à mesure, m'assure Viktor, sûr de lui.

Je me redresse, essayant tant bien que mal de masquer l'angoisse qui me tord le ventre.

— Bien. Où est-ce que je dois signer ?

Josh a un immense sourire qui me paraît soudain diabolique et j'ai comme l'impression d'avoir choisi de vendre mon âme pour préserver mon corps.

# CHAPITRE 4.

*Viktor*

Je la vois encore. Immobile, fascinée, les yeux reflétant la mer. Son visage d'ange caressé par les ombres dorées qui font ressortir l'orange velouté de sa peau. Elle est vêtue d'une simple combinaison noire qui enveloppe ses hanches et marque sa taille. Vierge de tout maquillage, sa tignasse de cheveux blancs arrangée à la va-vite lui donne un air de lionne. Ses yeux sont légèrement écarquillés et ses lèvres entrouvertes en une expression de douce béatitude qui me fait trembler. Elle est émerveillée. Un émerveillement pur et calme, plein de rêverie. Elle a sombré dans un autre univers. Un univers où l'océan ne semble plus être une limite, mais une possibilité. Un infini qui l'appelle, qui l'attire irrésistiblement. Certaines personnes entretiennent un lien unique, invisible, avec la mer. Certaines personnes se sentent appelées par ses eaux sombres, charmées par le roulis infatigable des vagues sur les galets. J'en ai connu... J'en fais partie...

Cette image, pourtant terriblement anodine, restera gravée longtemps dans ma mémoire. Cela faisait longtemps que je n'avais pas vécu quelque chose d'aussi doux. D'aussi simple, aussi. D'une simplicité qui rend vrai...

Je la regarde à présent. Elle explique à Josh qu'elle n'a pas de signature propre, un sourire contrit aux lèvres.

– Ne vous inquiétez pas. Signez avec votre prénom et votre nom, cela suffira, la rassure-t-il avec un ton mielleux.

Son attitude m'agace terriblement. Je déteste cette conduite professionnelle, si fausse et hypocrite. C'est de la manipulation pure et simple. Mais cela ne choque personne. Au contraire, elle est pensée, réfléchie, enseignée comme un art dans les grandes écoles par lesquelles je suis passé. Et ce n'est pas un hasard si Josh est sorti second de la promotion. Si j'ai su jouer le jeu au cours de mes études, lui ne rechigne absolument pas à les utiliser dans la vie courante, voire à en abuser. Il suffit d'observer la manière dont il a persuadé Khione de bosser pour nous… En soi, il aurait pu simplement lui faire sa proposition et la laisser décider. Elle aurait accepté, c'est plus que certain. Mais non. Il s'est senti obligé de respecter à la lettre les étapes qu'il a méticuleusement apprises. Et cela va de la première impression (costar taillé à la perfection, attitude confiante et professionnelle), à la création d'un lien affectif avec la personne (sourire, contact physique, questions personnelles, attention portée à sa santé…). Ainsi, la proie est mise en confiance, sereine, et le travail au corps peut commencer. On débute par une légère déstabilisation qui nous fait passer pour des personnes soucieuses du bien-être de l'autre. On enchaîne par une proposition qui nous transforme soudainement en la solution à tous ses problèmes, et ce, en veillant à paraître rempli de bonnes intentions. Pour que tout cela soit cohérent, on rajoute quelques mensonges, tels que la raison de notre présence au bar, qu'on enveloppe dans le reste de la vérité. Ainsi, on peut introduire le projet en toute sécurité et l'allécher en lui faisant miroiter une vie de rêve… Enfin, on anticipe les objections et on empêche toute alternative possible d'être sérieusement envisageable…

La proie est coincée. On n'a plus qu'à la dévorer.

Ce petit jeu est pour Josh une véritable partie de chasse. Il prend un malin plaisir à analyser sa cible, anticiper ses actions, la traquer, petit à petit, jusqu'à ce que le piège se referme sur elle. Ne vous fiez pas à son sourire. Plongez dans ses yeux. L'étincelle vorace qui y scintille ne pourra pas vous tromper.

– Vous avez faim ? demande-t-il à Khione, tandis que celle-ci finit de lire les petites lignes avant de signer.

Pauvre gamine… Elle n'a aucune idée de ce qui l'attend. Durant toute la conversation, elle a essayé comme elle pouvait de garder le contrôle, oscillant entre espoir et amertume, méfiance et confiance. Cela la rend peut-être un peu moins niaise que d'autres, mais pas plus. À la fin, cela a été un jeu d'enfant de la mener là où on voulait.

– Je… Je n'ai pas vraiment l'habitude de manger le matin, rougit-elle.

Je lui jette un coup d'œil. Ce commentaire à l'apparence innocente m'a vite refroidi. Elle ne connaît rien à ce monde… Y est vulnérable et fragile… Mais je ne sais rien du sien. Je n'ai aucune idée de ce qu'elle a pu vivre. Et cette candeur soulignée de résilience s'avoue… troublante. Évidemment, je me garde bien de le montrer. Josh semble lui aussi légèrement touché et a un discret sourire qui me paraît un peu plus sincère que les précédents.

– Ne vous inquiétez pas, nous vous ferons vite renouer avec ce genre d'habitude. Vous travaillez désormais pour nous et Starlight réserve à ses partenaires un traitement d'exception, comme vous avez déjà pu le constater en vous réveillant dans une de nos plus belles suites. Si elle vous convient, elle sera désormais la vôtre. Et puis, n'oubliez pas que grâce à votre travail, vous allez permettre aux jeunes filles des quartiers défavorisés d'avoir accès à tout ce que vous n'avez pas pu avoir… Vous servez une cause honorable.

Je retiens un soupir. Elle sert surtout une cause politique.

— C'est trop…, murmure Khione en baissant les yeux.

Je retiens un soupir. Elle a l'air véritablement déstabilisée par ce changement brutal. Qui ne le serait pas ? Une gamine talentueuse et candide qui n'a jamais rien eu et se retrouve soudain avec tout l'or du monde dans les mains… Elle va se faire dévorer par l'argent et la célébrité. Son innocence, sa candeur, son originalité, ses différences… dans quelques semaines, ils ne seront plus qu'avidité, superficialité et conformisme. Comment transformer une muse en pantin articulé… Observez, vous saurez.

— Voilà ce que je vous propose, reprend Josh sans commenter sa réaction. Comme monsieur Kortain l'a évoqué, vous bénéficiez d'une fenêtre médiatique. Une dizaine de journaux souhaitent déjà obtenir le maximum de photos et d'informations afin de nourrir leurs articles. Je n'ai qu'un coup de fil à passer, et ils seront tous là dans les dix minutes. Le mieux serait qu'on commence par le shooting, ainsi vous iriez directement vous faire maquiller et habiller en attendant les journalistes, pour enchaîner sur la conférence vers 10 h. Cela vous laisserait un peu de temps pour petit-déjeuner entre les deux. Est-ce que cela vous convient ?

Khione semble ne pas en revenir. Elle se passe une main sur le visage, l'esprit ailleurs, incapable de réaliser. Je sais que cette réaction est normale, et pourtant… Je ne peux m'empêcher de ressentir un léger agacement. Tant de confiance… De candeur… Elle qui a grandi dans des quartiers si dangereux, ne connaît-elle pas les tréfonds de la nature humaine ? Pourtant, il semblerait que quelques paillettes soient suffisantes pour lui faire oublier la méfiance dont elle devrait faire preuve.

— Je… Oui, bien sûr. Tout me va…, assure-t-elle d'une voix sans émotion.

— Parfait, déclaré-je soudainement, à bout de patience. Nous n'avons plus qu'à y aller.

Josh approuve d'un signe de tête, et je sors de la salle tandis qu'il récupère le dossier.

Une fois dehors, il verrouille la porte d'un simple geste de la main. Nos yeux se croisent en un regard qui veut tout dire, et rien à la fois. Un mélange de complicité signifiante et de défiance, qui ne dure qu'un bref instant.

— Astrea, appelle-moi l'ensemble des journaux et studios avec lesquels nous avons des partenariats, pour leur dire que le contrat est signé et que je les attends au plus vite en salle de shooting pour les photos et la conférence, ordonne Josh en s'adressant à son assistante artificielle intégrée à sa montre. Dis aussi à Annaëlle et Chaska de nous rejoindre là-bas de toute urgence, et annule le rendez-vous de Dinah. Envoie-lui un message pour lui dire qu'on la convoque cette après-midi dans le bureau C.

— Bien monsieur. Je fais ça tout de suite, répond-elle de sa voix stoïque de robot.

— Bureau C ? répété-je ensuite en coulant un regard en direction de Josh.

Mon bureau. Il me dédie un clin d'œil rapide.

— Bureau C, affirme-t-il, un air goguenard fixé sur le visage, tandis que je retiens un soupir.

Nous tournons une fois à droite, et arrivons directement à la salle dite. Starlight détient en effet le quart supérieur du gratte-ciel, et a entièrement dédié les deux derniers étages à sa future égérie. Le dernier concentre tous les espaces les plus importants, comme la suite luxueuse de la concernée, une succession de salles de réunion, une infirmerie, plusieurs bureaux, un studio d'enregistrement et un complexe de pièces communicantes dont une dédiée au maquillage et à la coiffure, un vestiaire où se côtoient costumes de scène et robes de grands couturiers ainsi qu'une salle suréquipée réservée aux shootings photo. On peut y ajouter les quelques chambres du personnel dont la présence est requise vingt-quatre heures sur vingt-quatre. C'est bien évidemment mon cas et celui de Josh. À l'étage inférieur, on peut trouver la salle de sport et la piscine privée de l'égérie, mais aussi les cuisines, des bureaux administratifs et de nombreuses autres pièces aux fonctionnalités différentes.

Ici, c'est certain, elle ne manquera de rien.

Ou presque.

La porte s'efface et nous pénétrons tous les trois dans le vestiaire. C'est une large pièce moderne, au plafond de verre qui laisse entrer la lumière. Étoffes et tissus de toutes sortes sont déclinés en une infinité de teintes et disposés çà et là, accrochés à des cintres ou disposés sur des mannequins de verre. Armoires translucides, vitrines où trônent des bijoux de joailliers, étagères garnies d'escarpins, de bottines, de cuissardes de velours. Des miroirs sont disposés à plusieurs endroits dans la pièce en plus d'une cabine d'essayage fermée par un lourd rideau rouge.

Khione ne perd pas une miette du spectacle. Iris scintillants, elle longe les murs, sans oser effleurer ne serait-ce que le volant d'une robe. On dirait une gamine un soir de Noël. Elle sourit, d'un sourire terrible puisqu'il naît d'un moment de pur bonheur. Je sens mon cœur se serrer. Les derniers sursauts d'innocence…

— Me voilà…, annonce alors la voix essoufflée de quelqu'un qui déboule dans la pièce, me coupant dans mes pensées. Bonjour messieurs !

— Merci pour votre rapidité, Annaëlle. Nous allons pouvoir commencer.

J'adresse un bref signe de tête à la blonde insipide. Elle est plutôt petite, avec des hanches imposantes et des cuisses rondes, bien moulées dans son jean. Juchée sur des talons de dix centimètres qui la rendent presque aussi grande que Khione, elle a l'allure cambrée et un peu pataude des personnes qui manquent encore de confiance. C'est ce qui fait d'elle un personnage effacé, trop lisse, qui semble constamment chercher dans son métier un je-ne-sais-quoi qui ferait son identité.

Je l'observe de loin farfouiller dans les tiroirs à la recherche de son matériel.

— Est-ce que j'ai le temps de prendre quelques mesures ?

Bref, précis. Elle ne parle jamais pour ne rien dire et sait rester discrète. Deux qualités que la firme apprécie beaucoup.

— Les journalistes arrivent bientôt, mais je vais les faire patienter. Alors faites, cela nous fera gagner du temps pour plus tard, autorise Josh en réajustant sa veste. Je vais aller les accueillir. Nous nous retrouverons en salle de shooting pour le maquillage.

Elle hoche la tête en sortant un mètre et je suis mon acolyte du regard tandis qu'il passe le pas de la porte.

— Bien, est-ce que vous pouvez vous déshabiller, je vous prie ?

Je pivote face aux deux femmes, juste à temps pour voir Khione rougir.

— C'est vraiment nécessaire ? demande-t-elle d'une petite voix.

— Je le crains, répond simplement la styliste de Starlight.

— Je me retourne, informé-je d'un ton neutre.

La pudeur de Khione m'étonne, surtout quand je sais pertinemment qu'elle offre tous les soirs un spectacle de danses voluptueuses dans des tenues qui ne laissent pas grand-chose à l'imagination. À moins qu'elle veuille se donner un genre, il n'y a absolument aucune raison d'être dans cette retenue.

— Qu'avez-vous là ? demande alors Annaëlle, avec une pointe d'étonnement dans la voix.

— Seulement des cicatrices…, répond Khione d'une voix mal-assurée.

Je me retourne. Deux balafres blanchâtres barrent le ventre de Khione qui détourne le regard, extrêmement embarrassée. Elle est vêtue de simples sous-vêtements noirs qui doivent être les siens, mais je ressens un trouble profond à la voir ainsi dévêtue. Je m'approche, les sourcils froncés, le regard accroché aux marques blafardes. Josh ne va pas apprécier…

Khione frissonne.

Elle a froid, sûrement.

Je m'arrête à quelques centimètres d'elle, pose une main sur sa hanche, et effleure de mon pouce sa peau déchirée, mal cicatrisée. Elle ne respire plus. J'ignore le courant électrique qui m'a traversé au contact de sa peau, sa peau dont je connais déjà la douceur, et me concentre tout entier sur la blessure. Je ne sais même pas si nos technologies ont le pouvoir d'effacer cela intégralement.

— Qui vous a fait ça ? soufflé-je, en plantant mes yeux dans les siens.

Elle ouvre la bouche, la referme, cherche ses mots.

— C'est le médecin du quartier qui a recousu et…

Je la coupe.

— Je ne vous ai pas demandé qui vous avait soignée.

Elle soutient mon regard, soudainement sur la défensive. Si elle se braque de cette façon à chaque question, les séances vont s'annoncer mouvementées…

— Qui vous a poignardée ? murmuré-je en détachant bien mes mots.

— Qu'est-ce que vous croyez ? Un homme. À la sortie du bar. Se faire agresser à la sortie de son lieu de travail est plus proche d'un

71

risque quotidien que d'un événement exceptionnel, dans le quartier où je vis.

Son ton est froid, et son regard, dur. Je perçois dans sa voix une pointe de mépris, de ce mépris si commun aux populations des quartiers bleus envers nous autres, Centristes. Ce mépris qui crie « vous ne savez pas ce que j'ai vécu. Vous ne savez pas ce que c'est de vivre en enfer. » Si elle savait… L'enfer a de nombreux visages, et comme le disait Shakespeare, *tous les démons sont ici*. En général, je suis dédaigneux de ceux qui s'adressent à moi en prétendant connaître le goût de la souffrance, quand je la déguste et la respire chaque jour depuis des années. Mais là… je suis seulement exaspéré. J'enlève ma main de son flanc et continue de soutenir son regard.

– Quelles étaient ses motivations ?

Elle grimace, et tente de conserver la contenance qu'elle avait réussi à prendre. J'avoue que je ne suis pas tendre, mais il est bon d'avoir conscience des traumatismes qu'elle porte avec elle avant d'entamer les séances tant attendues.

– Tentative de viol, avoue-t-elle, chacun des mots lui arrachant perceptiblement la gorge. Mon… patron est arrivé très vite, et lorsque l'homme a réalisé qu'il n'arriverait pas à ses fins, il m'a mis deux coups de couteau dans le ventre.

– Tentative ? je répète.

– Tentative, confirme-t-elle.

Et j'ai comme l'impression qu'une flamme de colère s'est allumée dans ses iris.

– Quand ?

– L'année dernière.

Ce qui signifie qu'elle dansait déjà à cette époque… Je sonde une dernière fois son regard avant de faire volte-face, sans un mot.

Annaëlle prend les mesures et les note à la va-vite, consciente du retard que nous avons pris.

— Quelles sont les instructions ? demande-t-elle alors.

— Ils voudront des photos qui puissent avoir été prises lorsqu'elle travaillait encore dans ce bar. Ils veulent raconter son histoire, l'avant-drame, pas encore l'après.

Elle incline la tête.

— Une combinaison Kaméléon serait le mieux. Ils pourront l'adapter à leur bon vouloir.

Je l'entends s'affairer, rassembler les vêtements… Quelques instants plus tard, je perçois un bruit de rideau que l'on tire, et je me retourne.

Khione est vêtue d'une simple combinaison blanche, et de cuissardes à talons hauts assorties. Aussi pâle que la neige, des pieds à la tête. Ainsi vêtue, elle ressemble à une nymphe de l'hiver, ou à un androïde extrêmement bien réussi. Sa beauté est surréaliste.

— Parfait. Annaëlle, je compte sur vous pour conseiller les journalistes. Par ici, mademoiselle, l'invité-je en ouvrant une porte communiquant avec une autre salle.

Nous nous retrouvons dans le studio de shooting, immense, équipé de tout le matériel technologique. Fonds verts et bleus, salle spéciale d'adaptation, batterie de lampes de toutes sortes pour varier les lumières en tons et intensité… Des ingénieurs circulent un peu partout, slalomant entre les journalistes qui ont déjà pris possession des lieux. Je repère très vite Josh au milieu d'eux. Tous ont le regard braqué sur Khione, et la dévisagent des pieds à la tête avec une expression soit admirative, soit intriguée. Leurs yeux glissent ensuite sur moi. Comme toujours, je me crispe imperceptiblement, alors que l'étonnement passe sur leurs visages. J'ignore leurs messes basses pour conduire Khione jusqu'à un coin de la salle spécialement réservée au maquillage, où Chaska nous accueille chaleureusement. Métisse, brune, cheveux courts et crépus rasés sur le côté, poitrine moulée dans un débardeur noir, elle a passé un jean taille basse déjà barbouillé de paillettes, un pinceau glissé derrière son oreille.

— Viens vite, ma chérie ! dit-elle en souriant, faisant scintiller les parcelles d'or qui traînent sur ses joues. Installe-toi. Là. Voilà. C'est assez confortable ? lui demande-t-elle avec un grand sourire.

— C'est parfait, merci beaucoup, la remercie Khione en souriant à son tour, un peu moins timidement.

Je laisse la jeune femme devant son miroir cerclé de néons blanc éclatant et jette un dernier coup d'œil à Chaska qui farfouille déjà dans son étalage de produits de beauté, débattant avec elle-même à voix basse des meilleures options pour révéler la beauté « hors normes » de sa nouvelle cliente.

Un soupir. Je suis sur le point de me résoudre à rejoindre le groupe de journalistes qui tremblent déjà à l'idée de me poser les questions qui leur brûlent les lèvres quand la porte du studio s'ouvre à la volée.

Je tourne la tête d'un quart, surpris.

Une jeune femme rousse que je reconnais trop bien est plantée sur le seuil de la porte, visiblement très en colère.

# CHAPITRE 5.

*Viktor*

J'ai envie de pousser un soupir de frustration mais je le retiens *in extremis*. Elle s'approche à grands pas de Josh, qui est plus près d'elle que moi, ses talons claquant agressivement sur le sol. Celui-ci lui esquisse un sourire crispé.

— Dinah ! Notre rendez-vous est programmé pour cet après-midi. Pour le moment, nous sommes occupés. Je vous prierais de revenir plus tard, lui lance-t-il d'un ton à la fois jovial mais ferme.

La façon dont il se force à la vouvoyer devant les journalistes m'a toujours beaucoup amusé, mais la situation actuelle ne s'y prête pas.

— Comment osez-vous…, commence-t-elle d'une voix suraiguë, visiblement au bord de la crise de nerfs.

Elle retire vivement ses lunettes noires, dévoilant ses grands yeux soulignés de khôl d'où coulent déjà des larmes douloureuses. Elle semble osciller entre une colère hargneuse et un grand désespoir.

— Cela fait des mois ! Des mois ! Que je m'entraîne tous les jours, que…, s'étrangle-t-elle. Vous ne pouvez pas faire me faire ça !

Elle hurle presque.

– Dinah.

Ma voix résonne dans la pièce et coupe court à toute discussion.

– Viens.

Mon ton est froid et sans appel. Même si elle n'est plus notre égérie, elle reste un talent et je ne peux pas la laisser s'emporter comme ça devant les journalistes.

– Mais…, hoquète-t-elle.

– J'ai dit « viens », je répète encore plus durement, en prenant soin de bien articuler.

Elle abdique et baisse les yeux, honteuse avant de me suivre sans dire un mot. J'esquisse un léger signe à l'adresse de Josh qui s'excuse déjà auprès des journalistes, et ignore Khione qui nous observe avec inquiétude depuis le fond de la salle. Nous sortons rapidement et j'ouvre un bureau à deux salles d'intervalle, pour être bien sûr de ne pas déranger le shooting.

Une fois à l'intérieur, je me défais de ma veste que je lance nonchalamment sur un canapé de cuir rouge, non sans un soupir. Fatigué, je contourne le bureau de bois sombre et m'assieds avant de daigner relever les yeux vers elle.

Celle-ci a sorti un mouchoir et tente de reprendre une contenance en se tamponnant le dessous des yeux. Vêtue d'un imperméable à boutons noirs qu'elle a resserré à la taille et de longues bottes à talons qui lui allongent les jambes, elle reste toujours aussi séduisante, et ce malgré ses yeux rougis par les larmes.

Et pour cause. Dinah était notre égérie *provisoire*.

Or elle vient d'apprendre que Khione lui a volé sa place.

– Assieds-toi, lui intimé-je.

Elle prend place, fuyant mon regard.

Ses cheveux flamboyants tombent en cascade sur ses épaules, et scintillent doucement à la lumière du soleil.

— Tu savais qu'il y avait un risque, je me lance à contrecœur. C'était dans le contrat.

Elle ne répond pas.

— Maintenant, celui-ci n'est pas rompu. Il est transformé. Tu travailleras toujours pour nous.

— Mais pas comme égérie, s'étrangle-t-elle.

Je soupire.

— Cela ne change pas grand-chose. Tu seras l'une de nos talents les plus mises en avant. On va te faire passer au second plan pour huit, dix mois, le temps que Khione ait des bases solides. Tu suivras son sillage au début, mais tu pourras toujours avoir ton propre succès, tes propres fans, et à terme réussir autant voire mieux qu'elle. Rien n'est perdu. On ne te renvoie pas.

J'aimerais pouvoir adopter le ton mielleux de Josh, mais c'est peine perdue. Ma voix reste neutre, professionnelle, et même un brin amère.

Dinah me fusille du regard.

— Cela change tout, pourtant, feule-t-elle. Tu crois que ça me fait plaisir d'être reléguée à la seconde place ? Toute ma vie, j'ai travaillé dur pour être la meilleure. Pour que personne ne puisse me surpasser.

Elle prend une pause glaçante.

— Réussir ne m'intéresse pas, Viktor. Je veux exceller.

Son ton est grave, tremblant, rageur. Je reste de marbre et retiens une moue dégoûtée face à ce désir de puissance qu'elle ne prend

77

même pas la peine de contenir. Elle se recule et prend une inspiration excédée qui lui sert probablement à retenir ses larmes.

– J'y étais presque. J'étais à deux doigts… Et puis ce salaud de Josh…

– Dinah, je la coupe sévèrement.

Son nez se fronce de colère et de dégoût. Les yeux fixés sur le bureau, elle ne remarque pas que mon regard s'est considérablement assombri. Même si sa personne a toujours suscité chez moi un dégoût profond, car elle incarne tout ce que je reproche à cette société corrompue, sa souffrance vive, qu'elle cherche à masquer derrière ses attitudes dramatiques et théâtrales, ne peut pas me laisser indifférent.

Ignorant mon profond malaise, Dinah se penche dans ma direction et me pointe du doigt.

– Quoi qu'elle ait de plus, je suis prête à tout. À tout, tu m'entends ? Je veux bien refaire de la chirurgie, mettre des prothèses, travailler encore plus dur mes chorégraphies… Je veux bien être payée moins cher si ça fait la différence ! s'exclame-t-elle, les yeux brillants de détermination.

Je pousse un profond soupir.

– Non, Dinah, non. Tu sais que cette décision est prise, et que nous ne reviendrons pas dessus.

Chaque mot que je lui adresse m'érafle la langue.

Je me lève, bien résolu à mettre fin à cette conversation qui m'insupporte.

J'ai pitié pour elle. Pour cette ambition obsessionnelle qui la détruit. Je suis même persuadé que si se jeter d'une tour lui permettait de passer à la célébrité, elle le ferait.

À bout de nerfs, je la prends fermement par le bras pour la relever. Elle trébuche et se pend à mon épaule.

Je m'immobilise.

Elle se redresse, haletante, et plonge ses yeux d'ambre dans les miens. Son regard descend doucement sur mes lèvres, glisse le long de mon cou et s'arrête sur le premier bouton de ma chemise.

Je me mords la lèvre. *Bordel.*

Elle pose une main nonchalante sur mon torse, et de l'autre, défait doucement le bouton. Je retiens mon souffle. Elle est la seule femme pour laquelle j'éprouve à la fois autant de désir et autant de dégoût. Avec une lenteur calculée, elle presse ses lèvres contre les miennes et m'embrasse avidement. Ses doigts délaissent ma chemise et desserrent son imperméable, qu'elle laisse tomber négligemment sur le sol. Évidemment, cette garce ne porte que des sous-vêtements... Je laisse traîner un instant mon regard sur son corps qu'elle exhibe avec plaisir, son éternel sourire provocateur vissé sur les lèvres.

Réalisant soudainement ce que je suis en train de faire, je détourne vivement les yeux et serre les dents.

— Dinah…, grondé-je, menaçant.

Elle ignore complètement mon avertissement et presse son corps dénudé contre le mien, enroulant ses bras autour de mon cou pour caresser ma nuque. Elle mordille sensuellement ma lèvre inférieure, et glisse sa jambe derrière la mienne.

— Je sais que tu ne veux pas que j'arrête…, murmure-t-elle à l'orée de mes lèvres, tandis que je bois son souffle.

Sa main se glisse sous ma chemise pour venir effleurer mes pectoraux.

— Jamais elle ne te le fera aussi bien que moi…

La référence à Khione me fait l'effet d'une douche froide. L'indignation monte. Je saisis son poignet avec fermeté, ce qui la fait sursauter.

— Normal… Ce n'est pas une allumeuse qui couche pour gravir les échelons, elle…, murmuré-je avec une joie méchante, en insistant bien sur le dernier mot.

Ses yeux s'arrondissent de stupeur.

— Connard…, laisse-t-elle échapper, offusquée.

Elle se détache de moi, abasourdie, et me regarde avec un mélange de colère et d'aberration.

— Tu te crois mieux que moi ? Tu n'es qu'un salaud manipulateur ! crie-t-elle. Un salaud qui utilise sa célébrité pour profiter de toutes les filles qui croisent son chemin…

La haine se ressent dans sa voix quand elle gronde ces mots. Je détourne les yeux, essayant tant bien que mal de refouler la culpabilité qui pointe. Dinah tend un index agressif dans ma direction.

— Après tout ce que j'ai fait ! Tout ce que j'ai sacrifié ! Je t'ai ouvert mon cœur, je t'ai…

Ça y est. Ma patience a atteint ses limites. Je me tourne vivement vers elle, la coupant net dans sa phrase.

— Tu m'as ouvert ton cœur, Dinah ? Vraiment ? claqué-je, la voix teintée d'ironie, en avançant vers elle d'un pas lent mais dangereux. Tu m'as surtout ouvert tes jambes. Et ose me dire…

Mon ton est si impétueux et menaçant qu'elle se glace immédiatement. Je la coince contre le mur, les yeux plantés dans les siens.

— Ose me dire que tu ne les as pas ouvertes à Josh aussi.

Elle baisse le regard. Touché. Je vois bien que les larmes montent.

— Tu as couché avec moi pour mon nom, Dinah. Uniquement pour mon nom. Pour pouvoir te vanter de l'avoir fait avec quelqu'un de connu, pour ta gloire personnelle, pour m'ajouter à un tableau de chasse dont je n'ai rien à foutre. Je me trompe ?

Elle reste muette. Son indifférence me rend amer.

— Qui ne dit mot consent..., soupiré-je en m'éloignant d'elle. Quoi qu'il en soit, tu sais que la décision ne m'appartient pas et pourtant... Pourtant tu t'obstines à essayer de me convaincre en utilisant la « liaison » qu'on a pu avoir.

Nouveau soupir. Je suis exaspéré par la situation.

— Tu ne recules vraiment devant rien...

Je ramasse sa veste et la lui lance à la figure. Elle l'attrape au vol. Avec son allure échevelée et son regard enragé, elle ressemble à une furie.

— Maintenant, va-t'en. Un mot de plus et tu peux dire adieu à ton contrat. Parce que je ne peux pas te désigner comme égérie, mais je peux te virer. Purement et simplement, articulé-je.

Un frisson la parcourt. Elle sait que je ne plaisante pas.

— Je te déteste, crache-t-elle avant de sortir en faisant claquer ses talons sur le sol, blessée et humiliée.

# CHAPITRE 6.

♫ *Like a drug*
Jordyne, Swim ♫

**Khione**

Mon reflet m'est étranger, comme à chaque fois que je suis maquillée. Je suis terrible. Des paupières noir et argent, des lèvres de métal, un teint pâle… Le résultat est glaçant. Je reste muette, droite sur mon siège, essayant de rester de marbre face aux regards inquisiteurs. Murmures admiratifs. Coups d'œil entendus. Chuchotements intrigués. Les journalistes prennent en vitesse des notes de leur première impression, griffonnent des mots-clés, des idées d'introduction.

– Mademoiselle…, m'invite Josh en me désignant la zone de shooting d'un mouvement galant.

Je m'applique à me lever doucement, sachant pertinemment que chacun de mes gestes est épié, saisi, décortiqué. En surface, je garde le contrôle. En profondeur, je me sens mal. L'angoisse d'avoir fait le mauvais choix me rattrape et avec elle, la peur de ne pas être à la hauteur. Une boule me noue l'estomac depuis l'instant où je l'ai vue entrer. Elle. Elle et sa silhouette longiligne, sa plastique parfaite… Et son air brisé.

Je n'ai pas besoin d'avoir fait beaucoup d'études pour comprendre que je lui ai pris ce qui devait forcément être sa place.

Qu'ils aient pu la destituer pour me placer au sommet du podium, et ce, sans même avoir une idée concrète de mes compétences, de ma capacité à m'exprimer en public, de mon comportement face aux médias, me bouleverse profondément. Ils m'ont tout accordé sans lui donner la moindre chance de rivaliser. Qu'est-ce qui me prouve que cela ne sera pas mon cas ? Qu'ils ne trouveront pas mieux ? Pas meilleure ?

Mon teint de porcelaine les empêche de se rendre compte à quel point je suis livide. Je me sens pourtant si vulnérable…

Je me place dans l'alcôve, l'esprit ailleurs. J'exécute les gestes qu'ils me demandent de manière mécanique. La scène se déroule sous mes yeux, mais je ne la vis pas. Trop de questions. Trop de doutes…

– Khione ?

La voix de Josh me force à sortir de mes réflexions.

– Tout va bien ?

Je cligne des yeux.

– Oui… Oui… Vous pouvez continuer.

Mon ton est distrait, mais j'essaye d'afficher un sourire rassurant.

– Allez chercher monsieur Kortain, ordonne Josh à une assistante, visiblement pas convaincu.

– Mademoiselle, vous le savez sûrement mais en photographie, le regard est primordial. Nous avons besoin que vous vous mettiez corps et âme dans cette séance. Or on vous sent ailleurs…, commente une journaliste sur un ton condescendant qui me donne l'impression qu'elle s'adresse à un enfant.

Je déglutis difficilement.

— La photographie n'est pas un simple arrêt sur image, renchérit un autre d'une voix grave. C'est une représentation vivante, un morceau de temps que l'on a réussi à capturer, un fragment de personnalité que l'on parvient à emprisonner…

— Nous vous souhaiterions plus concentrée, plus volontaire dans ce que vous faites.

— Essayez de vivre le moment présent.

Je me mords l'intérieur de la joue pour m'empêcher de jurer. Foutus Centristes… Pour eux, ce n'est qu'une journée normale, vouée à être parfaite. Moi… J'ai encore le sang d'Atë sur les mains et la poigne fantôme de mon agresseur sur la gorge. J'essaye de contenir mon stress. Je me sens tellement peu à ma place… Tout ceci est si différent. Je suis dans un autre monde, avec d'autres codes et quelque chose au fond de moi me souffle que si je ne suis pas à la hauteur, ils n'hésiteront pas à me jeter à nouveau dans l'enfer d'où je viens.

— Il n'y a pas l'étincelle. Nous ne voulons pas de photos quelconques. Certes, elle est belle. Mais si vous voulez la faire connaître, il faut la rendre sensationnelle, explique une photographe à Josh d'un air pincé, comme si elle était réellement contrariée.

Je m'apprête à ouvrir la bouche, le cœur battant, intimidée mais indignée, lorsque Viktor rentre dans la pièce. Impeccable. Maître de la situation, il s'avance d'un pas rapide mais détaché pour nous rejoindre.

— Que se passe-t-il, messieurs dames ? demande-t-il d'un ton calme.

J'ai du mal à détourner mon regard. Malgré toute la prestance et la confiance qu'il affiche, je ne peux que remarquer sa chemise légèrement froissée que l'on entrevoit sous un pli de sa veste…

Je l'observe écouter les récriminations des journalistes. J'étudie sa posture. La façon dont il hoche légèrement la tête, pour marquer son approbation. Son regard profondément ancré dans les yeux de son interlocuteur.

— Écoutez, je vous prie de m'excuser mais dans les documents que nous vous avons envoyés, il était clairement stipulé que Khione n'avait aucune expérience dans ce milieu. Avez-vous pris le temps de la mettre en confiance ? De lui expliquer précisément ce que vous attendiez d'elle, depuis sa posture, mais aussi son attitude, son regard, ses gestes ? Comment voulez-vous qu'elle joue la scène que vous espérez si vous ne lui expliquez pas son rôle ?

Les journalistes se regardent les uns les autres, gênés.

— Vous n'avez pas eu le temps de lire ces papiers, n'est-ce pas ? devine Viktor, une pointe de raillerie dans la voix.

— Pas vraiment. Les délais étaient plutôt courts et…

— Très bien. Je vous propose d'attendre quelques minutes, le temps que je lui explique clairement les choses. En attendant, je vous encourage à survoler son dossier. Vous pourriez y trouver l'inspiration qui vous fait défaut.

Les journalistes acquiescent en silence. Viktor se détourne d'eux pour planter son regard dans le mien.

— Venez.

Il me tire une chaise et me fait asseoir face à lui. Je prends une inspiration.

— Bien. Tout d'abord, vous devez savoir que vous ne prenez la place de personne, débute-t-il d'un ton qui se veut rassurant.

J'écarquille légèrement les yeux, étonnée qu'il ait su lire si facilement en moi.

— Dinah est une jeune femme qui fait partie de nos recrues, et qui était formée pour devenir l'égérie de notre marque de manière provisoire. Elle avait conscience qu'elle n'avait pas tous les critères que nous recherchions, et qu'ainsi elle pouvait être amenée à devoir céder sa place. Cela n'ôte rien au fait qu'elle a eu du mal à l'accepter mais si cela peut vous rassurer, elle fait toujours partie de nos talents. Vous avez signé un contrat définitif, ce qui est totalement différent. Starlight ne vous laissera pas tomber pour une autre. Me suis-je bien fait comprendre ?

Je hoche lentement la tête. Au fur et à mesure de ses paroles, mes muscles se sont dénoués et mon stress estompé pour laisser place à un doux soulagement. Je ne peux le croire sur parole, mais l'entendre réaffirmer au nom de la firme le sérieux du contrat et leur volonté de faire de moi l'égérie définitive me rassure considérablement.

— Maintenant, nous avons besoin de photos de vous… sensationnelles, reprend-il plus bas en détachant le dernier mot pour me faire savoir que celui-ci n'a pas été choisi au hasard. Vous devez provoquer une sensation chez celui qui regarde. Un choc. Une attraction. La même attraction que lorsque vous dansez et chantez. Le même magnétisme. Je veux vous voir avec la même énergie, la même confiance en vous, en votre beauté, en votre capacité de séduction lorsque vous montez sur scène…. Séduisez-les. Ils sont votre public…

Il s'est penché vers moi, et je me force à ne pas regarder ses lèvres qui prononcent ces mots à mi-voix. Je crois que je ne respire plus.

Clignant des paupières, je tente de me recentrer. Il n'a pas tort. Un public est un public et les hommes sont des hommes, quelle que soit leur classe sociale. Je devrais être capable de charmer des

Centristes de la même manière que j'envoûte les habitants des quartiers bleus, n'est-ce pas ?

— Comment est-ce que vous vous préparez avant vos spectacles ? poursuit Viktor alors, sa voix chaude empreinte de douceur.

Je me renverse en arrière sur mon siège, ferme les yeux, les rouvre.

— Je me concentre sur la musique…, je murmure lentement.

Un silence. Il me laisse continuer.

— Je m'imprègne de son énergie… et de celle du public. Je m'en revêts, comme si elle était une deuxième peau.

— Cela vous aiderait si on en diffusait pendant le shooting ?

Je le dévisage, intriguée par son air légèrement amusé.

— Je pense, oui, avoué-je.

La musique est ce qui fait de la scène *ma* scène. C'est peut-être ce qui me manque, ici ?

— Parfait. Nous allons faire ça, alors, déclare-t-il alors qu'en se redressant, l'éclat du soleil traverse furtivement ses pupilles. Mais n'oubliez pas : si vous le voulez, vous pouvez mener la danse.

Cette fois, je ne peux retenir un sourire. Je l'observe se diriger vers un écran mural, et ferme les yeux pour mieux contrôler ma respiration. Les premières notes s'élèvent, et je masque mon enthousiasme. Il s'agit de « *Like a drug* ». Une musique à la fois puissante et sensuelle, qui me remplit de confiance et me donne envie de me dépasser.

Je me lève, esquisse quelques pas d'échauffement, fais rouler mes épaules. La puissance et la netteté du son font vibrer les parois. Un frisson d'excitation dévale ma colonne vertébrale tandis que je prends conscience d'où je suis et de qui je suis appelée à être. Je me mords la lèvre pour contenir mon impatience. Ma vie va changer, enfin. C'est inespéré. Presque trop beau. Je ne leur ferai pas regretter leur choix.

Jamais. Je me sens plus belle que je ne l'ai jamais été. Plus séduisante. Plus confiante. Plus ambitieuse. Je vais surpasser les attentes des photographes.

Je suis immobile, les mains fixées sur les hanches, les coudes légèrement en arrière. Ma crinière de cheveux blancs tombe en cascade sur mes épaules, rompant avec le noir de ma combinaison qui s'est enflammée. Les lèvres à demi entre-ouvertes, je regarde les photographes comme si j'allais les dévorer.

Flashs aveuglants. Je change de pose, joue avec mes cheveux, arbore des airs enflammés ou innocents. Les journalistes mitraillent, me crient des indications contraires. Des sourires ont illuminé leurs visages et une guerre a commencé.

Je ne les écoute plus.

J'ai décidé de mener la danse.

C'est moi et moi seule qui décide d'offrir à leurs appareils la ligne de ma mâchoire, la courbe de mes reins, la vue de ma gorge.

Un demi-sourire. Je fais volte-face et me cambre en arrière.

Petits cris d'exclamation, injures étouffées.

Je glisse mes mains dans mes cheveux, amusée. Ils ont effectivement dû sauter quelques lignes dans mon dossier…

Je leur sers un sublime grand écart latéral assorti d'un cambré qui fait ressortir ma poitrine.

Je me glisse à plat ventre, face à eux, et enroule mon corps de façon à ce que la pointe de mes pieds vienne effleurer le sol juste devant moi. Ce dernier devient un espace privilégié pour afficher mes talents, et j'enchaîne mes plus belles figures.

La musique m'enivre, me donne le tournis. Le shooting est une danse. Mes poses sont des figures.

Le fond blanc se transforme au fur et à mesure que je me laisse éblouir par les flashs, imitant diverses scènes de bar. Dans le même temps, je vois ma combinaison se recouvrir d'écailles de poisson ou de reptile, être inondée d'eau turquoise, s'illuminer d'étoiles…

On me mouille les cheveux, me demande me porter les mains à mon cou, de me plaquer contre la paroi. J'obéis, aveuglément, suivant ce flot de sensualité si familier qui, à l'Étincelle, animait déjà toutes mes danses.

Je ne m'étonne plus du changement de matière du mur qui se revêt tantôt de brique, imite ensuite le métal, se gondole pour prendre l'aspect de la tôle. La pièce semble vivante. Des blocs apparaissent, puis disparaissent. Ils me font jouer avec les renfoncements, jusqu'à me demander de m'étendre sur l'escalier qui vient de se former à mes pieds.

Je m'exécute avec une moue lascive, incarnant parfaitement mon personnage, bloquant mes pensées, appuyant mes regards, quand je croise celui de Viktor. Je réprime un frisson devant ses yeux sombres qui me détaillent sans retenue. Les mains plongées dans les plis de sa lourde veste noire, il écoute d'une oreille distraite les remarques de Josh, son regard plongé effrontément dans le mien.

— Mademoiselle ? Cambrez-vous s'il vous plaît. Placez vos cheveux à gauche de votre nuque. Parfait. Pliez les jambes… Voilà. Remontez légèrement votre épaule droite et regardez-nous par en dessous… Magnifique…, complimente un journaliste dans un murmure.

Un toussotement.

— Messieurs…

Les objectifs s'abaissent, un peu à regret.

– La séance est terminée. Je vous invite à prendre un café avant la conférence de presse, le temps que Mademoiselle Blythe se prépare à répondre à vos questions, propose Josh en les dirigeant vers le patio où, entre les confortables fauteuils en cuir, sont déjà disposés cafés fumants et croissants chauds.

Distraite par la musique qui s'estompe et les photographes qui s'installent déjà confortablement, je ne remarque pas Chaska qui, en véritable mère poule, vient me déposer un grand peignoir noir velouté sur les épaules.

– Il fait très frais ici, fais attention ! se justifie-t-elle tandis que je la remercie d'un sourire.

Elle m'invite à m'asseoir sur un divan noir molletonné disposé devant une table de verre où une assistante dépose un plateau débordant de nourriture.

J'écarquille les yeux, soufflée, émue.

Croissants, pains au chocolat, thé, lait chaud, pain frais, fruits et autres gourmandises…

– Ce n'est pas vrai…, je murmure du bout des lèvres en osant à peine regarder devant moi.

L'odeur de grillé, de miel, de confiture emplit mes narines et je suis à deux doigts de pleurer de bonheur.

J'ai connu la faim. Le pain dur. Les barres d'énergie au goût pâteux distribué par le gouvernement pour lutter contre la famine. Le café imbuvable, l'eau au goût métallique. J'ai vu des gamins décharnés courir dans les rues, des enfants mourir de faim. Même quand j'ai réussi à trouver cet emploi, je mangeais peu pour leur donner le reste de mon salaire.

– Khione ?

Je sursaute presque. Mes yeux s'étaient accrochés au plateau que je fixais, immobile, comme s'il s'agissait d'une apparition. Je tourne doucement la tête vers la voix qui a articulé mon prénom. Viktor s'est accroupi à côté du divan pour être à ma hauteur et me regarde, à l'écoute. Ce n'est qu'à ce moment que je remarque que deux larmes ont dévalé mes joues pour venir s'écraser sur mes paumes.

– Je ne peux pas manger ça…, je souffle, perdue.

– Pourquoi ?

– Parce que…

Je n'en sais rien. C'est le blocage. Voir toute cette nourriture me serre la gorge, le ventre, attise ma faim et me donne la nausée, me rend heureuse et attristée. Une émotion indescriptible s'est emparée de moi et je n'ai aucun mot pour l'expliquer.

– Vous méritez ce repas, commence Viktor d'une voix tranquille. Le gouvernement a changé, et a décidé de se montrer plus attentif aux besoins des plus défavorisés. Votre travail de tous les jours, votre voix, votre talent, votre personne que vous mettez à la disposition des autres pour les faire rêver… Tout cela est destiné à réaliser un rêve : faire en sorte que chacun, dans ce pays, puisse manger des fruits frais, du pain, boire du café digne de ce nom. Vous êtes un symbole : la première à initier le mouvement. Vous devez manger ce repas en pensant non pas que vous trahissez vos origines, mais qu'ainsi vous allez permettre à tous les autres de faire de même. Vous ouvrez la voie. Si chaque individu des quartiers pauvres refuse de sortir de la misère par solidarité pour les autres, nous ne nous en sortirons jamais, comprenez-vous ? Nous vous demandons de sortir de votre ancienne condition et de céder au confort, de l'apprécier, sans jamais oublier vos racines. Servez-vous. Mangez. Appréciez. Et tout cela avec l'intention de propager ce plaisir, ce bonheur, à tous ceux qui ne le connaissent pas encore.

Je reste muette. Son discours est rassurant, convaincant… Il suffit qu'il prononce trois mots et déjà mon malaise s'estompe. Je ne sais que penser. Il attrape un minuscule fruit, d'un orange velouté, et me le tend.

– Prenez.

Je le saisis doucement, effleure sa peau duveteuse… Je le sépare en deux parties, pour en enlever le noyau, et mords dans la chair juteuse. Le parfum sucré, fruité se répand dans ma bouche et sature mes papilles. Je ne peux retenir un sourire.

– Comment est-ce que ça s'appelle ? demandé-je, une pointe embarrassée.

– Un abricot, sourit-il, l'étincelle de tendresse dans ses yeux me faisant frissonner.

# CHAPITRE 7.

♫ *Who do you want*
Ex Habit ♫

**Viktor**

– Quelles sont vos impressions à propos de cette journée ?

Khione se recule dans son siège avant de me regarder bien droit dans les yeux. Elle reste calme, mais ses ongles qui tapotent avec régularité sur l'accoudoir du fauteuil la trahissent.

– Bien. Merci.

Sa réponse, brève et empreinte de méfiance, me donne envie de sourire. Elle met en application ce que je lui ai appris à l'instant, juste avant la conférence de presse. Formuler des réponses courtes, expéditives, qui ne laissent pas de place à l'interprétation. Établir un recul émotionnel avec les questions, rester cordiale pour ne pas paraître sur la défensive.

Les journalistes savent parfaitement comment dramatiser une situation, la rendre beaucoup plus attrayante pour le public et ce, sans qu'il soit besoin d'accentuer ses propos. Pour un premier contact avec le monde des médias, je dois avouer qu'elle s'est montrée satisfaisante.

Légèrement gênée, pas très extravertie mais le fond du discours a largement plu. Sa condition de banlieusarde et sa fulgurante exposition médiatique font d'elle un personnage intrigant et doué d'une certaine épaisseur, qui sonne comme la promesse que Khione fera couler beaucoup d'encre.

Je pousse un léger soupir.

— Khione… Ne jouez pas à cela avec moi. Gardez cela pour les journalistes, d'accord ?

Ses lèvres dessinent une moue d'une douceur espiègle avant de s'effacer bien vite. Je la regarde, un instant de plus, avec ses cheveux de nuages et son regard de mer houleuse, et remarque que l'air semble plus lourd. Plus épais. Plus cotonneux. Elle me donne envie de me taire. De me taire et de simplement… l'écouter. Il faut dire que sa simple présence semble pleine de mots… Tous ses gestes, ses regards, trahissent une histoire qu'elle se refuse de révéler.

— Je reprends. Comment vous sentez-vous ? interrogé-je, tout en me forçant à me recentrer. Êtes-vous à l'aise, tendue…

— Perdue…, souffle-t-elle, le regard vide.

Je m'incline légèrement vers elle, compatissant.

— Si cela peut vous rassurer, c'est tout à fait normal. Vous allez alterner entre l'euphorie de ce monde à découvrir, qui vous fera goûter à tous les plaisirs, et l'angoisse parfois suscitée par la perte de vos repères et la peur d'avoir fait le mauvais choix.

Je l'observe tourner la tête vers moi, surprise de se reconnaître dans mes mots.

— Ce fut déjà le cas aujourd'hui, n'est-ce pas ? continué-je, sans prêter attention à son étonnement.

Un hochement de tête me répond. Elle me regarde, comme si soutenir mon regard était une chose aisée et naturelle, ne lui demandant qu'un maigre effort.

— Nous allons ensemble essayer de traiter la seconde partie de cette nouvelle condition : les angoisses. Notre but va être de réduire cet état de stress, en vous créant de nouveaux repères solides sur lesquels vous appuyer. Cela va passer par la dissociation de votre personnalité en deux identités.

— C'est-à-dire ? murmure-t-elle, intriguée.

Elle me scrute en silence, comme si elle essayait de lire la réponse dans les méandres de mon regard. Dommage pour elle, cela fait maintenant bien longtemps que celui-ci est devenu insondable…

Blinder mon esprit est devenu un jeu d'enfant depuis que la douleur m'a construit un masque de fer. C'est d'ailleurs peut-être cela, chez elle, qui me fait frémir. Elle a vécu l'horreur de la guerre et sort sans armure. Elle a subi le mordant du froid et demeure dénudée. La souffrance semble l'avoir traversée… Sans l'avoir marquée de son fer infernal.

Réalisant que je divague — encore, je prends une inspiration, afin de feindre d'être en train de réfléchir à la meilleure manière de lui expliquer l'idée.

— Même si ce que je viens de vous dire peut vous sembler abstrait, c'est quelque chose que vous maîtrisez déjà en partie, me rattrapé-je, drapant mon inattention sous un ton professionnel. C'est pourquoi je pense qu'il ne vous sera pas très difficile de l'intégrer. Il s'agit de faire la distinction entre le rôle que vous jouez sur scène, et la personne que vous êtes à l'abri des projecteurs.

Ma voix calme et uniforme lui détaille ce concept. Je vois différentes émotions passer dans son regard. Dieu, qu'elle est lisible… Sa facilité à exprimer ses émotions est un atout dans le monde dans lequel elle évoluera, car l'empathie est très appréciée par la foule. Néanmoins, il faut qu'elle apprenne à se blinder face aux influences extérieures, pour que sa sensibilité ne se retourne pas contre nous…

Dans le silence de ma cage thoracique, mon cœur rate un battement, comme indigné par mes pensées calculatrices.

« Tais-toi. », je lui ordonne sans un mot.

Alors, avec patience, dans la froideur de mes idées, je lui explique, pas après pas, comment se protéger… des autres.

Je ne désire pas qu'elle devienne comme moi. Loin de moi cette idée. La force des choses m'a appris à prendre un recul nécessaire sur mes émotions. Le recul suffisant pour continuer à vivre sans devenir fou. Maintenant, je suis libre de les laisser m'animer ou non, à ma guise. Je garde souvent à portée de main la colère, la haine ou l'irritation. Elles me font sentir plus vivant et m'éloignent un peu de l'image du monstre froid et insensible qui grandit pourtant dans le silence de mon cœur. J'ai rejeté volontairement la joie, le bonheur, ou encore l'attachement. Ces émotions futiles, aussi éphémères que des bulles de savon, me satisferaient si elles n'allaient pas de pair avec celles que je fuis. La souffrance, la culpabilité et le découragement. Ces six entités ont toujours été pour moi indissociables les unes des autres, comme deux faces d'une même pièce qui n'attendrait qu'un infime sursaut du destin pour se retourner.

Il est plus prudent pour moi de les laisser de côté. Dorénavant, je ne suis plus faible, mais vide. Seules quelques braises continuent à me brûler les entrailles. La colère. La rage. L'espoir, aussi. Ce stupide espoir qu'un jour, peut-être, une autre chance se présentera. Les années les ont peut-être légèrement refroidies, mais leur chaleur irradie encore dans ma poitrine, bien présente. Jamais, au grand jamais, je ne pourrais les laisser s'éteindre.

Jamais, au grand jamais, je ne pourrais supporter de les voir se dissoudre en un amas de cendres. Car alors, il ne me resterait plus rien.

L'heure a tourné. J'en suis venu à parler des activités qu'elle pouvait pratiquer en haut de cette tour, et qui lui permettraient de se retrouver elle-même. Elle a écarquillé les yeux lorsque j'ai évoqué la piscine. La séance terminée, j'ai consenti à l'y mener.

Me voici donc devant la porte de sa chambre, attendant qu'elle ait fini de se changer pour l'emmener. Même si je suis officiellement un psychologue, mes vraies prérogatives oscillent en vérité davantage entre celles du manager et du confident. Comme Josh me le martèle jour et nuit, il est primordial de dépasser la relation professionnelle pour tisser un lien de confiance avec elle.

Il me fait vraiment jouer avec le feu…

Je prends une longue inspiration. Je vais simplement la conduire à la piscine, lui faire la conversation, écouter ses problèmes, calmer ses angoisses… Et maintenir une distance invisible avec elle. Comme toujours. Le même schéma va se reproduire, naturellement. Sans efforts. Pour le moment, je suis simplement curieux, mais…

La porte s'ouvre soudain sur Khione, enveloppée dans un peignoir de velours bleu nuit, qu'elle serre fermement contre elle. Ainsi vêtue, sa peau paraît encore plus pâle, et ses joues encore plus orangées. J'essaye de lui jeter un coup d'œil aussi neutre que possible, mais je ne peux nier l'évidence. Malgré cette innocence fragile qu'elle dégage au premier abord, cette fille a une véritable présence. Un charisme, un magnétisme rare. Mes yeux suivent furtivement le contour de sa silhouette, jusqu'à la courbe de ses mollets et de ses pieds, nus. Ce n'est qu'un détail, je le sais. Et pourtant… Pourtant il lui donne soudainement l'air d'une déesse tout juste née de l'écume, à qui on se serait empressé de donner de quoi couvrir sa nudité.

— Je n'ai pas trouvé de chaussures appropriées, m'avoue-t-elle, devinant certainement la remarque que je m'apprêtais à lui faire. Mais ça ne me dérange pas, j'ai toujours voulu pouvoir marcher pieds nus. On… se sent plus libre qu'avec des chaussures, explique-t-elle, rougissante.

Je hoche la tête, ne préférant rien répondre, et l'emmène dans le dédale des couloirs. Nous traversons plusieurs espaces, dont des rangées de bureaux mais également des open-spaces aménagés avec soin où peuvent se retrouver les employés durant leurs poses. Khione semble intimidée, voire gênée de traverser ces espaces de travail dans une tenue… aussi peu professionnelle. Cela me change de Dinah qui adorait se pavaner dès qu'elle allait d'un endroit à un autre, en quelque tenue que ce soit…

Un ascenseur de verre, et nous arrivons enfin à la partie de l'immeuble qui lui est entièrement consacrée. Construite juste au-dessous de sa chambre, un passage devrait lui permettre d'y accéder directement mais comme l'identité de Khione n'a pas encore été intégrée au système, elle ne peut l'utiliser pour le moment.

La porte de verre fumé glisse pour nous laisser entrer, et se referme en douceur derrière nous. La salle de la piscine est assez monumentale. Elle est comme creusée dans la roche alors qu'on se trouve en haut d'un gratte-ciel tout ce qu'il y a de plus moderne, et son eau teintée de bleu et de mauve par les néons s'étend jusqu'à la baie vitrée. Là, immergé dans l'eau, on peut admirer la vue des buildings ruisselant de la lumière des affiches lumineuses, et l'immensité noire de la mer qui s'étend à l'infini.

Je tourne mon regard vers Khione, qui, les yeux brillants et le souffle coupé, semble tenter d'emplir ses iris de cette vue merveilleuse.

Doucement, à pas de loup, comme pour ne pas casser la magie de l'instant, elle s'approche du bord et trempe son pied dans l'eau claire et chaude. Sa plante caresse doucement la surface avant de la transpercer. Elle se recule ensuite sur le sol ferme, fascinée, comme hypnotisée par le reflet redevenu parfaitement net après les légers remous de son intrusion.

Je crois que je devrais m'arrêter là pour ce soir.

– Je vous laisse profiter, informé-je simplement d'une voix un peu trop rapide. Passez une bonne soirée.

Je m'apprête à franchir la porte lorsque je l'entends appeler.

– Viktor !

Un long frisson dévale ma colonne vertébrale. C'est la première fois qu'elle prononce mon prénom. Je me retourne à demi pour la regarder. Elle semble se rendre compte de ce qu'elle vient de dire et se corrige rapidement.

– Oh ! pardon, excusez-moi…, murmure-t-elle, confuse. Je voulais dire… monsieur Kortain… Est-ce que…

Elle se tait un instant, cherchant ses mots.

– Est-ce que vous accepteriez de rester un peu ? Je… Je ne suis pas encore très à l'aise avec l'idée de rester seule, ici…

Je frémis face à la fragilité qui émane d'elle à cet instant. Sa voix s'est cassée à la fin de sa phrase, la faisant paraître désemparée de constater sa propre faiblesse.

*Un oxymore vivant…*, me dis-je en silence.

– Bien, accepté-je finalement, aussi neutre que possible. Je peux rester. Mais pas plus d'un quart d'heure, on m'attend pour une réunion.

Je rebrousse chemin pour revenir auprès d'elle, tandis qu'un sourire à faire fondre un iceberg se dessine sur son visage d'ange.

– Merci, articule-t-elle.

J'ôte ma veste et la pose sur un transat, avant de m'asseoir sur un promontoire de pierre sombre. Je sens la jeune femme me suivre du regard, puis détourner les yeux lorsque je lève les miens vers elle. J'observe ses doigts trembler légèrement lorsqu'elle défait le nœud de la ceinture. Le tissu glisse avec sensualité le long de ses courbes, comme pour caresser une dernière fois sa peau avant de tomber au sol. Je me contracte imperceptiblement. Le maillot de bain qu'elle porte, d'un noir de jais, recouvre son corps d'un fin tissu dévoilant avec avarice certains fragments de son anatomie.

Le vêtement, taillé d'une pièce, laisse en effet l'entièreté du dos nu et ne reprend qu'aux reins, qu'il enveloppe avec délicatesse, mettant parfaitement en valeur sa taille fine. Il n'est échancré ni devant ni derrière, mais met ses jambes interminables et son cou de cygne parfaitement en valeur.

En la voyant ainsi, je me fais la réflexion que le noir est certainement la couleur qui lui va le mieux.

Vraiment, cette fille est pire qu'une étoile. Plus elle est entourée par les ténèbres, plus elle semble rayonner.

J'aimerais détourner les yeux de cette apparition, mais je n'y parviens pas. Mon regard ne peut se détacher d'elle. Avec une lenteur calculée, elle descend sur la première marche de l'escalier de pierre. Puis la deuxième. L'eau lèche la base de son mollet immaculé, engloutissant progressivement la base de ses cuisses. Un frisson la fait s'agiter lorsque les remous viennent glisser sur son bassin et emprisonner ses hanches.

Je réussis à fermer les paupières juste avant qu'elle pénètre dans l'eau jusqu'à la poitrine. Grande erreur. Les images qui m'envahissent soudain se montrent bien plus torturantes que la scène qui se déroulait sous mes yeux.

Le corps finement sculpté de Dinah m'apparaît, moulé dans un bikini qui dévoile ses formes avec arrogance. « Tu n'as pas envie de te baigner ? » m'avait-elle demandé sur un ton d'innocence qui sonnait terriblement faux. J'avais décliné, elle avait insisté. La première fois, je l'avais renvoyée. La seconde, j'avais quitté sa chambre. La troisième, nous rentrions d'une soirée fortement alcoolisée. Elle avait profité de cette faiblesse avec un grand succès.

Je n'en avais plus rien à faire. Elle me cherchait tous les jours. Elle allait me trouver.

Les images se succèdent dans un flot ininterrompu. Je découvre avec irritation que je n'ai pas oublié une miette de cette soirée. Une fois en bas, elle n'avait par la suite même pas tenté de ruser. Sûre de son charme, elle m'avait fixé avec insistance en entrant dans l'eau. Je l'avais suivie, sans la quitter des yeux, soutenant son regard effronté, les pupilles déjà dilatées. La nuit, le prédateur refait plus facilement surface, et cette soirée-là, j'avais décidé de lui laisser quartier libre.

Elle s'était rapprochée, je l'avais laissée faire. Posant une main distraite sur mon torse, elle avait lentement enroulé ses bras autour de mon cou. Je laissais mon regard glisser sur ses courbes, esquissant un demi-sourire carnassier tandis qu'un instinct venu du fond des temps me faisait voir en elle à la fois la déesse et la proie. Des perles d'eau brillaient dans ses cheveux dorés, roulant sur son visage, à la commissure de ses lèvres, jusqu'à son décolleté. Celui-ci était si profond que lorsqu'elle s'était plaquée contre moi, j'avais immédiatement senti la peau veloutée de sa poitrine contre mon torse. Ses yeux d'ambre scintillaient, plongés dans les miens, titillant ma patience en attendant que je craque. Machinalement, mes paumes étaient venues caresser ses hanches nues. Elles étaient remontées lentement dans le creux de ses reins, lui arrachant un frisson de plaisir. Son regard implorant ne demandait qu'une chose : que je m'empare d'elle au point de lui faire oublier jusqu'à son propre nom.

Vicieuse, elle avait approché ses lèvres de mon oreille, et m'avait confirmé ses désirs dans un murmure haletant. J'avais alors muré ma morale entre quatre murs bien épais dans les oubliettes de mes pensées, soigneusement rangée entre ma rage et mes regrets.

Quelques bribes de la suite me parviennent en flashs. Ses jambes enroulées autour de ma taille. Sa tête renversée en arrière dévoilant sa gorge nue. Ses lèvres caressant les miennes avec un désir à peine contenu. Mes mains brisant avec facilité les minces cordelettes qui permettaient à peine de cacher sa nudité.

Je me souviens encore du regard qu'elle m'avait jeté lorsque j'étais sorti de l'eau, après l'y avoir laissée, encore haletante. Un regard brillant, d'une sensualité sauvage, mais surtout triomphant. J'avais l'impression que ses yeux me narguaient, et que son sourire n'exprimait qu'une jouissance perverse, mêlée de fierté. J'aurais voulu la claquer. L'envoyer valser contre un mur. La noyer dans les eaux mauves. Je m'étais contenté de m'enfuir, en lui jetant un dernier regard empli de la plus parfaite indifférence.


— Viktor ?

Un murmure. Je reviens soudain à la réalité, et réalise que je m'étais courbé en une position d'intense réflexion, les épaules crispées et les yeux à demi fermés.

Je relève la tête vers Khione. La partie supérieure de son visage dépasse du bassin, à un mètre et demi de moi. Ses cheveux immaculés sont plaqués contre son dos, et des gouttes d'eau perlent de ses cils. Les avant-bras nonchalamment posés sur le rebord de pierre, elle me fixe en silence.

— Tout va bien ? demande-t-elle doucement, en penchant légèrement la tête sur le côté.

Cette fois, elle ne s'est pas excusée pour avoir employé mon prénom. J'invente une migraine causée par un problème à régler. Elle ne me quitte pas du regard, se contentant de reculer légèrement dans l'eau. Elle me regarde. Comme si elle me voyait. Comme si elle parvenait, ou du moins cherchait à me voir. Ses grands yeux m'étudient, cherchent à lire mes pensées mais de façon purement bienveillante. On a tant essayé par le passé de me percer à jour violemment, de forcer – sans succès – les barrières de mon esprit, que cette simple curiosité désintéressée me fait l'effet d'une douce caresse.

Une conversation muette est en train de prendre place. Nos lèvres ne bougent pas, mais nos âmes se parlent.

Elle finit par rompre le contact et s'immerge. Je regarde sa tignasse blanche disparaître dans les remous. Ses jambes viennent ensuite percer la surface. Je souris devant cette chandelle improvisée, avant de me reprendre. Il ne faut pas que je m'attendrisse. Surtout pas. Il me faut bien sûr créer un lien avec elle, mais qui soit uniquement dans un sens. D'elle à moi.


Je serre les dents. Je hais profondément ce job. Malheureusement, je n'ai pas le choix… Mon regard se pose sur sa silhouette qui se faufile entre les colonnes. Je sais parfaitement ce qu'ils veulent que je fasse d'elle. Un pantin. Ils veulent que je l'enchaîne comme ils m'ont enchaîné, que je la réduise en esclavage comme ils ont fait de moi un de leurs serviteurs. Ils veulent que je la modèle, que je la transforme à leur image, que j'en fasse une seconde Dinah.

Une douleur sourde court dans ma poitrine, faisant bourdonner mes tympans. Je me lève vivement et attrape ma veste.

— Je dois y aller, lancé-je d'un ton beaucoup plus dur que je l'aurais voulu.

Et sans attendre sa réponse, je tourne les talons avant de m'enfuir vers la porte.

Mon esprit, qui connaît parfaitement le chemin, me conduit jusqu'à la salle de sport. Le but ? User mes muscles jusqu'à ce qu'ils me brûlent, frapper jusqu'à ce que je n'aie plus de souffle, m'entraîner jusqu'à ce que mes articulations soient endolories. Convertir la souffrance morale en souffrance physique, déverser ce trop-plein de rage et de colère pour éviter qu'ils me consument. Mes pas me conduiront ensuite à l'extérieur du Starlight building, et je me retrouverai certainement dans un club privé pour oublier dans l'alcool, la drogue et les filles, ces chaînes qui me brisent la nuque et m'obligent à rester à genoux.

# CHAPITRE 8.

*Khione*

La paume de ma main glisse sur la surface de l'eau sans la pénétrer. J'observe mon reflet se déformer, silencieuse. Le bruit sourd de la porte claquée par Viktor résonne encore dans mes oreilles.

Je suis seule.

Je l'ai toujours été, mais aujourd'hui, je le ressens encore plus.

Mes pensées dérivent vers Ignio. Elle doit se sentir si seule, elle aussi… Elle qui a perdu deux amies en deux jours… J'aimerais tant pouvoir la rassurer. Lui dire que je vais bien. Qu'elle ne s'inquiète pas.

Je secoue la tête. Ignio est résiliente, et terriblement intelligente. Je parie qu'elle sait déjà où je suis. Enfin… Je l'espère. Sincèrement.

Je ferme les yeux un instant pour chasser ces pensées obsédantes, essayant d'apprécier la légèreté de mon corps porté par le liquide et le calme de la pièce.

Mes lèvres s'ourlent en un sourire.

Lentement, je prends une inspiration et me laisse tomber en arrière. Je me laisse engloutir, envelopper par ce silence sourd et liquide. Rien n'est plus agréable que de se laisser sombrer. Tomber, sans penser à qui nous rattrapera. S'abandonner. S'extirper des contraintes de la physique, ou des mains de quelqu'un d'autre.

La surface lumineuse scintille, bleue et rose. Mes cheveux s'étirent, s'étalent, emplissent l'espace qui leur est accordé.

Je voudrais rester ainsi pour toujours. Devenir une molécule d'eau. Fuir l'ensemble des problèmes liés à ma condition.

L'air me manque.

Je crève la surface. Mes poumons s'emplissent à nouveau d'oxygène.

Je halète, essoufflée par l'effort que je viens de réaliser.

Je suis décidément davantage douée pour étouffer mon corps que mes pensées… Le moindre détail me ramène à lui. Sa beauté me parle, je crois. Son visage traversé d'ombres. Ses yeux pleins de braise et de fantômes. Il me donne envie de savoir. D'approcher. D'effleurer sa joue comme on effleurerait la couverture d'un roman interdit…

Je fais la moue. J'ai beaucoup trop d'imagination, et visiblement pas assez de professionnalisme. On m'offre de changer de vie et de poursuivre mes rêves, et qu'est-ce qui capte toute mon attention ? Ce mystérieux collègue.

J'étouffe un petit rire.

— Bien sûr, Khione, bien sûr… Arrêtons-nous là, je me murmure, amusée.

Mes doigts se glissent dans ma chevelure pour la ramener en arrière. Face à moi, la ville est illuminée de bleu, de rose et de violet. Les buildings étirent leurs silhouettes raides vers le ciel, comme s'ils étaient d'immenses ponts vers l'infini. Un infini qui n'attend que moi…

J'explore l'un de ces rares moments où l'on prend conscience que l'on vit. Que l'on ressent. Que l'on respire. Cet instant où l'on se rend compte que la vie ne nous a pas encore tout offert, et qu'il nous reste immensément de choses à découvrir. Ce moment où l'existence bascule, se renverse et vous accorde une seconde chance, un nouveau souffle. Un chapitre qui se ferme. Un nouveau qui commence.

Je sors du bassin, l'eau ruisselant sur ma peau blanche. Le tissu éponge tiède enroulé autour des épaules, je jette un dernier coup d'œil à la pièce avant d'en sortir. La surface de la piscine est redevenue immobile et ressemble à un grand miroir coloré encastré dans le sol. Mes yeux se perdent dans le reflet trop net, trop parfait de la pièce quand soudain celui-ci semble se tordre. Je cligne rapidement des paupières, surprise. J'aurais juré voir d'étranges images à la surface. Une impression de déjà-vu me saisit à la gorge, et je me sens soudainement prise de vertige. Je recule de quelques pas, troublée. Mal à l'aise, je jette un dernier regard inquiet à la pièce toujours aussi silencieuse et regagne ma chambre en pressant le pas.

∗∗∗

J'ai le sommeil agité. Il est déjà plus de minuit, comme l'indique le radio-réveil digital, mais impossible de dormir. Mon esprit ressasse inlassablement les événements de la journée, comme s'il ne parvenait pas à s'habituer à ce nouveau monde. À cette nouvelle vie. Je pousse un profond soupir, et reste quelques instants allongée sur le dos, les yeux fixés au plafond qui reflète les ondes turquoise et fuchsia de la ville plus vivante que jamais.

Pourtant, ici, c'est le silence parfait. Un silence qui enveloppe et qui berce…

Un bruissement me tire de ma rêverie. Je m'immobilise sous les draps et rouvre les yeux.

Mon regard suit le contour des ombres lisses des meubles plongés dans la pénombre. Rien. Tout semble figé, comme fixé dans le temps. Et puis soudain, je perçois un ricanement féminin.

Je me redresse brusquement et saute de mon lit. Mon cœur bat la chamade, tandis que je cherche en vain à discerner une quelconque silhouette dans l'obscurité de la pièce. J'ai les mains qui tremblent. Je recule vers la vitre, dos à la ville, tendue comme un arc.

La lumière extérieure dessine sur les meubles des motifs que je peine à déchiffrer. Et pourtant, le danger est là, je le sens. L'horrible pressentiment rampe sous ma peau rien qu'à l'idée de cette menace si proche et en même temps atrocement invisible.

Mes yeux ne veulent pas quitter l'ouverture béante qui mène à la salle de bain. Je rassemble tout le courage dont je suis capable pour ouvrir la bouche.

— Il y a quelqu'un ? je demande d'un ton qui se veut assuré.

Je sais qu'il me suffit d'une poignée de mots, mais ceux-ci restent coincés dans ma gorge.

*Il suffit d'allumer la lumière. Allume, et tu constateras qu'il n'y a rien*, me chuchote ma conscience, pleine de sagesse. *Après tout, les monstres ne vivent que dans l'ombre… n'est-ce pas ?*

Je relève la tête.

— Freya, allume la lumière, je lance avec témérité à l'intelligence artificielle de Starlight, les yeux braqués sur l'embrasure menant à la salle de bain.

Rien ne se produit. Et je l'entends à nouveau. Le rire. Mon corps se glace instantanément.

Une silhouette s'extirpe de l'ombre tandis qu'un frisson dévale ma colonne vertébrale. Un éclair de lumière. Trois choses brillent : deux yeux et un sourire.

Dinah émerge des ténèbres, plus magnifique que jamais. Elle porte la même tenue que tout à l'heure, ses cheveux flamboyants dégoulinant sur ses épaules nues en une cascade sanglante, le regard illuminé par cette même jalousie dévastatrice.

— Bonsoir, Khione, murmure-t-elle.

Je recule instinctivement.

— Que faites-vous ici ?

— Tant d'innocence…, susurre-t-elle avec un sourire condescendant. Es-tu sûre que tu ne connais pas la raison de ma visite ?

J'affronte son regard. Elle n'est plus qu'à quelques centimètres de mon visage. Brusquement, elle s'empare de ma gorge et me bloque contre la vitre. Sa main se crispe sur mon cou et le serre avec ardeur. Je me mets à suffoquer, les dents serrées par la douleur. La garce… Je ne m'attendais pas à ce qu'elle soit si violente. L'agression m'a tellement surprise que je n'ai même pas réagi. Terrifiée, désarmée, je grimace alors que l'air paraît déjà me manquer.

— Tu as fait le mauvais choix, Khione, susurre-t-elle à mon oreille. Tu as voulu jouer avec le feu ? Tu connaîtras la brûlure. Tu as voulu te jeter dans les vagues ? L'océan t'engloutira.

Sa prise se fait encore plus ferme. Une fissure court le long de la vitre qui vibre sous la pression.

— Tu as voulu escalader les sommets... Tu connaîtras la chute, murmure-t-elle avec une douceur calculée. *Les fins ressemblent aux commencements.*

La baie vitrée se brise. Mon cœur rate un battement. Je crois sentir les éclats de verre me transpercer alors que je bascule dans le vide, hurlant de toutes mes forces. Le tourbillon coloré des lumières de la ville m'aspire, me plonge dans ses abysses scintillantes. La peur irradie dans tous les muscles qui se préparent au choc du sol dont je me rapproche... Trois secondes... Je n'y crois pas. Non, c'est impossible... Pas maintenant ! Pas déjà ! Deux secondes... J'ai tant à accomplir... Laissez-moi compter ! Permettez que mon existence ait un sens ! Une seconde...

Une chance, je voudrais juste une chance...

Juste une... Je me réveille en sursaut, suffocante. J'avale de grandes goulées d'air comme si c'étaient les premières de ma vie, me reculant précipitamment dans mon lit comme si celui-ci allait m'engloutir. Des sueurs froides trempent mon front, mon dos, mes bras, mes mains... Mes mains, qui cherchent à s'agripper à tout ce qu'elles trouvent, le tissu, le matelas, le bord du lit. Je tremble encore sous le stress. Comment tout cela pouvait-il être aussi... réel ?

Mes yeux se perdent sur les ombres qui m'entourent et déclenchent un abominable frisson dont l'entièreté de mon corps est parcourue. Me redressant vivement, je m'exclame :

— Freya, allume la lumière !

Le doux éclairage blanc révèle une pièce vide tout à fait rassurante. Je tombe en arrière contre le matelas avec un soupir de soulagement, laissant ma poitrine se lever et s'abaisser en rythme. Si rien de tout cela n'était réel, je suis encore bel et bien terrifiée. Comment mon inconscient a-t-il pu me jouer un tel tour ?

Encore sous le choc, je me lève pour aller à la salle de bain.

Le miroir me renvoie le reflet d'une inconnue. Je ne me suis jamais vue aussi terrifiée. Mes yeux sont emplis de larmes et ma peau est plus pâle que jamais. Ce rêve serait-il prémonitoire ? Est-ce que mon esprit essayerait de me faire passer un message ? Je ne peux m'empêcher de ressasser sans fin ces images d'un réalisme glaçant en me rinçant le visage. Dinah… Je peux encore sentir sa main sur ma gorge. Et puis cette chute… Je me crispe et réprime un frisson.

*« Tu as fait le mauvais choix, Khione »*. Et si elle avait raison ? Et si cette perfection apparente cachait quelque chose de… plus sombre ? Je serre les poings, la tête penchée au-dessus du lavabo. Je me fais des films, c'est évident. Alors pourquoi cet horrible pressentiment n'arrête-t-il pas de me torturer ? Une larme roule, puis deux. Je n'essaye pas de les retenir.

« Les fins ressemblent aux commencements ». Je ne comprends pas le sens de cette phrase. On dit souvent qu'une chose finit aussi brusquement qu'elle a commencé. De quoi parlait-elle ici ? De ma carrière ? De ma…

— Mademoiselle Blythe, est-ce que tout va bien ?

Je sursaute et manque de tomber en arrière en entendant la voix de l'intelligence artificielle. Je relève la tête pour me retrouver face à une très belle jeune femme au teint bleuté et au carré parfait, dont la moitié du visage est masqué par des lunettes opaques bleues et or. À côté d'elle, le miroir affiche un ensemble de statistiques bleues et rouges. Je détaille cette étrange apparition un instant, intriguée.

— Freya, c'est bien cela ? je demande doucement, la voix cassée par le trop plein d'émotion.

La jeune femme esquisse un sourire.

– C'est bien mon nom, répond-elle de sa voix cristalline. Je suis l'intelligence artificielle de Starlight. Vous pouvez me solliciter quand bon vous semble, je suis disponible sept jours sur sept, vingt-quatre heures sur vingt-quatre, dans l'ensemble de l'immeuble et de la ville. J'analyse en continu toutes les données qui vous concernent pour maximiser votre bien-être et répondre au mieux à vos attentes. Votre matelas intelligent a constaté que vous aviez eu beaucoup de mal à trouver le sommeil, et que celui-ci fut de mauvaise qualité. Nous avons également constaté à 1 h 43 précisément une accélération anormale de votre rythme cardiaque et de votre tension artérielle, caractéristiques d'une crise émotionnelle intense. Souhaitez-vous que je contacte monsieur Kortain ?

Je reste un instant muette de surprise.

– Attendez… Comment ça ? Non, non ! Je ne souhaite pas le déranger pour si peu.

– Le travail de monsieur Kortain est de veiller à votre bien-être. Il est rémunéré pour vous aider, vous écouter, vous assister nuit et jour dans les moments de trouble. Or, d'après les analyses que j'ai effectuées, c'est bien le cas. Vous continuez à produire des larmes, votre rythme cardiaque n'est toujours pas stabilisé et vous êtes parcourue de spasmes. Votre condition montre que vous avez vécu un moment de stress intense. Il n'est pas bon que vous restiez seule. Ma recommandation est donc la suivante : appeler Viktor Kortain.

Je pousse un long soupir.

– Seriez-vous timide, mademoiselle Blythe ?

Je me redresse. Une intelligence artificielle qui fait de l'humour ? Je ne peux m'empêcher d'être amusée par le sourire énigmatique que me renvoie ma fantomatique assistante.

— Bien, vous avez gagné, cédé-je finalement. Appelez monsieur Kortain, je vous prie. D'autres recommandations ?

— Je vous félicite de votre choix. Je lui transmets le message, il sera ici dans quelques minutes.

Freya étend ensuite son bras vers un renfoncement dans le mur, d'où tombe un gobelet transparent. Celui-ci est immédiatement rempli par un doux liquide violet, dont l'arôme fruité, qui s'échappe par volutes, se diffuse rapidement dans la pièce.

— Voici une boisson apaisante à base de vitamines, d'extraits de plantes rares et d'oligo-éléments. Buvez-la pendant qu'elle est chaude, elle vous aidera à combattre la tension qui vous habite. Je vous conseille d'aller patienter dans l'espace salon, en attendant que monsieur Kortain se présente.

J'affiche un petit sourire.

— Merci beaucoup, Freya, je me surprends à dire.

*Quelle idiote ! Remercier une intelligence artificielle…*

— Je vous en prie, mademoiselle Blythe. C'est un plaisir de travailler pour une jeune femme aussi respectueuse envers les IA. N'hésitez pas à me solliciter si vous avez besoin de quoi que ce soit.

Et sur ces paroles, elle porte son index à la branche droite de ses étranges lunettes et disparaît dans un crépitement bleuté.

Je me retrouve à nouveau face à mon simple reflet.

— Mon Dieu…, je souffle en tentant d'essuyer mes larmes.

Hors de question que Viktor me voie ainsi… Je m'apprête à me rincer le visage et à me maquiller pour masquer mon piteux état quand une réflexion me stoppe nette : si je fais disparaître les larmes, les yeux rougis et me présente à lui sans aucun signe de détresse, ne pensera-t-il pas que je l'appelle pour rien ?

Je grimace, coupe l'eau et sors de la salle de bain. Je traverse prestement l'espace de la chambre, et contourne la vitre qui la sépare du salon. En passant, je jette un coup d'œil aux poissons exotiques qui barbotent dans l'eau bleue et rose qui entoure mon lit. Eux ont l'air si calmes… Si ignorants de toute forme de danger… Une fois dans la pseudo-salle de séjour, je descends les quelques marches qui mènent à l'espace canapés et m'allonge, les jambes repliées sur le cuir blanc. Mes doigts tapotent nerveusement sur la surface de la céramique qui me réchauffe les mains.

Avec les minutes, le stress de la rencontre semble effacer le stress du cauchemar. Que vais-je bien pouvoir lui dire ? Comment justifier ce réveil au beau milieu de la nuit ? M'en voudra-t-il ? Je réfléchis avec attention à la question, les yeux perdus dans l'immensité de la ville qui s'étend sous mes pieds. Les Aya Girls, hologrammes roses et violettes de la firme Ayadream, posent, appuyées nonchalamment sur un gratte-ciel, tandis que le loup blanc de Croc & Fields et le serpent bleuté de la bijouterie Eden rôdent entre les buildings. J'observe, fascinée, la créature de lumière enrouler ses anneaux autour d'une tour pour en atteindre le sommet, faisant scintiller ses écailles transparentes. Vue d'ici, la ville ressemble à une jungle, où s'entremêlent symboles, inscriptions en caractères divers, panneaux publicitaires interactifs et hologrammes plus vrais que nature. Pourtant, ce n'est pas dans cette partie lumineuse tout en couleur que se cachent les fauves. Dans ces quartiers qui respirent la sécurité et le sentiment de toute-puissance, des lions rôdent, certes, mais les loups… Les loups vivent dans les zones sombres de la ville, où les rues étroites à peine éclairées ne laissent entrevoir qu'un maigre morceau de ciel. Les quartiers bleus, comme on les appelle poétiquement, à cause de l'éclairage à bas prix qui produit cette étrange couleur mélancolique. Des secteurs où la frontière entre immeubles et décharge est floue, où les habitations poussent comme des herbes sauvages, prenant même racine dans des souterrains obscurs ou sur les toits d'autres bâtiments. Là vivent de vraies bêtes sanguinaires assoiffées de sang et de pouvoir.

Autrefois, les parents apprenaient à leurs enfants à se méfier des animaux. Moi, on m'a toujours appris à me méfier des hommes... Malgré tous mes efforts pour me persuader de l'irréalité de ce que j'ai vécu, une pensée continue de me tourmenter.

*Si la frontière entre rêve et réalité semble être si fine, alors pourquoi celle entre réalité et cauchemar ne le serait-elle pas ?*

# CHAPITRE 9.

*Viktor*

— Bois, me susurre-t-elle d'une voix cajoleuse en me tendant un verre de ce qu'on appelle aujourd'hui le whisky blanc.

Je l'attrape nonchalamment, le porte à mes lèvres et savoure quelques gorgées. Le liquide a un goût fort et amer. Un goût de vie.

Debout à côté du comptoir de verre et de métal noir, un avant-bras négligemment posé à sa surface, je fixe mon verre, impassible. À mes côtés, une jeune femme aux cheveux prune parfaitement coiffés en arrière et au rouge à lèvres assorti, déplie son corps félin. Sa tenue se limite à un crop top qui révèle avec arrogance sa poitrine mordorée et met parfaitement en valeur son ventre sculpté par la musculation. Son pantalon moulant qui dévoile allégrement ses hanches vante la quasi-perfection de ses jambes interminables, si ce n'est qu'une d'entre elles semble davantage faite de fibre de carbone et de métaux en tout genre que de chair et d'os.

Je consens à me tourner vers elle, et croise son regard étincelant. La musique résonne dans mes tympans, m'envoûtant de sa mélodie ensorcelante.

Je prends le temps de la regarder, laissant glisser mon regard sur la courbe de ses lèvres, l'arrondi de ses pommettes, l'audacieux maquillage qui fait briller ses paupières. Elle ne baisse pas les yeux, se contentant de faire lentement glisser sa lèvre inférieure entre ses dents blanches. Lentement, je lâche mon verre et me détache du bar pour m'introduire doucement dans son espace personnel. Ma main trouve rapidement le contact de sa joue et la frôle pour aller emprisonner l'arrière de sa nuque. Son dos rencontre le mur et elle se cambre légèrement, me laissant glisser ma jambe entre ses deux cuisses. Nos lèvres se rencontrent avec fougue. Je m'empare de sa hanche alors qu'elle vient agripper le col de mon vêtement pour approfondir le baiser. Son contact est sauvage, sa bouche pourpre embrasse sans retenue tandis que sa jambe caresse la mienne à travers le tissu. Elle fait partie de ces femmes qui savent subtilement vous faire imaginer en un baiser ce qu'elles pourraient vous faire vivre en une nuit. Par le rythme de son souffle, la position de son corps qu'elle laisse totalement à votre merci, ses caresses insistantes et ses sourires provocateurs, elle parvient à vous croquer les délices innommables dont elle espère être comblée.

Donnant plus de profondeur au baiser, je laisse ma main empoigner sa cuisse, lui arrachant un gémissement que je cueille à la commissure de ses lèvres.

Essoufflée, elle se détache pour me regarder, arborant le sourire du chasseur fier de sa prise.

— J'ai toujours rêvé de pouvoir vous embrasser…, avoue-t-elle d'une voix suave, les pupilles élargies par le désir.

Ce genre de déclaration a tendance à m'agacer, mais elle me plaît tellement que je me fais violence pour ignorer sa remarque et replace une mèche de cheveux derrière son oreille.

— De m'embrasser ? répété-je, décidant finalement de me prendre au jeu.

Son sourire s'agrandit.

– À vrai dire, j'ai rêvé de bien plus que de vous embrasser, chuchote-t-elle lascivement à mon oreille.

Je m'apprête à répondre par un demi-sourire amusé lorsqu'une main s'abat sur mon épaule.

Je tourne la tête vers Josh, qui arbore un éclatant sourire d'excuse.

– Excusez-moi de vous déranger, mademoiselle, mais j'ai vraiment besoin d'avoir une discussion avec lui ce soir, lance-t-il d'un ton désinvolte, un brin railleur.

Je ne peux retenir un soupir agacé.

– Va m'attendre dehors, je te rejoins, l'informé-je, en regardant toujours la jeune femme dans les yeux.

Josh émet un léger hochement de tête à mon intention, et tourne les talons. J'attrape délicatement le poignet de la brune, et presse un minuscule bouton situé sur son bracelet métallique. Un hologramme d'écran se projette le long de son poignet, affichant une grille de numéros. Je tape rapidement une combinaison avec mon pouce, avant de la relâcher.

– Contacte-moi demain, lui conseillé-je. Mais veille à ce que ce numéro reste confidentiel, ou je t'assure que ça se passera moins bien que prévu, j'ajoute en appuyant bien sur la deuxième partie de la phrase, crispant légèrement ma main sur son poignet pour donner corps à ma menace.

Et sans attendre sa réponse, je la quitte en disparaissant dans la foule.

L'air est frais et humide lorsque je sors sur le roof top. Je prends le temps de respirer un instant cette douce odeur de pluie et de bitume mouillé que j'affectionne tant, avant de m'avancer vers Josh. Ce dernier est debout sur le muret qui dessine le contour de l'immeuble, face au vide, les mains enfoncées bien au fond de ses poches. La brise légère donne du mouvement à son bomber noir dont le tissu ondule légèrement dans le vent. Il a la position de l'empereur qui admire son empire, juché au sommet de son donjon.

— Tu veux que je t'aide à sauter ? je lui lance, amusé.

Il pivote vers moi, un sourire en coin collé sur le visage, et saute au sol pour venir me rejoindre.

— Je te remercie, je ne garde pas de très bons souvenirs de la dernière fois où tu m'as poussé dans le vide, me taquine-t-il.

J'ai un petit rire en repensant à l'épisode « saut en parachute » de notre parcours militaire où, d'un coup d'épaule, j'avais littéralement balancé Josh dans le vide pour couper court à ses hésitations.

— Je te rappelle que c'est grâce à cela que tu es arrivé en tête du classement, je lui fais remarquer avec humour.

— En tête juste après toi, corrige-t-il en croisant les bras sur sa veste.

Je hausse les épaules.

— Tu voulais me parler de quelque chose, il me semble ? je lui demande pour recentrer la discussion, tout en m'adossant à une rambarde de verre.

— Deux secondes, j'y viens, m'interrompt-il en sortant de sa poche un petit appareil.

D'un geste, il le place entre ses lèvres et l'actionne avec son pouce. Il savoure ensuite une bouffée en fermant les yeux pour mieux en ressentir les effets.

— Lance.

119

J'attrape l'inhalateur au vol, et répète le même schéma. Mes lèvres embrassent le métal chaud et je frissonne alors que la volute florale brûlante répand ses effets dans mon organisme. Une sensation de bien-être m'envahit, et je peux quasiment sentir tous mes muscles se relâcher. J'expérimente une sensation de légèreté qui me donne presque l'illusion de sortir de mon corps. Les lumières des néons deviennent plus vives, les sons plus agréables. J'ai l'impression que mon esprit se dissout dans un océan de couleurs et d'images, que mon âme s'envole dans un autre monde.

Je renverse la tête en arrière, les yeux à demi fermés. Mon sang pulse à un rythme régulier dans mes veines, m'envoyant des décharges électriques à chaque battement. J'ai le sentiment de percevoir chaque molécule de mon hémoglobine brûlante circuler dans mes artères, se répandant dans tout mon corps et me faisant ainsi sentir irrésistiblement vivant.

Puis, doucement, les effets s'estompent, et je reviens d'un au-delà que j'aimerais ne jamais pouvoir quitter.

— Puissante celle-là, me murmure Josh d'une voix rendue pâteuse.

Je hoche la tête et m'assois sur un rebord en béton, tout en laissant échapper un soupir de satisfaction.

— Donc, reprend-il en s'installant à mes côtés. Nous avons un léger problème.

Je hausse un sourcil, le poussant à continuer.

— À propos de ?

— Khione.

Il laisse un instant son prénom flotter dans l'air, avant de poursuivre.

— Devine un peu qui a essayé de la choper, me défie-t-il.

Je réfléchis un instant.

— Aucune idée. Serket ?

Il secoue la tête en soufflant de la vapeur.

— Manqué. Ce n'est même pas un gang, si tu veux savoir.

Je tourne la tête vers lui, intrigué. Dans les quartiers défavorisés et dans les campagnes environnantes, les banlieusards distinguent deux types de criminels. Les gangs, le plus connu étant Serket, sont des groupes d'hommes destructeurs, qui servent uniquement leurs propres intérêts. Ils agissent en nombre, sont bien entraînés, et possèdent une importante quantité de matériel qu'ils acquièrent grâce à leurs trafics en tout genre. La population locale les craint et les fuit. Quant aux milices… Leur caractère destructeur est beaucoup plus discutable. Elles sont en réalité davantage des mouvements rebelles que des réseaux de trafiquants. Elles disent soutenir les intérêts de la population, et vouloir changer les conditions de vie des plus démunis, et bénéficient par conséquent d'un important soutien qui empêche le gouvernement de les écraser. Leurs méthodes d'actions violentes et spectaculaires les ont néanmoins menées à être classées comme « organisations criminelles » il y a sept ans de ça.

Je ne masque donc pas mon étonnement devant cette révélation. Les gangs ont tout intérêt à enlever Khione, pour la revendre comme esclave au marché noir, l'utiliser pour créer du contenu pornographique ou encore la prostituer de force. Une fille comme elle rapporterait beaucoup d'argent. Mais les milices…

— Laquelle est soupçonnée ?

— Adrestia.

Imperceptible frisson. Je fronce les sourcils en entendant le nom de la milice la plus populaire et la plus dangereuse pour le gouvernement.

— Je vois bien que tout ça t'intrigue, relève Josh, amusé.

— Je t'avoue ne pas voir pour quelle raison Khione intéresserait Adrestia.

Il hausse les épaules.

— Il y a deux options, expose-t-il simplement. Soit ils ont eu la même idée que nous… Soit ils ne sont pas ce qu'ils prétendent être, et ne se financent pas qu'avec des dons et l'argent récupéré à la suite de leurs opérations à la « Robin des Bois ». Je privilégierais donc la première option mais…

— Tu veux tourner la situation à ton avantage en faisant croire à la deuxième, je complète.

— À *notre* avantage, corrige-t-il sombrement. On gagnerait tous les deux à remonter un peu en grâce… Et puis, cela fera considérablement parler les médias… Sans qu'on ait un centime à débourser.

Un silence s'installe.

— Tout ce que tu voudras, Josh, je souffle, amer. Si tu penses que ça peut te sauver de mes conneries… fais-le. Tu ne devrais pas considérer ça comme un problème. D'ailleurs, tu ne devrais même pas me demander mon opinion.

Il soupire.

— Pas de soucis. Et puis… Ce n'est pas le problème dont je voulais te parler.

Je relève un œil intrigué.

— Quel est-il ?

— Oh, c'est tout simple. Je pense qu'ils vont essayer de la récupérer.

Je laisse échapper un ricanement.

— Adrestia ? Qui essayerait de mener un assaut dans le secteur 9 ? J'aimerais bien voir ça.

— Moi aussi..., sourit cruellement Josh. Je ne l'aurais pas dit non plus, mais apparemment c'est le cas de l'analyste expert en socio-psychologie des quartiers marginaux mais aussi de plusieurs de nos sources sur le terrain. D'après elles, les miliciens sont particulièrement inquiets à l'idée qu'on puisse utiliser Khione contre eux, car vu la popularité qu'elle avait là-bas, si elle prend de l'ampleur, elle risque d'impacter très négativement leur capacité d'influence. Ils voudraient donc récupérer Khione au plus vite pour inverser la tendance. Je pense que la meilleure solution, et tu peux me contredire là-dessus, ce serait de faire continuer l'enquête pendant que Khione sort de l'ombre, et dès qu'on sent que l'attention est un peu moins sur elle... Bam. On dévoile que ce n'est pas un gang, mais une milice qui a tenté de l'enlever, et qu'en plus de cela, cette milice n'est autre que la célèbre Adrestia...

J'approuve d'un signe de tête, un sourire un peu crispé fixé sur les lèvres.

— Brillant stratagème, Josh, je me force à me complimenter tout en verrouillant mes pensées. Tu es certain qu'il n'y a aucun risque qu'ils arrivent à leurs fins ?

Il serre les lèvres en une expression pensive.

— Franchement, non. La sécurité de Khione est extrêmement bonne, et je compte la faire renforcer. Je ne vois déjà pas comment ils pourraient pénétrer dans ce quartier sans se faire choper par les flics.

*Sauf s'ils bénéficient d'un soutien interne aux quartiers favorisés...*, pensé-je sans oser le dire.

— Par contre il peut y avoir des conséquences psychologiques, qu'il va falloir que tu gères. C'est là-dessus que je voulais te prévenir. Il faudrait que tu arrives à lui faire comprendre dès maintenant que c'est bien Adrestia qui a essayé de l'enlever aussi brutalement. Et essaye de la sensibiliser sur le fait qu'ici, elle est peut-être dans une zone bien moins dangereuse que là d'où elle vient ; mais que ce n'est pas un monde sûr pour autant. Avec l'influence qu'elle va prendre, tôt ou tard, des personnes se mettront sur sa route pour l'utiliser… ou la détruire.

Un souffle de vent se glisse entre nous.

— Comme nous…, je lâche d'une voix sombre.

Josh me jette un coup d'œil.

— Fais pas le con, Viktor, me met-il en garde. Ce que je te conseille, c'est simplement de faire en sorte qu'on soit ses éternels amis, que les miliciens soient ses éternels ennemis, et qu'elle se méfie des gens situés entre ces deux pôles. Est-ce trop compliqué pour toi ?

— Non, je réponds d'un ton sans appel. Autre chose à ajouter ?

Josh soupire devant ma froideur, puis détourne la tête vers la forêt de buildings.

— Rien d'autre, répond-il simplement.

— Bien. Je rentre, annoncé-je en me redressant. Amuse-toi bien.

— Toi aussi.

Je l'entends répondre machinalement, tandis que je descends quatre à quatre les marches de l'escalier métallique qui mène au toit. Encore une centaine et j'accède au parking souterrain high-tech où m'attend ma moto dernière génération, bien à l'abri dans son élégant sas de verre qui s'ouvre dans un son cristallin. Sans attendre, je sors de ma poche un demi-cercle de métal que je fixe à la jonction entre la fin de ma nuque et la base de mon crâne, et fais glisser mon doigt sur l'interface digitale qui recouvre mon poignet de son aura bleutée. Mon casque se déplie entièrement, protégeant l'ensemble de ma tête et de ma mâchoire. J'enfourche ensuite le bolide dont les roues transparentes s'illuminent de bleu électrique, et fais vrombir le moteur. Le doux ronronnement m'arrache un sourire de satisfaction et je démarre promptement, en faisant crisser les pneus sur l'asphalte. La ville m'aspire dans son dédale de tours interminables. À leur pied, les racines entrelacées des axes routiers serpentent dans cette jungle de métal et de verre, transportant fidèlement le flot épars des rares véhicules encore présents à cette heure. Les sillons lumineux que laissent leurs phares dans la nuit dessinent de longues traînées violacées qui se reflètent sur ma combinaison sombre. Des cascades artificielles dégoulinent des gratte-ciels pour se jeter dans d'immenses bassins colorés qui servent de supports publicitaires aux marques de boissons.

Je ne regarde même plus les sommets d'immeubles où des hologrammes de logos tournent, dansent, tournoient dans la nuit qui n'en est même plus une. Je suis devenu indifférent. Les yeux seulement fixés sur la route qui m'entraîne dans les entrailles d'Éphème, je me laisse bercer par les vibrations régulières et la caresse satisfaisante de la moto qui avale les kilomètres. La visière de mon casque analyse pour moi le terrain, régulant la luminosité, marquant d'inscriptions bleues les zones dangereuses, délimitant le contour de la route et ses propriétés. Courbé en avant, les jambes repliées, je me penche légèrement sur la droite pour bifurquer vers l'entrée de l'immense building de Starlight. Je garde le regard rivé sur le sol qui défile à toute allure pour ne pas avoir à contempler la beauté insolente de Dinah, dont la silhouette est projetée sur toute la surface du bâtiment. Je crois même sentir le poids fantôme de son regard sur moi, et c'est avec une pointe de soulagement que je me soustrais à la vue de l'hologramme géant en pénétrant dans le parking souterrain.

Ma moto parquée dans son box de verre, les 66 étages montés, c'est avec un soupir fatigué que j'entre dans la suite qui m'est accordée. *« Au plus près de notre vedette, afin qu'elle se sente entourée nuit et jour »*, comme ils disent. D'un geste, je me défais de ma veste qui se retrouve abandonnée sur une chaise. Mes chaussures de ville claquant sur le sol de verre, je regagne la salle de bain dont la porte vitrée s'efface à mon arrivée.

Comme tous les soirs, je passe l'horrible épreuve du miroir. Comme tous les soirs, je me retrouve à nouveau seul, face à mon reflet, à constater quelle ombre de moi-même je suis devenu. Mes pupilles encore dilatées par la drogue ne parviennent même pas à dissimuler ma souffrance. Cela fait bientôt sept ans que cet éclat est coincé dans mes iris. Et ni l'alcool avec lequel ils tentent de me soûler, ni les filles avec lesquelles ils veulent me faire oublier, ni même le pouvoir, ou l'argent dont ils veulent me gaver n'ont réparé cette blessure. Tout simplement parce que je fais exprès de la laisser ouverte. C'est la seule chose de Moi qu'il me reste.

Je délaisse ce reflet fatigué aux cheveux décoiffés pour venir scanner mon bracelet sur le bord du miroir.

— Bonsoir, monsieur Kortain. Vos statistiques montrent que vous êtes dans un état de tension et de fatigue. Je vous recommande de vous reposer et de prendre notre dernière boisson Vytalis. Vous avez pris 0,16% de masse musculaire par rapport à votre dernière visite, ainsi que 134 grammes. Vous êtes parfaitement dans la courbe correspondant à votre taille. Continuez ainsi ! m'encourage l'insupportable voix de synthèse en affichant un pathétique smiley bleuâtre sur la surface du miroir intelligent qui s'est recouverte de chiffres. L'analyse de votre régime alimentaire démontre que si…

— Merci Freya, mais je ne souhaite pas avoir de compte rendu ce soir. J'aimerais simplement un verre d'Abythine, la coupé-je.

Cette boisson de synthèse est censée purifier mon sang de toute substance indésirable, me redonner de l'énergie et apaiser mes nerfs.

— Bien sûr. Votre breuvage est en cours de préparation. Souhaitez-vous autre chose ?

— Ça ira, merci, décliné-je en fermant la page des statistiques.

Je me plonge encore un instant dans mon propre regard, expérimentant ma dureté, comme si je me lançais le défi d'arriver à l'adoucir. Mais la haine et la colère qui brûlent au fond de mes iris me déstabilisent encore trop, et je finis par détourner les yeux.

Machinalement, j'attrape le verre d'Abythine et avale le breuvage mentholé d'une traite. Doucement, je sens les effets de la drogue et de l'alcool s'estomper. Je redeviens sobre. Mes pensées s'éclaircissent, et l'étau qui me broyait la tête se relâche soudainement. Je renverse la tête en arrière, en laissant échapper un soupir de satisfaction, lorsque mon miroir vire au rouge écarlate.

— Monsieur Kortain, votre présence est requise par mademoiselle Blythe, annonce calmement l'intelligence artificielle, tandis qu'une sonnerie cristalline retentit dans mon appartement.

Je fronce les sourcils et fais glisser mon doigt sur la droite. La sonnerie s'arrête et les détails s'affichent. Je fais défiler rapidement les chiffres entremêlés de graphiques, qui me montrent clairement que Khione vient de faire une crise de panique.

Je retiens un soupir et serre les dents pour contenir mon irritation. La gamine a vécu un événement extrêmement intense qui a de quoi lui filer un bon syndrome post-traumatique.

Ajouté à cela, elle voit sa vie basculer complètement, perd tous ses repères, se confronte à de nouvelles exigences et surtout doute – à raison – d'avoir fait le bon choix. Évidemment qu'elle doit se sentir perdue au point de faire une crise de panique.

Je passe une main sur mon front pour chasser la compassion qui commence à poindre, et quitte la salle de bain pour me diriger vers la porte qui mène à sa chambre. J'hésite une poignée de secondes avant de frapper trois coups nets.

# CHAPITRE 10.

*Khione*

J e n'ai même pas le temps de m'approcher pour ouvrir que sans me demander mon avis, la porte s'efface, me laissant découvrir Viktor. Je crois que mon cœur rate un battement. Il est si charismatique dans sa combinaison noire… Si grand, presque terrible. Son regard d'une dureté empreinte de tristesse intimiderait n'importe qui. Et pourtant, la lassitude de son expression le rend plus… accessible. Humain. Il ressemble à un prince déchu. Un vétéran d'une guerre lointaine.

— Je peux entrer ? demande-t-il d'une voix neutre, alors que ses yeux trahissent une certaine préoccupation.

Je me maudis intérieurement pour ma faiblesse et m'écarte légèrement pour le laisser passer. Un frisson dévale l'ensemble de ma colonne vertébrale, et c'est comme si soudain, mes poumons se bloquaient dans leur inspiration, comme si mon cœur se figeait dans ses pulsations, juste pour le laisser passer. J'ai l'impression d'avoir invité le loup dans la bergerie.

— Merci d'être venu si vite, je me force à remercier en serrant un peu plus fort le tissu de la robe de chambre fluide qui m'enveloppe.

Jamais je n'aurais dû écouter Freya. Jamais. Nous sommes en plein milieu de ce genre de nuit traîtresse qui enveloppe le monde d'une sensualité sauvage, seuls, dans ma chambre même, alors que j'oscille encore entre rêve et cauchemar. Je ne sais si c'est la fatigue ou les ombres, la position de vulnérabilité dans laquelle me place cette situation ou même le sentiment de risque, mais la tension est si intense que je la sens sur ma langue…

— Je ne fais que mon travail, réplique-t-il en écartant mon remerciement d'un revers de main. Et pour votre information, je suis logé juste à côté, ajoute-t-il en se dirigeant de lui-même vers le salon.

Spasme.

— Vraiment ?

Il hoche la tête.

— C'est également le cas de monsieur Garbenta. Les autres membres du staff vivent également dans cet immeuble, quelques étages en dessous. Il est utile que nous soyons constamment à vos côtés, la situation actuelle le montre bien, explique simplement Viktor en examinant la vue depuis ma baie vitrée, tandis que je m'assois en repliant les jambes sur le canapé de cuir blanc.

Je déteste cette douce chaleur sensuelle qui m'enveloppe comme une seconde peau, alourdissant lèvres et paupières, engourdissant mes membres, échauffant ma peau.

*Étends légèrement tes jambes…*, me murmure une petite voix démoniaque. *La situation s'y prête tellement… La nuit est mûre, les ombres longues. Laisse la robe de chambre s'entrouvrir sur ta cuisse. Recule tes épaules, expose ta gorge. Tu sais exactement quoi faire pour le rendre fou… Tu sais exactement comme le faire tomber.*

Je douche froidement ces pensées alors que Viktor se tourne vers moi, les mains croisées dans le dos.

— Comment vous sentez-vous ? me demande-t-il.

Je me force à me recentrer. Professionnalisme. Hors de question de passer pour une banlieusarde qui ne sait pas se tenir. Je sens que la question demande une réponse honnête, et laisse passer quelques secondes, le temps de trouver le mot le plus approprié.

— Troublée, je réponds dans un souffle, le regard perdu dans le vide.

Cela ne peut être plus proche de la vérité... Je suis troublée, perdue, à cause de lui, de ce cauchemar, de cette nouvelle vie si déstabilisante. Doucement, il se rapproche et s'installe dans le fauteuil qui me fait face. Je sens ses yeux me scruter attentivement, déclenchant un imperceptible frisson.

— Vous vous sentez coupable ?

Je réfléchis à la question.

— Oui, avoué-je en remontant mes genoux vers ma poitrine, soudainement triste. J'ai tout reçu… Et voilà que je me mets à avoir peur…

Viktor laisse son dos se reposer sur le dossier, et place son bras sur l'accoudoir.

— C'est là que vous avez tort, lâche-t-il. Vous n'avez pas tout reçu. Vous avez même perdu.

— Comment ça ?

— Vous pouvez ne pas en avoir l'impression, mais votre décision vous a fait perdre certaines choses. Vos perspectives d'avenir, par exemple. Votre milieu social. Vos projets. Vous avez dû rejeter dans le passé ce qui était pour vous présent et avenir… Et ce, en moins de vingt-quatre heures. Que vous ayez ce sentiment de doute est tout à fait normal, ne vous culpabilisez pas là-dessus. Personne ne vous en voudra pour cela.

Je hoche la tête, à demi convaincue.

— Vous voulez me parler de ce qu'il s'est passé ? propose-t-il avec douceur.

Je prends une inspiration et me mets à expliquer mon rêve. Mes mains tremblent un peu et ma voix est mal assurée, mais le sérieux de l'écoute de Viktor m'apaise. Aucune émotion ne traverse son visage pendant mon récit. Il reste parfaitement neutre, et ça me fait le plus grand bien.

— Je n'avais jamais connu un tel réalisme, murmuré-je finalement. Ce rêve sonnait comme une vraie mise en garde…

Je lève les yeux vers le plafond, un espace de verre me permet de scruter les étoiles.

— Plus on est haut… plus la chute est mortelle, n'est-ce pas ?

J'abaisse la tête vers Viktor, qui a soudainement détourné le regard. Il laisse flotter un silence, en évitant soigneusement de relever la tête dans ma direction.

— Vous avez raison, finit-il par avouer avant de se redresser. Khione… Je ne veux pas vous mentir. Le monde dans lequel vous allez évoluer dès à présent est tout aussi risqué que celui dont vous venez. Bien sûr que certains voudront vous atteindre, peut-être même vous voir tomber. D'autres souhaiteront profiter de vous, ou vous utiliser. Vous allez pénétrer un monde de trahisons et de doubles jeux, où vos ennemis seront bien plus difficiles à identifier que des miliciens. Mais la différence, c'est que vous n'êtes plus seule. Vous avez des alliés. Et peut-être qu'ensemble, grâce à votre art, on pourra arriver à améliorer certaines choses dans notre monde.

Je reste un instant interdite. Viktor s'approche un peu plus, si bien que mon genou frôle presque le sien. Il se penche vers moi, et plonge dans mon regard, les yeux emplis de cette douleur nostalgique qui ne semble pas vouloir le quitter. Seigneur, si je l'avais vu me regarder comme ça à l'Étincelle… pour sûr, je l'aurais choisi. Pour sûr, je me serais glissée vers lui. Je me serais installée sur ses genoux… J'aurais posé mes mains à plat sur son torse, les aurais laissées remonter jusqu'à sa nuque, jusqu'à la base de ses cheveux et l'aurais fait incliner la tête en arrière, juste assez pour lui faire perdre son sentiment de contrôle, juste assez pour me pencher lentement sur ses lèvres et…

— Je vais êtes franc, Khione, dit-il dans un murmure qui me ramène brutalement à la réalité.

OK, maintenant, ça suffit. Cet homme est mon supérieur. Mon collègue. Je l'ai rencontré hier. Son rôle est de m'aider à réaliser mes rêves, et à ne pas perdre le nord dans ce monde où je ne connais rien. Il me faut respirer… L'écouter… Et arrêter de me mettre soudainement à vouloir séduire, après des années passées à feindre, le seul homme qui me soit interdit.

— La société souffre encore de la dernière crise que nous avons traversée et qui a permis aux gangs de s'ancrer encore plus profondément. La nouvelle Dirigeante a réussi, par une politique ferme et efficace, à limiter les dégâts, si bien que les fissures qui semblaient grandir de jour en jour semblent enfin se refermer. Malgré ça, il se passe des choses, dans les quartiers du centre, que l'on n'avait jamais vues avant. Enlèvements… prises d'otages… agressions, voire assassinats. Il est presque déconseillé de sortir seul la nuit… Encore plus si vous avez un nom un peu trop connu, souffle-t-il.

J'observe un instant son visage. Son regard persuasif tranche avec son teint pâle et sa mâchoire crispée à l'extrême. J'ai du mal à interpréter son expression.

— Pourquoi est-ce que le gouvernement n'envoie pas l'armée pour éradiquer les réseaux de gangs ?

— Ce serait l'embrasement général. Il est très difficile de distinguer les gangs des milices, donc une répression signifierait forcément l'arrestation massive de miliciens au passage…. Et c'est tout ce qu'attendent les milices pour retourner la population des banlieues, chez qui elles bénéficient d'un grand soutien, contre le gouvernement. Ils feraient immédiatement de la propagande massive, en disant qu'on arrête ou qu'on abat des innocents. Les gens sont sur les nerfs en ce moment à cause des tensions économiques. Il suffit d'un rien pour transformer la ville en champ de bataille..., soupire-t-il. Et pourtant, les éradiquer serait vraiment la solution.

— Mais les milices posent nettement moins de problèmes, n'est-ce pas ?

Il tourne ses yeux sombres vers moi.

— Connaissez-vous l'origine des milices ? interroge-t-il en détachant ses mots d'une étrange manière.

Je réfléchis un instant.

— Ne sont-elles pas apparues à cause de de la misère et de la violence omniprésente dans les quartiers bleus ?

Il semble soudain presque... soulagé.

— En théorie. En réalité... on n'est même pas sûrs qu'elles existent véritablement, avoue-t-il d'une voix rauque dans laquelle il me semble percevoir un frémissement. Beaucoup pensent qu'il s'agirait de gangs déguisés qui s'amuseraient à faire toute cette mise en scène pour éviter de se faire rayer de la carte. Ou alors, inversement, les milices collaboreraient avec les gangs pour garder leur influence. Comme je l'ai dit, tant que les gangs sont là, les milices restent intouchables. De nouveaux éléments nous confortent d'ailleurs dans cette théorie...

— Lesquels ?

— Le corps de l'un des hommes qui ont tenté de vous kidnapper a été identifié par la police. Il est connu des services pour avoir participé à la fois à des braquages et à plusieurs autres activités attribuées à la milice Adrestia...

Je manque de m'étrangler. Adrestia est la milice la plus populaire dans mon quartier ! Ils nous donnent parfois des rations de nourriture, ou un peu de crypto-monnaie… Tout ça simplement pour couvrir leurs activités illégales ? Je n'arrive pas à le croire. Mes pensées se tournent vers Ignio, qui a toujours été plus ou moins soupçonnée d'être affiliée à la milice.

— C'est impossible, je tranche.

Viktor m'observe en silence. Je me sens soudainement très mal à l'aise.

— Connaissiez-vous des miliciens, Khione ? murmure-t-il en essayant d'adopter le ton le plus rassurant possible.

Un silence. Je peux sentir mon sang pulser dans mes veines. Je ne sais si c'est à cause de sa voix grave et rassurante, qui tranche avec un langage corporel plus menaçant. Ou bien parce qu'il est trop près, et qu'il me regarde depuis trop longtemps. Mais dans les deux cas… hors de question de prendre le risque de mettre qui que ce soit en danger. Contrôlant ma respiration, je baisse les yeux sur le sol et réponds avec toute la sincérité dont je suis capable :

— Pas personnellement. Mais ils nous aidaient beaucoup.

Le psychologue me sonde un instant.

— Khione, je ne souhaite ni noms, ni informations. Je veux juste que vous sachiez que les personnes avec qui vous avez eu des contacts sont principalement au bas de la chaîne organisationnelle de la milice. Cela signifie qu'elles sont certainement ignorantes des intentions du sommet, et agissent avec les meilleures intentions.

Je déteste cette façon qu'il a de me faire douter. Tout en me laissant le temps de digérer l'information, Viktor se recule dans son fauteuil.

— Le monde est bien plus complexe que ce que l'on peut percevoir au premier coup d'œil. Le but de Starlight, ici, est simplement d'assurer votre protection, et pour cela, il était nécessaire d'identifier le groupe qui vous menace.

— Mais pourquoi Adrestia chercherait à m'enlever… Cela ne fait aucun sens…

S'ils désiraient me rencontrer, me le dire aurait été suffisant, je les aurais suivis sans hésiter.

— Vous êtes très populaire dans les quartiers bleus, et déguiser quelques miliciens en gangsters pour ensuite vous sauver héroïquement aurait fortement renforcé la popularité d'Adrestia. Pensez-y… C'est la théorie de Josh. Les gangs et leurs atrocités justifient la présence des milices, qui peuvent se positionner en « sauveurs » et continuer à accuser le gouvernement de ne pas faire ce qu'il faut.

— Ce serait pathétique…, je murmure, écœurée, sans pouvoir nier que le raisonnement se tient. Et vous pensez qu'ils réagiraient comment si…

Je m'arrête, hésitante. *Si on diffuse l'information ? Si je me plains de leur action sur la chaîne principale d'Éphème ?* J'ai beau chercher, je ne vois aucune façon correcte de formuler ma pensée. Viktor m'observe un instant en silence.

— Je ne saurais le dire.

— Vous êtes psychologue…

— La logique de leurs actions m'échappe souvent, me coupe-t-il en accompagnant cette excuse d'un regard qui signifie clairement « Arrêtez-vous là, le sujet est clos ». Dans tous les cas, vous n'avez pas à vous inquiéter. Nous sommes là pour veiller sur vous. Maintenant, la question est de savoir si vous allez vous battre, ou si vous allez fuir.

— Me battre contre quoi ? Je croyais que vous me protégiez ? j'interroge en levant un sourcil, un léger sourire aux lèvres.

Je crois voir un éclair amusé passer dans ses prunelles. Visiblement fatigué par notre longue journée, il s'autorise un léger rire qui lui creuse des fossettes légèrement asymétriques. Il me semble que je tombe à nouveau du haut de ce foutu gratte-ciel.

— Celle-là est méritée, murmure-t-il avant de se racler la gorge pour reprendre sur un ton plus professionnel. Contre vous-même. Pour le reste, nous nous battrons à votre place. Mais contre vous-même… je ne le peux. Tout ce que je suis capable de faire, c'est de vous tendre les bonnes armes. Sachez que seule votre motivation à embrasser cette nouvelle réalité, ses bons côtés comme ses plus mauvais aspects vous permettra de passer au-dessus de tout ça. Mais encore faut-il le vouloir.

Mon silence l'oblige à continuer.

— Vous allez vivre votre passion et la partager avec le monde. Vous allez chanter et danser. Vous avez un monde à conquérir. Et qui dit conquête dit non seulement sacrifices mais aussi combats. Est-ce que vous êtes prête à vous battre pour votre avenir ? Pour votre passion ? Pour vous-même, et tous ceux que vous avez laissés derrière vous ?

Je frémis. Il a beau parler doucement, ses mots semblent contenir une force qui les dépasse. La motivation, le courage renaissent au fil de ses phrases comme autant de fleurs sauvages que les ronces de la peur avaient étouffées.

— Bien sûr que je suis prête à me battre, murmuré-je avec un sourire. À vrai dire…, c'est ce que j'ai toujours fait. Dans les quartiers bleus… La vie elle-même est un combat.

Il incline la tête.

— Je ne saurais vous contredire.

Mes pensées me ramènent à Ignio.

— Est-ce qu'il me serait possible de contacter mes anciennes amies ? je demande soudain, curieuse.

Il me scrute un instant, gravement.

– Après les récentes découvertes, je vous le déconseillerais fortement. Si des personnes malintentionnées réalisent que des gens comptent pour vous là-bas, elle pourraient les prendre pour cibles pour vous atteindre.

Je détourne mon regard sur le sol, dépitée. Est-ce cela signifie que je n'aurai plus jamais aucun contact avec ceux qui faisaient mon quotidien, il y a à peine deux jours ? Cette pensée me donne le vertige. Après tout ce que les filles ont pu faire pour moi… Surtout Ignio. La vie était dure, certes, mais tant de choses vont me manquer. Les fous rires en coulisses. La complicité avec les autres filles, nos messages codés et ce double langage que nous seules comprenions. Leur support, inconditionnel, même lorsque je recevais plus d'attention ou que je m'isolais de par ma nature solitaire. Non, vraiment… La chaleur de ce groupe de jeune femmes si bienveillantes, travailleuses et affectueuses va me manquer. Depuis mes débuts, j'avais toujours été la « gamine » du groupe, raison pour laquelle elles m'avaient toutes plus ou moins prises sous leur aile. Même si ma connexion la plus intense était celle que je partageais avec Ignio, je les appréciais toutes. Mon cœur se serre. Il me semble soudain avoir perdu ma seule famille.

Un tressaillement. Je reviens brusquement à la réalité. Penché en avant, Viktor a porté sa main à ma joue qu'il effleure à peine. Lentement, il essuie de son pouce la larme qui y roulait. Je ne respire plus. Son visage est si proche du mien que je peux presque percevoir le tremblement de son souffle. Et c'est comme si, soudain, des milliers de détails invisibles m'apparaissaient clairement. Le pli froissé de sa chemise qui s'ouvre sur son cou. Ses manches de soie si fine, qu'il a retournées par convenance et qui dévoilent le début de ses avant-bras. Ses mains. Ses cheveux sombres emmêlés. Quelques cicatrices fantômes se perdant sur la peau de son visage.

Non… Non, non, non, non. Je ne peux pas le fixer aussi longtemps… Les battements de mon cœur s'accélèrent alors que ses doigts s'attardent une fraction de seconde de trop sur la peau de ma joue, écartent une mèche rebelle, la glissent derrière mon oreille et redescendent lentement en frôlant ma gorge.

Mes yeux trouvent alors les siens et je frissonne sous l'intensité de son regard. Il me semble que ses iris contiennent une tempête entière. Un orage. Un océan déchiré. Et je ne comprends pas que cette force destructrice, ces ombres, ce chaos puissent résonner si fort, si loin que je les sens ricocher jusqu'aux confins de mon âme.

Et puis, soudain, son visage s'adoucit alors qu'un voile de tristesse semble venir estomper la puissance de ses tourments.

— Passez une bonne nuit, mademoiselle Blythe, murmure-t-il avant de me quitter sans aucun autre regard.

# CHAPITRE 11.

♫ *Can't help falling in love*

Tommee Profitt, Brooke ♫

**Viktor**

— C'est hors de question, coupé-je d'un ton tranchant.

— Viktor, je t'en prie…

Je lance un regard noir à Josh, qui essaye tant bien que mal de faire l'intermédiaire entre l'homme qui me fait face et moi-même.

— Je suis prêt à offrir plusieurs millions… insiste ce dernier, ferme dans ses appuis. Disons trois millions. Trois millions pour révéler votre identité et votre rôle auprès de mademoiselle Blythe au grand public lorsque l'on jugera que le moment est opportun.

Je me ferme encore plus.

— Comment osez-vous…, grondé-je.

Une colère noire bat dans mes tempes et les gestes d'apaisement de Josh n'enlèvent en rien la tension de la situation. Je m'approche d'un pas, plantant profondément mon regard dans celui de l'homme qui me fait face. Il est grand, son costume bleu clair fait parfaitement ressortir la couleur ciel de ses yeux. Les cheveux grisonnants, une fine barbe parfaitement entretenue lui courant sur les joues, il exprime toute l'attitude de l'homme mûr qui accepte parfaitement son âge. Je déteste voir à quel point, malgré les années, son visage me semble toujours aussi familier.

— Je ne tiens pas à me répéter, monsieur Dujas, articulé-je en détachant bien chaque syllabe. Sachez que ni votre position de directeur général ni votre argent ne me feront plier en votre faveur. Je pensais être clair en disant que je ne veux plus rien avoir à faire personnellement avec votre chaîne de télévision, ni avec quelque journaliste que ce soit.

Je crache presque. La souffrance et la haine font vibrer ma voix. J'ai beaucoup de mal à me contenir.

— Je ne peux pardonner ce que vous avez fait, soufflé-je, à quelques centimètres de son visage, tandis qu'il me fait face, dur et superbe. Surtout que vous vous fichez totalement de mon pardon.

Il ne bronche pas, se contentant de me fixer droit dans les yeux.

— Faites-moi plaisir. Oubliez-moi. Oubliez mon nom. Faites comme si on ne s'était jamais connus, le prié-je, la voix saturée par l'amertume. Même si j'en suis personnellement incapable, j'essaye au moins de faire semblant. C'est quelque chose qui devrait pourtant être facile pour vous…, j'ajoute plus bas, sur un ton alliant raillerie et mépris.

Mes derniers mots semblent le faire réagir.

— Viktor, je tiens à vous dire que…, commence-t-il d'un ton impérieux.

— Arrêtez-vous là tout de suite, je le coupe vivement d'une voix grave tout en me reculant. Je ne veux pas entendre vos pitoyables excuses que vous ne pensez même pas. Si vous voulez un conseil, ne me contactez qu'en cas de stricte nécessité. Le moins d'interaction nous aurons, le mieux ce sera.

Je sens la crispation s'infiltrer dans chacun de ses muscles.

— Très bien, répond-il froidement. Mais faites attention, il risque d'être difficile de préserver votre anonymat.

— Débrouillez-vous. Ce n'est pas mon problème. Mon anonymat fait partie du contrat que nous avons signé. Si vous ne respectez pas cette clause, il sera immédiatement annulé. Maintenant, si vous voulez bien m'excuser, j'aimerais passer voir mademoiselle Blythe avant que le journal télévisé ne commence.

Et sans attendre de réponse, je tourne les talons et m'en vais sous le regard consterné de Josh qui se confond déjà en excuses.

Je traverse d'un pas décidé les couloirs de verre. La douleur me rend amer. C'est toujours la même chose. Dès que j'ai l'impression de l'avoir surmontée, elle revient, plus puissante et violente que jamais.

Je m'arrête un instant, face à l'océan. Le building de la chaîne nationale EF1 est taillé dans le verre, et ressemble à un cristal de roche planté sur le rivage, face à la mer. Depuis le cinquante et unième étage je peux voir l'étendue marine s'étaler à l'infini, et le soleil couler dans ses eaux sombres.

*« Suspendu entre deux étendues bleues, l'astre de feu semblait figé dans sa course. Ses rayons or et rouge remplissaient l'espace d'un étrange halo, si bien qu'on ne pouvait trancher en faveur de l'aube ou du crépuscule, du commencement ou de la fin, du ciel ou de la mer. »*

Je serre les dents et me détourne vivement de la vitre.

— Bordel…, je grommelle, en me passant une main sur le visage.

Il y a une chose qui tue plus que la souffrance. C'est la culpabilité.

— Monsieur Kortain.

Je me redresse promptement. Une jeune femme brune à la peau livide me fait face, élégante et fière dans son magnifique tailleur jaune dont le décolleté flatte son insolent cou de cygne. Je détaille un bref instant la rivière sombre de sa chevelure et ses yeux d'ébène naturellement bridés.

Ananke Ming.

Notre impitoyable gestionnaire en image, à la beauté froide et arrogante.

Droite dans l'ombre, elle s'avance d'une démarche souple dénotant sa confiance. Alors qu'elle pénètre dans le dernier espace éclairé par le soleil, son visage s'illumine, laissant apparaître au grand jour la cicatrice qui lui barre le visage.

Je ne tique pas, empêchant consciemment mes yeux de suivre la ligne qui lui fend la peau sur toute la moitié du visage, épargnant de justesse son œil droit.

— Un problème ? je demande alors qu'elle s'arrête à deux mètres de moi afin de respecter mon espace personnel.

— J'ai pensé qu'il serait important de faire un rapide point sur cette journée, m'explique-t-elle simplement.

— Je vous écoute.

Depuis 9 h ce matin, les réunions se sont enchaînées dans le but de définir quelle image de Khione sera donnée au monde. Depuis ses couleurs phares, en passant par ses symboles, ses goûts, ses réactions, son comportement face aux médias ou avec ses fans, tout a fait l'objet de réflexions détaillées menées par Ananke. Exactement comme si on devait construire un personnage de roman. La seule différence, c'est que la base de ce personnage est une personne qui existe véritablement.

— Je suis plutôt satisfaite de son attitude, commence mademoiselle Ming. Elle a une grande faculté d'adaptation. C'est une jeune femme intelligente qui sait comment jouer un rôle.

Ananke s'approche davantage, posant son regard d'acier sur l'horizon.

– À vrai dire, je suis presque un peu trop satisfaite. Si elle réussit aussi bien, c'est avant tout parce qu'elle est très aisément influençable. Il faudra veiller à ce que ce trait de personnalité soit toujours utilisé en notre faveur.

J'incline légèrement la tête, en la regardant bien droit dans les yeux.

– J'y veillerai.

Le contact visuel se prolonge quelques secondes, sans un mot, comme si nous nous jaugions mutuellement. Ananke reprend par la suite son analyse, plus en détail. J'écoute avec attention son jugement impartial. En quelques phrases, elle met en lumière points forts et faiblesses, détache ce qu'il reste à améliorer, recoupe et rassemble les informations les plus importantes. Efficace. Objective. D'une précision presque robotique…

Sa personnalité, froide et dure, est pour moi une bouffée de fraîcheur. Ici, tout le monde est rongé par les mêmes maux. La soif de puissance. La faim de l'argent, du pouvoir, du luxe. Nous sommes tous pareillement infectés par le virus de l'ambition, le désir de la réussite. Une ambition maladive nous brûle de l'intérieur. Moi, cela fait bien longtemps maintenant que j'ai arraché les parties de mon âme infectées par ce mal sournois… Mais elle, contrairement aux autres, ne le cache pas derrière des faux semblants. Des sourires hypocrites, des fausses bonnes intentions. Des valeurs en carton, ou une morale en papier. Elle n'essaye pas de cacher son jeu. Cela peut la rendre cruelle aux yeux de certains, intransigeante aux yeux des autres.

Moi, j'aime son honnêteté tranchante. Même si elle n'est pas toujours agréable à entendre, elle a une saveur de vérité. Une saveur rare, ici…

Tout en terminant ma discussion avec Ananke, je regagne les coulisses du journal télévisé afin de toucher quelques mots à Khione juste avant que celui-ci ne commence.

J'agis comme si rien ne s'était passé, la nuit dernière. Cela semble plutôt bien marcher.

Si seulement je n'avais pas pris ce verre d'Abythine… J'aurais pu prétendre que cette envie de me jeter sur ses lèvres me venait de l'alcool. Je pénètre dans la pièce remplie de caméras, de spots lumineux et de fils électriques, alors que les assistants techniques viennent à peine de terminer son maquillage. Je m'approche, tandis qu'elle me sert un de ces sublimes sourires dont elle a le secret. Les cheveux relâchés, elle est vêtue d'un simple ensemble noir et blanc, qui la met en valeur avec simplicité sans que la différence avec le milieu auquel elle appartenait ne choque. Le maquillage suit la même logique. Il la fait rayonner, tout en laissant suggérer une certaine fatigue qui permettra au téléspectateur de développer de l'empathie.

– Prête ?

Elle hoche la tête, les yeux brillants d'un mélange de détermination, d'excitation et d'appréhension.

– J'espère vraiment réussir, me confie-t-elle.

Je lui souris.

– J'ai confiance en vous pour ça.

J'utilise les dernières minutes qu'il me reste pour lui faire quelques rappels, et la remettre en confiance.

– Bien. Tenez-vous droite, relâchez vos épaules. Adopter une position de confiance vous permettra de vous faire sentir davantage sûre de vous. Pensez douceur et détermination. Innocence et fougue. Une spontanéité légère. Souriez avec conviction. Paaaaarfait…, je la complimente. Vous n'avez pas besoin de mes conseils là-dessus, je crois…

Elle rit. Simplement. Pour relâcher la tension. Pour oublier le stress. Elle rit et je souris. Je souris et me rends compte de cette faiblesse si soudaine et inattendue. Quelle était la dernière occasion pour laquelle j'ai souri avec naturel ? Je ne m'en souviens même plus…

— Mademoiselle Blythe, je vous prie…, presse un assistant en l'incitant à se lever et à le suivre.

Je la regarde partir, les joues en feu, avec son adorable détermination et sa fougueuse ambition. Elle s'assoit à la table de verre, sous le feu des projecteurs, croise les jambes sans parvenir à retenir le léger tremblement qui parcourt son mollet.

— Bonsoir à tous, s'exclame le présentateur de sa voix joviale, et bienvenue dans notre journal télévisé. Dans l'actualité de ce jeudi, les émeutes ont repris dans la banlieue sud d'Éphème, après que trois miliciens ont été interpellés par la police locale…

J'écoute la liste des titres sans grand intérêt. De toute manière, il y passe rarement autre chose qu'un mélange de faits divers très superficiellement analysés, généralement présentés de manière peu objective bien que la chaîne soit considérée comme très sérieuse par la grande majorité de la population.

— Mais avant toute chose, sachez que nous accueillons aujourd'hui une invitée exceptionnelle : elle vous a émus par son histoire, la vidéo de son sauvetage par les forces de police a récolté plusieurs dizaines de millions de vues sur les réseaux sociaux, j'ai nommé mademoiselle Khione Blythe !

— Bonjour monsieur, merci de me recevoir, remercie poliment Khione en osant un sourire.

Elle se tient naturellement droite et sa chevelure immaculée retombe gracieusement sur ses épaules.

— Mais c'est tout naturel, reprend le journaliste en se fendant de cet insupportable sourire *bright*. Première question : comment vous sentez-vous à la suite d'un événement qu'on peut, à raison, je pense, qualifier de traumatisant ?

Khione se recule légèrement dans son siège, et fait mine de réfléchir un instant. Elle semble faire partie des personnes que le stress tient avant l'entrée en scène mais qui se détendent dès qu'elles y font les premiers pas. La voir si à l'aise me rassure.

— J'avoue être toujours un peu sous le choc, mais je ne peux dire si c'est le changement complet de vie ou l'agression que j'ai subie.

Elle prend une difficile inspiration.

— Je veux dire… Ce genre d'agression reste très fréquente dans le quartier où j'ai grandi. J'en avais déjà vécu auparavant, comme la plupart des jeunes femmes qui vivent là-bas. La peur a toujours plus ou moins fait partie de mon quotidien, et même si cet événement m'a beaucoup choquée, on ne peut pas vraiment dire que je sois tombée de haut. Je craignais ce qui m'est arrivé depuis bien longtemps.

Je me tourne instinctivement vers Josh, qui, appuyé sur le bord d'une table de verre, m'adresse un regard entendu. Sa légère tristesse. La douceur et la maturité du ton qu'elle emploie. Son regard désolé. Elle se montre bien plus que satisfaisante.

— T'as eu un putain de nez, Josh, je lâche à son intention, mes yeux toujours braqués sur les écrans géants qui diffusent l'interview en direct dans les studios.

Il me décoche un magnifique sourire.

— Je sais, dit-il en riant, vantard. Je te l'avais dit. Mais tu sauras avant tout que c'est Ananke qui me l'a repérée…

Je me détourne de lui pour revenir à Khione, qui est en train d'expliquer sa grande reconnaissance pour Starlight.

— J'ai eu du mal sur le moment, et j'en ai toujours un peu. J'ai l'impression de ne pas mériter tout ça, dit-elle en riant, avec une humilité vraie. Et puis on m'a expliqué que mon travail allait aider, que les bénéfices seraient reversés pour aider les quartiers bleus à s'en sortir... Je me suis dit que j'avais une chance dont peu de personnes bénéficiaient et qu'il serait bête de ne pas la saisir, surtout si elle me permet de changer les choses, ne serait-ce qu'un tout petit peu. Je vais donc essayer de travailler dur dans l'espoir de mériter un jour cette vie merveilleuse que le hasard m'a offerte.

Une étincelle de détermination brille dans ses pupilles au moment où elle termine la phrase, si bien que sa force semble pointer légèrement entre sa douceur et son innocence, comme un morceau de soleil entre deux nuages.

— C'est là une merveilleuse philosophie de vie, dont nous ne pouvons que vous féliciter. Néanmoins je pense que vous méritez votre place ici. Vous avez de grands talents, n'est-ce pas ?

Elle rougit légèrement.

— De grandes passions avant tout. J'aime danser et chanter.

— Cela vous dérange si on regarde ensemble quelques images ?

— Absolument pas.

Les écrans géants du plateau changent de couleur et Khione apparaît, en combinaison de flammes, enchaînant les figures, virevoltant sur une musique d'une violente intensité. D'autres extraits de ses performances sont montrés, sous les yeux de la jeune femme qui a du mal à cacher son adorable embarras. Puis une photo du shooting de la veille s'affiche, où on la voit à demi allongée dans sa combinaison imitant l'orage, une jambe levée à quatre-vingt-dix degrés et légèrement repliée, le regard brillant d'un éclat sauvage et braqué dans celui du téléspectateur.

— Très impressionnant, commente le journaliste. Vous êtes contorsionniste ?

— Je suis née anormalement souple et j'ai beaucoup travaillé pour, disons... entretenir cette capacité, dit-elle avec un sourire, un peu mal à l'aise d'être assise face à un portrait d'elle-même arborant une attitude si sensuelle.

– Danseuse donc, mais surtout chanteuse. La plupart de vos shows se déroulent en deux parties, une partie dansée et une partie chantée. Vous souhaiteriez continuer sur cette lancée ?

Elle a un petit sourire gêné.

– En réalité, je sépare les deux parce que j'ai du mal à danser en chantant. Les mouvements que j'effectue demandent une respiration particulière qui n'est pas celle du chant. Mais j'espère pouvoir un jour réussir à lier les deux.

– Cela se comprend. Bien, mademoiselle, il serait déplacé de ma part de vous demander de danser sur ce plateau, mais seriez-vous d'accord pour nous chanter quelques notes ? propose alors soudainement le présentateur, à la surprise générale.

Cela ne prend qu'un instant. Mon regard capte celui de Josh, empreint de la même incompréhension et c'est d'un même mouvement que nous nous tournons vers le manager.

– Une explication, peut-être ? demande Josh d'un ton cassant.

– Nous avons pensé que cela plairait aux téléspectateurs et qu'un petit peu de spontanéité serait…

– Un petit peu de spontanéité ? coupe-t-il, menaçant. Vous vous foutez de nous ?

Je regarde Josh se détacher de l'étagère contre laquelle il était adossé.

– Nous avions un contrat, cher monsieur, un contrat…, gronde-t-il en articulant les mots avec exagération, tout en foudroyant le journaliste du regard. Un contrat que vous vous permettez d'outrepasser, en prenant un risque inconsidéré et inutile, qui peut…

Josh, terrible dans sa colère, s'arrête soudainement.

Khione a commencé à chanter.

Le silence se fait immédiatement, tandis que sa voix de miel emplit le studio. Un frisson dévale ma colonne vertébrale au son des premiers mots qui s'échappent de ses lèvres et qu'elle semble caresser de sa langue. Les yeux à demi clos, la bouche à quelques centimètres du micro, elle semble entièrement absorbée par la musique qui paraît se déverser directement de son âme.

Et c'est comme si soudain je me retrouvais projeté dans un autre monde. Les notes qu'elle prononce sont une véritable cascade d'eau fraîche qui envahit mon esprit. Je suis fasciné. Tous mes sens se sont arrêtés net, comme si soudain ne comptait plus que l'ouïe.

Et elle continue à chanter. À chanter l'amour, avec une sincérité et une pureté qui me renversent. Je crois que c'est ce qui m'achève. Sa pureté. Il n'y a aucun artifice lorsqu'elle chante. Aucune volonté d'impressionner, de se mettre sur un piédestal. Juste le désir, désintéressé, de partager quelque chose de beau, d'unique, de sensationnel. Sa voix. Elle répand sa mélodie comme on jetterait des pétales de fleurs à des mariés, comme on offrirait une rose à des amoureux, comme on sourirait à des enfants.

Au fil des phrases, au fil des notes, la musique s'épanouit, et la douce voix qui caresse se transforme en voix qui porte, révélant ainsi sa puissance et l'étendue de ses capacités, de l'aigu au grave, de la volubilité à la retenue. Il me semble que mon cœur ne bat maintenant plus que pour rythmer les paroles. Je ferme les yeux pour savourer les notes les plus hautes qu'elle effleure avec facilité et me laisse un instant porter par cet océan musical dont les vagues m'entraînent toujours plus loin.

Quand le dernier mot est prononcé, et que le silence, rendu timide, reprend craintivement sa place, il me faut un moment pour revenir à la réalité.

— Mademoiselle, s'écrie le présentateur tandis que mon regard trouve celui de Josh sans que je ne sache pourquoi. Votre voix est absolument divine ! Je peux vous assurer que vous méritez d'avoir été placée sous le feu des projecteurs. Vous êtes plus qu'à la hauteur. Je vous souhaite beaucoup de réussite, même si je ne doute absolument pas de celle-ci. À ce propos, chers téléspectateurs, n'hésitez pas à réagir en direct, notamment en utilisant le hashtag qui s'affiche en bas de votre écran. Je ne sais pas ce qu'il en est pour vous, mais moi, je ne suis pas resté indifférent à cette prestation, qui était pourtant *a capella*. Merci d'avoir accepté de vous prêter au jeu, mademoiselle, et, j'espère, à bientôt.

Khione, les joues rosies par les compliments, se confond en remerciements. La caméra se recentre ensuite sur le journaliste, ce qui permet à Khione de s'extraire du plateau.

Je la regarde arriver, elle arbore le sourire des personnes qui pensent avoir bien fait, les yeux étincelants, si belle et spontanée. Son regard percute alors le mien. Un quart de seconde. Un changement infime sur son visage. L'image de ses prunelles grises s'imprime sur ma rétine.

Bordel !

# CHAPITRE 12.

♫ *Swim*

Chase Atlantic ♫

**Khione**

Les projecteurs éblouissants ont laissé place à la lueur mauve des panneaux lumineux. Je lève les yeux vers le ciel, ou des lambeaux de nuages blancs reflètent les couleurs délavées de l'éclairage public. Je respire avec bonheur l'odeur de cette jeune nuit qui vient à peine de répandre sa fraîcheur sur les buildings encore tièdes de soleil.

– Merveilleuse ! Vous avez été merveilleuse ! me félicite Josh, qui sort à grands pas du magnifique bâtiment de la chaîne télévisée nationale.

Il dévale élégamment les quelques marches pour me rejoindre, si raffiné dans son costume vert sombre. Sa main se pose sur ma nuque, longe la courbe de mon omoplate, et vient se poser dans le creux de mes hanches pour m'accompagner jusqu'à la voiture. Je lève les yeux vers lui et plonge dans ses iris d'ambre, brillants de fougue et de vivacité.

— Merci, monsieur Garbenta, je lui dis dans un sourire, tandis que sa main glisse subtilement contre mon dos en une rapide caresse avant de me quitter pour ouvrir la portière.

— Après vous, mademoiselle.

Je rentre avec précaution dans le magnifique habitacle de cuir blanc de la limousine, mais mon pied se prend dans le bord du fauteuil, et je trébuche. Un bras solide me rattrape. Je redresse la tête et croise le regard sombre de Viktor. Il me semble tomber une seconde fois.

— Tout va bien ? demande-t-il doucement.

Je me relève, gênée, et m'assois à ses côtés sur la banquette.

Je m'excuse en passant ma main sur mon bras pour chasser la sensation de chaleur qui s'y est diffusée au contact avec sa peau.

Ses yeux s'attardent un instant sur mon visage.

— Toutes mes félicitations, reprend-il. Vous avez plus que réussi ce soir. Vous avez excellé.

Sa voix chaude et grave me fait l'effet d'une caresse.

— Merci… Je suis heureuse que vous ne pensiez pas avoir fait le mauvais choix en me sélectionnant, je confie, rougissante.

— Avoir fait le mauvais choix, comme vous dites, remettrait en cause nos compétences de sélectionneurs plus que les vôtres, tranche Josh en s'asseyant à mes côtés.

— Personne n'est à l'abri d'une erreur, je rappelle doucement.

— Certes. Mais en tout cas, vous ne serez pas la nôtre.

Josh fait glisser son doigt sur son smartphone et un écran hologramme se matérialise face à nous en un rayon bleu violet. Sur sa surface commencent à défiler des séries de statistiques, de graphiques, mais surtout de commentaires bleus et noirs qui envahissent tout l'espace. Mes yeux se retrouvent face à une avalanche d'émojis, de courtes vidéos, de smileys qui crient tous leur stupéfaction. Je vois des nombres trop longs pour être lus, et des pourcentages d'augmentation improbables. Un sentiment grisant monte dans ma poitrine, tandis qu'un sourire se dessine sur mes lèvres devant cette vague déferlante de compliments, de louanges, de félicitations, de messages admiratifs ou enthousiastes qui semblent venir à la fois de partout et de nulle part. Fière. Je me sens fière. Et tellement heureuse… Je ne sais que dire. J'ouvre la bouche, la referme, incapable de détacher mes yeux des mots qui continuent à s'accumuler et dont j'essaye vainement de saisir le sens.

— Tous ces gens… parlent vraiment de moi ? j'ose demander sans détourner le regard.

— De vous, oui, m'assure Josh en se rapprochant légèrement.

D'un geste, il fait ralentir les images, me laissant le temps de lire quelques lignes écrites par des inconnus qui m'encouragent, me couvrent d'éloges, souhaitant déjà acheter mes albums ou venir me voir en concert.

— Voilà ce que nous vous avons offert, reprend Josh d'une voix plus grave qui me donne des frissons. La célébrité, comme promis… C'est un cadeau précieux, fragile, qu'il faut entretenir. Mais désormais, vous avez le monde à vos pieds. Tous ces gens vous admirent, Khione. Vous les avez inspirés. Vous les avez transportés. Vous les avez fait rêver. Et maintenant, ils attendent avec impatience le moment où ils pourront à nouveau ressentir cette émotion unique que vous leur avez transmise.

Je reste silencieuse, immobile, le cœur battant.

— Vous leur avez conté le premier chapitre de votre histoire. Ils se sont attachés à votre personnage. Et maintenant, ils veulent connaître la suite de votre aventure, termine-t-il, presque à mon oreille.

Je lève un instant la tête vers lui. Ses iris d'un vert tirant sur le brun clair sont emplis d'une étincelle joueuse, presque séductrice. Mon regard glisse rapidement sur son visage aux traits droits et caresse sa peau hâlée colorée de bleu et de doré par les lumières.

— Moi aussi, j'en ai envie, avoué-je en baissant les yeux sur mes mains.

— Pardon ? interroge Josh, peut-être un peu trop rapidement.

— J'ai envie de connaître la suite de mon aventure, je précise dans un sourire, amusée par sa réaction.

— Vous n'aurez pas à attendre longtemps, vous êtes invitée à une soirée organisée par nos partenaires ce soir même, m'informe une voix monotone.

Je me tourne vers Viktor, qui scrutait discrètement le ciel à travers les vitres fumées depuis le début de la conversation.

— Vraiment ?

Il incline la tête, silencieux.

— Il dit vrai.

— D'ailleurs, pour vous y rendre, je vous ai prévu une tenue, renchérit Josh en se tournant pour attraper ce qui semble être une robe enveloppée dans une housse protectrice frappée du symbole d'une marque de luxe.

Mes doigts effleurent doucement le tissu si fin, si souple, en essayant de deviner la merveille qui s'y cache. L'odeur de neuf se dégage de l'enveloppe, qui me semble également avoir été parfumée à la lavande. Je ferme un instant les yeux, à l'écoute du ronronnement du moteur de la limousine qui glisse sur l'asphalte sombre de la route côtière. La nuit, la route lumineuse qui s'étend à l'infini, la douce texture du cuir blanc sous mes doigts. Quel moment sublime ! Je n'ai plus envie de dormir. Je sais qu'aucun de mes rêves ne sera jamais en mesure de surpasser la réalité.

*** 

Je hurle ma joie. La musique résonne dans mes oreilles, emplit ma cage thoracique, se diffuse comme un courant électrique dans chacun de mes membres. Je ris à gorge déployée, portée par les mélodies fabuleuses sur lesquelles je m'abandonne complètement. Le monde n'est plus que néons colorés, fumées violettes, piscine d'eau rose. Des sourires, des froissements de tissus colorés, des cascades de cheveux dorés… Je danse, drapée dans ma sublime robe de mousseline prune qui dévoile mes épaules et tombe de mes hanches en une avalanche de tissu pourpre. La mélodie répétitive m'absorbe complètement, vidant mon esprit de toute pensée annexe. Les lumières m'éblouissent, me colorent de rouge flamboyant, de vert lumineux, de bleu liquide. Les écrans géants projettent des images abstraites. Il n'y a plus que le son, ce son qui semble être diffusé en intraveineuse, qui rampe sous ma peau, saisit mes entrailles, et va jusqu'à envoûter mon esprit. Le temps se dilate, l'ombre joue avec la lumière et m'entraîne dans une danse surréaliste qui semble durer une éternité. Autour de moi, la foule est en délire, crie, danse, se laisse porter par le rythme envoûtant des basses.

J'attrape le verre qu'on me tend, et le bois d'une traite avant le remettre à son propriétaire.

– Merci beaucoup pour ce deuxième verre, monsieur Garbenta ! C'est très gentil à vous, je lui crie à l'oreille.

– Je vous en prie, mademoiselle Blythe. Je tiens tout de même à vous informer que c'est votre cinquième. Vous tenez bien l'alcool !

Je ris.

— Vraiment ? Alors pas tant que ça, si je ne suis plus capable de compter ! Mais ce cocktail est si incroyable… Est-ce que je pourrais avoir un dernier verre ?

Il me sourit en plissant les lèvres d'un air désolé.

— Non, je pense sincèrement qu'il est mieux de s'arrêter là. Je vais vous chercher de l'eau. C'est le seul liquide dont vous ayez besoin.

Je fais la moue, déçue mais continue de danser. Me mouvoir est une seconde nature qui ne me demande que très peu d'effort. Les yeux à demi fermés, je me laisse porter par la mélodie, laissant mes hanches onduler effrontément.

— Sinon, où est passé Viktor ? je demande en fronçant les sourcils.

Josh lance un rapide regard circulaire à travers la foule.

— Il est sorti. Ne vous occupez pas de lui.

— Il n'est pas très festif, hein ?

— Plus maintenant…

— Qu'est-ce que c'est triste ! je m'exclame, tandis que je me remets à danser avec passion, en épousant le rythme envoûtant de la musique.

Josh rit, et se penche à mon oreille.

— Tu es magnifique dans cette robe, me complimente-t-il d'une voix rauque.

Son souffle chaud caresse mon cou et me fait frissonner. J'observe son visage à moitié plongé dans l'ombre. La lumière mauve lui effleure le profil gauche, glissant sur sa pommette, remontant le long de la courbe de ses lèvres. Sa chemise blanche légèrement déboutonnée, il a gardé son pantalon de costume et danse avec assurance sur la musique, qui me fait tourner la tête.

Je me fais la réflexion qu'il est vraiment séduisant, ainsi vêtu. Lorsque ses cheveux blonds légèrement emmêlés à cause de la chaleur semblent plus clairs, et que le tissu blanc dont il est vêtu peine à masquer sa musculature qui paraît plus prononcée.

Perdue dans ma contemplation, je réalise à peine qu'il n'est plus qu'à quelques dizaines de centimètres de moi. Je retiens ma respiration lorsque ses doigts se posent à la base de ma gorge, en provoquant un doux picotement dans mon épiderme. Je plonge dans ses yeux si pâles aux pupilles dilatées par l'alcool, dans l'attente, et frissonne. Son regard fixé sur mes lèvres, immobile, il semble débattre avec lui-même, hésiter à céder à la tentation. Je le connais, ce regard… Ce regard qui murmure « je me rends », ce regard qui souffle « je te veux »… Sa main remonte le long de mon cou pour aller s'enfouir dans mes cheveux. Lentement, il se penche vers moi. Un demi-sourire étire sa bouche. Il a fait son choix. Je ne me demande même pas si j'en ai envie. Si c'est vraiment raisonnable, seulement un jour après avoir été embauchée, d'embrasser son supérieur. J'ai trop d'alcool dans le sang pour ces questions futiles. Ou peut-être que je me mens. Peut-être que j'essaye d'oublier dans le souffle d'un baiser qu'il ne représente en rien l'homme qui m'obsède vraiment. De toutes manières, il est trop tard pour raisonner. Déjà, mes lèvres rencontrent les siennes tandis que, par réflexe, mon corps se glisse contre le sien. Il m'embrasse avec passion, et son baiser a un goût d'alcool fort, de fumée, de quelque chose de beaucoup plus sombre, presque dangereux, un peu sauvage. Je pose ma main sur sa joue brûlante, et la sienne se glisse dans le creux de mes hanches. Possessif, il glisse une jambe entre les miennes alors que je m'accroche à lui, le souffle manquant, le corps en feu. Il explore mes formes à travers le tissu de ma robe, sans retenue, en caressant mon ventre, remontant jusqu'à la base de ma poitrine et osant même descendre jusqu'au bas de mon dos. Et moi, comme souvent, je me prête au jeu. Je lâche prise sous ses caresses, en me retournant même pour me blottir contre son torse alors qu'il couvre ma gorge de baisers et la frôle de la pointe de ses canines. Je retiens un gémissement quand sa main remonte vers l'intérieur de ma cuisse, je me cambre en arrière, effleure son torse à travers le tissu. De toute façon, ce n'est qu'une danse. Une danse des lèvres, une danse des frôlements, une danse du bout des doigts. Une danse à laquelle je mets toujours fin en m'échappant. Et pourtant, alors qu'il disparaît et réapparaît à mes côtés, m'embrassant la nuque, la bouche, me faisant tournoyer, je me rends compte que je n'ai aucune envie de m'échapper.

— Viens, murmure-t-il à mon oreille en plaçant sa main dans mon dos de façon à m'entraîner à l'écart de la piste de danse.

Et je le suis. Après tout, pourquoi pas ? J'aime qu'il me couvre de caresses, qu'il me donne toute son attention. Cela faisait tellement longtemps que je ne m'étais pas sentie aussi bien ! Aussi légère, aussi heureuse, aussi chérie ! Je lui souris, mutine, et embrasse son cou jusqu'à son oreille pendant qu'il me fait avancer à ses côtés vers le hall coloré où se découpe un magnifique escalier de cristal. Il m'aide à monter les marches qui me font rire parce qu'elles ont l'air de tanguer de droite à gauche. J'ai l'impression d'être sur un bateau de verre, illuminé de bleu et de violet, au milieu d'une tempête musicale. Je ris en courant pour grimper les dernières marches qui me mènent au pont supérieur, faisant voltiger ma robe autour de mes jambes. Je danse sur la mélodie puissante qui fait trembler les murs, en chantant à pleine voix quelques paroles que j'ai retenues. Mais où est donc passé mon pirate ? Ah, le voilà ! Je tombe dans ses bras en riant et me pends à son cou, dans le creux duquel j'enfouis mon visage. Ses mains s'emparent de mes hanches et entreprennent de me faire avancer, mais j'exprime mon mécontentement. J'ai envie de continuer à danser ici, encore et encore. Le plafond est magnifique, et les étoiles…

Sa main se plaque soudain sur ma bouche. Je pousse une exclamation de surprise alors qu'on me contraint à avancer en me maintenant les mains derrière le dos. La poigne s'est nettement renforcée, et la pression sur mes membres est devenue plus puissante, plus dominatrice. J'essaye de protester, de me débattre, mais rien n'y fait.

– Je te l'avais dit, cela ne fait que commencer…

Le murmure est si léger qu'il se noie dans la mer d'images, de sons et d'émotions dans laquelle j'essaye tant bien que mal de naviguer. Je cligne des yeux, essayant d'assimiler ces mots à la fois si flous et si familier, lorsqu'on me tire violemment en arrière. Je me retrouve projetée sur un autre buste contre lequel on me maintient fermement. J'entends des éclats de voix, la main qui me retient se crispe sur mon poignet alors que je tente de me tenir à nouveau droite en m'agrippant au tissu de sa chemise. Retenue prisonnière si près de cet homme, je perçois nettement les battements de son cœur qui pulse sous mes doigts si clairement en comparaison de la musique que je trouve soudain lointaine. L'homme qui m'a arrachée à… – à Josh ? – me tourne vers lui, et me fait lever le menton. Je rencontre alors les iris sombres de Viktor, magnifique dans les lumières qui lui caressent le visage. Un pli soucieux lui barre le front. Il est si sérieux… Trop sérieux. Je vois ses lèvres bouger, et m'attarde longuement sur leur mouvement. J'ai envie de l'embrasser. Il pose ses mains contre mes joues, des deux côtés de mon visage. J'entends sa voix, au loin. Elle semble venir d'un autre monde.

– Khione !

Il m'appelle, et son ton me paraît soudainement très inquiet. Je cligne des yeux. Pourquoi est-il si préoccupé ? Qu'est-ce qui se passe ? Qu'est-ce que j'ai fait ? Ce n'est pas de ma faute si le monde tournoie… Je prends appui contre lui. J'ai l'impression d'être en équilibre sur le sommet d'une toupie. Un profond sentiment de malaise s'empare de moi. Je veux que tout ça s'arrête. Je tremble. J'ai l'impression de tomber, sans jamais toucher le sol. J'ai envie de rire et de pleurer. J'essaye de m'accrocher à ce que je peux de la réalité mais les images et les sons me glissent entre les doigts comme du sable fin. Je porte la main à ma gorge, où je sens mon pouls battre à toute vitesse. Une sensation de panique m'envahit.

– Khione…

Viktor me caresse la joue, préoccupé. Je le regarde, un instant, en essayant de saisir ses traits qui me paraissent soudain si flous, avant de m'effondrer dans ses bras. Je m'abandonne tout entière contre son torse, en larmes, et il me semble que cette étreinte est une explosion de fleurs colorées. J'entends des voix, des morceaux de phrases, entrevois des visages. Les yeux verts de Josh virent au bleu acier, tandis que son apparence se fond en celle de l'agresseur de cette nuit-là.

– Je pense sincèrement qu'il faut s'arrêter là, me serine Josh dans un sourire. Je pense sincèrement qu'il faut s'arrêter là. Je vais vous chercher de l'eau. C'est le seul liquide dont vous ayez besoin. Je pense sincèrement qu'il faut… Mais où sont donc tes crocs, *baby* ?

J'ai envie de hurler. Josh disparaît, tandis que des mains gantées fondent sur moi pour essayer de m'agripper le visage. Je titube, essaye de m'extraire de leur prise… Ils sont derrière moi… Juste derrière l'immense porte noire… Ils vont m'attraper, c'est sûr. Je dois prévenir Viktor.

– Viktor, les miliciens…, je sanglote en me recroquevillant sur moi-même, secouée de spasmes.

Je manque de tomber en arrière dans les méandres de mon esprit. Qu'est-ce qu'il se passe ? Un éclair de conscience m'illumine et je réalise que je suis en plein délire. Les dents serrées, je tente de toutes mes forces de m'échapper de ces affreuses hallucinations. Clignant des yeux pour me forcer à revenir dans le réel, je lève la tête pour regarder Viktor, les yeux embués de larmes, quand je remarque que ce dernier fixe un point derrière moi. Tout son corps s'est raidi, et son visage s'est instinctivement fermé. Tout va alors très vite.

D'un geste souple, il me soulève dans ses bras et m'entraîne au loin. Je perçois au rythme de ses pas qu'il descend le grand escalier et m'accroche à son cou alors qu'il traverse rapidement la masse difforme, mouvante et multicolore de la foule. Je comprends qu'on est sortis lorsque l'air frais du soir me fait soudainement frissonner. Le bruit d'une portière de voiture. On m'allonge sur la banquette arrière. Je respire mal. Tout mon corps semble vouloir s'enfoncer dans le cuir blanc et y disparaître. J'ai mal au cœur, à la tête. Mais pourquoi ? Qu'est-ce qui s'est passé ? Je ne peux m'accrocher à rien. Je ne sais même plus distinguer le faux du vrai. Suis-je vraiment avec Viktor ? Après tout… L'homme avec lequel je dansais était-il vraiment Josh ? Il me semble qu'il n'avait pas les mêmes…

J'entends le moteur rugir, les pneus crisser.

Où est-ce qu'on m'emmène ? Et si je me trompais encore ? Et si cet homme n'était pas Viktor ? Et si c'était un milicien ? Et si Viktor était un milicien ? Je dois vérifier… J'essaye de mobiliser toute mon énergie pour me redresser à moitié, mais mes muscles se dérobent. Ma tête tourne, et je retombe contre la banquette. Le noir m'envahit alors pour de bon, et je sombre rapidement dans les ténèbres.

# CHAPITRE 13.

*Viktor*

Je suis debout devant la mer, qui s'étend à l'infini. Face à moi, les étoiles semblent dégringoler du ciel noir liquide et se déverser dans l'océan. Aucune voile, aucun bateau ne se dessine à l'horizon. Comme s'il était à l'abandon.

L'immense villa où se tient la soirée se dresse sur un promontoire de roche, face à l'immensité d'eau lisse. Nulle imperfection ne vient troubler cette étendue si parfaite que l'on croirait pouvoir marcher à sa surface.

Une main se pose délicatement sur mon épaule, m'arrachant à la contemplation de ce désert noir.

— Bonsoir, Viktor…, susurre une voix à mon oreille.

— Bonsoir, je me contente de répondre, impassible, tout en portant ma cigarette bleue et blanche à mes lèvres.

Je ne tourne même pas les yeux vers la sublime mannequin à la peau ébène qui s'est accoudée à la rambarde de verre, me contentant de les laisser fixés sur des rivages invisibles.

— On m'a dit que tu n'étais pas d'humeur, ce soir…, commence-t-elle d'un ton égal.

Je souffle la fumée qui crépite un instant au contact de l'air froid, et finis par me tourner dans sa direction. Elle est vêtue d'une robe faite de fines chaînes or et noires qui habillent son corps en dévoilant le contour de ses formes, sa gorge et son ventre.

— Qui t'a dit ça ? je lui demande en soutenant son regard sombre.

— Ivan, Kyrah, Stone, Jane et Laïla.

Je soupire en pensant aux trois filles que j'ai froidement repoussées, et à mes anciens camarades que j'ai à peine salués. Je reporte mon regard sur le large, pour l'ignorer.

— Et malgré ça, tu es venue…

— Je me suis dit que je pouvais toujours tenter ma chance…, murmure-t-elle d'une voix langoureuse. Tu sais bien que je t'ai toujours trouvé encore plus séduisant dans tes mauvais jours.

Je lâche un rire mauvais.

— Bien sûr…, je lâche d'un ton railleur. Je te prie de m'excuser Lynn, j'ai pensé un instant que tu t'intéressais à autre chose qu'à mon physique, j'ironise, amer.

— Viktor, je…, hoquète-t-elle, surprise.

— Va-t'en.

Elle ouvre la bouche, la referme. Je me tourne une dernière fois vers elle.

— Je ne le répéterai pas, Lynn.

Son regard s'assombrit, et toute trace de surprise quitte ses iris qui s'emplissent de colère et de mépris.

— Connard, lâche-t-elle avant de tourner vivement les talons et de les faire claquer sur le sol.

Je soupire et ferme un instant les yeux, en laissant la musique et les rires envahir mon esprit. Je me redresse ensuite et contourne la piscine creusée dans la roche, dans laquelle des jeunes femmes à moitié nues se baignent en criant.

— Hey, Kortain ! me hèle alors un grand blond en chemise.

— Devirier, ça fait longtemps, je réponds avec un léger sourire, une main dans la poche.

Il hausse les épaules, spontané.

— J'étais complètement pris par mes études d'avocat, ces dernières années. Je n'ai pas vu la lumière du soleil pendant un moment… Les Intelligences Artificielles ne font pas de cadeaux pendant les plaidoiries…

Il rajuste sa manche, nonchalant. Il est vrai qu'il parle bien, à présent.

— Toi, je te demande pas ce que tu es devenu, du coup… Vu que j'ai encore dû signer une charte m'interdisant de divulguer ton identité lors de la soirée, j'imagine que c'est confidentiel…

J'esquisse une grimace, mais j'apprécie cette fraîche légèreté avec laquelle il aborde le sujet.

— Au moins, tu n'as pas beaucoup à rattraper…

— Pour être précis, il me semble que la formulation diffère légèrement de ce dont je me souvenais…

— Ah oui ? je lâche, tout en portant mon verre à mes lèvres pour me donner une contenance.

— Oui, alors qu'avant, il s'agissait simplement de ne pas évoquer le passé, il semble aujourd'hui qu'il faille prétendre que rien ne se soit jamais produit… Comme si… Comme si l'on cherchait à cacher cela à quelqu'un.

Il est bon.

— J'en déduis qu'il ne s'agit certainement pas de l'une de celles-là…

Il me désigne un groupe de filles qui me scrutent, un demi-sourire aux lèvres, en chuchotant entre elles.

— Arrête de tourner autour du pot, je tranche, mettant ainsi fin à son petit jeu. Nous savons tous deux de qui il s'agit.

Il incline la tête, amusé.

— La talentueuse et sublime banlieusarde… Je sais pas si tu as croisé cet enfoiré de Garbenta, mais je reviens juste de la piste de danse et il était déjà en train de l'embrasser… Certains ne perdent pas leur temps.

Devirier rit doucement tandis que je me tends imperceptiblement.

— Tu me diras, je le comprends…, admet-il en faisant mine de s'éloigner.

Je lui offre un sourire crispé, le salue et le regarde se diriger vers le bar.

Bordel ! Je n'ai jamais eu de problèmes avec Josh concernant les filles. Qu'elles passent dans son lit avant ou après moi ne m'a jamais fait ni chaud ni froid. Mais là… J'avoue ressentir un certain agacement à la savoir dans ses bras. Moi qui pensais qu'elle pouvait se montrer un peu différente des autres.

Je passe par le bar me servir un verre de whisky, et rentre dans la villa par le hall central en évitant soigneusement la piste de danse. Le couloir est bondé d'inconnus surhabillés, surmaquillés. Je progresse sans vraiment faire attention dans cette masse fluide de corps enivrés, quand je repère une cascade de cheveux blancs. Je m'approche, juste à temps pour voir Khione monter l'escalier. Elle titube, semble perdre l'équilibre avant de se rattraper à la rambarde.

— Putain, le con… Il est incapable de voir qu'elle est ivre morte ou quoi ? je m'exaspère en avançant plus rapidement pour la rejoindre.

Je bouscule quelques personnes et monte les marches quatre à quatre. Je m'arrête un instant, et balaye du regard le premier étage ultramoderne au toit transparent qui ouvre la vue sur les étoiles. Je repère alors Khione qui se fait entraîner.

— Bordel ! je souffle, pas sûr de reconnaître Josh dans l'homme qui la tient.

Les lumières colorées, les hommes et femmes qui peuplent les couloirs m'empêchent d'identifier l'inconnu, ou de comprendre ses intentions. Alors que Khione résiste en riant, je le vois soudain plaquer sa main contre sa bouche tout en la poussant en avant.

Mon sang ne fait qu'un tour.

— Lâche-la, enfoiré ! je gronde en m'approchant à pas rapides.

L'homme s'immobilise immédiatement, se retourne d'un quart, lâche Khione et s'enfuit.

— C'est ça, barre-toi, je siffle, plus menaçant que jamais. Barre-toi ou je te jure que je te brise la nuque.

Je le suis des yeux jusqu'à ce que sa silhouette se fonde dans la foule, et reporte mon attention sur Khione, agrippée à ma chemise comme à une bouée en pleine mer. Je la fais doucement pivoter et lui lève le menton pour capter son regard. Elle semble perdue. Elle me contemple de ses magnifiques yeux gris cerclés de fard à paupières bordeaux, muette. Ses yeux tracent les lignes de mon visage, et s'arrêtent sur mes lèvres.

Une décharge électrique me parcourt. Difficile de résister à la tentation, si délicieuse, de l'embrasser, là, maintenant…

Je pose mes mains des deux côtés de son visage.

— Est-ce que ça va ? je lui demande doucement, alors qu'elle me dévisage, un brin étonnée.

C'est lorsque ma peau rentre au contact de la sienne que je remarque qu'elle est anormalement brûlante. Son sang semble battre trop vite sous mes doigts, et ses pupilles dilatées ne me disent rien qui vaille. Au niveau de la jugulaire, une marque de piqûre attire mon attention.

– Khione !

Je l'appelle, inquiet, pour tenter de la ramener à la réalité. Elle cligne des paupières, comme si elle reprenait soudainement conscience. Les émotions défilent dans son regard. La surprise, l'incompréhension, la peur, la tristesse. Elle semble perdre l'équilibre et se met à trembler. Je la vois porter d'elle-même un index à sa gorge pour prendre son pouls. Un éclair de panique passe dans ses iris.

– Khione…, je murmure pour essayer de la rassurer.

Doucement, je glisse ma main le long de sa joue. Elle m'observe encore un instant et je peux pratiquement voir les larmes emplir ses yeux si bien que je ne suis que peu surpris lorsqu'elle plonge dans mes bras en éclatant en sanglots. Je lâche un soupir. Il serait hypocrite de ma part de prétendre que la sentir aussi vulnérable ne me touche pas. Si j'avais su que ce bâtard l'avait droguée, jamais je ne l'aurais laissée partir si facilement. Je serre les dents. La voir dans un tel état sans que je ne puisse rien y faire me tue. J'essaye de la tenir dans mes bras sans la serrer, malgré la tentation si grande de l'y garder prisonnière. Je tente de la bercer pour qu'elle sorte de son mauvais trip, quand Khione s'agite.

– Viktor, les miliciens…, gémit-elle, tremblante.

Elle pleure de plus belle. Je lui caresse les cheveux pour la rassurer. Évidemment. Il est logique que cette agression ait réveillé le traumatisme encore frais de sa tentative d'enlèvement… J'essaye d'apaiser ses spasmes, lorsque soudain, un éclair de lucidité me traverse.

*Et si… Et si elle avait raison ?*

Je lève les yeux. Quelques personnes arpentent le couloir, dont un couple à moitié ivre et une jeune femme au téléphone. Rien d'anormal jusque-là... Mon regard se pose sur deux hommes en costume obnubilés par leurs portables, ce qui me paraît déjà plus suspect. Que font vraiment deux gars de mon âge à l'écart d'une soirée, sans un verre l'alcool à la main, à consulter les réseaux sociaux dans l'ombre d'un lointain couloir ? Je les examine d'un bref coup d'œil. De grande taille, assez bien bâtis, tous deux bruns, un de peau blanche, l'autre de peau noire. Progressivement, de plus en plus de détails viennent me titiller. Les deux hommes ne semblent même pas à l'aise dans leurs costumes mal ajustés. Étrange, pour des invités d'une soirée VIP... Leur veste de costard tombe d'ailleurs assez inhabituellement sur leur torse, ce qui me laisse deviner la présence d'une arme. Un morceau de tatouage aussi, qui semble dépasser du col d'un des deux hommes, confirme mes craintes.

*Bordel !*

*Des miliciens.*

Le gars qui l'a droguée ne voulait pas la violer.

Il voulait l'enlever.

Et clairement, ces hommes n'attendent qu'une chose. Que le couple rentre dans une chambre. Que la miss finisse son appel. Qu'on se retrouve seul à seuls. Moi, contre eux.

Je ne reste pas passif une seconde de plus. Hâtivement, je glisse mon bras sous les genoux de Khione et la soulève. Je me dirige ensuite vers les escaliers sans trop presser le pas pour ne pas avoir l'air suspect. Je descends les marches à la hâte, et fends la foule qui s'écarte sans poser de questions. Khione s'est accrochée à mon cou et a posé sa tête contre ma poitrine. Ses lèvres violacées me font soupçonner qu'elle a fait une mauvaise réaction à la drogue qu'on lui a administrée, raison de plus pour la ramener en vitesse au QG de Starlight.

Je sors rapidement de la villa, descends encore quelques marches et me dirige droit sur le responsable du parking.

— Une bagnole. Vite, je lui ordonne froidement.

— Votre nom ?

Je hausse un sourcil. L'homme s'éclaircit la voix.

— Excusez-moi, monsieur Kortain. Prenez celle que vous désirez, rectifie-t-il en me présentant un plateau de cristal sur lequel sont alignées les clés de voitures toutes plus prestigieuses les unes que les autres.

J'attrape rapidement la clé du dernier SUV Lamborghini que j'avais repéré en arrivant et me dirige droit vers le véhicule. La porte arrière s'ouvre automatiquement et j'allonge Khione sur la banquette. Je fais claquer la portière, contourne la voiture et m'installe en vitesse sur le siège conducteur.

Celui-ci s'ajuste à mes dimensions en une fraction de seconde, tandis que j'active déjà le mode sport. Le moteur rugit, la ceinture se resserre, les pneus crissent sur l'asphalte. Je sors en trombe du parking sur la route déserte, et écrase l'accélérateur. La Lamborghini ronronne, et prend de la vitesse. Je serre les dents en avisant les deux BMW qui apparaissent soudain dans le rétroviseur.

— Bien…, je murmure. On va jouer…

Je fais rapidement monter le moteur dans les tours. Le paysage devient flou, l'adrénaline pulse dans mes veines alors que la barre des deux cents kilomètre-heure est vite dépassée. Les buildings me couvrent de leur ombre protectrice, alors qu'à ma droite, l'océan s'étend à l'infini. J'atteins le centre de la ville, toujours talonné par les berlines blanches. Je m'enfonce dans le dédale des routes qui plongent sous les immeubles, s'enroulent aux pieds des tours, se chevauchent et s'emmêlent. Je me glisse dans les virages à toute allure, appréhendant les tournants avec fluidité et maîtrise, avant de repartir de plus belle dans le labyrinthe des courbes de bitume.

Le monde se limite aux rangées grises et noires des bâtiments qui défilent et au ronronnement puissant des moteurs. Le mien, plus grave et puissant, presque menaçant, masque le son plus agressif des véhicules de mes poursuivants.

Ceux-ci me talonnent toujours, malgré mes manœuvres pour les semer. Je serre les dents en les voyant se rapprocher toujours plus. J'essaye d'occuper le maximum d'espace sur la route, pour éviter de me faire dépasser, mais l'une des BM parvient à se glisser à ma droite.

— Avance, ma belle…

Le sang pulse dans mes veines tandis que la bagnole s'engouffre dans le maigre espace séparant mon véhicule de la barrière de sécurité. Je suis en train de me concentrer pour réussir mon coup quand soudain, une sonnerie retentit dans l'habitacle.

— Viktor ? Qu'est-ce que tu fous, bordel ! me crie Josh, alors que les rires et la musique m'informent qu'il est toujours à la soirée.

— Rien de particulier, je fais juste une rapide partie de kart avec des miliciens…, je réponds, ironique, tout en serrant progressivement la voiture sur la droite. Ne t'inquiète pas, c'est presque terminé…

La seconde BM profite de l'espace que je viens de céder pour se placer à ma gauche, et je me retrouve soudainement encadré par mes deux poursuivants.

— Quoi ? s'écrie Josh au téléphone. Tout le monde t'a vu partir avec Khione dans les bras il y a dix minutes, et…

Je soupire.

— Josh, je t'en prie, ferme ta grande gueule. Je conduis.

La voiture de gauche commence à se rapprocher, alors que je suis moi-même en train de serrer la bagnole de droite. Elles essayent toutes deux de me faire ralentir pour que je finisse par m'arrêter.

— Fais pas de connerie, Vik, j'arrive, me supplie Josh, qui semble être sorti de la villa.

Je l'ignore et lâche un chapelet de jurons en me trouvant obligé de décélérer. La bagnole me coince de plus en plus, et je suis en train de perdre la maîtrise du piège dans lequel j'étais en train de mener l'autre véhicule.

— Bordel !

Tous mes muscles sont tendus. Je peux sentir mon cœur battre à toute vitesse dans ma poitrine. Le temps semble soudain ralentir, alors que j'écrase la pédale de frein et que je donne un violent coup de volant. La Lambo ralentit promptement, et rentre dans l'aile arrière de la BMW de gauche. Brusquement, elle effectue un tête-à-queue et vient rentrer dans l'autre bagnole. Celle-ci se plie sous le choc, et défonce la glissière de sécurité. Les vitres explosent, le métal se tord tandis qu'elle bascule et vient s'écraser sur la voie inférieure dans un vacarme assourdissant. Je longe le bord de la route, où la première carcasse est retournée sur le côté, et avise la seconde en contrebas. Quelques flammes s'échappent déjà du capot enfoncé, et viennent lécher le pneu avant gauche.

— Viktor ? Viktor ! appelle Josh, un brin de panique dans la voix.

— C'est bon, mec. Je suis toujours vivant, je le rassure, un peu essoufflé, appréciant la douce sensation de la tension qui redescend.

— Bordel, tu m'as fait peur ! m'engueule-t-il, irrité. C'était quoi, ce bruit ?

— Je me suis débarrassé des miliciens.

— Débarrassé ? Comment ça, débarrassé ? s'étrangle-t-il.

— L'une de leurs bagnoles est à l'envers sur la rocade intérieure, et l'autre vient de s'éclater sur le périphérique, juste en contrebas, je lui explique simplement, tout en vérifiant l'état de Khione qui semble avoir perdu connaissance. Je vais appeler les flics et les informer de la localisation. Retrouve-moi au QG, je t'expliquerai tout là-bas. Oh, et convoque l'unité médicale, Khione n'est pas blessée mais j'ai peur qu'elle ait fait une réaction allergique à une drogue qu'on lui aurait administrée.

Josh semble vouloir répliquer, mais se ravise et se contente de soupirer.

— Bien. J'attends tes explications, répond-il seulement.

— Tu les auras. Mais tu m'en dois aussi.

# CHAPITRE 14.

*Khione*

Une larme de cristal roule sur ma joue en entraînant avec elle quelques particules de mon maquillage argenté. Le regard dans le vide, songeuse, je vole une dernière fraction de seconde de silence avant de me redresser pour fixer la caméra.

— Bonjour à tous.

Je prononce mes premiers mots avec une voix un peu cassée et un sourire triste.

— Je sais que beaucoup de rumeurs se sont répandues entre hier et aujourd'hui. Je suis venue les confirmer.

Mon regard se durcit, je prends une attitude plus confiante, bien qu'un peu blessée.

— Je ne me cacherai pas. Je ne couvrirai pas les actes immondes de ces criminels. Et tandis que j'essaye de m'extraire des ténèbres pour progresser vers la lumière, ils tentent de s'accrocher à mes membres pour me ramener d'où je viens.

J'inspire.

— Hier soir, lors d'un gala organisé par un partenaire, j'ai été droguée.

Je tends légèrement le cou, afin de montrer la marque de piqûre encore rougie.

— Des criminels infiltrés ont tenté de m'emmener à l'écart de la fête, et si un membre de l'équipe de Starlight n'était intervenu je ne sais vraiment pas où je serais aujourd'hui, ou si je serais encore en vie.

J'essaye d'ignorer le regard de Viktor posé sur moi.

— Je ne souhaite pas me plaindre. Je vous explique simplement les faits. Sachez seulement que quoi qu'il arrive, je ne céderai pas à leur pression. Je ne me tairai pas. Et je continuerai à lutter pour que vous puissiez avoir le droit de vivre dans la sécurité. Merci infiniment pour l'ensemble de vos messages de soutien et d'encouragement publiés depuis hier, et qui me donnent la force d'avancer. Je vous embrasse. Restez forts.

Je conclus avec un petit sourire et un poing que je porte à mon cœur.

Une seconde de silence.

Puis… Un mouvement, puis un autre, et c'est la tempête. Les caméras reculent, les assistantes accourent pour sécher mes fausses larmes, me démaquiller, me retirer ma veste. Le fond blanc et noir est plié, les techniciens démontent le matériel. Je me lève pour laisser Chaska détacher mes cheveux et les brosser.

— Très beau texte, je commente en laissant traîner mon regard sur les lettres dorées projetées sur le mur face à moi.

J'aperçois Viktor pincer les lèvres, mais il ne répond rien. Je tends la joue à la maquilleuse qui me poudre le visage du bout de son pinceau afin de faire en sorte que ma peau paraisse moins livide. Annaëlle arrange également la robe argentée qui tombe droit sur ma poitrine, retouche mes boucles d'oreilles de diamant noir, et ajuste mes cuissardes de velours.

J'ai passé une nuit terrible.

Les médicaments ont tardé à faire effet et mon délire s'est prolongé jusqu'à tard dans la nuit. Il me suffit de fermer les paupières pour sentir à nouveau cette sensation de vertige, de déséquilibre. J'ai l'impression qu'une brèche s'est ouverte dans la réalité. Mes souvenirs sont complètement brumeux, un peu comme si on les avait passés au mixeur. Un mélange d'émotions négatives, d'angoisse, de terreur, de malaise, baigné par la lumière irréelle des néons. Quelques bruits récurrents, comme le ronronnement d'un moteur, la pulsation régulière des basses, le brouhaha flou des voix oppressantes.

J'ai l'impression de me réveiller après un cauchemar particulièrement troublant.

— Khione ?

Je lève les yeux vers Viktor.

— Venez.

Je m'assois sur le canapé de velours bleu vert, blottie contre l'accoudoir, le regard dans le vide. J'ai discuté toute la matinée des événements de la veille. J'ai eu le droit à des excuses sincères. Ils m'avaient promis de me protéger, et cette promesse a été à demi violée. Ma sécurité va donc être renforcée et des gardes du corps vont m'être attribués. Malgré cela, je reste profondément troublée. D'abord par ce baiser, que j'aurais donné à un inconnu. Je me souviens de peu de choses, mais ce visage masculin, baigné dans les néons bleus et jaunes, ne me quitte pas. Je peux me souvenir de ses mains sur mes hanches, de son parfum, du goût de ses lèvres… Et pourtant, plus j'essaye d'avoir une vue d'ensemble de ses traits, plus ceux-ci m'échappent. Comme… comme dans un rêve.

Je déglutis difficilement. Ne pas savoir ce qu'il s'est exactement passé me plonge dans une angoisse profonde. J'en ai oublié la raison exacte, mais l'évocation de cette soirée me met extrêmement mal à l'aise, et par cela j'entends… plus qu'elle ne le devrait.

— À quoi pensez-vous ?

Je lève doucement la tête. Appuyé sur le bord de son bureau, impeccable dans son costume noir qui lui tombe parfaitement sur les épaules, Viktor me scrute calmement. La lumière blanche qui filtre de la baie vitrée caresse la moitié de son visage, rendant son œil gauche plus clair et ses lèvres plus marquées.

Pourquoi diable ai-je fini par embrasser cet homme ? Quelle substance a-t-il bien pu m'injecter pour que je me laisse ainsi faire ?

— Est-ce que vous croyez en mes paroles ? je demande doucement.

Il incline la tête. J'hésite.

— Confiez-moi ce qui vous préoccupe, reprend Viktor d'une voix calme qui inspire la confiance. Je ne vous juge pas, je vous conseille.

Je soupire. Ces mots sont difficiles à prononcer pour moi, surtout devant lui. Mais j'ai besoin de le dire. D'en avoir le cœur net.

— Depuis ce matin, vous m'avez parlé d'un homme, que j'aurais embrassé hier et qui m'aurait amenée à l'écart. Est-ce que… Est-ce qu'il a été identifié ?

Viktor me fixe un instant, silencieux.

— Vous pensez le connaître ?

Je serre les dents. Il m'a retourné la question, et maintenant je suis coincée. Je sens mon cœur pulser jusque dans mes doigts.

— Je… Je m'excuse, je ne savais pas ce que je faisais mais… Il m'a semblé qu'il ressemblait à Josh.

Je suis certaine d'avoir viré au rouge écarlate. Quelle abrutie… Ce n'est qu'un vague souvenir, qu'une vague impression, pour laquelle je viens peut-être de mettre ma carrière en jeu.

— Je suis désolée, je répète dans un murmure, sans oser le regarder. Je ne savais pas ce que je faisais.

— Ne vous excusez de rien. Pour être honnête, je ne connais pas la version de Josh. Je tente de le voir en seul à seul depuis l'incident afin d'éclaircir certains points, mais il est submergé par la quantité de travail que l'interview et cette nouvelle tentative manquée d'enlèvement lui ont imposée. Néanmoins… En me basant sur vos symptômes, vous avez été droguée avant ce baiser. Donc, deux théories se présentent : la numéro une : le milicien vous drogue, laisse la substance faire effet, vous embrassez Josh, perdez pied, il vous laisse pour je ne sais quelle raison, ce qui permet au milicien de vous récupérer et de vous attirer à l'écart. La numéro deux… Il s'agit de la même personne, tout le long de la soirée, que vous auriez confondue avec Josh.

J'esquisse une grimace. Je déteste parler de ça devant lui. J'ai tellement honte… Je me passe une main sur le front, mal à l'aise. Viktor s'approche, et s'assied à mes côtés sur le divan.

— J'aurais pu me tromper…, je murmure, en essayant d'ignorer sa proximité, et l'odeur délicieuse de son parfum.

— La drogue qui vous a été administrée diminue la barrière entre rêves, pensées inconscientes, désirs, et réalité, reprend-il.

Je garde la tête baissée, à l'écoute de sa voix qui semble s'infiltrer au plus profond de mon épiderme. Je me redresse et tourne la tête vers lui.

– Si j'avais désiré embrasser quelqu'un comme vous le suggérez, ce n'est pas Josh que j'aurais vu, je lâche d'un bloc en soutenant farouchement son regard.

Silence. Nos yeux restent accrochés les uns aux autres, comme si chacun de nous essayait de lire dans les iris étrangers un quelconque aveu.

J'ai envie de le toucher.

Poser ma main sur son costume, la glisser vers la chemise.

Enrouler lentement mes doigts autour de sa cravate en me penchant vers ses lèvres.

Son regard me brûle. Quelques secondes s'égrènent, durant lesquelles il laisse ses yeux traîner sur mon visage avant de les détourner en prenant un air coupable.

Mon cœur se serre et je me lève vivement pour m'approcher de la baie vitrée.

*Quelle idiote !*

Je suis en colère contre moi-même. Cela ne fait que quelques jours. Et je suis déjà perdue. Incapable de discerner la fiction de la réalité. J'observe les gouttes de pluie s'écraser sur la vitre, en un battement régulier incapable de calmer mon cœur. La ville se lave de l'alcool, de la fumée, de la poussière. Ce temps gris reflète parfaitement mon univers intérieur. Lumineux, mais voilé par une brume épaisse qui m'empêche d'y voir clair.

Je serre les dents. D'anciens sentiments semblent remonter d'un passé que j'avais cadenassé. J'ai l'impression d'avoir laissé une partie de moi dans ce bar de la périphérie. Une amie. Une autre personne. Comme si ma vie s'était fendue en deux. Il y a Khione, l'inconnue, la danseuse, qui est morte ce fameux soir où elle a failli être enlevée par des « miliciens ». Et il y a moi. Qui semble être née dans ce grand lit dans lequel je me suis à nouveau réveillée ce matin, face aux buildings, face à la mer, face à…

179

Un mouvement dans le reflet de la vitre. Viktor s'est approché, doucement, et se tient maintenant derrière moi. Je n'ai pas besoin de me retourner pour sentir sa présence, imposante, troublante, presque inquiétante. Son regard est posé sur ma nuque, et le mien fixé sur son reflet.

Sa respiration régulière. Le bruit de l'eau qui bat contre les vitres.

Sa main monte lentement le long de mon bras nu, et je peux sentir le mouvement de l'air sur ma peau qu'il ne touche pas encore. Du dos de ses phalanges, il effleure la courbe de mon épaule, provoquant une cascade de frissons qui dévalent ma colonne vertébrale. Sa main se glisse le long de ma nuque, remonte dans mes cheveux en un mouvement terriblement doux. Ses doigts se perdent entre les mèches fines, et les rabattent vers le côté gauche de ma tête pour dégager ma nuque.

J'expire en tremblant. J'ai le corps en feu. Ma peau qui se tend sous ses caresses semble avoir été marquée au fer rouge par le tracé de sa main.

Je ferme les yeux lorsque soudain il pose ses lèvres à la base de mon cou, provoquant une envolée de papillons dans mon bas-ventre. Sa lenteur, sa tendresse me font perdre toute notion de la réalité. Je m'abandonne complètement, laissant ses doigts remonter le long de ma gorge et s'en emparer pour me faire lever le menton, lui permettant d'embrasser la peau tendre de mon cou offert. Ses mains glissent ensuite le long de mon corps, pour venir effleurer le creux de mes hanches. Je me sens fébrile. J'ouvre les yeux et croise son regard dans la vitre, son regard assombri par le désir, un désir puissant mais parfaitement contrôlé qui me fait vaciller.

Et puis, soudain, un clignement de paupières. Son regard redevient brusquement sérieux.

– Ne bougez pas, murmure-t-il.

Ses mains me quittent. J'entends un froissement de tissu, quelques pas m'indiquent qu'il s'éloigne vers le bureau auquel il semble s'asseoir. La porte s'ouvre alors et je me retourne juste à temps pour voir Josh entrer, toujours aussi sûr de lui dans son costume gris.

— Mademoiselle.

J'essaye de calmer les battements de mon cœur qui semble vouloir sortir de ma poitrine.

— Monsieur, je lui réponds avec toute l'assurance dont je suis capable dans cette situation.

Il se tourne ensuite vers Viktor, qui, assis sur son fauteuil avec une jambe repliée, contrôle parfaitement la situation en affichant une neutralité sans faille.

— Avez-vous terminé ? demande-t-il simplement.

Je jette un trop rapide coup d'œil à Viktor, qui reste parfaitement indifférent.

— On ne peut pas vraiment dire ça, répond-il avec flegme. Je pense qu'il est nécessaire de réaliser plusieurs séances. Les derniers jours ont été riches en événements, et mademoiselle Blythe me semble un peu déstabilisée.

Je hoche la tête, amère, et Josh esquisse un léger sourire d'excuse.

— Est-ce que vous accepteriez de m'accorder quelques minutes ? J'aimerais discuter avec vous, me sollicite-t-il. Viktor, nous nous retrouvons juste après, en salle C19.

Nous acquiesçons tous deux et je sors rapidement de la pièce, tandis que Viktor baisse la tête sur son bureau pour ne pas croiser mon regard.

Je me mords la lèvre pour ne pas hurler. Qu'est-ce qui ne va pas chez moi ? J'ai toujours été docile, rangée. Même au bar où je travaillais, au milieu de la débauche, de l'alcool, de la drogue, je suis restée en dehors de tout cela. Je n'ai touché à rien. J'ai fait mon travail, jour après jour, soir après soir. Sans rien vouloir de plus qu'un toit pour dormir, et un peu d'argent pour manger. Je n'ai rien voulu d'autre et pourtant, pourtant maintenant, tout m'échappe. Je suis euphorique puis perdue, calme et douce puis tremblante de colère… Hier j'ai bu et embrassé un inconnu, et qu'est-ce que je décide de faire ce matin ? Je décide de m'entêter à séduire un de mes supérieurs, que je connais depuis à peine quelques jours, qui multiplie certainement les conquêtes et que je n'intéresse, au mieux, que physiquement. Je suis en rage, en rage contre moi-même. Je ne fais qu'erreur sur erreur depuis que je suis arrivée ici. Je ne me reconnais déjà plus, et je suis terrorisée à l'idée que ça s'accentue.

Perdue dans mes pensées, je ne me rends pas compte que nous sommes arrivés sur la terrasse du bâtiment. Il ne pleut plus, et l'air frais caresse mon visage de sa main glacée.

— Mademoiselle Blythe…, commence Josh, qui, accoudé à la rambarde, laisse courir ses yeux sur le paysage urbain de verre et de béton.

Il semble moins jovial que d'habitude, un peu plus… préoccupé.

— Je tiens à vous présenter mes sincères excuses. Encore une fois, insiste-t-il d'un ton grave. Pas seulement pour cette soirée, mais pour tout ce qui a pu se produire ces derniers jours. J'ai conscience que c'est très éprouvant pour vous.

Une expiration.

— Vous êtes le projet de ma carrière, vous le savez ? Avoir la responsabilité de former et de faire connaître la future égérie de Starlight est un travail hors du commun, surtout à mon âge.

Il fait une pause, et se tourne vers moi. Ses sourcils froncés, son ton neutre, me donnent envie de l'écouter. Il semble vouloir se confier, sincèrement.

— Je souhaite vous donner le meilleur. Et cette entrée en lumière n'est pas celle que j'aurais voulue pour vous. Vous vous êtes sentie contrainte, votre vie a basculé violemment du jour au lendemain…

Il soupire.

— Même si cette méthode vous a fait connaître par un public extrêmement large en un temps record, votre bien-être doit passer avant tout.

Je reste silencieuse, à l'écoute.

Il s'approche de quelques pas, les mains glissées dans les poches de son costume gris à carreaux fins. Sous cet angle de vue, ses prunelles reflètent le ciel. Je ne peux m'empêcher d'avoir des images de la veille. Était-ce ses lèvres sur les miennes ? Ses mains sur mes hanches ? Était-ce sa fougue qui me faisait trembler ? Son désir qui embrasait ma peau ?

Je cligne des yeux pour revenir à la réalité, et glisse derrière mes oreilles une mèche blanche que le vent ramenait sur mes yeux.

— Je sais que vous pensez que je vous ai embrassée hier, lâche-t-il.

Je vire au rouge pivoine.

— Je…

Il m'interrompt d'un geste.

— Ne vous sentez pas coupable ou gênée, je vous prie. Je ne sais pas si cette information va vous soulager, mais ce n'était pas moi.

Je reste un moment interdite, tentant en vain de digérer l'information. Je l'aurais donc imaginé ? Rêvé ?

— L'association que vous avez faite entre la personne qui vous a embrassé et moi-même ne veut rien dire. Nous nous sommes beaucoup vus. J'ai un visage plutôt commun de ces quartiers. Une énergie similaire, un vêtement... Il suffit parfois d'un rien pour que le cerveau connecte à tort deux personnes. N'y voyez rien de spécial.

Je hoche doucement la tête. C'est vrai qu'il est d'une beauté typique des Centristes. Je retiens un petit sourire. Je n'arrive pas à croire que je vis maintenant parmi ces « faces de plastique » dont je me moquais tant...

— Ce que je souhaite, Khione, c'est que nous repartions sur de meilleures bases, m'avoue sombrement Josh, coupant court à mes pensées. Ce changement brutal ne nous a pas permis d'établir une relation de confiance. Nous nous connaissons à peine, et j'ai la mauvaise habitude de rentrer très facilement dans mon rôle de manager, de commercial, en oubliant le côté humain de mon métier. Or, si nous voulons que tout fonctionne, que votre carrière réussisse et que vous soyez heureuse, il nous faut travailler en étroite collaboration. Il nous faut nous connaître et nous faire confiance. Est-ce que vous êtes d'accord là-dessus ?

J'incline la tête. Ses paroles sont rassurantes. J'aime cette façon qu'il a de me prendre au sérieux, d'être à l'écoute et de se préoccuper autant de mon bien-être.

— Bien sûr, je réponds en esquissant un sourire forcé.

Il me le retourne, visiblement soulagé.

— Alors que diriez-vous si je vous invitais à dîner, ce soir ? Tous les deux ? Afin d'apprendre à nous connaître et de discuter des nombreux sujets dont on n'a pas encore pu parler. Mettre les choses au clair sur cette nouvelle vie qui est la vôtre.

Un dîner, avec un homme d'affaires... Comme dans les livres que j'ai pu lire... Comme dans cette vie dont j'osais parfois rêver… Un dîner, avec de la bonne nourriture… Peut-être même de la viande, ou du poisson… Un dîner, dans un grand restaurant illuminé, où les gens bavardent innocemment, vêtus de costumes hors de prix et de chaussures lustrées… Comment dire non ? Comment refuser ?

Me concentrant de toutes mes forces pour masquer mes yeux qui scintillent déjà, je hoche doucement la tête, sur la retenue.

Un air amusé se peint sur le visage de mon manager, tandis que son très célèbre sourire *bright* fleurit sur ses lèvres.

— Merci beaucoup de m'accorder cette soirée. Je viendrai vous chercher devant la porte de votre chambre.

— Merci à vous…, je murmure avec reconnaissance, en jetant un dernier coup d'œil à la mer gris vert qui s'agite au loin.

# CHAPITRE 15.

## *Khione*

L a fausse fourrure blanche glisse de mes épaules en dévoilant la robe de velours noir qui m'habille.

— Souhaitez-vous également retirer vos gants, madame ? m'interroge le réceptionniste.

Je baisse les yeux sur mes avant-bras recouverts jusqu'au-dessus du coude par un tissu de soie sombre, et déplie mes doigts rendus encore plus fins par le textile qui les enveloppe.

— Ça ira, je vous remercie.

Je tourne la tête vers Josh, qu'on défait de son lourd manteau. Il esquisse un sourire, se rapproche de quelques pas et m'offre son bras.

— Allons-y, murmure-t-il.

J'avance à sa suite dans la pièce principale du restaurant, où je ne peux que m'émerveiller. D'un côté de la salle, une baie vitrée ouvre sur l'infini de la mer et du ciel peuplé d'étoiles. De l'autre, le mur n'est qu'un immense aquarium à l'eau transparente animée par des reflets roses et pourpres qui semblent prolonger le restaurant par un monde marin. J'observe, muette d'étonnement, des requins bleus nager gracieusement, fendant la masse liquide de l'aquarium, leur œil immobile scrutant le vide.

— Surprenant n'est-ce pas ? intervient Josh, le sourire aux lèvres en me tirant une chaise à une table de verre magnifiquement dressée juste à côté du bassin.

— Je dirais même… surréaliste.

Il incline la tête, amusé.

— J'aime beaucoup cet endroit, m'avoue-t-il. C'est un sentiment étrange que de se dire que de l'autre côté de cette fine feuille de verre se trouve un de nos prédateurs les plus mortels.

D'un geste, il remercie le serveur qui nous tend le menu.

— Ils nous regardent, immobiles. Jamais ils n'essayeront de nous attaquer, puisqu'ils savent que cette barrière invisible nous sépare. Alors ils tournent, silencieusement, si gracieusement qu'on pourrait presque les croire inoffensifs. On aurait presque envie de tendre la main pour effleurer leur peau froide. Et pourtant… Si vous avez le malheur de vous y risquer, vous serez chanceuse de ne perdre que quelques doigts.

Josh a posé la carte sur ses genoux, et le visage tourné vers l'aquarium, il soutient le regard d'un requin qui nage face à lui, immobile, la gueule légèrement entrouverte sur ses dents effilées.

— Ces requins sont vraiment dangereux pour l'homme ? je demande, intriguée.

Tout en portant son verre à ses lèvres, il me fait signe de regarder sur ma droite, juste au moment où l'ombre imposante d'un énorme requin me recouvre.

— Les peaux bleues sont relativement inoffensifs, mais le requin océanique que vous voyez là est réputé pour tailler en pièces les humains qu'il croise.

— Comment vous y connaissez-vous autant ?

187

Il esquisse un sourire.

– Je suis un grand passionné de l'océan. Depuis tout petit. Avec monsieur Kortain, nous aimons particulièrement plonger. Nous sommes tous deux assez doués en apnée et lorsque vous évoluez dans un milieu, il est nécessaire d'en connaître les potentiels dangers.

Il se penche légèrement vers moi, et je capte son regard vert ambré.

– De vous à moi, Khione, je ne pense pas que les requins n'évoluent qu'en mer, m'avoue-t-il. En société, nous avons aussi des prédateurs naturels. Et le tout n'est pas encore de savoir qui est un requin, mais encore de savoir de quel type de requin il s'agit…

Je soutiens son regard et hausse un sourcil.

– Alors ? Quel genre de requin êtes-vous ?

Il rit simplement.

– Je dirais un requin bleu.

– « Relativement inoffensif » ? je précise, ironique, avec un sourire.

– Sauf s'il est stimulé alimentairement, rétorque-t-il, amusé.

– Ce qui signifie ?

– Qu'il peut être mortel s'il a très faim.

Je ris à mon tour.

– Et moi, dans l'histoire, je suppose que je suis la proie ?

– Vous êtes l'apnéiste, corrige-t-il. Vous évoluez dans un environnement qui n'est pas le vôtre, et qui demande un effort de votre part pour y vivre. La plupart des requins ne sont pas dangereux pour vous, mais certains sont mortels. Il faut rester sur vos gardes.

Il me regarde encore une poignée de secondes, alors que je cherche une réponse.

— Est-ce que vous avez choisi ? intervient le serveur, me faisant réaliser que je n'ai même pas regardé la carte.

— Je vais vous prendre un filet de rouget grondin aux fines herbes, et pour madame, ce sera une truite saumonée et sa sauce verte, commande Josh, si sûr de lui. Oh, et avec ceci apportez-nous une bouteille de Chassagne-Montrachet.

— Bien sûr, monsieur. Une préférence pour le millésime ?

Josh porte la main à sa mâchoire, indécis.

— 2057 ?

— Bien monsieur.

Je laisse le serveur emporter ma carte, et reviens à notre conversation.

— Je croyais que je ne devais pas m'occuper de ma propre protection ? attaqué-je, une timide pointe de raillerie dans la voix.

Il soupire.

— Je m'excuse, Khione. Je ne pensais pas que vous deviendriez une cible à ce point. Au contraire, je pensais que Starlight allait être cette vitre de verre entre vous et eux. Or il se trouve qu'elle semble être un filet aux mailles trop grandes plutôt qu'une barrière solide…

Il se tait un instant.

— J'ai été trop arrogant. Trop sûr de moi. Trop heureux de pouvoir vous offrir un monde dont vous aviez été privée pendant toute votre vie, et que je pensais sûr pour vous. J'ai réalisé hier soir que j'avais tout faux. J'ai sous-estimé la menace, et fait de graves erreurs. Je vous prie de m'excuser.

L'amertume perceptible dans sa voix, le sentiment d'échec que je sens brûler dans sa gorge et son regard confus m'incitent à croire à sa sincérité.

— Vous n'avez pas à vous excuser, je tranche. Vous avez fait votre travail, n'est-ce pas ? Je suis toujours là.

Il grimace.

— Je vous remercie sincèrement de votre indulgence. À votre place, je n'aurais pas été aussi tendre, rit-il.

Il reprend son sérieux, et se penche vers moi.

— Mais dites-moi, êtes-vous toujours d'accord pour travailler avec nous ? Cette fois, en vous battant clairement à nos côtés pour que le message que vous portez puisse être entendu, et ce malgré les personnes qui voudraient vous faire taire ?

Quelle question ! Se rend-il seulement compte de ce que la vie dans les quartiers bleus implique ? Les événements de la veille sont toujours dans mon esprit, mais ici, comme il me le répète sans cesse, je ne suis pas seule. Et ce sentiment d'être entourée… de pouvoir compter sur ces deux hommes qui me semblent capables de décrocher la lune avec une poignée de billets… Je crois que jamais je ne me suis sentie autant en sécurité.

— Bien sûr, monsieur Garbenta, je souris tristement. J'ai signé ce contrat. Je me suis déjà engagée, et je ne reviendrai pas sur mon engagement. Je suis liée à Starlight, à présent. Pour le meilleur, et pour le pire.

Josh incline la tête en signe de remerciement.

— Au meilleur, dit-il en levant son verre pour porter un toast.

Je fais tinter le mien contre le sien.

— Le rouget grondin aux fines herbes… Et la truite saumonée. Bon appétit.

Je remercie distraitement, et baisse les yeux sur la magnifique assiette noire où trône un morceau de poisson à la chair légèrement rosée, parsemé de cristaux de sel, entouré d'une magnifique sauce pistache où différentes herbes se chevauchent artistiquement.

— Je ne pensais pas qu'il était possible de faire quelque chose d'aussi beau avec de la nourriture…, je murmure, fascinée.

— Vous ne mangiez que les barres protéinées du régime, n'est-ce pas ?

Je hoche la tête pensivement, embarrassée.

— Les couverts les plus à l'extérieur, me souffle Josh, qui a remarqué mon hésitation.

Je souris.

— Merci.

Je prends ma première bouchée avec délicatesse, me délectant de l'explosion de saveurs à chaque coup de fourchette. Le goût est si merveilleux et si extraordinaire que j'ai l'impression qu'il me descend jusqu'au dans la gorge et qu'il remonte pour atteindre mes joues. La texture tendre et savoureuse de la truite se marie parfaitement au moelleux des pommes de terre et au piquant onctueux de la sauce au parfum aussi délicieux qu'indescriptible.

— Tout cela vient de nos terres ? j'ose demander tout en me régalant.

— C'est exact.

— Pourquoi ne pas nourrir également la population des périphéries avec ce que nous produisons ?

Josh s'arrête de manger et porte sa serviette à ses lèvres. Je ne peux m'empêcher de remarquer à quel point ses manières sont irréprochables et terriblement élégantes, surtout lorsqu'il se montre si humble.

– C'est le but ultime. Mais pour le moment, il est impossible de nourrir tout le monde. Éphème n'est qu'un État de la taille d'une ville, qui tente de contrôler une portion de territoire assez modeste et pour la plupart non fertile. C'est la robotique qui nous permet de créer tout ça, dans de grands laboratoires, au-delà du mur périphérique. On ne peut plus produire à grande échelle comme on le faisait auparavant. La terre n'est plus bonne à rien.

– Et l'importation ?

Il soupire.

– Tous les autres pays sont comme nous, si on peut encore les nommer pays… La plupart se réduisent à une capitale instable, violente, séparée du reste du territoire par un mur. Au-delà de celui-ci, des groupes d'habitants épars travaillent sous les armes de grosses entreprises pour revendre ensuite la production aux citadins… Il n'y a aucun contrôle politique, chacun fait sa loi. Il est impossible de commercer avec eux. Et le seul qui ait un gouvernement digne de ce nom, la République de Spes, nous est profondément hostile.

J'ouvre la bouche pour demander la raison de leur hostilité lorsqu'une série de puissants bruits métalliques se fait entendre.

– Bonsoir à tous ! J'espère que vous passez un agréable dîner, débute une voix mielleuse débordant d'amertume et d'hypocrisie.

Les conversations cessent et Josh se met à pâlir. Je lève les yeux pour apercevoir Dinah, appuyée sur la rambarde métallique qui surplombe l'aquarium, vêtue d'une robe blanche délicate qui tombe de ses hanches en un mouvement souple.

— Pour commencer, n'hésitez surtout pas à me photographier, j'adore ça, annonce-t-elle d'une voix chaude.

— Dinah ! s'exclame Josh, furieux, qui s'est redressé. Pouvez-vous m'expliquer à quoi vous jouez ?

— Oh, bonsoir, Josh. Je ne t'avais pas remarqué, s'amuse-t-elle, en le tutoyant de manière appuyée. J'imagine que vous le connaissez tous, n'est-ce pas, Josh Garbenta ? chante-t-elle soudain à la manière d'une diva d'opéra. Le manager de Starlight, chargé de lui donner une égérie. Autrement dit, mon manager…

Elle laisse échapper un soupire las, tandis que je me raidis, extrêmement embarrassée.

— La question que vous vous posez tous est donc : pourquoi ne suis-je pas attablée face à lui ? poursuit-elle, théâtrale, sa chevelure de feu lui donnant des airs de déesse vengeresse. Parce qu'il se trouve qu'il m'a *menti*. Il disait investir dans le talent, le travail acharné… Mais dès que l'opportunité de faire le buzz en se servant d'un tragique fait divers se présente… tout engagement est visiblement *oublié*.

Elle laisse échapper un rire froid. Malgré ses manières théâtrales, elle dégage une aura solide, structurée, qui la rend particulièrement intimidante. Je jette un regard gêné à Josh, dont les lèvres tremblent de rage.

— Il y a quelques jours, vous ne la connaissiez pas, vous vous souvenez ? Mais sa voix vous a ému ? Vous vous êtes attachés à son histoire pathétique ?

Elle a une petite moue compréhensive.

— Moi je voudrais qu'on m'explique pourquoi les gens préfèrent une strip-teaseuse des quartiers bleus à une chanteuse professionnelle qui est née pour ça, gronde-t-elle, les yeux brillants de colère.

Je grimace.

– Notamment parce que ta stabilité psychologique laisse à désirer, tranche Josh.

Dinah part d'un rire féroce.

– Ma stabilité psychologique, tu dis ? Mais qui en est responsable ? Vous m'avez placée au sommet de cette tour pour m'en pousser ! scande-t-elle, la voix brisée, tandis que les premières larmes emportent son mascara.

Elle tend un doigt menaçant dans ma direction.

– Et crois-moi, c'est le destin qui t'attend, toi aussi, articule-t-elle, les yeux assombris par la colère. Tu es maudite. Comme moi.

Son regard glisse un instant sur l'assistance, pétrifiée, qui murmure son incompréhension.

– On m'a promis que j'allais devenir une star, une étoile, s'amuse-t-elle en marchant de long en large sur la plate-forme de métal. Ce que je ne savais pas, c'est que j'ai signé pour être une étoile filante. Amenée à chuter, et ce bien plus tôt que je ne le pensais.

Elle prend une courte pause.

– Saviez-vous que c'est en chutant que les étoiles produisent le plus de lumière ? demande-t-elle en s'appuyant sur la rambarde, rêveuse.

Un silence.

Elle sourit.

– Mesdames et Messieurs, commence-t-elle d'une voix profonde, assurée, dramatique. Veuillez admirer, ce soir, le chef d'œuvre de Starlight ! tonne-t-elle en ouvrant gracieusement les bras.

Elle les replie ensuite sur sa poitrine et ferme les yeux. Ce n'est qu'à ce moment que je comprends. Que tout le monde comprend.

Trop tard. Beaucoup trop tard. Devant la salle muette de stupeur, la jeune femme sourit énigmatiquement et bascule en arrière.

– Non ! Dinah ! hurle Josh.

Le temps ralentit. Les bruits semblent venir du lointain. J'observe son corps élancé crever la surface bleu mauve du bassin, et ses cheveux flamboyants se déployer dans l'eau comme si son sang se répandait déjà. Le tissu de sa robe s'épanouit dans les remous tandis qu'elle sombre dans les profondeurs de l'aquarium, son visage aux traits si parfaits figé dans une expression de douce béatitude et d'acceptation. J'ai l'impression d'être sous la surface, avec elle. Le son semble me parvenir à travers une masse liquide et compacte. Une ombre rapide me sort de ma transe, suivi du scintillement bleuté d'une peau lisse. Un coup de nageoire puissant. L'étincelle d'une série de dents. Un nuage rouge sanglant.

Le monde reprend sa vitesse normale.

Josh se précipite jusqu'à l'échelle qui monte au sommet du bassin, qu'il escalade en quelques mouvements. D'un geste rapide, il ôte sa veste de costume et plonge dans l'eau. Je reste figée, épouvantée, fixant, muette, le tableau surréaliste de cette fille aux cheveux de feu qui se laisse dévorer, sans hurler, sans se débattre, ou même grimacer. Comme endormie, elle se laisse bercer par les flots roses et mauves qui tirent de plus en plus vers le pourpre.

Je repère Josh qui fend les flots pour aller la chercher, l'attraper par sa robe alors que sa tête se renverse en arrière et que sa bouche s'entrouvre pour laisser l'eau l'emporter complètement vers un autre monde.

Les requins bleus se sont mis à tourner autour d'eux, cortège funèbre, bourreaux innocents de celle qui s'est elle-même condamnée. Rapides, gracieux, ils les entourent à la recherche d'une faille, d'une occasion d'attaquer.

— Josh, attention ! je m'écrie en apercevant l'ombre puissante, agile du requin océanique.

D'un mouvement rapide, il se retourne, présentant son dos pour protéger Dinah. Le prédateur semble avoir plus de mal à trouver une prise, mais lui érafle l'omoplate.

Des membres de l'hôtel se sont précipités en haut du bassin à la suite de mon manager, et lui tendent la main pour essayer de tirer la jeune femme en dehors. L'un d'eux manque de se faire mordre, mais réussit à attraper le poignet du corps qui semble désormais sans vie. À deux, ils parviennent à la hisser à l'extérieur, et tentent de stopper l'hémorragie. Josh s'agrippe au rebord pour remonter et roule sur la plate-forme métallique.

Il tousse un peu, reprend son souffle, et compresse sa blessure tout en se relevant.

— Khione.

Je me tourne vers Viktor, triste et sombre, qui vient d'arriver en même temps qu'une série d'urgentistes. Ce n'est qu'à ce moment que je me rends compte que je tremble des pieds à la tête. Sa main se pose sur mon épaule, comme pour me faire ressentir sa présence. Nos regards se croisent, ou plutôt je tombe dans le sien.

— Tout va bien ?

Je déglutis. Tout va bien. Je répète ces trois mots dans ma tête plusieurs fois, comme il me l'a conseillé. *Je sais gérer ce genre de situation. J'ai déjà vécu bien pire. Tout va bien. Je suis juste un peu stressée.*

— On va sortir d'ici ensemble, m'explique Viktor calmement.

Je hoche lentement la tête. Je ne peux le nier. Sa voix m'apaise. Son contact me rassure. Sa simple présence me fortifie. Mes pensées tournent toujours autour des récents événements, mais mon corps s'est tu, à l'écoute.

— Vous pensez qu'elle va s'en sortir ? je demande dans un murmure.

Je lance un regard au corps de la jeune femme, ensevelie sous les blouses blanches, seulement reconnaissable à la mare de sang qui s'est épanouie par terre et aux cheveux roux qu'on entrevoit briller entre les médecins.

Viktor jette un œil préoccupé à la scène.

— Je n'ai pas vu ce qui s'est passé, mais je n'ai pas beaucoup d'espoir. Elle semble avoir perdu beaucoup de sang.

Je considère un instant le bassin d'un rouge brumeux, dans lequel les requins ne sont plus que des ombres rapides.

— Quelle mort à la fois terrible et spectaculaire ! je souffle.

Il soupire.

— Elle a toujours été comme ça... Et elle voulait l'être dans ses derniers instants. Elle a préféré mourir dans la gloire que vivre dans l'oubli.

— Pour sûr, elle a le goût du sublime, ajoute Josh, qui a retiré une partie de sa chemise pour qu'un médecin puisse bander son épaule.

Je me retiens de regarder sa peau dorée et sa musculature puissante, sur laquelle ruissellent des gouttes d'eau qui me semblent être des larmes. Mais ce n'est pas pour autant que je ne remarque pas ses mains qui tremblent, et ses yeux fuyants tellement plus sombres que d'habitude. Je ne pensais pas le voir aussi touché par cet incident, lui qui semblait il y a quelques jours pouvoir prendre le monde entier à la légère. Serait-ce un simple masque ? Je l'observe tourner la tête vers les médecins, plus droit que jamais, tentant courageusement de dissimuler son trouble. Cette faille subite me donne l'impression d'avoir peut-être laissé passer chez lui un détail important, un quelque chose qui

197

m'indiquerait qu'il ne serait peut-être pas celui qu'il veut bien montrer.

– Josh ?

Il frissonne, avant de se tourner à nouveau vers nous. Toute émotion semble avoir disparu de son visage, revenu à une expression d'un naturel qui me ferait presque croire avoir rêvé.

– Je te demande de me pardonner pour la tournure de la soirée, Khione, s'excuse-t-il d'une voix parfaitement calme.

Je laisse mes réflexions de côté et promène mon regard sur la pièce transformée en scène de crime.

– Vous m'aviez promis un rythme de vie intense, n'est-ce pas ? Vous ne m'avez pas menti, je constate d'une voix sombre. Ce n'est pas la première fois que je me retrouve dans une pareille situation. Je réussirai à m'y faire.

J'écoute le son de ma propre voix, plus dur et puissant que d'habitude. Je n'ai plus le temps de m'apitoyer, de regretter, de vouloir retourner en arrière. Mon choix est fait. Et je compte non seulement l'assumer mais me battre pour lui. Malgré les milices terroristes. Malgré les rivales suicidaires. Je suis née en enfer, on m'a donné une place au purgatoire. Le destin semble peut-être vouloir me faire tomber depuis toujours, mais c'est loin d'être une raison de sauter.

Ce soir, je prends la décision de m'agripper. Jusqu'au bout.

# CHAPITRE 16.

*Khione*

Les projecteurs éblouissent la foule en délire. Je prends le temps de savourer l'attente du moment, avant de le vivre. Je renverse un instant la tête contre le siège de cuir blanc et ferme les yeux. Pour l'instant, personne ne me voit. Je suis comme camouflée par mon rideau de velours noir, avant de monter sur scène. Comme quoi certaines choses ne changent pas...

Un homme en costume m'ouvre la porte arrière de la voiture, et m'invite à sortir. Je glisse à l'extérieur une jambe revêtue jusqu'au bas de la cuisse par le bleu étincelant de ma botte, et me lève doucement. Face à moi, l'entrée du building de Starlight est envahie par la foule que des gardes du corps contiennent avec difficulté afin de me laisser un passage jusqu'à l'entrée.

– Khione ! hurlent des filles qui doivent être à peine plus jeunes que moi.

Je souris, et attrape le sac qu'on me tend. En plus des cuissardes, je suis vêtue d'une robe costard blanche, et de lunettes bleu électrique qui masquent complètement mon regard. J'avance avec confiance parmi la foule, signant des autographes, échangeant des

199

poignées de mots avec les fans, les laissant prendre photos et vidéos.

La musique puissante, rythmée, semble faire vibrer l'air en cadence.

Mon cœur bat à toute vitesse. Je sens chaque goutte de sang pulser dans mon organisme. Jamais je ne me suis sentie aussi vivante. Je suis le centre. Le centre de toute l'attention, la cible de tous les cris, la réceptrice des acclamations, la destinatrice des regards. Je me sens portée par l'énergie puissante, enivrante de la foule.

Je pense qu'en quelques poignées de secondes, mon nom a été prononcé plus de fois que durant ma vie entière.

Ma confiance est exaltée, tandis que chaque pas qui me rapproche du building semble m'élever plus haut, loin de la terre et du monde physique, dans un univers de gloire et de réussite où le tapis rouge ne s'arrête jamais. Alors j'avance, j'avance encore au milieu des bras qui se tendent pour essayer de m'effleurer, des yeux qui se remplissent de larmes lorsque je réponds à un sourire.

Les projecteurs bleu et blanc éclairent le bas de l'immeuble, illuminant la foule, la changeant en mer mouvante, hurlante, houleuse. Je n'ai pas besoin de fermer les yeux pour sentir l'énergie puissante de toutes ces personnes dont les cœurs semblent battre au même rythme.

Je me laisse tenter par quelques autographes de plus lorsque soudain une main gantée se pose sur mon épaule. Un murmure passe dans la foule, qui devient soudain beaucoup plus silencieuse. Je me retourne pour découvrir un homme en costume sombre, vêtu d'un masque d'argent dont les facettes reflètent le bleu des lumières. Mes yeux glissent rapidement sur ce visage surréaliste, étudiant avec fascination les traits précis qui dessinent parfaitement les lèvres, le nez, le contour des yeux dont les ouvertures ne laissent apercevoir rien d'autre que le vide. Il se dégage de cette subite apparition un mystère, un charisme et une prestance naturelle qui m'est familière.

L'homme au masque glisse une main dans mon dos.

— Agissez comme si vous m'aviez toujours vu comme ça, me conseille-t-il d'une voix grave, déformée par le métal. Et continuer à avancer, il est préférable de se méfier des foules.

J'incline imperceptiblement la tête en signe d'approbation, et me tourne ensuite une dernière fois vers la foule pour lui dire au revoir d'un signe de la main, tout en lui envoyant des baisers par poignées. J'attrape ensuite le bras de « l'inconnu », et rejoins l'immeuble en continuant à saluer. Déçus, les fans crient, me suppliant de donner l'identité de mon cavalier.

— Qui est-il ? hurlent-ils tous. Son nom ! Son nom !

Je souris mystérieusement une dernière fois, porte mon doigt à mes lèvres, et rentre dans le building sans me retourner.

Une fois à l'intérieur, il m'accompagne jusqu'à l'ascenseur privé sans un mot, et fait glisser son bracelet électronique sur le récepteur. Les portes s'ouvrent, puis se referment, nous laissant seuls.

Je retire mes lunettes, déstabilisée par ce soudain silence qui me donne une sensation de vide proche du vertige.

— Je peux ? je demande doucement, en tendant ma main vers le visage métallique de mon accompagnateur.

Imperceptible hochement de tête. Je pose ma main sur la surface irrégulière de sa joue. Le contact est froid et lisse bien que les facettes lui donnent un certain relief. J'entends le son de sa respiration, calme et profonde. Ce moment est hors du temps.

J'esquisse un sourire en détachant son masque. Ses yeux apparaissent, sombres, d'une profondeur qui me fait comme toujours chavirer. Son regard est posé sur moi, sérieux et indéchiffrable, et la peau de mon dos semble me brûler lorsqu'il m'étudie ainsi. Je continue à retirer le masque, lentement, laissant apparaître son nez droit légèrement cassé, la courbe de ses lèvres, la ligne puissante de sa mâchoire. L'ombre d'un sourire éclaire doucement le visage de Victor quand il me voit l'étudier ainsi en silence comme si je le découvrais pour la première fois.

— Pourquoi ? je demande, curieuse, amusée par cette rencontre surréaliste.

— Pour protéger mon identité, m'explique-t-il d'une voix rauque. Contrairement à vous, je n'ai pas signé pour être une personnalité publique.

Je réprime un frisson.

— Et vous pensez qu'avec un masque, vous serez plus discret ? le provoqué-je, taquine.

— Oui, murmure-t-il. Les gens vont se concentrer sur cet homme au masque que je représente. Ils peuvent lui inventer une histoire, l'aimer ou le haïr, dès que je le souhaite, je l'enlève. Et j'enlève avec lui le poids des mots, des jugements, des histoires, des spéculations du public avide de mystère. Si je montrais mon vrai visage, tout cela collerait directement à ma peau, explique-t-il à mi-voix, le regard perdu dans la ville qu'on aperçoit au travers de l'épaisse vitre de verre teintée.

— C'est mon cas.

Il hoche la tête.

— C'est ce dont je vous avais parlé. Vous portez un masque plus léger, beaucoup plus léger. Presque invisible. Votre maquillage. Quand on vous le retire, le soir, vous devez laisser partir avec lui tout ce qu'Ananke vous dit d'être. Vous devez oublier ce que les gens pensent de vous, comment vous devez vous comporter, et laisser filer le poids qui pèse sur votre image. Sans maquillage, vous devez pouvoir être vous. Anonyme. Inconnue. Et bien que vous ne le soyez pas, qu'on puisse toujours vous reconnaître si vous sortez, il faut vous forcer à vous comporter comme si c'était le cas. Ne postez jamais de photo de vous démaquillée. Ne faites jamais de live démaquillée. Maquillez-vous, même si c'est très léger. Mais donnez-vous cette sécurité. C'est la seule barrière un minimum tangible derrière laquelle vous puissiez vous abriter, souffle-t-il, en me regardant droit dans les yeux, si doux dans ses paroles.

J'approuve de la tête, pensive, laissée muette par cette réflexion à la fois si juste et si dérangeante. Mes yeux tombent sur mon reflet déformé par les facettes du miroir.

– Mais… Pour être honnête, je ne pensais pas que le jugement des autres vous préoccupait… Avez-vous véritablement besoin d'une telle protection, monsieur Kortain ?

Ça… C'était audacieux… Je me tends alors que son visage se ferme.

– Il y a d'autres motivations, en effet, murmure-t-il, les sourcils froncés. Mais je préfère ne pas les aborder avec vous.

Jamais un « pourquoi » ne m'avait autant brûlé les lèvres.

– Excusez-moi, je réponds à la place. J'essaye simplement de vous connaître… un peu mieux.

Il me jette un coup d'œil sérieux, mais dans lequel je crois déceler une pointe de regret.

– C'est une très belle intention, mais ce ne sera pas nécessaire. L'important est que *je* vous connaisse. Je suis là pour vous, pas l'inverse.

Je le regarde quelques instants, déçue. Comment espère-t-il que je puisse lui faire confiance s'il ne me dit rien ? S'il reste si secret ? Néanmoins, je n'ose insister.

Un tintement retentit, nous informant que nous sommes arrivés.

— Tenez, votre masque.

Je le lui tends un peu trop rapidement en me rendant compte qu'il était toujours entre mes mains.

— Merci, mais ici, ce n'est pas celui dont j'ai besoin, lâche-t-il, si bas que je devine à peine ses mots.

J'entrouvre les lèvres pour l'interroger, quand soudain les portes s'ouvrent. Le silence laisse alors place au vacarme tandis que je découvre avec surprise les dizaines de personnes qui m'attendent.

Viktor sort rapidement de l'ascenseur sans même que je puisse tenter de le retenir, et fend la foule sans un regard en arrière, tandis que Chaska m'attrape par la main.

— Dépêche-toi, ma belle, tu es déjà très en retard !

J'articule une excuse tout en tentant de suivre du regard le psychologue alors qu'il disparaît dans le dédale des couloirs.

— On enchaîne, Khione. Concentre-toi, me rappelle-t-elle à l'ordre gentiment en posant sa main sur mon épaule, les sourcils légèrement froncés.

Je cligne des yeux afin de me sortir Viktor de la tête et obtempère. J'abandonne mes pensées, laisse de côté l'image scintillante du masque, le regard sombre de Viktor, les hurlements des fans, et me laisse aspirer, emporter par le tourbillon de paillettes d'argent, de soie rose et cyan, de lumières blanches scintillantes, de gloss transparent et de fard à paupières lilas. La musique se met à rythmer mes actions, emportant le stress et les pensées superflues. Mes cheveux sont tressés et plaqués sur les côtés de ma tête, mes yeux maquillés artistiquement, mon corps recouvert de vêtements dévoilant sous les plis de tissus ma peau immaculée, mes pieds habillés de chaussures plus extravagantes les unes que les autres. Flashs lumineux des appareils photo hors de prix. On me démaquille, on m'habille plus simplement, et j'enchaîne.

Je chante, je chante et je chante encore. Toute la matinée, le studio aux murs recouverts d'une étrange matière sombre intelligente se meut en s'illuminant de violet au son de ma voix. J'utilise toute la puissance de mes poumons. Pour ma sublime professeure à la peau noir ébène, j'atteins les notes les plus hautes et me concentre pour prononcer correctement les tonalités les plus vibrantes.

– Plus grave, plus profond.... Voilà... Vous y êtes, me guide-t-elle de sa voix chaude, ses longues et fines nattes attachées entre elles grâce à de magnifiques parures dorées qui lui donnent l'air d'une reine oubliée.

Je m'échauffe, explore la vaste palette de sonorités que je suis capable de produire et travaille la mélodie enivrante de ma première chanson. Je n'en connais pas encore les paroles, mais je sais déjà fredonner son air pénétrant, mystérieux, lent. Je savoure chaque note qui s'échappe de mes lèvres, chaque son qui se forme, se laisse prononcer, déformer par ma langue, avant de s'envoler dans la pièce.

Après une courte pause où je déjeune de splendides tranches de pain grillées, beurrées, agrémentées de lard, de salade et d'œufs pochés, j'enchaîne avec l'apprentissage de chorégraphies, cernée par des danseurs professionnels, sous l'œil critique de mon professeur et d'Ananke, revêtue cette fois d'un splendide costume bleu ciel. Son maquillage sombre, qui relève la noirceur insondable de ses yeux, la rend à la fois magnifique et terrifiante.

Et je continue. J'enchaîne les mouvements les plus sophistiqués, dansant à en perdre le souffle, entourée par les dizaines de spécialistes qui répètent mes gestes à la perfection, se cambrant en rythme, levant les bras, avançant leur buste, décalant leurs jambes d'une même impulsion. Le bruit des talons claque des heures durant, en cadence, jusqu'à ce que nous soyons exténués au point d'avoir les muscles tremblants et la respiration chaotique.

Les étoiles sont déjà nettes dans le ciel lorsque je regagne ma chambre, fatiguée mais heureuse. Je laisse l'eau bouillante ruisseler le long de ma peau pendant vingt longues minutes, la tête renversée en arrière, jusqu'à ce que la chaleur ait détendu chacun de mes muscles et ait réchauffé chaque centimètre de mon corps. Une fois enduite des huiles aux arômes enivrants conseillées par Freya, je me fais couler une tisane aux herbes et aux fruits et m'installe confortablement dans un fauteuil de cuir blanc, seule dans le silence reposant de la nuit. Je bois une gorgée, puis deux, savourant la sensation délicieuse du miel qui se répand dans ma gorge et l'emplit de son parfum, en serrant contre moi le tissu moelleux de mon peignoir. J'essaye de me vider l'esprit, de ne penser à rien, mais mes souvenirs, mes idées, mes réflexions m'échappent et se rencontrent en un joyeux bouillonnement.

Je soupire et attrape la tablette de verre sur laquelle un texte s'affiche en caractères bleus fluorescents. Il s'agit des paroles de ma première chanson, celles que j'apprenais à fredonner ce matin même.

Curieuse, j'essaye de chantonner la mélodie en lisant les paroles, découvrant ligne après ligne la beauté et la profondeur de ce chant.

*Toi qui me regardes, écoute*

*Les limbes ne sont pas rouges*

*Mais aussi bleus que le doute*

*Mais aussi bleus que la peur*

*Ne te laisse pas endormir*

Par le ciel et l'océan

La réalité de couleur cyan

Ne fera que t'avilir


Et mon corps est


Bleu néon

Bleu démon

La peau ruisselante de lettres

Qui coulent de lèvres entrouvertes

Je broie du bleu ce soir

Et mes peurs sont noires

Me sortira-t-on du jeu ?


Emporte-moi loin du danger

Où l'étranger

S'apprivoise mieux que la réalité

Ne me fais pas taire

Laisse-moi chanter

Ma voix n'est pas faite pour crier


Car mon cœur est


Bleu néon

Bleu démon

Le corps ruisselant de paillettes

Les lèvres à peine entrouvertes

Je broie du bleu ce soir

Et j'ai une peur noire

De ne pas obtenir ce que je veux


Il y a des ombres amères

Des ombres qui masquent leur noirceur

Dans le bleu des lumières

Et de la foule à la peur...

Bleue, bleue


Comme mon cœur


Bleu néon

Bleu démon

Le cœur ruisselant de paillettes

Et mes lèvres entrouvertes

Je broie du bleu ce soir

Et j'ai une crainte noire

Qu'on me retire ce que je veux


Bleu...

*Bleu néon.*

*Bleu...*

*Bleu démon.*


*Bleu néon*

*Bleu démon*

*Le corps ruisselant de paillettes*

*Les lèvres peintes en vermillon*

*Je broie du bleu ce soir*

*Et j'ai une peur noire*

*De me faire sortir du jeu...*


Ma voix se brise sur la dernière ligne. Je fixe les mots entremêlés, abasourdie. Le chant dénonce la violence et l'insécurité des quartiers bleus, avec une subtilité et une beauté qui me bouleversent. Ces mots auraient pu être les miens, si j'avais su écrire... L'auteur de ce texte a dû passer une longue partie de sa vie dans les banlieues pour pouvoir décrire si fidèlement cette peur tacite, cette ambiance aussi hypnotique que dangereuse, caractéristique de l'endroit d'où je viens.

Je pose la feuille sur mon cœur, pensive. J'ai toujours adoré lire. Toute petite, j'empruntais déjà des livres en cachette dans mon établissement scolaire. Puis, après avoir lu et relu toute la bibliothèque de l'école, j'ai commencé à collectionner des feuilles, des morceaux de chapitres, de livres trouvés au-dehors au milieu des restes robotiques. Après avoir fini mes études à 14 ans, j'ai longtemps enchaîné des petits boulots avant de devenir danseuse dans ce bar. Chance en or, sachant qu'à quelques pas, une papeterie impliquée dans un grand scandale avait été fermée de force, et laissée à l'abandon. La nuit pourtant, je franchissais ses murs et me glissais entre les fils barbelés, un vieux sac de toile rêche à l'épaule, dans lequel je fourrais quelques romans ramassés au hasard.

Et puis un soir, je l'ai trouvé. Le livre Interdit. Celui qui a bouleversé Éphème par la puissance et la justesse de ses mots. Celui qui a condamné à l'oubli le prestigieux éditeur Suraki, propriétaire de la quasi-totalité des imprimeries de la ville, et dont on n'a maintenant plus le droit de prononcer le nom. Ce livre qui a pris mon âme tout entière, dont je connais par cœur chaque mot, chaque virgule, et dont le souvenir du moindre extrait me fait frissonner. Ce roman que l'on a fait brûler avec son imprimeur, ce roman qui…

Un bruit de verre qui se brise coupe court à ma pensée. Je fronce les sourcils et me lève brusquement. D'un regard circulaire, j'étudie mon environnement, éclairé par la lumière nette et blanche des néons. Rien. Je pince les lèvres. Hors de question que mes cauchemars se répètent. Je rejoins mon espace chambre d'un pas déterminé, quelque peu rageur. Plus le temps passe, plus j'ai l'impression de retrouver des morceaux de la petite fille farouche, difficile, que j'ai été avant que l'on m'enferme dans le silence. J'esquisse un sourire triste tout en passant un débardeur de soie et un short assorti. Je ne sais pas vraiment si j'ai envie de la revoir ou non...

Fatiguée par tant de questions, je demande à Freya d'éteindre les lumières et me glisse dans mon lit. Le moelleux de ma couette me rassure et je pousse un soupir de plaisir. Je sens toute la tension accumulée lors de cette dure journée se relâcher, pour laisser place à une intense sensation de bien-être. Je frissonne de bonheur, m'enfouis encore un peu plus dans la mollesse du matelas et me laisse progressivement emporter par mes rêves. Les souvenirs, les émotions, les images et les sons, tout se mélange et se désagrège, m'emportant toujours plus vers le large, là où ma conscience s'évanouit.

Un masque d'or sombre m'apparaît alors, lisse, souriant mystérieusement de ses yeux vides. J'avance mes mains pour le saisir et mes doigts rencontrent la texture froide du métal, qui, à mon plus grand étonnement, se met à fondre entre mes mains comme de la neige. Je regarde, pétrifiée, le liquide doré couler à mes pieds, tandis que le visage figé se tord en une horrible grimace. Ce n'est que lorsque celui-ci disparaît complètement entre mes paumes que je remarque que le liquide a pris une teinte plus foncée et poisseuse.

Du sang.

Prise de panique, je me précipite au bord de cette mer, de cette mer immense aux rouleaux écumants qui raclent le vide abyssal de l'infini, et y plonge mes avant-bras jusqu'aux coudes pour les purifier. L'eau salée me semble étrangement lourde… étrangement dense… Je ressors mes bras de l'océan. Ils dégoulinent d'argent. J'examine mes gants de métal lorsque je repère une ombre crever la surface. Une main, seule, unique, se tend dans ma direction, comme pour m'inciter à accepter son invitation. Je recule d'un pas, effrayée, sans quitter des yeux la morbide apparition. D'ici, on dirait une main de femme. Ses doigts fins sont peuplés d'anneaux d'or qui font ressortir sa peau hâlée. Je reste ainsi debout, immobile, pendant quelques instants, absolument incapable de bouger ou de détourner mon regard de cette main gracieusement terrifiante qui déploie ses phalanges comme une anémone disperse ses tentacules, comme un palétuvier répand ses racines, comme un arbre mort déploie ses rameaux.

Et puis, doucement, elle semble replonger dans les vaguelettes scintillant sous la lune blafarde. L'eau se retire…

211

Un bruissement. Je n'ai même pas le temps de m'interroger sur son origine. Une main s'abat sur mon visage, me bâillonne fermement, tandis qu'une autre me maintient en place, me faisant revenir brutalement à la réalité.

Je me réveille en sursaut et ouvre grand les yeux tandis que la prise inconnue se resserre pour contenir le réflexe violent de mon corps ensommeillé qui s'est brusquement senti attaqué. La chaleur de la paume appuyée sur ma mâchoire et le poids du corps étranger sur mes membres m'assurent qu'il ne s'agit plus d'un rêve.

– Chut..., me murmure-t-on à l'oreille, et le souffle de cette voix qui chuchote me fait trembler.

Mon cœur s'emballe, et je peux entendre le sang pulser dans mes veines à un rythme rapide. Je me sens prise au piège, impuissante face à cette forte poigne qui me contrôle si aisément. J'essaye de cligner des yeux pour visualiser mon agresseur, qui, immobile, semble guetter le moindre mouvement. Progressivement, je finis par m'habituer à l'obscurité. Les lignes de son visage commencent à se distinguer de l'ombre, me permettant d'entrevoir ses traits.

C'est là que je le reconnais.

# CHAPITRE 17.

♫ *Sweet Dreams*
Besomorph ♫

**Viktor**

Installé nonchalamment dans mon fauteuil de cuir sombre, les jambes allongées sur le bord de mon bureau, je tourne et retourne le masque aux mille facettes entre mes mains. Mes yeux se perdent dans les centaines de reflets déformés de mon visage pensif.

Trois coups sont frappés à la porte.

– Entrez, je lâche sombrement, sans détourner les yeux de l'objet.

La porte s'ouvre sur Josh, vêtu d'un pantalon de costard noir et d'une chemise bleu pâle dont il a défait deux boutons pour avoir moins chaud.

– Joli, commente-t-il simplement.

J'incline la tête, et porte le masque devant son visage.

– Il t'irait bien aussi.

Ses lèvres s'étirent en un sourire amusé.

— Elle n'a pas survécu, n'est-ce pas ? je demande, alors que Josh redevient instantanément sérieux.

— Non, répond-il simplement, en glissant les mains dans ses poches.

Un silence s'installe, lourd de sens. Un nouveau remords à ajouter à la pile de ceux qui me torturent déjà…

— Comment va Khione ? lance Josh en s'éclaircissant la voix.

Sa question brise la gêne qui s'était installée.

Je descends mes pieds du bureau et attrape son dossier.

— Elle se porte bien mieux que je ne l'aurais imaginé, j'admets avec sérieux. La violence et l'insécurité dans lesquelles elle a toujours évolué font du suicide de Dinah et de cette dernière tentative d'enlèvement de simples banalités... Elle a développé une forme d'habitude à l'extraordinaire, à la brutalité, au stress. Tu te souviens des cours qu'on avait eus sur la psychologie des sociétés préindustrielles ?

Josh s'assied sur le canapé et replie une jambe sur son genou.

— Bien sûr. Pour les hommes qui vivaient à cette époque, la mort faisait tellement partie de leur quotidien qu'ils n'éprouvaient aucun choc à voir quelqu'un mourir, de quelque façon que ce soit. Ils étaient ainsi obligés de réaliser des exécutions extraordinaires afin de punir les criminels, une simple mort étant considérée comme « banale ».

— C'est un petit peu ce qu'il se produit avec Khione, je concède avec un soupir. Elle a grandi dans un univers particulièrement violent et dangereux, qui lui a permis de se forger une certaine résistance psychologique. Si elle a semblé heurtée par ces derniers événements, en y regardant de plus près, on constate qu'il ne s'agit pas d'un déséquilibre profond, mais plutôt superficiel. Elle a une personnalité plutôt stable.

— Et complexe, n'est-ce pas ? s'amuse Josh.

— Je t'avoue être assez surpris. Il faut un caractère fort pour encaisser ce qu'elle vit sans broncher. Or, elle me donne souvent une telle impression d'innocence, de douceur, de fragilité…

Pensif, je laisse ma dernière phrase en suspens. Naïve, peut-être, mais tenace. Une qualité que je respecte, c'est certain. Je remarque que mon collègue et ami m'adresse un sourire mystérieux qui éveille ma curiosité. Il a appris quelque chose que je ne sais pas.

— Regarde ça, me conseille-t-il en me tendant un dossier emprisonné dans une enveloppe de verre. Je pense que ça pourrait t'éclairer.

Je me recule sur ma chaise, et fais glisser mon doigt sur la surface transparente pour déverrouiller le document. Ce dernier se débloque, et je l'entrouvre délicatement. La photo de Khione, de face et de profil, apparaît. Elle semble avoir une dizaine d'années.

— Qu'est-ce que c'est ? je demande en parcourant des yeux les lignes de chiffres et de lettres.

Des mots et expressions attirent tout de suite mon attention. « Doit se reprendre », « Dans la lune », « Ne participe pas assez », « Vos résultats excellents en histoire et littérature ne peuvent compenser votre manque d'investissement dans les matières scientifiques ».

— C'est son dossier scolaire, m'explique Josh, détaché. Je l'ai récupéré auprès des établissements qu'elle a fréquentés, et je pense que j'ai bien fait. Il vaut mieux éviter que ce genre d'information soit retournée contre nous.

Tout en parlant, il rectifie la manche droite de sa chemise avec désinvolture.

215

Je l'ignore, intrigué par ces nouvelles informations. Les professeurs la décrivent comme une élève très intelligente, incapable de se conformer aux méthodes, totalement dépourvue d'intérêt pour les matières scientifiques, et qui aime mieux lire toute la journée qu'interagir avec ses camarades. Solitaire, rêveuse, son comportement trahissait un tel rejet pour le système éducatif qu'il s'est traduit par deux tentatives de fugue de l'établissement qu'elle fréquentait. Elle a finalement quitté l'école dès que celle-ci a cessé d'être obligatoire.

— Ça change certaines choses, je souffle à mi-voix, amusé. Est-ce qu'on a des informations sur ses parents ?

— Sa mère est morte lorsqu'elle n'avait que trois ans d'un cancer des poumons. Elle était de bonne situation, brillante avocate, mais tombée en disgrâce à cause d'un procès qu'elle a remporté et qui s'est conclu par la condamnation d'un ancien politicien. Elle a perdu ses clients et sa maison, et s'est retrouvée dans l'impossibilité de financer les frais liés à sa maladie, explique-t-il succinctement. Le père, quant à lui, est inconnu. On a cherché partout, même dans la Base Nationale d'ADN. Mais rien. Blythe est bien le nom du mari de sa mère… Mais c'est comme si celui-ci n'avait jamais existé.

Je fronce les sourcils. Normalement, l'État d'Éphème recense soigneusement tous ses citoyens selon leur ADN. Il est étrange que le père de Khione ait réussi à passer entre les mailles. La seule option qu'il resterait serait celle de la condamnation à l'oubli partiel, qui raye des dossiers l'existence de la personne, interdit toute référence à celle-ci mais n'éradique pas complètement son nom de la société, du fait qu'elle autorise la famille et les descendants à continuer de le porter. Mais il s'agit là d'une sentence accompagnant généralement les peines de mort des grands criminels et des traîtres à la nation… Qui était donc cet homme ?

Josh tapote ses doigts sur le verre de mon bureau pour attirer mon attention.

— Ce que je voulais te dire, Viktor, c'est d'être prudent. Derrière la couche de naïveté peuvent se trouver idéalisme et déviance. Il ne faut pas que celles-ci se retournent contre nous…

— Ce ne sera pas le cas, assuré-je, l'esprit un peu ailleurs.

*Ou alors, c'était un fugitif d'une nation voisine…*, je songe, pensif. Josh se lève.

— Tu sais si ses parents étaient mariés, au moins ? je lui redemande, ne lâchant pas le morceau.

— Viktor, me reprend-il. Ce que je voulais dire, c'est que si par hasard elle se fait récupérer par les miliciens, il ne faut pas qu'ils puissent…

— J'ai bien compris, Josh, je coupe, agacé. Mais je ne pense pas que ce soit le cas.

Il soutient mon regard un instant.

— Tout le monde peut être à un moment ou à un autre gouverné par des pulsions idéalistes, murmure-t-il. Tu devrais le savoir mieux que les autres.

Le coup est bas, mais je l'ai bien cherché.

— Alors je sais d'autant mieux la reconnaître chez les autres quand je la vois, tu ne crois pas ? je réponds sur le même ton sans me démonter. Tu as confiance en mes capacités, ou non ?

Il m'étudie un long instant en silence. Puis son visage se détend et son regard s'éclaire à nouveau de cette étincelle amusée qui lui est si caractéristique. Il a un petit sourire.

— Oui, bien sûr.

Il se dirige d'un pas confiant vers la porte. Je me recule dans mon siège, agacé.

– Josh.

Il s'arrête, tourne la tête, mais ne se retourne pas.

– Tu es celui qui l'as embrassée, n'est-ce pas ? je l'attaque, calme mais ferme. Tu as profité du fait que ses souvenirs sont flous pour la convaincre que ce n'était pas toi parce que tu étais complètement ivre et qu'une fois sobre, tu t'es dit que c'était peut-être une monumentale connerie d'embrasser l'égérie quelques jours après la signature de son contrat. Et aussi qu'être la dernière personne à avoir été avec elle avant que le milicien ne l'entraîne à l'écart ne semble pas très professionnel quand on est censé « assurer sa protection ».

Il pivote pour me faire face, bien plus amusé qu'offensé.

– Je me demande bien pourquoi tu te donnes la peine de poser la question.

***

Ce soir, encore, je saigne de l'encre. Allongé torse nu dans mon lit un carnet à la main, je noircis des pages de mots dépourvus de sens et de phrases sans but. J'essaye sans succès d'apaiser ma souffrance en mutilant un cahier avec des lettres hachées, tremblantes, si rapidement écrites que je suis le seul à pouvoir les relire. J'avais une belle calligraphie, autrefois. Je rédigeais avec plaisir, remplissant les feuilles de jolies lettres courbées, dont les « l » et les « f » semblaient s'envoler. Mon écriture est à mon image. Le reste brisé, déformé, de celui que j'ai pu être par le passé.

Je referme le carnet d'un coup sec, le pose sur ma table de nuit et me redresse en position assise. Les sourcils froncés, j'essaye désespérément de faire le vide. De me calmer. De m'apaiser. Mais mes émotions, violentes, incontrôlables, rampent sous ma peau en affreux frissons, bouillonnent dans mes veines, brûlent ma poitrine jusqu'à en faire un brasier. J'ai envie de hurler.

Je déteste ce sentiment d'attente dans lequel je vis au quotidien. Ce sentiment qu'il me reste encore quelque chose à accomplir dans ce monde, un but à poursuivre, un quelque chose à donner malgré tout ce que j'ai déjà pu sacrifier.

Inspiration, expiration.

Je souffle tout l'air de mes poumons.

Progressivement, je reprends le contrôle de mon corps et de mon esprit. La sensation de douleur diffuse s'estompe et je ne garde qu'une simple colère, froide mais forte, qui m'empêche de *leur* laisser, *à tous*, la satisfaction de me voir abandonner.

Je me lève pour prendre une douche froide et chasser ces pensées cuisantes quand soudain, un bruit d'éclats de verre attire mon attention. Il semble provenir d'un des bureaux situés à l'opposé de la chambre de Khione, à deux pas de là où je me trouve. Mon sang ne fait qu'un tour.

— Freya, montre-moi les caméras de surveillance du bureau B612, ordonné-je en m'approchant d'un pas rapide de mon miroir.

— Demande acceptée.

Un projecteur holographique apparaît, m'exposant une multitude d'écrans. Il ne me faut que quelques dixièmes de seconde pour repérer la séquence vidéo de la salle demandée. La baie vitrée du bureau est explosée, et une dizaine d'hommes armés vêtus de l'Uniforme sont en train de pénétrer dans le building en descendant en rappel depuis le toit.

Bip. Mon miroir s'efface sur une cachette d'armes. J'attrape deux revolvers, un fusil d'assaut et un poignard. Les deux premiers accrochés à ma ceinture, le troisième suspendu dans mon dos nu par une lanière, je fais tourner le coutelas entre mes doigts. Je suis prêt.

— Freya, contacte Josh immédiatement, je demande d'une voix calme et ferme. Mets en place la seconde procédure d'urgence et déclenche le protocole numéro 13.

J'enlève rapidement mes chaussures, me saisis de mon masque et me dirige droit vers la chambre de Khione, torse et pieds nus, mais prêt à me battre.

J'entre dans la pièce sombre à pas de loup, tandis que la porte se referme derrière moi, me plongeant dans l'obscurité. Les lumières de la ville en contrebas dessinent des ombres liquides sur les murs et le sol, revêtant la chambre d'étranges zébrures blanches et noires. Je m'approche du lit, aux aguets, les doigts crispés sur mon revolver. Khione semble dormir profondément, enfouie sous les couvertures, un morceau de couette enfermé dans son poing. Je m'apprête à la réveiller doucement lorsqu'un raclement métallique se fait entendre. Soit les miliciens sont déjà dans la pièce, soit ils sont en train de forcer la porte.

Je n'ai pas le temps. Je n'ai pas le choix. Sans hésiter une seconde de plus, je plaque ma main sur la bouche de Khione et la bloque avec mon corps pour l'empêcher de faire le moindre bruit qui pourrait signaler ma présence aux miliciens. Je la sens se réveiller en sursaut. Ses muscles se tendent et se crispent sous la panique tandis que j'essaye de la rassurer.

— Chuut..., je murmure, alors qu'une violente décharge d'adrénaline me traverse.

Apeurée, la respiration saccadée, elle cligne des yeux pour tenter de m'apercevoir dans le noir. Elle semble enfin discerner mes traits et se détend instinctivement. Son souffle, ses lèvres sur ma paume, son regard inquiet, vulnérable, mais parfaitement docile, empli d'une confiance totale, m'inspirent des pensées absolument inavouables.

Sans perdre une autre seconde, je la délivre et porte un doigt à mes lèvres pour lui intimer de se taire. Elle me dévisage, intriguée, mais ne dit rien. D'un signe, je lui indique de sortir du lit. Khione se redresse, fait glisser les couvertures sur ses jambes et se lève en silence. À peine est-elle debout que je lui attrape le poignet pour la faire passer derrière moi et porte le masque à mon visage. Ma main vient lentement trouver mon revolver à ma ceinture quand le contact doux de la paume de Khione contre mon dos m'arrête dans mon geste. Je tourne la tête pour rencontrer ses grands yeux inquiets.

— Qu'est-ce qu'il se passe ? murmure-t-elle, anxieuse.

J'esquisse un rictus désolé. J'ai tellement l'habitude d'être en équipe avec Josh, qui comprend en un dixième de seconde les enjeux de la situation, devine ce que je prévois de faire et ce qu'il doit prendre en main, que je n'ai pas du tout pensé à lui expliquer de quoi il s'agissait.

— Des intrus sont entrés dans le building, je chuchote d'une voix rauque. Reste bien derrière moi, je m'en occupe.

Elle ouvre la bouche pour répliquer quand j'entends la porte sauter.

— Cache-toi bien ! je lui ordonne en saisissant mon fusil d'assaut.

D'un geste, je l'arme, puis je l'épaule. J'ai un avantage qu'ils n'ont pas : je connais parfaitement cette pièce, et même dans cette obscurité qui ne laisse entrevoir que des ombres, je sais exactement où tirer.

Un bruissement entre le canapé et le pilier. Je tire une première rafale. J'entends un corps tomber. Tous mes sens sont en éveil. Je contrôle mon souffle pour pouvoir entendre le plus infime des froissements. Mes pupilles sont dilatées et mes yeux plissés pour percevoir la moindre silhouette. Mouvements dans le reflet du miroir. Rapide scintillement devant la baie vitrée. Mon sang bat dans mes tempes à un rythme régulier, tandis que, les muscles tendus, je tire une balle après l'autre, chacune touchant sa cible. Quelques secondes de silence. Le faible éclair argenté d'un canon. J'attrape Khione par le bras et la plaque contre le coin du mur de la salle de bain, pile au moment où une rafale est tirée dans notre direction. À travers l'épaisseur du masque, mon regard capte le sien, qui me fait frissonner. J'aurais envie d'oublier ces hommes et de l'embrasser, là, maintenant, sans me préoccuper des balles qui volent ou de l'obscurité dangereuse. Retirer ce visage de métal et prendre ses lèvres, la serrer contre moi, sentir la délicatesse de sa peau contre la mienne et la douceur de ses cheveux sous mes doigts.

Je m'arrache à ce rêve si tendre, et décroche mon poignard.

— Reste ici, je lui commande en lui tendant la dague. Je reviens.

Sans attendre une seconde de plus, je sors de la protection que m'offrait le mur, et me glisse derrière le lit. Un bruit de pas. Je me redresse, tire. L'adversaire est au sol.

J'avance prudemment, masqué par les ombres, mon arme brandie contre la menace invisible.

Pan.

Pan.

Silencieux, concentré, je passe par-dessus le corps inconscient. Un tir m'oblige à plonger derrière un canapé. Immobile, j'attends le moment opportun. Un léger sourire étire mes lèvres. Malgré le stress de la situation, la sensation familière de l'adrénaline qui pulse dans mes veines m'est agréable. Je me mords la lèvre pour contenir ces émotions venues du passé et qui, progressivement, finissent par me submerger. L'excitation de la confrontation avec l'ennemi. La proximité presque irréelle du danger. Le goût du péril.

— Freya. Allume les lumières, je murmure, les pupilles dilatées.

Je sors de ma cachette au moment où l'obscurité se dissipe, mon arme parfaitement calée contre mon épaule. Rafale de balles. Les tirs se croisent, les miens touchent leur cible. Les miliciens s'effondrent tour à tour. Je me plaque contre une colonne. Mon arme est vide et je n'ai pas de recharge. D'un geste, je la décroche et la laisse tomber à terre, avant de dégainer un de mes revolvers.

Les deux mains tendues devant moi et crispées sur mon arme, j'abats un homme dans les quelques marches d'escalier, et en descends un autre au milieu du salon. C'est presque trop facile.

Le souffle court, entouré de corps vêtus de noir, je lève les yeux vers Khione juste au moment où un milicien s'approche d'elle par derrière tout en dégainant son arme pour la pointer vers elle.

— Khione ! Attention !

La jeune femme se retourne d'un mouvement vif et écarte si prestement le bras de l'homme qu'il percute le mur et lâche son arme. Je la vois ensuite prendre un pas de recul et lui assener sur la tête un magnifique coup de pied arrière qui semble l'assommer sur le coup. Seigneur, c'est vrai qu'elle est souple… Elle contemple ensuite le milicien inconscient, étonnée par sa propre réaction, tandis que je la rejoins tout en retirant mon masque.

— Joli, je lui murmure, un sourire impressionné aux lèvres.

Khione hoche lentement la tête, sans arriver à détacher les yeux de l'homme étendu à ses pieds.

— Je ne suis pas vulnérable, murmure-t-elle, une étincelle de fierté dans le regard.

Je souris, amusé par son attitude farouche terriblement adorable, et m'approche d'un pas supplémentaire pour glisser derrière son oreille une mèche qui lui tombait sur les yeux.

– Non, tu ne l'es pas, je chuchote le plus bas possible.

Mon regard tombe sur ses lèvres à moitié entrouvertes, aux courbes gracieuses, si tentantes, si désirables. Son ensemble de soie noire, qui tranche avec sa peau aussi blanche que la neige, dévoile le contour de ses épaules et la finesse de sa gorge avec une élégance et une sensualité qui me donnent envie d'y plonger le visage. Et elle reste là, immobile, ange innocent descendu du ciel, suspendue aux mots que je ne prononce pas et aux gestes que je ne fais pas. Comment pourrais-je ? Comment pourrais-je oser l'embrasser, moi qui ne peux que la salir, qui ne peux que l'abîmer avec toute ma haine et ma rancœur ? J'ose à peine l'effleurer de peur de l'obscurcir, de transformer cette blancheur éclatante en triste nuance de gris. La voir basculer vers l'ombre serait pour moi la plus grande des peines, surtout pour quelque chose d'aussi insignifiant que du désir…

Ma réflexion est interrompue par Josh, qui fait irruption dans la pièce sinistrée, entouré des renforts armés.

– Toujours là quand il faut, Josh, je raille en me détachant de Khione.

– Je t'emmerde, Viktor, ironise-t-il, agacé.

– Prépare-toi à m'entendre réclamer une augmentation, je poursuis, amusé par sa réaction.

Il arrive à notre hauteur, et après de courtes excuses à Khione, il se tourne à nouveau vers moi.

– Pour le moment, j'aimerais surtout trouver celui ou celle qui mérite d'être licencié, avoue-t-il d'une voix sombre.

Je fronce les sourcils.

– Comment cela ?

– Tous les systèmes de surveillance du toit, les alarmes, les communications entre les gardes du corps, ont été désactivés. Et depuis l'intérieur du building, m'explique-t-il durement. Il n'y a aucun moyen de hacker le système de l'extérieur, ou de le désactiver sans avoir la carte magnétique de cet étage de Starlight. Ce qui signifie…

– Que quelqu'un ici est vendu aux miliciens…, je murmure d'une voix rauque en soutenant le regard tranchant de Josh.

# CHAPITRE 18.

*Viktor*

L e doux ronronnement des moteurs se tait pour laisser place à la rumeur lancinante des vagues roulant sur la plage. J'ouvre la portière pour descendre de la Jeep, et la claque derrière moi. L'air tiède et salé qui embrasse furtivement mon visage me donne un avant-goût de l'écume marine. La crique privatisée par Starlight est recouverte d'un sable brun et enfermée dans un pli de roches tranchantes qui nous coupe du bruit de la ville, distante de quelques kilomètres.

– Magnifique soirée pour plonger, commente Josh en scrutant la mer d'huile dans laquelle se reflète le soleil doré du crépuscule.

Je ne peux qu'approuver. J'aime les soirs d'été où l'air chaud et lourd laisse progressivement place au frais de la nuit, où les étoiles se mettent à scintiller dans un ciel d'encre vide de tout nuage. L'eau qui devient de plus en plus sombre donne l'impression qu'il n'y a plus de distinction entre l'infini du ciel et la profondeur des abysses. On ne sait alors même plus si l'on flotte dans l'espace, ou si l'on coule au fond de l'eau. Si je devais choisir une manière de mourir, je choisirais de me laisser engloutir par les flots. Je choisirais de me laisser emporter par le néant, de sentir peu à peu la lumière s'estomper, les sons s'effacer, le contact prolongé du liquide m'endormir pour l'éternité.

— Viktor, m'interpelle Josh sur le ton de la confidence, ce qui coupe court au fil de mes pensées.

Il m'attrape par la manche de mon tee-shirt et me désigne une masse de rochers qui plonge dans les vagues à quelques dizaines de mètres de nous. Je distingue la silhouette longiligne d'Ananke qui sort de l'écume, la peau ruisselante de perles d'eau.

J'échange un regard approbateur avec Josh. Cette scène me rappelle nos années d'adolescence où, à chaque jolie fille que nous croisions, nous savions nous partager nos impressions d'un court regard expressif.

— Mon Dieu, mais regarde-moi ça…, murmure Josh. Elle a l'élégance et la prestance d'une reine…

Il penche légèrement la tête sur le côté pour mieux apprécier la vue.

— La façon dont elle se tient, si droite, son port de tête si gracieux…, continue-t-il.

— C'est le genre de femme qu'on aime regarder mais que l'on n'oserait pas toucher tant elle en impose, j'ajoute en sortant le matériel du coffre.

— Exactement. Dommage qu'elle n'ait pas pu poursuivre sa carrière de rêve à cause de cette cicatrice, soupire Josh en ôtant son tee-shirt pour passer sa combinaison.

J'esquisse une grimace. Ananke a tout le talent nécessaire pour devenir politicienne, journaliste, ou même avocate. Mais tous ces postes lui ont été refusés à cause de son profil droit mutilé, qui rappelle trop au monde qu'il existe certains quartiers où la loi est celle de la barbarie. Comme beaucoup ici, elle est prisonnière de son physique. Comme moi, comme Josh, et très bientôt comme Khione, même s'il elle ne le perçoit pas encore.

Je serre les dents pour refouler la douloureuse sensation de ce poignard de culpabilité que l'on m'enfonce dans le dos et jette un nouveau coup d'œil à la jeune femme asiatique.

— Elle vient vers nous, je préviens dans un chuchotement en attrapant un sac pour y déposer nos affaires.

Je range ensuite le tout dans le 4x4 et claque la portière.

— Bonsoir, Ananke, je la salue d'un signe de tête alors qu'elle nous rejoint de sa démarche féline, ses yeux en amande aussi noirs qu'insondables.

— Bonsoir, me répond-elle de sa voix profonde, ses cheveux de jais trempés plaqués à l'arrière de sa tête.

— Vous êtes aussi venue profiter de cette splendide soirée ? lui demande Josh avec sa chaleur naturelle. L'eau n'est-elle pas trop froide ?

Ananke détend ses lèvres en ce que je pense être un sourire. Elle tourne la tête vers l'océan et son regard se perd un instant dans les rouleaux écumeux.

— La mer est fraîche. Comme je l'aime, nous confie-t-elle, son visage d'ordinaire si sérieux illuminé par une douce expression de sérénité. Passez une agréable soirée, clôture-t-elle ensuite, coupant l'herbe sous le pied de Josh qui était en train d'ouvrir la bouche pour prolonger la conversation.

Nous la regardons partir du coin de l'œil, avisant rapidement son magnifique maillot dos nu qui dévoile la naissance de ses reins.

— Magnifique apparition, murmure Josh, conquis, tandis que j'approuve d'un regard.

— Allons-y.

Nous marchons côte à côte vers les flots, palmes à la main, pieds nus sur le sable laissé ferme et humide par la marée descendante.

Nous avançons face à l'horizon, pas après pas, jusqu'à nous faire engloutir par les eaux. Une fois totalement immergé, je lâche un râle de plaisir. Mon corps se détend au contact du froid qui m'enserre et apaise la tension constante de mes muscles.

— Prêt ? me demande Josh.

— Prêt.

Je prends une grande bouffée d'air et me laisse couler dans les profondeurs. Le silence m'envahit et je me retrouve plongé dans une immensité d'un bleu sombre, seul au monde. Josh m'effleure le bras pour m'inciter à le joindre. Je pars à sa suite en direction des abysses, afin d'explorer les pieds acérés dc la falaise qui s'enfoncent dans le sable de la baie.

Le calme, l'immensité me permettent de digérer toutes les informations des derniers jours. J'ai dû interroger des dizaines de membres des équipes, sans succès, tout en gérant en parallèle le suivi psychologique de Khione. Comme je l'avais prévu, Starlight a décidé de poster la vidéo-surveillance de l'attaque, si bien que tout le monde ne parle que de cet homme au masque étrange dont on ne connaît pas le nom. Les théories les plus folles ont été établies sur mon identité et la vérité a été évoquée avant d'être rapidement écartée par les médias partenaires. Tant que les gens doutent, je garde une part de liberté. Ou une illusion…

Les morceaux de souvenirs, de pensées, d'hypothèses se mélangent dans mon esprit au fur et à mesure des descentes et des remontées. Khione m'apparaît, le regard triste et nostalgique, et je la revois serrer les dents à l'évocation de ses parents, comme si les larmes n'étaient toujours pas très loin, comme si la blessure était encore vive. Je me remémore sa voix cassée lorsqu'elle évoque les seuls souvenirs de sa mère, une femme qui lui paraissait si grande dans ses escarpins à talons, si jolie dans sa robe crayon, si élégante dans sa veste de costume prune. Sa description adorable d'une présence douce, aimante, bien qu'assez absente, tourne en boucle dans ma tête. Je l'entends encore me conter les fragments de son ancienne vie dans un joli duplex avant que tout ne s'effondre et que ses dernières images ne soient plus qu'une chambre d'hôpital aveuglante où elle aura versé beaucoup de larmes.

Je peux presque voir face à moi, dans la masse liquide que traversent encore les derniers rayons du soleil, le visage tremblant d'une petite fille qui a tout perdu. Une petite fille cherchant vainement une chose à laquelle se raccrocher, une chose qui pourrait remplacer la main de sa mère, son sourire et ses baisers, ses bras consolateurs, son parfum familier… Une recherche vaine qui l'aura poussée à se construire elle-même, en se noyant dans des univers de romans comme moi je me noie dans cet infini liquide.

Je ferme les yeux un instant. La plongée me donne l'impression de laver mon âme de ces pensées impures, de ces réflexions qui me tourmentent, de ces souvenirs qui me torturent et que l'évocation du passé de Khione a encore une fois réveillés.

*« J'essaye simplement d'apprendre à vous connaître un peu mieux »*. Sa voix résonne dans ma mémoire, et se brise en milliers d'échos. Ma réponse l'a visiblement dissuadée de poser d'autres questions. Parfois, je sens qu'elle hésite. Cherche à en savoir un peu plus. Écoute avec grande attention, lorsque j'évoque quelque chose d'un peu plus personnel. Je la comprends, elle a besoin de savoir à qui elle dévoile ses secrets. Et puis, elle est tout de même relativement isolée ici. Elle a besoin de se connecter, de tisser des liens avec ceux qui l'entourent mais en ce qui me concerne … elle devra se passer de détails personnels.

J'émerge pour la cinquième fois à la surface, les cheveux ruisselants d'eau salée, aveuglé par le soleil qui plonge lui aussi vers l'horizon. Josh nage à mes côtés, en silence, le visage illuminé par un bonheur sincère. Nous reprenons tous les deux notre souffle, en appréciant la délicieuse sensation de l'air libre qui emplit nos poumons. Je ferme les yeux pour ressentir davantage la plénitude de cet instant quand soudain, une ombre se dessine devant moi, alors que la masse d'eau qui m'entoure se met à se mouvoir.

— Viktor, attention ! s'écrie vivement Josh en m'attrapant par le bras pour me tirer vers lui.

J'évite de justesse qu'une coque de bateau me fracasse le crâne mais me tape quand même la jambe contre sa coque épaisse. J'étouffe un juron tandis que Josh passe un bras sous mon épaule pour me soutenir.

Je lève les yeux vers l'immense yacht noir mat que je pourrais reconnaître entre mille et lâche un rire jaune.

— Bravo, Josh, tu viens d'empêcher le plus grand rêve de ton père de se réaliser… j'ironise, les dents serrées en une grimace douloureuse.

Josh ricane.

— Il est habitué à ce que je le déçoive, cela ne changera pas ses habitudes, raille-t-il tout en faisant signe à un employé de descendre l'échelle.

— Merci Josh, mais je préfère crever noyé en essayant de rejoindre la côte que de monter à bord de la barque de luxe de ton père.

— Fais pas le con, mec, entre les requins sans champagne et les requins avec champagne, moi je choisis la seconde option.

— Chut… « Père » risque de t'entendre…, je le charrie d'une voix cassée en essayant douloureusement de monter sur l'échelle.

Il se remet à rire bêtement et c'est avec des sourires complices que nous débarquons sur le pont du navire. Je suis en train de reprendre mon sérieux lorsqu'une nouveauté attire mon attention.

Au milieu du pont luxueux au plancher d'un joli bois sombre, chargé de divers sofas de cuir somptueux ainsi que de plantes exotiques, a été ajoutée une grande piscine avec une fonction intégrée visiblement très coûteuse censée reproduire des vagues à sa surface.

— Josh…, je l'appelle en me pinçant l'arête du nez, dépité. Là on a atteint un niveau…

On éclate de rire tous les deux, redoublant d'hilarité lorsqu'en essayant de le rejoindre, je m'appuie malencontreusement sur ma jambe blessée, ce qui me fait échapper un « aïe » un peu trop aigu qui l'achève.

— Josh, ton père arrive, je tente de le prévenir en essayant de reprendre mon sérieux.

Mon acolyte se redresse et se racle la gorge.

— J'ai le droit de lui demander s'il a installé un simulateur de vol dans son jet privé ? je lui souffle, railleur, lui arrachant un nouveau sourire.

— Apparemment, il aurait installé un tapis roulant dans un camion pour pouvoir courir sur de plus longues distances lors de son footing du matin, renchérit-il avec un demi-sourire.

Je détourne la tête pour étouffer un dernier ricanement et reprends mon sérieux pour affronter Gabriel Garbenta. Celui-ci s'approche de nous, un verre de whisky à la main. Les cheveux teints en gris parfaitement plaqués en arrière avec du gel, grand, athlétique, il pourrait avoir un physique tout à fait sympathique si son visage n'était pas marqué par la froideur et le mépris. Son front est strié par des rides du lion qui lui donnent un air sévère et sans merci, ses lèvres ne sourient jamais que par hypocrisie et sa mâchoire puissante laisse deviner des dents souvent serrées. Dans son costume gris acier, je ne peux nier qu'il est tout à fait impressionnant malgré son âge déjà avancé.

— Bonsoir, Josh, salue-t-il en tendant sa main gantée à son propre fils.

Il se tourne ensuite vers moi et je rencontre brutalement son regard froid et coupant dans lequel brûle une haine non dissimulée. Il y a quelques années, je ne faisais pas attention à quel point la ressemblance pouvait être grande entre cet homme et Hector Dujas, le journaliste. Mais aujourd'hui, ces insolentes similarités m'apparaissent avec une telle évidence qu'elles me font l'effet d'une brûlure constante. La vie semble vouloir me prouver que la vérité est un brasier.

— Viktor.

— Monsieur.

J'incline la tête avec un faux respect, et relève très vite les yeux pour affronter les siens.

— Je dois dire que vous m'avez impressionné, vous n'étiez vraiment pas loin, je le félicite, parfaitement sérieux et détaché. Le suicide de Dinah a-t-il été pour vous une source d'inspiration ? Je suis certain que vous auriez été comblé de me voir sombrer au milieu des requins, assommé par votre propre yacht, je renchéris sans délicatesse, ignorant Josh qui tente de me ramener à la raison en écrasant plus ou moins discrètement mon orteil avec son pied.

— Vous ne méritez pas une mort si retentissante, monsieur Kortain, réplique-t-il sur le même ton. Le sort de l'oubli vous siérait davantage. C'est quelque chose qui vous va bien au teint, dans cette famille.

Josh ouvre la bouche pour intervenir, mortifié, mais je l'interromps et sers à son père un sourire flatté.

— Certainement, mais je vous avoue que personnellement, j'ai toujours préféré l'eau. Cela doit venir de ma mère…

Nous nous regardons quelques secondes supplémentaires en chiens de faïence, jusqu'à ce que Josh brise le silence.

– Bien, coupe-t-il en frappant dans ses mains. Merci, Père, pour cet accueil chaleureux, cela me fait toujours un grand plaisir de te revoir, remercie-t-il d'une voix agacée mais qui me semble également blessée. Maintenant, si cela te convient, je vais faire soigner Viktor avant qu'il ne tache de sang ton nouveau parquet. La prochaine fois, si tu ne veux pas qu'on monte, dis simplement au pilote de regarder où il va.

La froideur de Josh, droit et cinglant dans ses paroles, assombrit considérablement le regard de son père.

– Bien sûr, autorise-t-il, sans quitter son fils des yeux. Servez-vous, reposez-vous, mais sachez, Kortain, que vous n'êtes pas le bienvenu ici.

– Je n'en ai jamais douté, monsieur.

– Passez le bonjour à votre père pour moi.

Je m'incline hypocritement.

– Passez le bonjour à vos femmes.

Gabriel, qui avait tourné les talons pour s'en aller, se retourne d'un quart et me lance un regard incendiaire avant de continuer sa route.

– Merci Viktor, soupire Josh, lassé. J'ai toujours su que je pouvais compter sur ta délicatesse.

– Avec plaisir, Josh. Tu peux m'inviter chez toi quand tu veux.

Et nous nous remettons à rire comme les deux gamins que nous étions il y a encore quelques poignées d'années, avant que je ne fasse tout s'écrouler.

\*\*\*

Je fais rouler entre mes doigts le cristal fumé de mon pion. Mon ongle effleure la couronne dentelée de la reine, majestueuse et froide au toucher. Les yeux fixés sur le plateau de verre traversé par les rayons de lumière argentés de la lune, j'étudie sa structure avec attention, muré dans un silence pensif.

— Échec.

La lèvre de Josh s'étire en un sourire amusé tandis qu'il se redresse dans son siège.

— Bien joué, murmure-t-il.

— Rien n'est gagné, je rappelle en haussant un sourcil.

Je porte la coupe de champagne à mes lèvres, tout en laissant mon regard dériver sur la mer couleur pétrole qu'on peut observer depuis l'arrière du bateau. Je baisse les yeux vers ma main ouverte où un hologramme apparaît bien vite. Tandis que je surfe quelques instants sur les dernières actualités, je croise quelques photos de mon masque dans des articles ou flashs d'informations.

— Qu'est-ce qu'ils disent ? me demande Josh, concentré sur le plateau.

— Ils sont très nombreux à s'indigner des actions des gangs, à qualifier de barbares leurs actes, et les plus extrêmes appellent à « nettoyer » les quartiers périphériques en envoyant l'armée, je résume rapidement. Malgré cela, les habitants desdits quartiers se déclarent encore prêts à défendre les milices.

— Ils croient que les milices et les gangs sont deux catégories distinctes, soupire Josh. Que jamais des milices n'essayeraient d'enlever quelqu'un sans raison.

— Et toi ? Qu'est-ce que tu en penses ?

Il soupire à nouveau.

— C'est simple. Quand il y a du pouvoir, il y a toujours une partie business et une partie politique. La partie business, ce sont les gangs et je ne vais rien t'apprendre de nouveau sur leurs activités. La partie politique, ce sont les milices, ils essayent de convaincre la population de se révolter, pour prendre le pouvoir, et c'est seulement là, s'ils y parviennent… qu'on verra qui ils sont vraiment.

Il se penche vers moi pour capter mon regard.

— Réfléchis, chuchote-t-il. Mais pour moi, les milices et les gangs ne sont que deux faces d'une même pièce. Et une pièce qui sert un même but, obtenir toujours plus de pouvoir. Ils se servent des failles de ce système pour essayer de le faire tomber et instituer un système anarchique qu'ils domineraient.

Je reste attentif en silence.

— Elles n'ont rien à voir avec ce qu'elles étaient à l'origine, Viktor. Je peux te l'assurer.

Je frissonne, imperceptiblement, et me force à hocher la tête sans rien dire. C'est une bonne analyse. Ce qu'il dit est sensé et cohérent…

— Quant à Khione… Elle serait pour eux une parfaite figure de propagande pour faire croire en leurs bonnes intentions, gagner le peuple à leur cause et le retourner définitivement contre nous, conclut-il, logique.

J'avance un pion.

— C'est quand même étrange qu'on ait tous les deux essayé de mettre la main dessus au même moment, je murmure, pensif.

— C'est pourquoi je suis intimement persuadé qu'une taupe d'Adrestia est infiltrée au sein de nos rangs depuis plus longtemps qu'on ne le pense. On devrait élargir les interrogatoires à tout le monde, même aux membres les plus anciens, les plus fiables… Il faut partir du principe qu'on ne peut se fier à personne.

— Avec plaisir, Josh. Tu veux ouvrir la danse ?

Il rit, et me prend une tour. Quelque chose me titille dans cette interprétation mais je ne parviens pas à savoir quoi.

— Il ne faut pas rentrer tard, je rappelle, en avançant un cavalier sur le jeu. On a beaucoup de travail demain.

— C'est le grand jour…, admet Josh en se servant une seconde coupe de champagne.

Demain, Khione va révéler sa première chanson, « Bleu Néon », sur laquelle on a travaillé d'arrache-pied ces derniers jours pendant que des équipes spécialisées remplaçaient les vitres, nettoyaient la scène de crime et vérifiaient le système de sécurité. Des gardes du corps lui ont également été affectés et pas seulement pour ses sorties hors du bâtiment.

— J'espère que ça se passera bien avec Hazel…, souffle Josh, préoccupé.

Hazel. Ce prénom fait ressurgir de ma mémoire des dizaines d'images, de sensations, d'émotions. Pour moi, il transpire l'insolence et l'audace, évoque une femme lionne, aussi glamour qu'agressive, aussi élégante et sensuelle qu'indépendante et insaisissable. Hazel… C'est un prénom à écrire à l'encre rouge sombre. C'est un nom coloré par la passion, les roses, le sang et le vin, la luxure et les pommes. C'est un nom à souligner d'argent, teinte de l'éclair quand il fend le ciel nocturne, des rêves et de la lune, de la malice et du succès.

— Cela ne peut pas être pire qu'avec Dinah, je réplique dans un soupir, hanté par les images de la star à demi agenouillée dans sa robe noire dégoulinante de paillettes, chantant ses chansons de rock apocalyptique d'une voix pleine et profonde à vous faire vibrer l'âme.

J'avance un pion, un vague sourire aux lèvres. Elle est la seule à rire au nez de Starlight en disant à Josh que jamais il ne pourrait l'acheter et qu'elle préfèrerait encore finir sa carrière strip-teaseuse dans un quartier bleu que de bosser pour lui. Elle est la seule également qui ose m'appeler « ce qu'il reste de Viktor », en me regardant sans dégoût ni pitié, d'un ton faussement provocant dont le seul but est de me rappeler qui je suis. Qui j'étais.

— J'ai tendance à penser que Khione lui plaira, je lâche sans vraiment y faire attention, rompant le silence. Et si elle tient sa langue, tout devrait bien se passer.

— Tu penses qu'elle fera bon accueil à sa rivale ?

— Oh, je pense même qu'elle trouvera ça très attrayant, je rétorque, un demi-sourire aux lèvres.

À Éphème, le monde du chant est divisé entre les stars établies, très peu nombreuses, à savoir Hazel, quelques rappeurs et stars aux musiques populaires mais qui préfèrent rester dans l'ombre des médias. Les autres chanteurs et chanteuses tentent en vain d'accéder à cette position. La compétition est rude et les sponsors peu nombreux, ce qui a pour conséquence de faire énormément tourner les célébrités. Beaucoup de jeunes filles deviennent populaires, seules ou en groupe, à 17, 18 ans, avant de retomber moins d'une année plus tard dans l'oubli. Quant aux hommes, si un groupe de rock alternatif parvient à exister tout en esquivant les médias le plus possible, peu d'entre eux sont aujourd'hui connus pour leur voix sans être DJ. Khione, avec Starlight derrière elle, représente donc une grande rivale pour Hazel malgré le fait qu'elle était, il n'y a que quelques semaines, une parfaite inconnue.

— Tant mieux, reprend Josh, satisfait par mon pressentiment. J'aimerais que Hazel inspire Khione à devenir davantage elle-même. À se libérer. À laisser sa personnalité s'exprimer, à rayonner en public. D'ailleurs, c'est aussi ce que j'attends de toi.

Je relève les yeux vers lui.

— Qu'est-ce que tu attends de moi ?

— Je veux que tu fasses ressortir sa force et son idéalisme, m'explique-t-il en accrochant au mien son regard brillant d'ambition. Je veux voir cette gamine devenir une femme fière, prête à se battre pour sa carrière et à s'indigner face aux injustices.

— C'est déjà ce qui est en train de se produire…, je souffle en me remémorant le visage rayonnant de Khione après qu'elle se soit défendue elle-même face à un milicien.

Elle qui a toujours subi est en train de prendre en main sa propre destinée.

— Ce n'est qu'une question de temps avant qu'elle ne s'épanouisse totalement dans cette direction, j'ajoute en laissant dériver mes yeux vers les lumières roses et bleues de la ville qui luisent au loin dans le noir.

Il écarte ma remarque d'un geste de la main.

— C'est une évolution trop lente par rapport à nos objectifs. Si elle ne se retrouve pas elle-même, les gens vont peiner à s'attacher à sa personnalité. Essaye de te débrouiller pour accélérer le processus, tout en la gardant en main. Il faut la faire croître dans la ligne. Elle est le rosier, tu es le tuteur. Applique-toi afin qu'elle se développe dans la bonne direction. Si elle s'écarte trop, n'hésite pas. Taille, tranche-t-il d'un mouvement net et réfléchi, d'une franchise certainement liée aux quelques coupes de champagne avalées.

Je le fixe, impassible, muet, écœuré. Il soutient mon regard quelques instants et je peux lire dans son expression tout ce qu'il ne dit pas avec des mots. Qu'on n'a pas le choix. Que c'est comme ça. Que s'en plaindre entre nous ne fera que rendre la chose plus douloureuse. Il est bien plus facile de se plier au système, d'oublier les libertés que l'on nous ôte et de prendre la réalité telle qu'elle est, que d'essayer d'en voir les défauts. On ne le sait que trop bien.

Même si je ne sais pas si « on » était le bon pronom à utiliser…

Le regard de Josh se pose à nouveau sur le plateau. D'un court geste, il déplace sa tour et la fait glisser devant mon roi.

– Échec et mat.

# CHAPITRE 19.

## *Khione*

— C'est hors de question ! s'écrie Chaska, révoltée, en lâchant la boîte de maquillage d'un coup sec sur la tablette de la loge.

Je jette un coup d'œil à la jeune femme, droite et fière dans le nouvel uniforme noir où brille en lettres d'argent le logo élégant de Starlight. Le poing serré sur un pinceau, elle affronte avec fougue un autre maquilleur avec lequel elle bataille déjà depuis une dizaine de minutes.

— Je me fiche de qui vous a envoyé, que ce soit madame Ming, monsieur Garbenta ou monsieur Kortain, articule-t-elle avec une lueur de colère dans les yeux, les quelques mèches crépues échappées de son chignon lui donnant un air de tigresse. Je suis la responsable, ici, et c'est moi qui prends les décisions quant à l'apparence de mademoiselle Blythe. Elle doit représenter l'espoir, la révolte contre l'injustice. Le maquillage planifié est parfait pour cela, et je ne lui rajouterai pas un trait ! C'est une chanteuse et une danseuse déjà magnifique au naturel, qui n'a aucun besoin d'être tartinée de fond de teint bronzant et de poudre brillante comme vous me le suggérez !

L'audace et la persistance de la jeune femme qui tient fermement tête au soi-disant maquilleur a fait taire l'ensemble du staff, qui poursuit silencieusement ses différentes tâches tout en jetant des coups d'œil répétés en direction du conflit. Eux aussi, semblent fortement désapprouver l'intervention du nouveau venu et lui jettent des regards désapprobateurs entre quelques coups de peigne.

La situation commence à dégénérer franchement lorsque le responsable adopte une attitude méprisante pour traiter Chaska de « petite sotte » et lui dire « qu'il ne fait que son boulot ». Les jolis iris noisette de la jeune femme s'assombrissent sur le coup et je peux pratiquement voir sa mâchoire se contracter sous l'effet de la colère.

— DEHORS ! ordonne-t-elle d'une voix puissante, tranchante et sans appel, faisant sursauter tout le monde.

Elle soutient insolemment le regard de son adversaire, qui doit faire une dizaine de centimètres de plus qu'elle, jusqu'à ce que celui-ci fronce le nez de dégoût et détourne les yeux pour se diriger vers la sortie.

— Connard, grogne-t-elle une fois la porte fermée tout en attrapant un autre pinceau pour terminer son travail.

Je lui souris dans le miroir.

— Merci beaucoup, sa proposition était terrible, je lui avoue, amusée.

Elle lève les yeux au ciel.

— C'est la moindre des choses ! Tu es censée ressembler à une égérie, pas à un clown !

Je ris.

Elle me contourne, attrape un tabouret et s'assied face à moi pour fignoler mes paupières.

— Voilà. La perfection, c'est l'équilibre, murmure-t-elle d'une voix rendue rauque par la concentration. Le maquillage doit être précis, délicat, harmonieux, mais surtout modéré. Il doit embellir, mettre en avant les traits de ton joli visage mais jamais, au grand jamais, le camoufler.

Je souris en fermant les yeux, et la laisse orienter ma figure entre ses mains fines pour y appliquer les derniers détails. Elle finit par me pulvériser un spray frais sur la peau pour fixer les fards, et recule pour observer son travail. Un sourire fier se dessine sur son visage, et elle se mordille légèrement la lèvre avec satisfaction.

— Là. Fraîche. High-tech. Sexy, énumère-t-elle en m'observant sous tous les angles. Je n'ai rien à ajouter, c'est parfait. Evan !

— Oui ? répond le concerné depuis l'autre côté de la loge.

— On passe à la coiffure ?

— Désolée, Chat, mais la coiffure est la dernière étape. Demande à Annaëlle de l'habiller, je prépare le matériel.

Chaska étouffe un grognement et me fait lever pour me mener jusqu'au vestiaire. Je la suis en serrant mon peignoir autour de moi pour me protéger du froid.

Quelques dizaines de minutes plus tard, Annaëlle tire le rideau pour me laisser m'admirer dans mon vêtement de scène. Moi qui ai été habituée ces derniers jours à de fantastiques tenues, plus belles, glamour et modernes les unes que les autres, c'est une douche froide.

— Il ne manque pas quelque chose ? je m'exclame d'une voix étranglée en observant mon corps à demi nu dans la glace, revêtue de ce qui ressemble plus à un maillot de bain pailleté qu'à une tenue de concert.

Annaëlle m'offre un sourire gêné.

— Rien, mademoiselle, je m'excuse. Je ne fais que suivre les instructions.

Je tourne sur moi-même pour m'observer dans ce vêtement outrageusement court, que je n'aurais même pas osé porter à l'Étincelle. Constitué d'un magnifique soutien-gorge bustier bleu « néon » structuré par une armature noire et d'un shorty moulant taille haute assorti, il serait plus approprié dans un défilé de lingerie de haute couture que sur scène. Il est hors de question que je sorte ainsi, j'aurais l'air soit absolument ridicule, soit hors sujet.

J'attrape mon peignoir, l'enfile comme une veste, et me dirige tout droit vers les loges, malgré les excuses d'Annaëlle.

— Chaska ! je m'écrie en entrant en trombe dans la pièce. Regarde ce qu'ils veulent que je porte !

Ma voix est cassée, blessée. J'ai l'impression d'avoir été brutalement ramenée à celle que j'ai été, comme si mon chant importait moins que mon corps et que la seule façon de faire vendre était de l'exhiber. La jeune femme se retourne, les sourcils froncés, et je vois une moue dépitée se dessiner sur son visage à la vue de mes vêtements.

— Tu penses vraiment qu'ils auraient demandé à une chanteuse professionnelle de s'habiller comme ça, ou tu crois que parce qu'ils m'ont recrutée dans un bar ils pensent avoir tous les droits ? je gronde, outrée par ce manque de respect.

— Pour te rassurer, ils ont aussi fait porter ce genre de tenue à Dinah, s'amuse Chaska, compatissante.

Je lance à la jeune femme un regard aussi tranchant que résolu.

— Je ne suis pas Dinah, j'articule, claire et ferme.

Chaska ouvre la bouche pour répliquer lorsque la porte s'ouvre. Un garde du corps entre et s'écarte pour laisser passer Hazel Sandset, escortée de quatre autres gardes du corps. Le silence se fait dans la pièce, tandis que chaque membre des équipes s'arrête dans ses tâches pour observer la nouvelle venue. La star nationale ne prête pas attention à la réaction qu'elle provoque et laisse un de ses hommes lui tirer un fauteuil dans lequel elle s'assoit gracieusement avant de sortir une cigarette, le tout sans nous accorder aucun regard.

Muette de surprise, je la regarde se pencher légèrement en avant vers la flamme bleue qu'on lui présente, avant de tirer une longue bouffée. Elle souffle ensuite la fumée en direction du miroir, dans lequel elle soutient son propre regard, et finit par tourner lentement son visage vers nous.

— S'il y a bien une chose qui ne change pas chez Starlight, c'est la bruyance de ses loges, commente-t-elle d'une voix chaude, presque un peu rauque, tout en laissant son regard glisser sur mon corps.

Je connais cette artiste depuis mes 10 ans. J'ai chanté et dansé chacune de ses chansons. J'en connais par cœur la moindre note, la moindre ligne, le moindre mot. J'ai admiré son travail toutes ces années, et maintenant qu'elle se tient face à moi, ses cheveux mouillés enveloppés dans une serviette noire, vêtue d'un simple peignoir de la même couleur, une cigarette à la main, je ne sais même pas comment lui exprimer toute l'étendue de mon admiration. Même en l'ayant idolâtrée toute mon adolescence au travers de simples images et bandes sonores, sa rencontre véritable ne me déçoit pas et l'artiste m'apparaît encore plus charismatique que je n'aurais pu l'imaginer.

— Khione Blythe, déclare-t-elle calmement. Ma nouvelle rivale.

— Votre rivale ? je m'étrangle. Vous plaisantez ?

Elle hausse un sourcil amusé.

— Chérie, me reprend-elle avec tendresse. Tu arrives de nulle part, jolie comme un cœur, avec une voix d'ange et une histoire à émouvoir un bloc de glace, tu bats les records d'audience à la télévision, tes péripéties rocambolesques envahissent tous les réseaux sociaux et tu penses vraiment que je ne vais pas te considérer comme une concurrente ?

J'ouvre la bouche pour chercher mes mots, cligne des paupières, et finis par trouver le courage de répondre.

— Je vous en prie, ne me considérez jamais ainsi. Tout ce que je pourrais faire ou accomplir n'atteindra jamais votre niveau, et même s'il finissait par s'en rapprocher... s'il vous plaît, considérez-le comme un hommage. Je pourrais vous dédier ma carrière tout entière puisque sans vous, je ne serais pas là aujourd'hui. Vous m'avez donné la passion du chant. Je vous serai éternellement reconnaissante.

J'ai posé une main sur ma poitrine, les sourcils froncés pour soutenir le sérieux de mes paroles. Mon cœur bat la chamade. Je m'emmêle dans mes propos comme une enfant... J'ai tellement honte... Pourtant, un doux sourire s'épanouit sur les lèvres de mon idole, tandis que son regard se fait bienveillant.

— J'espère que tu pourras garder cette charmante innocence le plus longtemps possible, lâche-t-elle avec un soupir ennuyé, en jetant un coup d'œil à ses ongles vernis d'un rouge sang de la même teinte que ses lèvres.

Elle déplie nonchalamment ses jambes interminables, se lève et se laisse escorter jusqu'à la sortie.

— Viens avec moi, ma chérie, on va te trouver quelque chose de présentable, m'invite-t-elle en tournant la tête dans ma direction.

Je jette un coup d'œil à Chaska, qui lève un pouce en l'air, approbatrice. Je rejoins donc la sortie à la suite d'Hazel, qui se retourne pour s'adresser à Chaska.

— Surtout ma belle, si Josh Garbenta ou Viktor Kortain y trouvent quelque chose à redire, dites-leur qu'ils savent où me trouver. Je m'occuperai personnellement de leurs cas, ajoute-t-elle d'une voix douce mais ferme.

Les loges privées d'Hazel sont à son image. Audacieuses, sensuelles et élégantes. Je laisse traîner mon regard sur les murs peints en noir corbeau et agrémentés de néons rouges liquides qui projettent des ombres écarlates sur les parois. Le plafond, qui laisse entrevoir l'immensité du ciel et des rares étoiles, fait entrer un morceau d'infini dans la pièce aussi luxueuse que glamour.

La diva me fait asseoir dans un fauteuil Chesterfield sombre, face à un grand miroir d'argent et se place à mes côtés.

– Tu es magnifique dans cette tenue, commente-t-elle en me détaillant sans retenue. Mais elle est digne d'une chambre à coucher, pas d'une scène.

Une maquilleuse à la peau noire, aux cheveux courts et aux magnifiques lèvres pleines peintes d'or lui retire la serviette sombre qui enveloppait son crâne. Encore mouillée, sa chevelure châtain clair tombe en fine cascade autour de son visage aux traits gracieux.

– Pas très bavarde, n'est-ce pas ? s'amuse-t-elle tandis qu'on lui peigne les cheveux en arrière pour les plaquer avec du gel.

– Intimidée, je rectifie, mal à l'aise.

Je n'ose même pas me regarder dans le miroir. Me retrouver face à la femme qui m'a inspirée toute mon adolescence me fait un choc. Je vois en elle tout ce que je ne suis pas, tout ce que je n'atteindrai jamais. Elle a la personnalité d'une lionne, un charisme absolument ensorcelant, un caractère unique. Sa confiance en elle déborde et nous inonde, elle inspire un romantisme et une sensualité qui font de moi une pâle copie, une marionnette de chiffon à côté de la vraie poupée en porcelaine. J'ai l'impression d'être une reproduction ratée, sans cœur ni âme, face à une artiste assumée qui rayonne par la force de son tempérament. Il y a l'icône, inimitable, dont chaque mouvement, chaque regard, chaque attitude vous semble être de l'art. Et il y a la copie, fausse, imparfaite, bricolée, réparée, déjà beaucoup trop abîmée par la vie. Cette copie, c'est moi.

— Laissez-moi avec elle, ordonne Hazel, un sourire énigmatique aux lèvres, ses yeux d'ambre plongés dans les miens.

Le staff n'a pas besoin d'un mot de plus. Dans le silence, tous quittent les lieux, nous laissant seules.

Hazel se lève et s'approche de mon fauteuil. Je la sens poser ses mains sur mes épaules, et remonter lentement dans mes cheveux pour les ramener en arrière. Je garde la tête légèrement inclinée, les yeux baissés sur le sol.

— Regarde-toi, murmure-t-elle.

Je lève les yeux vers le miroir, où je heurte violemment mon propre regard. Ce maquillage a beau me rendre magnifique, tout ce que je parviens à voir n'est qu'une imposture. J'ai l'impression que mon manque de confiance transpire au travers de ma peau et me donne l'air d'une enfant, d'une marionnette de chiffon. Mes yeux me paraissent soudain immenses, ma peau cadavérique. Je déteste l'image que je renvoie.

— Arrête... Arrête de te regarder comme ça, chuchote-t-elle en remarquant la souffrance dans mon regard.

Elle pose ses mains devant mes paupières.

— Pense à autre chose. Inspire. Expire. Chasse ces pensées.

Je m'exécute en silence, laissant dériver mon esprit vers des images d'océan et d'infini.

— Maintenant, observe-toi comme si tu venais de te rencontrer pour la première fois, reprend-elle, toujours à mi-voix, en retirant ses mains. Remarque la finesse de tes traits, la couleur laiteuse de ta peau, la courbe de tes lèvres. Regarde comme tes cheveux semblent être une cascade de fils d'argent, et la couleur acier que prennent tes prunelles avec ce maquillage bleu. Je veux que tu te rendes compte de la puissance que tu as. Pas parce que tu es plus jolie que les autres, mais parce que tu as conscience de ta beauté. Que tu en es fière. Tu crois être la seule à douter ? Tu crois être la seule à avoir eu du mal à te regarder dans un miroir ? La seule à t'en vouloir de te dégoûter parce qu'au fond, tu sais que tu as tout pour toi ? Chérie… Je ne suis même pas née avec un tel visage. La première agence qui m'a employée m'a fait subir douze opérations de chirurgie esthétique avant que je commence ma carrière, alors que j'étais tout aussi jolie que toi. Mais ma beauté ne rentrait malheureusement pas dans leurs codes… Tu ne peux même pas savoir comme je me suis haïe d'avoir accepté ces métamorphoses. Je ne pouvais pas supporter mon reflet, ni les photos de moi alors qu'elles étaient projetées partout sur les écrans géants. Et puis… J'ai fini par me dire que je suis comme je suis, et que jamais je ne pourrais revenir en arrière. Que le présent était tout ce que j'avais, et que j'allais en faire ma richesse.

Elle s'interrompt un court instant. Ses doigts ont couru dans mes cheveux tout le long de son discours, m'aidant considérablement à me détendre.

– Regarde-toi encore. Je veux voir la fierté sur ton visage. La détermination. Tu es là où tu es. Le sort t'a donné un accès à cette arène, maintenant bats-toi pour prouver ce que tu vaux.

Sa lèvre s'est relevée sur cette dernière phrase, révélant sa canine gauche. Son propre regard est plongé dans celui de son reflet, comme si elle le défiait.

– Notre apparence n'est pas un produit, Khione. C'est une arme. N'en aie pas peur. Apprends à t'en servir. Apprends à la manier. Et si la beauté est une lame, sache qu'on l'aiguise avec la confiance en soi.

Elle se détourne de moi pour attraper un flacon de gel.

— Tu as du potentiel. Tu as des centaines de milliers de personnes qui attendent de découvrir la personne que tu es. Alors qui souhaites-tu leur faire rencontrer ?

— Hazel, je…

Je remarque soudainement que je l'ai appelée par son prénom, et je passe une main sur mon front, dépitée.

— Pardonnez-moi…

— Chérie, tu peux m'appeler par mon prénom, me tutoyer et même me donner des surnoms si tu le souhaites. Arrête de t'excuser pour des idioties, me réprimande-t-elle en finissant de plaquer mes cheveux à l'arrière de ma tête.

— Je ne sais pas qui je suis, je déclare courageusement, la voix pleine d'amertume.

Je pense ces mots, et les prononcer me blesse. Je connais Khione, la petite fille heureuse. Khione, la petite orpheline. Khione, l'écolière dans la lune dévorant des romans. Khione, l'adolescente muette et renfermée. Khione, la jeune danseuse sensuelle et passionnée. Khione, la starlette énigmatique, sortie de nulle part. Mais qui est la vraie ? Un mélange de toutes ? Aucune des six ?

Hazel se détache de moi pour se diriger vers un cintre où pend une veste de costume noire Chanel, et laisse tomber son peignoir. J'observe du coin de l'œil ses sous-vêtements de dentelle sombre, qui soulignent sa silhouette longiligne.

— Ne pense pas à qui tu es, mais à qui tu veux être, me répond-elle calmement, en faisant tomber son soutien-gorge.

Elle passe son pantalon, puis le blazer, et revient vers moi. La veste entrouverte repose sur sa poitrine ronde et nue, dévoilant sa gorge et son ventre à la peau mordorée.

– « Qui est-ce que je souhaite être ce soir ? », est la seule question que tu dois te poser. Demain, tu te poseras la même question, et tu pourras très bien y apporter une réponse différente. Mais tu dois continuer ainsi jour après jour.

Je réfléchis, tout en interrogeant mon reflet illuminé par les lumières rouges et blanches, comme s'il allait se mettre à parler pour me donner la réponse.

– Mais si tu souhaites savoir ce que je pense, sache je vois une femme pleine de contraste, à la fois forte et douce, innocente et mature, humble et pleine d'ambition.

Je reste muette. Peut-être que c'est ça qui me fait douter depuis le début. La sensation de devoir choisir entre le noir et le blanc alors que je suis le contraste, la différence, l'opposition. Une lueur nouvelle s'allume dans mon regard.

– Je préfère voir ça, statue Hazel avec satisfaction.

Elle me tend un costume Yves Saint Laurent.

– Enfile ça, en laissant la veste ouverte sur ce soutien-gorge d'apparat qu'ils t'ont donné. Il n'y a rien de plus magnifique au monde qu'une femme sexy en vêtement d'homme.

Je m'exécute, la tête remplie de pensées contradictoires, pendant que Hazel tire une seconde cigarette. Je m'examine ensuite dans le miroir, droite dans mes talons hauts. Mon nouveau mentor vient se placer à mes côtés, plus grande de quelques centimètres. Cet arrêt sur image pourrait être une devanture de magazine. L'étoile montante et la diva établie, aux cheveux blancs et châtains coiffés en arrière avec du gel, les yeux superbement maquillés, vêtues de deux costumes parfaitement ajustés dont le sérieux est cassé par la sensualité de nos peaux nues.

Ainsi parées et maquillées, on pourrait presque ressembler à deux sœurs. Deux sœurs rendues dangereuses et puissantes par les néons vermeils, qui teintent leur épiderme de la couleur du sang et leurs lèvres de la teinte du fruit défendu.

Mon regard traîne encore un peu sur nos silhouettes. J'aime la puissance qui se dégage de ces vêtements. Ils me donnent une immense confiance.

— La société nous utilise pour construire son image de la femme de demain, commente Hazel. Je peux difficilement empêcher cette image d'être réduite à mon gabarit, à mon corps faussement parfait. Je me suis faite à l'idée de devoir représenter un idéal inaccessible et réducteur. Mais jamais, au grand jamais, je ne tolérerai l'idée de transmettre l'image d'une femme fragile et soumise, se jure-t-elle, tranchante. J'aime être sexy, par satisfaction personnelle, et je n'ai aucun problème à ce que les hommes me regardent et apprécient mon apparence. Mais ils ne doivent rien en attendre de particulier.

Je me tourne vers elle, et plonge instantanément dans son regard insondable.

— J'ai toujours su que vous étiez bien plus qu'une chanteuse, je murmure, à la fois impressionnée et comblée.

— Si tu es ici, dans ma loge, c'est que tu ambitionnes exactement la même chose, me répond-elle avec un sourire. Tu cherches à apporter du sens à ta carrière, en essayant notamment de faire en sorte qu'elle te représente et qu'elle te corresponde. Ce n'était pas le cas de Dinah.

J'éprouve une profonde satisfaction à entendre mon idole me comparer positivement à celle qui m'a précédée.

— Vous la connaissiez ? je reprends, intriguée.

— Elle me faisait pitié, admet-elle franchement. C'était une fille talentueuse, mais habitée par une ambition et une avidité maladives. Elle était prête à tout pour plaire, et ne voyait aucun problème à transmettre une image dégradante de la femme. Quant à Starlight…

Elle s'interrompt.

— Starlight ? j'interroge pour l'inciter à poursuivre.

Je vois différentes émotions passer dans son regard, comme si elle se souvenait soudainement que je travaillais aussi pour la firme.

— Rien, souffle-t-elle, pensive.

Est-ce qu'elle allait dire quelque chose que je ne suis pas censée savoir ? Aurait-elle l'interdiction de parler négativement de la firme ?

Elle finit par relever les yeux vers moi.

— L'important est que tu es là, et que tu portes des valeurs différentes, statue-t-elle.

Je peux néanmoins deviner une légère amertume dans sa voix.

Elle se rapproche et glisse sa main sur le côté de mon visage pour replacer une mèche rebelle derrière mon oreille.

— N'est-ce pas ? m'interroge-t-elle avec délicatesse, le visage illuminé par une expression à la fois douce et espiègle.

Je hoche simplement la tête, n'osant plus bouger. Sa proximité accélère considérablement les battements de mon cœur, et je recule légèrement. Son parfum épicé aux arômes de pomme et de cannelle étourdit mes sens, et je ne peux détourner le regard de son visage fascinant, de ses lèvres peintes de vermeil, de son maquillage sombre qui lui fait des yeux de biche et lui donne un air égyptien. D'ici, je remarque que ses iris sont d'un brun lumineux, plus clairs qu'ils m'avaient semblé être dans les photos des magazines.

— Tu es adorable ainsi, murmure-t-elle en penchant la tête sur le côté pour m'observer sous un autre angle, ce qui met en valeur sa mâchoire dessinée.

Un frisson rampe le long de ma colonne vertébrale alors qu'elle pose sa main sur mon épaule pour me faire asseoir, et je me laisse faire sans la quitter des yeux.

— Quelque chose te manque…, remarque-t-elle d'une voix chaude en descendant son regard de mes yeux à mes lèvres.

Je n'ai pas l'audace de demander quoi. J'ai l'impression que le temps se fragmente en mille morceaux, que la planète cesse de tourner, que l'oxygène est en train de me manquer. La chaleur envahit mon corps glacé alors que l'angoisse délicieuse de l'instant me submerge.

— Il te manque du rouge à lèvres.

Ma pensée reste bloquée sur cette phrase, peinant à comprendre où elle veut en venir, avant que ses doigts, en glissant le long de ma joue, me renseignent sur la façon dont elle souhaite me l'appliquer. Tout se passe si vite ! Son genou se pose sur le fauteuil, juste entre mes cuisses, et sa main s'empare de ma nuque pour m'inciter à renverser la tête en arrière. Je m'apprête à la repousser quand ses lèvres rencontrent les miennes avec une douceur qui m'enflamme, m'ôtant toute envie de résister. Son baiser a un goût de cerise et de fumée, un parfum féminin, délicieux, unique, tout simplement parce qu'il m'apparaît si tendre, si délicat, si agréable en comparaison des lèvres masculines brutales et affamées que j'ai pu connaître !

Ce n'est que lorsqu'elle se détache que mon esprit dispersé parvient à réaliser ce qu'il s'est passé. L'idole de mon enfance vient de m'embrasser. Cela n'a aucun sens, cela ne peut pas être réel… Et pourtant, la saveur sucrée de ses lèvres, qui persiste sur les miennes, me rappelle traîtreusement que rien de tout cela n'est sorti de mon imagination. Confuse et perdue, je tente de reprendre une contenance lorsque le regard d'Hazel se détourne lentement vers la porte. Je vois alors avec effarement ses lèvres s'étirer en un sourire amusé et sa langue prononcer les pires mots à entendre en cet instant :

— Oh, bonsoir Viktor.

# CHAPITRE 20.

*Khione*

— Oh, bonsoir, Viktor.

Je crois sentir mon sang se glacer en entendant son prénom. Je lève les yeux et croise ses iris ardents qui me paraissent soudain durs et sombres. Il me dévisage un court instant en silence, et j'ai l'impression que toute ma peau s'enflamme de culpabilité et de honte. Et pourtant… Pourtant, je me force à soutenir son regard acéré. Il ne me contrôle pas. Il n'a aucun droit en ce qui concerne ma vie privée et je peux embrasser qui je souhaite sans qu'il ait rien à dire.

— Désolé d'interrompre, murmure-t-il d'une voix rauque, à demi perdu dans ses pensées.

— Tu voulais peut-être te joindre à nous ? taquine Hazel de sa voix suave, les yeux étincelants de malice.

Je peux voir d'ici sa mâchoire se contracter.

— Hazel, la reprend-il, réprobateur.

La jeune femme se redresse, ôtant son genou qui commençait à me brûler les cuisses, et hausse un sourcil.

— Oh ! pardon, vous êtes Viktor Kortain ? Je vous avais pris pour quelqu'un d'autre. Un autre Viktor… Un Viktor que j'ai autrefois beaucoup admiré.

Je l'observe s'approcher de lui d'un pas gracieux et déterminé et se poster à quelques centimètres de son visage, son regard de feu plongé dans ses iris de glace. Avec ses talons hauts, elle atteint presque sa taille et le défie audacieusement, droite et fière dans son costume entrouvert. Face à elle, les sourcils légèrement inclinés en une position qui lui donne un air douloureux, Viktor encaisse les coups sans broncher.

— Arrête de vouloir ressusciter les morts, lui chuchote-t-il sombrement.

Elle le dévisage un instant et ses yeux semblent se teinter de colère.

— Il n'est pas mort, affirme-t-elle rageusement.

— Mais qui ça ? je laisse échapper, sans vraiment me rendre compte.

Leurs regards se posent sur moi.

— Excellente question, Khione, sourit malicieusement Hazel en s'approchant de moi à nouveau.

— Hazel…, menace Viktor en serrant les dents.

— Khione, ma belle, connais-tu l'histoire d'Icare ? m'interroge-t-elle avec délicatesse.

Je hoche doucement la tête, ne saisissant pas où elle souhaite en venir.

— Oublie la fin classique et imagine que Dédale se soit brûlé les ailes pour Icare, parce qu'il croyait en son œuvre, en son désir d'aller toujours plus haut, toujours plus loin. Et imagine maintenant que pour récompenser ce sacrifice… non seulement Icare ne vole plus, mais pire encore, imagine qu'il fasse partie de

257

ceux qui empêchent les autres de voler. Quelle fin tragique, n'est-ce pas ?

Je peux sentir d'ici toute la colère qui palpite dans les veines de Viktor, qui, muré dans un silence dangereux, ne perd pas un mot de ce que Hazel me conte.

— Personnellement, je préfère Icare dans la version originale, poursuit-elle, toujours aussi déterminée et mystérieuse. Icare y reste un symbole et un modèle en se sacrifiant pour un idéal plus grand que lui, celui de la lumière, de la liberté, de la connaissance et du progrès. Il meurt en héros en tentant de révéler au monde la direction de la vérité avant de sombrer dans les eaux obscures. Alors que la seconde version… Celle où le père paye le tribut de son fils pour qu'il puisse continuer le travail commencé et qu'Icare renie ce sacrifice… Il n'y est pas un modèle, il y est un antihéros, un lâche, un…

J'étouffe un hoquet de surprise quand, d'un mouvement rapide et violent, Viktor attrape Hazel par la gorge et la plaque si brutalement contre le mur, que celui-ci en tremble.

— Tu vas trop loin, Cassandra, gronde-t-il, tandis que la rage pure qui virevolte dans ses iris semble la décontenancer un instant.

Mes yeux s'arrondissent de surprise en entendant son vrai prénom. Moi qui n'ai toujours connu que Hazel, entendre mon idole se faire appeler Cassandra est très déstabilisant… Celle-ci se reprend bien vite et ricane.

— Oh oui, tu peux bien m'appeler comme ça, Kortain…, crache-t-elle. Mais sache que tôt ou tard, l'Icare dans lequel je crois reviendra.

— Icare est enchaîné, chuchote-t-il, la voix rendue coupante par la souffrance. Enchaîné dans la pire des prisons puisque ses murs sont invisibles.

— Un vrai Dédale en somme…, s'amuse Hazel. Moi je pense que ce dont Icare a besoin, c'est d'un nouveau soleil vers lequel s'élancer. Et qu'est-ce qu'un soleil en astronomie, Viktor ?

Viktor serre les dents et sa main vient soudainement se crisper sur la gorge de la jeune femme qui grimace. C'en est trop. Je me lève d'un bond, pose ma main sur son torse et le repousse, doucement mais fermement.

— Assez, je tonne d'une voix nette.

Mon ton sans appel m'étonne moi-même. Viktor me jette un coup d'œil, hésite, puis la relâche. Il me dévisage ensuite, grave et douloureux.

— Oublie tout ça. Je t'en prie, me supplie-t-il d'une voix rauque, dépassé par la situation.

Je fronce les sourcils, tentant vainement de percevoir dans ses yeux quelque chose qui pourrait m'aider à comprendre la signification de toutes ces énigmes qui me torturent l'esprit, et la raison de toute sa souffrance, qui me torture le cœur… Mais les nuages de sa peine sont trop épais et me maintiennent fermement à l'écart de toute pensée.

— Comment… Comment suis-je censée te faire confiance ? je murmure, confuse. Tout ce que je sais de toi, je le tiens de rumeurs, de réactions imprévisibles et de paroles confuses… Je vais être honnête, je me sentirais presque plus à l'aise d'avoir Josh comme psychologue. Lui se montre ouvert et transparent. Toi… Je m'excuse, vous… Vous n'êtes qu'énigmes, devinettes et points d'interrogations. Je croyais qu'on ne mettait nos masques qu'en public… Pourtant, depuis que je vous ai rencontré, vous n'avez jamais enlevé le vôtre.

Il me considère, avec un mélange de surprise, de gravité et d'intérêt. Je suis étonnée par ma franchise et par ma détermination à profiter de la situation pour lui dire tout ce que j'ai sur le cœur. J'ai enfin le courage de l'affronter pour lui faire comprendre comment je vis notre relation, en osant presque le tutoyer. Une bouffée de fierté m'envahit alors que je continue à lui tenir tête, calme mais assurée. Je ne sais si c'est cette tenue ou la présence de Hazel qui me donne tant de courage mais je ressens un profond soulagement en sentant que, progressivement, j'arrive à nouveau à m'imposer.

— Khione, je…

Je me permets même de le couper.

— J'ai compris, je continue d'une voix claire, mais douce. Tu as des secrets. Un lourd passé, apparemment. Tu ne souhaites pas m'en parler, et bien que je ne sache pas pourquoi et que j'aie l'impression d'être la seule ici à ne pas savoir, je peux l'accepter. C'est d'accord, laissons tomber le Viktor du passé. Mais ne peux-tu vraiment rien me dire du Viktor du présent ?

J'incline la tête, comme si le regarder en biais me permettait de voir au-delà du mur qu'il a construit entre lui et le monde.

— Ce que j'aimerais vraiment, c'est ne pas ressentir ces doutes. Ce sentiment de déséquilibre que j'ai à chacune de nos séances, parce que je suis en face de quelqu'un qui sait tout de moi et dont je ne sais strictement rien. C'est si déstabilisant… Je me sens toujours terriblement exposée parce que tu as toutes les cartes en main et que je n'en ai aucune. J'aimerais seulement pouvoir connaître la personne à qui je suis censée tout révéler.

Hazel, qui s'était nonchalamment rassise pour appliquer quelques gouttes de fond de teint à son cou bleui par les doigts de Viktor, laisse échapper un « Bien dit ! » satisfait. Son visible détachement pour ces marques et son réflexe si naturel de les camoufler me fait amèrement songer que cette scène a déjà dû se produire dans d'autres circonstances.

— C'est d'accord ? Est-ce qu'on peut… essayer ?

Viktor hoche la tête et je peux lire dans ses yeux à quel point il s'en veut. Je ne peux nier combien j'aime voir son visage ainsi envahi par les néons vermeils qui tracent des ombres droites et fines sur son visage. Ainsi éclairée, la courbure de ses lèvres est davantage marquée, sa mâchoire plus saillante, ses yeux un peu moins tristes. Si élégant dans son costume sombre, il porte parfaitement sur son corps le noir de la mort et sur sa peau le rouge de la vie.

— Pardonne-moi, Khione, reprend-il en posant sur moi un regard plus doux. Sache que si je suis si secret, c'est parce que…

Il ne finit pas sa phrase, interrompue par la porte qui s'ouvre sur un Josh passablement irrité. Ses cheveux pourtant parfaitement coiffés au début de la soirée sont défaits, sa cravate n'est plus en place et les traits de son joli visage à la peau dorée sont tendus par la contrariété.

— Bordel ! jure-t-il, froissé. À quoi jouez-vous ? On vous attend en coulisses ! Hazel, la gamine qui passe deux places avant toi, a quasiment fini sa chanson, tu dois descendre au plus vite ou tu risques de décaler Khione. Le directeur technique est déjà fou d'inquiétude de ne pas t'avoir sur le plateau.

— Excuse-moi, Josh, tu me parlais ? raille la star, peu impressionnée par la colère qui marque les traits du nouveau venu.

Elle déplie ses jambes et se lève, sûre d'elle.

— Petite mise au point, chéri. Je ne suis pas ton employée. Tu n'es pas mon manager. Je suis indépendante. Et bien que vous essayiez avec grande détermination de m'utiliser pour renforcer l'influence de Khione, je la pistonne uniquement parce que j'en ai envie, pas pour rendre service aux abrutis que vous êtes. Donc, maintenant, détends-toi, paye-toi une masseuse et laisse-moi faire les choses comme je l'entends. De plus, si tu faisais porter à

Khione des vêtements de scène et non de prostituée, il n'y aurait eu aucun besoin de faire un pareil cirque, donc reste tranquille.

Josh ouvre la bouche pour répliquer, les sourcils froncés, mais elle ne lui en laisse pas le temps.

– Tu connais ma reprise de *Paint it Black* chérie ? m'interroge-t-elle en coupant court à toute réplique.

– Bien sûr ! je m'exclame avec un grand sourire.

– Parfait. Allons-y, le public nous attend.

Je me laisse entraîner par Hazel, qui me prend par la main sous le regard désapprobateur de Josh.

– Bordel, Hazel, ne me dis pas que tu veux la faire chanter ? Elle n'a même pas répété cette chanson et…

La jeune femme, qui avait déjà traversé la moitié du couloir de verre, s'arrête et se retourne.

– Josh, Josh, Josh…, soupire-t-elle, excédée. Comme je te le dis souvent… Arrête de vouloir tout contrôler. Laisse-toi aller. Fais-moi confiance, et tout se passera bien…, ajoute-t-elle, sensuelle et maligne, tandis que je sens Josh se contracter.

Elle se détourne ensuite, sans même attendre sa réponse, et m'entraîne dans le dédale des coursives, ses gardes du corps sur les talons. Nous traversons de fantastiques couloirs luxueux, éclairés par des lumières tamisées qui nous plongent délicieusement dans le cœur de la soirée.

Au fur et à mesure que nous nous approchons de la scène, les sons s'intensifient et s'amplifient. Cela commence par une simple rumeur, puis vient la perception des basses du chant dynamique de l'artiste qui nous précède, des instruments, de sa voix cristalline, des applaudissements du public, pour arriver aux bavardages des équipes en coulisses.

Une porte de verre, un tournant, et nous y sommes. Au cœur de la ruche. Au milieu des allées et venues incessantes des costumiers, des maquilleurs, des coiffeurs de toutes celles qui n'ont pas accès aux loges privées. Au milieu des talons aiguilles, des paillettes, de la soie et des rubans, des portants aux mille vêtements, des sièges croisés aux noms des starlettes, des équipes aux tee-shirts noirs imprimés Starlight. Dans un coin, certaines révisent leurs chorégraphies ou récitent en silence les paroles de leurs chansons. À deux pas de l'entrée de la scène, quelques filles d'un groupe qui est probablement le prochain à passer se tordent les doigts de stress, moulées dans leurs combinaisons d'argent high-tech.

Nous avons à peine passé la porte que tous les regards se braquent sur nous. Je vois alors un florilège d'émotions passer sur tous les visages, du mépris mal dissimulé à l'admiration revendiquée, en passant par l'envie, la jalousie, la haine.

— Je ne pensais pas provoquer tant d'agitation…, je souffle à Hazel qui ne leur accorde même pas un regard.

— Ne fais pas attention. Elles te craignent toutes et leurs opinions sont seulement des réactions à cette crainte que tu leur inspires. Mais ne t'en fais pas. Celle-ci se métamorphose bien vite en respect.

Je déglutis et me force à respirer calmement. Je mérite cette place. Je ne laisserai pas leurs regards dégoulinants de jalousie me faire douter de moi. Je vis pour le chant tout autant qu'elles et je souhaite plus que tout faire entendre au monde ma voix.

— Hazel Sandset ! s'exclame alors une voix masculine suraiguë.

Je me retourne pour découvrir un homme grêle à la peau noire, tout en longueur, vêtu d'une chemise bariolée ouverte sur son torse nu et de grosses lunettes bleu électrique.

— Ma chérie, je te préviens, c'est la dernière fois que je laisse passer un retard pareil ! Non, mais tu te rends compte du stress que tu me donnes ? J'ai l'impression que je vais faire une crise cardiaque à chaque fois que je bosse avec toi. Un jour, mon petit cœur ne va pas le supporter, tu le sais ? Tu es prête à avoir ma mort sur la conscience ? Non ? Alors je te préviens… OH MON DIEU ! s'exclame-t-il en découvrant ma présence aux côtés d'Hazel, qui, amusée, porte sur le directeur artistique un regard bienveillant. Khione, vous êtes juste sublime ! Mamma mia ! mais quelle perle ! Qui vous a habillée ainsi ? C'est tellement… sexy… sublime… élégant… Oh ! mais toi aussi, ma chérie, tu portes le même look, je n'avais pas fait attention… Vous êtes fa-bu-leuses ! Pourquoi on n'a pas prévu de vous faire monter sur scène ensemble ? C'est scandaleux. Mon Dieu, je m'égare ! Hazel ! C'est la dernière fois, compris ?

La jeune femme laisse échapper un rire tendre.

— Promis, Jax. Je suis en retard parce que j'ai habillé mademoiselle Blythe. Elle va monter avec moi sur scène.

— Monter avec toi sur scène ? répète Jax d'une voix étranglée. Oh ! mon Dieu, quelle merveilleuse idée ! La Reine de la chanson aux côtés de l'étoile montante… Ce serait tellement… magnifiquement… risqué ! Risqué ! C'est très risqué ! se reprend-il, paniqué. Hazel, chérie, tu as perdu la raison ? C'est sa première fois sur scène et elle n'a pas répété !

— Jax, coupe Hazel. Tu me fais confiance pour faire le show ?

Il la considère un instant.

— Oui…, répond-il, à moitié convaincu.

— Alors arrête de t'inquiéter, il n'y a rien de plus beau que l'improvisation. Prépare les équipes, on fera notre apparition dans deux minutes. Dis-leur de ne pas révéler tout de suite que Khione m'accompagne, il faut la laisser dans l'ombre.

— Excellente idée ! complimente Jax, torturé entre l'enthousiasme et la peur. Mais fais attention, hein ? Ma carrière est entre tes mains !

— On se reverra pour fêter ta retraite, alors, raille Hazel en m'entraînant sous la scène tandis que j'entends le directeur artistique hoqueter derrière nous.


Nous arrivons dans la partie la plus fascinante des backstages. Les coulisses souterraines. Je peux littéralement entendre les talons du groupe de filles qui nous précède claquer au-dessus de ma tête sur le plafond et leurs voix en traverser la surface. C'est à cet instant que le stress monte. Une bouffée d'angoisse envahit ma poitrine et mon ventre se tord en imaginant la salle bondée de monde, la scène immense et vide, les caméras braquées sur nous. C'est aussi à cet instant que je me rends compte du poids immense qui pèse sur mes épaules. Je joue la reconnaissance de mon idole, la lancée de ma carrière, la confiance de Starlight, mon image de star… Tout ça sur une musique que je connais certes par cœur, mais que je n'ai jamais chantée en public.

Hazel remarque mon stress et pose ses mains sur mes épaules pour me rassurer.

— C'est mon show. Je ne te laisserai pas foirer. Tu connais les paroles, tu sais chanter. Tout va bien se passer.

Je prends une bouffée d'air, tremblante, et essaye de me concentrer sur le sublime visage maquillé de noir d'Hazel, illuminé par la lumière diffuse qui perce de la scène, pour me donner du courage.

— Tu vas chanter les refrains. Tu n'es pas obligée de danser. Fais simplement comme tu le sens.

Son ton chaud et calme me rassure et je hoche la tête.

— Il n'y a qu'une règle sur scène : s'amuser. Et c'est toute la différence entre les autres filles des backstages et nous. Elles chantent par automatisme, en enchaînant des mouvements si compliqués et codifiés qu'elles ne vivent pas l'instant. Elles ne transmettent aucune émotion aux spectateurs. Mais nous… Nous avons le devoir de vivre le chant.

Je me laisse ensorceler par sa voix débordante de vérités qui résonnent en moi comme le tintement d'un couvert d'argent sur un verre de Cristal.

— Je t'ai vue à la télévision Khione. J'ai vu les vidéos de tes performances dans les bars et je n'ai pas besoin de te connaître plus pour sentir la passion de la musique et du chant qui brûle en toi. Il suffit juste que tu laisses cette flamme s'exprimer, d'accord ? Que tu laisses ta voix te guider. Tout va bien se passer. Si je t'ai amenée ici et que je t'ai mise face à cette opportunité sans préparation, c'est parce que je veux que tu comprennes ce que c'est d'être une vraie chanteuse.

Je m'apprête à répondre quand un tonnerre d'applaudissements et de hurlements résonne de l'autre côté du mur. Hazel se retourne face à la salle, déterminée et sereine, si majestueuse, car plus encore que le fait d'être parée de vêtements de haute couture et de diamants, elle porte sa passion comme une couronne et sa confiance en son talent comme un sceptre. La voir ainsi, si grande et admirable, me donne envie de tout faire pour lui rendre hommage. Parce qu'elle m'a choisie. Parce qu'ils m'ont choisie. Et parce que je choisis moi-même aujourd'hui de croire que je suis capable de ressembler à cette femme qui a su inspirer à la dernière orpheline des quartiers bleus le désir de devenir une reine.

Les applaudissements s'amenuisent. Le silence revient. Le temps s'étire.

Je n'entends plus que les battements de mon cœur qui résonnent dans ma poitrine et le sang qui pulse dans mes veines. Je prends néanmoins un instant pour apprécier le désir qui m'envahit de chanter au monde qui je suis.

Deux plates-formes descendent.

Hazel me jette un dernier coup d'œil malicieux et me murmure :

– À nous, maintenant.

# CHAPITRE 21.

♫ *Paint it black*

Hidden citizen, Ranya ♫

**Khione**

Des techniciens m'aident à monter sur la plate-forme de gauche, tandis que Hazel grimpe sur celle de droite. Je saisis le micro paré d'argent qu'ils me tendent et observe la chanteuse se mettre debout et se tenir droite, ce que j'imite. Avec une lenteur qui me tord le ventre, la plate-forme se met en marche. Je serre le micro froid dans ma paume, angoissée, et lève la tête vers le trou béant qui me permet d'accéder à la scène. Il est si sombre et noir qu'il me paraît être une fenêtre sur une nuit sans étoiles.

Je monte, et monte, et monte encore. Et puis, soudain, j'émerge. Je sens la fraîcheur agréable de la salle et perçois son immensité, même si je ne vois encore rien. J'entends les vagues chuchotements, les quelques murmures, les froissements subtils des spectateurs qui s'impatientent. Et puis mon cœur, qui tambourine dans ma poitrine. La respiration profonde d'Hazel à quelques mètres. La mienne, plus saccadée.

Je suis en train de vivre le moment le plus beau et le plus terrifiant de mon existence.

Soudain, un grondement. Une note de piano, de guitare électrique. La mélodie emplit la salle, puissante, électrisante, résonnant jusqu'au fond de ma cage thoracique. La lumière se fait alors sur Hazel, n'éclairant que ses lèvres. Elle se met à fredonner l'air envoûtant de cette musique ténébreuse, l'illuminant ainsi d'une touche de douceur. Le public n'a pas besoin d'une note de plus pour la reconnaître et un tonnerre de hurlements et d'applaudissements acclame la chanteuse.

Alors Hazel se met à chanter. Sa voix rauque et profonde se déverse dans la salle et me fait trembler d'émotion. Son chant est grave, teinté de miel, et il me semble que ce sont des roses rouges et noires qui dégoulinent de ses lèvres, ces roses épineuses, sauvages, que l'on cueille lors des premières neiges de novembre. Elle laisse le temps à chaque note de s'envoler, prononçant ses mots lentement pour ne pas les écorcher, ce qui donne au couplet une puissance et une profondeur qui font vibrer chacun de mes os.

La lumière la révèle progressivement et je la regarde chanter, face au public, un demi-sourire aux lèvres, ses jambes droites légèrement écartées et sa main gauche tendue en direction de ses fans comme si elle cherchait à les effleurer.

*I have to turn my head until my darkness goes...*

Hazel abandonne sa position statique pour s'approcher de moi. Je reste immobile, alors qu'elle joue avec ma silhouette, elle baignée de lumière, moi revêtue de ténèbres.

*I see a line of cars and they're all painted black...*

Le public crie hystériquement en devinant ma présence dans l'ombre sans me reconnaître, alors qu'Hazel tourne autour de moi comme une féline autour de sa proie. Je sens son parfum me titiller les narines alors qu'elle m'effleure la joue, m'incitant ainsi à tourner la tête de profil et à révéler le contour de mon visage en ombre chinoise.

*Like a new-born baby, it just happens every day…*

C'est la dernière phrase du couplet. Hazel s'écarte de moi et j'apparais alors, ma peau blanche comme neige scintillant sous les projecteurs, les cheveux plaqués en arrière, les yeux peints de bleu, puissante et déterminée dans le costume entrouvert qui dévoile ma peau nue. Je me vois dans les écrans géants, une fougue inconnue dans le regard, une passion foudroyante dans les yeux, et je comprends dans les hurlements de la foule en délire à quel point une apparence peut être puissante.

La musique se fracture un instant, laissant flotter un son délicieux qui fait trembler les murs. Je porte le micro à mes lèvres en soutenant le regard invisible du monde qui m'étudie dans l'ombre, prends une inspiration et entrouvre la bouche.

Les basses explosent. Ma voix s'élève, forte, claire, un peu rocailleuse, et domine le rythme fracassant des instruments. Je chante de toute la force de ma voix, en utilisant l'intégralité de l'air de mes poumons, et c'est comme si celle-ci prenait elle-même possession de mon corps, qui frémit sous les notes que je prononce.

Il n'y a rien de plus grisant que de sentir les vibrations de mon chant se fracasser contre les parois de la salle, résonner dans son immensité. Je tremble en écoutant chaque note qui éclate au milieu des instruments et qui me semble aussi aveuglante que les projecteurs dont l'éclat me noie dans une lumière immaculée.

Je suis grisée. Chanter sur une scène comme celle-ci, c'est avaler un shot de gloire pure. J'ai l'impression que je m'envole, que mes pieds quittent le sol pour rejoindre un monde de sensations.

Hazel me rejoint et nous chantons ensemble la suite des paroles. Face à face, nous nous renvoyons les phrases, jouons avec les mots. Je fredonne l'air en arrière-plan, osant témoigner au monde de la puissance de ma voix, alors que la star entonne le dernier refrain. Il n'y a plus de pensées, juste des sensations. Nos chants ne sont qu'émotions pures. Ma raison, qui m'a abandonnée, laisse mon don me submerger et me contrôler.

Les instruments se taisent un à un, laissant place à quelques notes de piano. Hazel prend une voix plus douce :

*No more will my green sea go turn a deeper blue...*

*I could not foresee this thing happening to you...*

*If I look hard enough into the setting sun,*

*My love will laugh with me before the morning comes...*[1]

---

[1] Paroles de la chanson *Paint it black*.
*Ma mer verte ne se changera plus jamais en un bleu plus foncé*
*Je ne pouvais pas prévoir cette chose qui t'arrive*
*Si je scrute assez fort le soleil couchant*
*Mon amour rira avec moi avant que le jour ne se lève.*

Je laisse Hazel chantonner les dernières notes. Un dixième de seconde de silence, puis l'avalanche. Le public hurle à s'en casser la voix dans un brouhaha chaotique d'applaudissements.

Essoufflée et désorientée, je tourne la tête vers Hazel qui me jette un regard entendu que je ne comprends que trop bien. Cette performance était hors du temps. Les sensations procurées par cette musique exceptionnelle, nos deux voix mêlées, la pureté du son… C'était absolument indescriptible. Mon corps est encore secoué par les émotions violentes qui m'ont traversée et semblent l'avoir foudroyé. Amusée par mon air perdu, Hazel s'avance vers moi, prend ma main gauche et lève nos deux bras bien haut. Les cris redoublent tandis que, je nous vois sourire sur les immenses écrans, mon idole et moi à ses côtés, aussi superbes et éclatantes l'une que l'autre, les joues teintées d'orange par l'effort.

— Mesdames et messieurs, je voudrais féliciter ce soir l'admirable chanteuse Khione Blythe pour sa première apparition sur la scène du Zénith d'Éphème ! hurle la jeune femme en s'avançant plus près du public qui tend les mains en une vaine tentative pour l'effleurer.

— Merci à tous, je souris, essoufflée.

Puis, me rappelant mon texte, je reprends la parole.

— Merci à tous, je répète avec un peu plus de sérieux tandis que les cris se calment. Starlight et vous tous m'avez permis de vivre un rêve. Vous m'avez écoutée chanter sur la chaîne nationale, et vous en avez demandé plus. Vous m'avez donné une voix. Et je souhaite l'utiliser pour faire quelque chose d'utile pour tous ceux qui, dans les quartiers bleus, n'ont pas eu ma chance. Pour tous ceux qui ont des talents, d'artiste, d'écrivain, de chanteur… et qui sont enchaînés à une vie de misère dans les *slums*[2] de notre ville, et dont on ne verra jamais les œuvres, dont on ne lira jamais les

---

[2] Bidonvilles.

textes, dont on n'entendra jamais la voix. À cause de quoi ? De la pauvreté, mais aussi de l'insécurité. Comme tout habitant des quartiers bleus, j'ai pensé naïvement que les milices étaient différentes des gangs. Qu'elles défendaient nos intérêts. J'ai reçu de la nourriture des miliciens. Des vêtements. De l'eau. Je n'ai pas cru l'enquête lorsqu'on m'a dit que c'était bien elles qui avaient tenté de m'enlever si violemment. Et puis, elles ont recommencé. J'ai été droguée. On s'est introduit dans ma chambre par effraction.

Je laisse flotter l'information que tous connaissent déjà. Mon cœur bat la chamade, j'ai l'impression d'avoir la bouche pâteuse. Mais je continue.

— Le compte rendu de l'autopsie a été rendu public ce matin. Trois des hommes qui se sont infiltrés portaient le tatouage d'Adrestia. En parallèle, c'est le troisième convoi de nourriture financé par Starlight qui disparaît. Le gouvernement en a perdu quinze. Je crois comprendre un peu mieux d'où venait la nourriture qu'on me donnait…

Je m'arrête un instant, amère.

— Quand je me remémore tout ça, j'ai l'impression d'avoir été aveuglée. Aveuglée par une milice anarchiste qui tentait de faire passer le gouvernement pour des méchants, et de se donner l'air d'être les gentils. Mais tout ce qu'ils recherchent, c'est l'anarchie. Il est facile d'accuser le gouvernement de ne pas construire d'écoles, si on assassine les architectes. Il est facile d'accuser les autorités de ne pas nourrir les populations pauvres, si on pille les convois. Il est facile d'empêcher qui que ce soit d'en parler, si même moi, surprotégée, j'ai déjà failli par deux fois tomber dans leurs filets… Mesdames et messieurs, je ne me laisserai plus berner par ces soi-disant rebelles. Gangs ou milices, ils ne m'empêcheront pas de militer pour que tous aient le droit de vivre en sécurité. Ils ne m'empêcheront pas de reverser les bénéfices de mes spectacles, de mes chansons et de mes albums pour nourrir, habiller, loger, éduquer ceux qui sont dans le besoin. Ce soir, je vous révèle en exclusivité mon tout premier single : « Bleu néon ». La totalité de l'argent gagné sur celui-ci sera donc donnée pour permettre le développement des quartiers bleus. Merci à vous !

Une vague d'applaudissements respectueux accueille mon discours et Hazel me souffle rapidement un « Bonne chance ! » séducteur avant de retourner en coulisses.

Je ferme un instant les yeux pour me recentrer et commence à chanter.

*Toi qui me regardes, écoute*

*Les limbes ne sont pas rouges*

*Mais aussi bleues que le doute*

*Mais aussi bleues que la peur*

*Ne te laisse pas endormir*

*Par le ciel et l'océan*

*La réalité de couleur cyan*

*Ne fera que t'avilir*

L'air de la musique est doux et profond, mélodieux, emporte l'âme au loin et lui fait ressentir une tendre nostalgie. Elle est plus subtile, moins puissante, mais tout aussi harmonieuse. C'est une musique tragique, qui donne envie de danser une valse au sommet d'un gratte-ciel, face à l'océan. Je ne sais qui l'a écrite, mais j'apprécie profondément chaque parole.

Autour de moi, les projecteurs jouent avec les couleurs et les motifs en une sublime animation bleue et blanche, n'hésitant pas à faire couler une épaisse fumée à mes pieds qui me donne l'impression de chanter depuis un nuage.

*Bleu, bleu*

*Comme mon cœur*

*Bleu néon*

*Bleu démon*

*Le cœur ruisselant de paillettes*

*Et mes lèvres entrouvertes*

*Broient du bleu ce soir*

*Et j'ai une crainte noire*

*Qu'on me retire ce que je veux*

Je souris en sentant la douce énergie du public attendri. L'instrumental est si pur qu'il permet de mettre en valeur toutes les subtilités de ma voix qui glisse parfaitement sur les paroles, comme si celles-ci avaient été taillées sur mesure.

*Je broie du bleu ce soir*

*Et j'ai une peur noire*

*De me faire sortir du jeu...*

Les dernières notes se noient dans les applaudissements. Le cœur léger, je pose la main sur ma poitrine et salue la foule qui hurle, applaudit, siffle pour me témoigner son contentement.

— Merci à tous, je commence en m'inclinant, rayonnante de bonheur. Le clip vidéo est disponible dès... maintenant !

La musique enregistrée se met à jouer tandis que les écrans géants diffusent quelques extraits du clip où j'exécute une danse aérienne majestueuse, au milieu des tissus bleus et blancs qui semblent m'attacher et me retenir comme des chaînes.

Les applaudissements redoublent et je m'incline une dernière fois avant de faire demi-tour vers les coulisses, épuisée mais heureuse, laissant le public avec les quelques plans soigneusement choisis de la vidéo.


Ce sont encore des applaudissements qui m'accueillent et m'arrachent un sourire gêné. Tous me complimentent, me donnant envie de rire devant le surréalisme de la scène. Jax pleure presque en applaudissant à une cadence si rapide qu'il casse le rythme général, tandis que Josh me lance un regard impressionné, une main posée sur mon épaule. J'aperçois derrière lui Viktor, qui, plus discret mais tout aussi sincère, me félicite muettement d'un regard indéchiffrable mêlant fierté et tendresse. En arrière-plan, les gardes du corps se joignent aux acclamations tout en essayant de rester professionnels, et les maquilleuses me lancent des regards admiratifs. Chaska se permet même de me siffler, ce qui me fait beaucoup rire.

J'écoute distraitement les paroles de Josh, tout en cherchant Hazel du regard. Elle semble malheureusement déjà sortie. Certaines concurrentes, qui se jaugeaient sans savoir comment réagir, finissent par se lever et s'approcher discrètement pour me demander des autographes sous le regard venimeux des plus jalouses. Je n'arrive plus à gérer les questions, les compliments et les demandes, essayant de répondre à tous en même temps, m'emmêlant dans les discussions jusqu'à ce que Viktor et Josh prennent la décision de me séparer du groupe pour me sortir des coulisses où l'agitation est en train de perturber la clôture du spectacle.

Je me laisse entraîner, l'esprit ailleurs, songeant qu'après avoir chanté « Bleu Néon », les paroles me parlent décidément de plus en plus. Car ce soir plus que les autres soirs, après l'expérience addictive que j'ai vécue, j'ai une vraie peur noire de me faire sortir du jeu…

# CHAPITRE 22.

*Viktor*

— Je suis prête ! s'exclame Khione d'une voix enjouée en sortant dans le couloir. Où va-t-on ?

Je lève les yeux vers la jeune femme, vêtue d'une imitation de l'Uniforme dans laquelle elle paraît vraiment à l'aise, voire même heureuse. Ses yeux brillent d'un bel éclat dans la lumière pâle du petit matin, et ses joues ont pris une adorable teinte orangée, signe qu'elle s'est dépêchée de se préparer. Je me force à ne pas laisser une vague de tendresse me submerger à la vue de cet enthousiasme enfantin à passer du temps avec moi.

— Nous allons dans un des quartiers périphériques.

Elle écarquille les yeux de surprise.

— Attends… On porte une réplique de l'Uniforme, là ?

Je hoche la tête, tout en vérifiant les informations dont j'ai besoin sur l'hologramme qui sort de mon bracelet. À ma grande surprise, Khione se met à éclater d'un rire cristallin, visiblement très amusée par la situation.

— Non, non… Viktor…, se lamente-t-elle gentiment, hilare. Tu ne peux pas t'habiller comme ça. Ta tenue sent le neuf à des kilomètres… Regarde-moi ces rangers qui reluisent presque… Même moi je tenterais ma chance pour récupérer de telles paires.

Son désespoir devant mon ignorance m'amuse beaucoup et je souris.

— Elles seraient beaucoup trop grandes pour toi.

Elle lève les yeux au ciel et soupire.

— Voyons, Viktor, je les récupérerais pour les revendre très cher et ensuite m'en acheter à ma taille ! Tu n'as décidément pas les épaules nécessaires pour vivre en périphérie, c'est désolant…

Bon… Je crois mieux comprendre pourquoi j'avais l'impression que tout le monde lorgnait sur mes affaires le soir où je suis allé la chercher au bar… D'ailleurs, la petite serveuse draguait peut-être Josh davantage pour ses rangers que ses beaux yeux… Cette idée m'amuse profondément, mais je me force à prendre un air contrarié.

— Désolée de te décevoir, je m'excuse, faussement attristé. Tu maîtrises un savoir qui est bien trop supérieur au mien.

La tutoyer m'est extrêmement agréable, et j'ai parfois l'impression de lui voler un baiser à chaque fois que j'ose…

— Heureusement, dans ma grande bonté, je me sens disposée à t'enseigner ce précieux savoir, sourit Khione en s'étirant. Il nous faut de la terre, du feu et un couteau.

Quelques dizaines de minutes plus tard, nous sortons de l'immeuble Starlight dans la même BMW que ce fameux soir où nous sommes partis la chercher. Khione fredonne « Bleu Néon » en laissant courir son regard sur le paysage extérieur, visiblement très satisfaite de nos vêtements à demi calcinés, déchirés et couverts de terre.

La soirée d'hier comporte trop d'éléments que je n'ai pas eu le temps de digérer, et qui tournent en boucle dans ma tête. Je sens encore le frisson glacé figer chacune de mes vertèbres en voyant Hazel oser capturer les lèvres de Khione, s'emparer de sa nuque et glisser ses doigts dans ses cheveux d'argent, après seulement une poignée de minutes passées ensemble. Deux théories demeurent : soit elle m'a entendu arriver et a pris cette liberté uniquement en sachant à quel point la situation allait m'irriter, soit je suis arrivé au mauvais moment. Cela se tiendrait aussi. Hazel est insaisissable, fougueuse, spontanée. Elle n'appartient à personne, à aucun homme, à aucune femme, à aucune entreprise. Et elle me nargue de cette liberté qu'elle a préservée et que j'ai lamentablement perdue. Elle me nargue dans la seule idée de me faire réagir, de me faire regretter, de me faire retourner en arrière, trouver une solution, une échappatoire, une porte de sortie à ma prison.

Notre dernier échange de la soirée me revient en mémoire, et je me crispe sur le volant. Je peux presque la sentir s'approcher et glisser ses lèvres à côté de mon oreille. *« Moi, je pense que ce dont Icare a besoin, c'est d'un nouveau soleil vers lequel s'élancer. Et qu'est-ce qu'un soleil en astronomie, Viktor ? »*

— Tu es toujours avec nous sur Terre ? questionne distraitement Khione d'une voix douce.

Je jette un coup d'œil à la jeune femme qui s'est arrêtée de fredonner et m'observe, un sourire amusé aux lèvres.

— Parfois, on a l'impression que tu es sur une autre planète, me taquine-t-elle avec douceur. À quoi rêvais-tu ?

Je laisse échapper un sourire. Je pourrais lui dire que je rêve de grandeur, d'immensité, de sens. Que je rêve de me libérer des chaînes qui me retiennent pour redevenir l'homme vrai que j'ai été, l'homme pétri de valeurs, d'idéaux, d'ambition. Cet homme que j'ai enfoui et qui brûle en moi à chaque fois que je passe du temps avec elle, parce que cette innocence qu'elle affiche lui donne une nouvelle raison de se battre, une nouvelle raison de croire, une nouvelle raison d'exister. Si j'étais encore cet homme, peut-être que j'oserais la séduire... Peut-être que j'oserais la mériter...

Et puis... Je pourrais lui dire que je vois dans mes songes des falaises, des flots écumants, des contrées lointaines, des ciels d'encre scintillants. Lui dire que je vois dans la raideur des immeubles les barreaux d'une prison, dans les passages piétons des uniformes de prisonniers. Et alors qu'on s'enfonce dans les souterrains sinueux emplis de la brume épaisse des matins humides, lui expliquer que si je traverse le brouillard avec un sourire, c'est parce que j'espère secrètement ne plus jamais en sortir. Lui avouer enfin que je réfléchis trop et que cela a toujours été mon défaut, mais que maintenant que l'on m'oblige à faire taire mes pensées, je ne me suis jamais senti aussi... étranger.

Mais je ne peux lui révéler à quel point mes entrailles me brûlent, à quel point c'est un supplice de devoir vivre tiraillé entre cette double culpabilité : celle d'avoir fait et celle de ne plus faire.

– Je pensais à ta performance d'hier soir avec Hazel, je lui réponds simplement, dissimulant l'orage sous quelques couches d'indifférence.

Elle me fait un magnifique sourire. J'ai l'impression que depuis son passage sur scène, quelque chose s'est ouvert chez elle, comme si elle savait enfin pourquoi elle était là, comme si elle avait enfin trouvé la raison pour laquelle elle allait se battre pour garder sa place. Je pense qu'il s'agit de la passion du chant, de la scène, du public. Et je ne peux malheureusement pas nier que je suis reconnaissant à Hazel d'avoir initié ce changement. J'ai enfin la sensation qu'elle part à la reconquête d'elle-même.

— Tu as aimé ? hasarde-t-elle un peu plus timidement, trahissant subtilement l'importance de mon avis pour elle. Tu trouves que j'ai été à la hauteur, en chantant avec Hazel ?

Je laisse échapper un soupir désabusé. Les images de Khione drapée d'ombre, puis étincelante de lumière, le son de sa voix qui perce la mélodie, résonne dans tous les cœurs, tambourine à la porte des âmes… Rien ne m'a quitté. J'ai toujours été sensible au beau. Pas forcément dans l'apparence, mais aussi dans les sonorités, dans les contrastes, dans les émotions. Et la performance d'hier soir, elle, était sublime.

— Khione… Vous avez été toutes les deux formidables. L'émotion que vous avez mise dans cette musique l'a rendue vibrante, puissante, sensationnelle. Si bien que…

Ma voix prend un ton un peu plus rauque qui dévoile mon malaise.

— Si bien que ?

Je me râcle la gorge.

— Mon corps ne voulait pas s'arrêter de frissonner durant toute la durée de la chanson, j'avoue sombrement, n'assumant qu'à moitié.

Ma réaction semble la faire rire.

— Tu as de la chance, sourit-elle. Pendant que tu frissonnais, moi, je tremblais.

Et elle s'émerveille encore. De la ville qui s'éveille dans la fraîcheur matinale, et s'emplit progressivement de flots incessants de gens, de voitures, de trains suspendus, de métros souterrains. Des voiles brumeux déchiquetés qui gisent au pied des géants d'acier. Elle s'extasie même de la façon dont les façades de verre reflètent les rayons cuivrés en des milliers de particules d'or et d'argent. Et j'aime conduire en sa compagnie dans le dédale des voies qui plongent sous les racines urbaines et ressurgissent au pied des tours, traverser avec elle à grande vitesse les tunnels éblouissants, percer à ses côtés ce paysage si dense, en suivant une trajectoire rapide et souple. Car plus que tout le reste, c'est sa sincérité qui me rend fébrile.

Progressivement, à mesure que les tours rétrécissent, que les immeubles s'espacent, que le ciel se charge de particules, nous gagnons les confins de la ville. Les habitations, toujours relativement grandes, prennent une teinte sombre, bricolée. Les façades de verre se mélangent progressivement au fer et au béton et se font envahir de tuyaux métalliques, de bouches d'aération, d'enseignes lumineuses bon marché. Les rues vides et saines s'emplissent de déchets électroniques, de carcasses robotiques, de bidons éventrés. Les couleurs chatoyantes du centre se ternissent pour laisser place aux nuances de gris et de noir, relevées par le bleu maussade des éclairages néon qui illuminent cette presque nuit créée de force par la pollution.

— Et mon cœur est bleu néon, bleu démon…, murmure Khione, absente, tandis que je me faufile dans un parking souterrain pour me garer.

Celui-ci est à moitié fissuré, et un des étages s'est écroulé sur le second. Je peux entendre le crissement des éclats de verre sous mes pneus tandis que je roule au pas entre les colonnes de béton.

— Ne va pas trop loin s'il te plaît…, souffle Khione, que je sens beaucoup plus préoccupée depuis que je suis entré dans ce parking.

Il est vrai qu'excepté mes phares et les quelques rayons qui percent la structure, une partie du garage est plongée dans une obscurité inquiétante. Elle me jette un coup d'œil anxieux.

— Les souterrains sont dangereux, Viktor. Ne te crois pas tout-puissant.

J'incline la tête et me gare dans un emplacement vide, entre un tas de gravats et une pile de tiges de fer. Claquement de portières. Le silence des lieux est froid et presque oppressant. Je hume l'air humide, empreint de l'odeur de fumée caractéristique des quartiers sud. Je lève les yeux vers Khione, qui, silencieuse et aux aguets, se rapproche instinctivement de moi en scrutant avec méfiance l'ombre qui engloutit le reste du parking.

— J'aurais pensé à un contexte plus… sécurisant pour apprendre à te connaître, avoue-t-elle.

— Ces quartiers ne sont pas moins dangereux que ceux du centre, Khione… Le danger y prend simplement une forme plus… visible.

D'un mouvement de pouce, j'active le revêtement rouille. Khione me dévisage un instant, surprise.

— Tu ne penses pas sérieusement…

— Non.

Un raclement se fait alors entendre, qui la fait sursauter. Je ne m'y attarde pas, me contentant d'ouvrir le coffre pour y ranger mes affaires.

— Viktor…, me murmure-t-elle, tendue. Je vois des yeux dans le noir…

Je pose ma main sur son avant-bras et capte son regard.

— Cache bien tes cheveux, je chuchote simplement, confiant.

Je sors ensuite du coffre une arme de poing, que je recharge dans un cliquetis.

— Bonjour messieurs, je salue les inconnus invisibles d'une voix calme. J'ai une proposition à vous faire. Vous avez remarqué que je suis en possession d'un véhicule très cher, mais qui est également très sécurisé. Il possède notamment une fonction qui m'indique si quelqu'un tente de s'en approcher, et qui me permet, si c'est le cas, d'activer le mode autodestruction, qui est d'une puissance suffisante pour faire effondrer toute la structure du parking.

Je laisse flotter un silence, le temps que mes paroles s'imprègnent dans l'esprit de mes interlocuteurs.

— Comme j'aimerais récupérer cette voiture intacte, je vous propose de vous rémunérer pour vous assurer que personne ne s'en approche pendant mon absence.

J'essaye d'être le plus impassible possible. Rien n'est plus impressionnant qu'une personne calme dans une situation stressante.

— Combien ? interroge une voix caverneuse sortie des ténèbres. Comment être sûr que tu nous paieras ?

Je glisse mon doigt sur la surface de ma montre. Un hologramme se déplie, et répand sa lumière bleutée dans le parking.

— C'est simple.

Je tapote sur quelques touches.

— Il suffit de réaliser un virement… dont la condition est que la voiture – qui est bien entendu géolocalisée et dotée de l'assistante intelligente Freya – ne bouge pas, et ne subisse aucun dommage. Je scelle l'accord avec mon empreinte… Vous faites de même… Et je ne peux plus modifier le montant ou annuler l'échange sans votre accord.

Je lève vers eux des yeux durs mais confiants.

— 20 000 cryptos.

Rire ironique.

— Ce n'est même pas 10% du prix de ta bagnole.

— Mais c'est 20 000 cryptos gagnés légalement, et déjà dans la poche. Alors que la bagnole... Parvenir à la faire bouger sans qu'elle vous saute à la gueule… La démonter… La revendre pièce par pièce sans que je vous retrouve et vous envoie directement à la case prison…, c'est nettement plus fatiguant.

Les bras croisés, le buste en arrière, les yeux plissés, le banlieusard réfléchit. Un sourire carnassier s'étend ensuite sur ses lèvres fines, creusant des fossettes dans ses joues.

— Deal, finit-il par accepter. Mais soyez de retour avant le coucher du soleil. Je ne garantis pas la sécurité de la caisse la nuit et je te déconseille vraiment de te balader seul avec elle. Même l'Uniforme n'arrive pas à cacher ta beauté, chérie. J'espère que tu comptes la protéger autant que ta bagnole parce que je pense sincèrement qu'entre les deux, c'est elle qui vaut le plus cher.

Je n'ai pas besoin de regarder Khione pour sentir à quel point elle s'est raidie au fil de ces mots.

— Tes morts en enfer, carcasse, jure-t-elle dans le langage des banlieues, féroce dans son dédain. Je ne suis pas son objet, et si tu oses encore me comparer à une voiture, sache que moi aussi je peux te sauter à la gueule.

Les rires des hommes résonnent sur les murs décrépits.

— Et avec du caractère en plus ! Ça fait doubler le prix !

— On fera attention, merci, je réplique froidement tout en posant la main sur l'épaule de Khione, qui sert un magnifique doigt d'honneur aux banlieusards hilares. Viens, on s'en va.

— Tu as une seconde arme ? m'interrompt-elle, agacée.

— Une seconde arme ? Khione, je t'assure qu'une seule suffit pour assurer ta…

— *Ma* sécurité ? coupe-t-elle, douce mais… tranchante. Tout le problème est là. Tu considères que toi, homme, tu es en sécurité dans ces banlieues où tu te crois un peu comme sur ton territoire et où moi, femme, je suis la proie à protéger. Désolée, mais non. Je sais tirer, je sais me défendre, négocier, je connais le fonctionnement de ces quartiers. C'est mon territoire. Pas le tien. Et je refuse de me mettre dans ce rôle de cible que tu dois protéger, sous le simple prétexte que tu es de sexe masculin.

Elle s'approche de moi, les sourcils froncés et le regard préoccupé.

— Les hommes des quartiers bleus… sont une menace autant pour toi que pour moi… Et s'ils ne te font pas peur… Si tu les crois manipulables avec un peu d'argent, une arme ou ton éducation de Centriste…, tu es un idiot.

Je reste muet devant cette nouvelle audace dont elle fait preuve. La gravité et la détermination qui étincellent dans son regard m'ébranlent presque. Cela fait si longtemps que quelqu'un ne m'avait pas dit « non ». Un non sincère, qui n'est pas enveloppé dans des excuses mielleuses et prononcé d'un ton doucereux. Un non tranchant, vrai. Je me surprends à me sentir terriblement soulagé d'entendre enfin quelqu'un me rappeler à l'ordre et me dire que mon comportement n'est pas juste.

— Je comprends, Khione, je murmure d'une voix rauque, la poitrine emplie d'une douce chaleur. Je m'excuse.

« Je m'excuse ». Ces deux mots me remplissent d'une joie profonde, et je me détourne vers la voiture pour masquer ma jubilation. Ce sont certainement les deux mots les plus sincères que j'aie prononcés ces dernières années. Je les ai pensés réellement. Et la saveur de pouvoir exprimer quelque chose d'aussi vrai me rend tout à coup extrêmement heureux.

C'est les yeux éclairés d'un vrai sourire que je lui tends un revolver au manche nacré, alors qu'elle me regarde avec étonnement, intriguée par ma réaction.

*Adorable…*, je songe, avant de me reprendre. Bordel ! À quoi est-ce que je joue ? Je ne devrais pas me laisser si facilement attendrir.

— Sortons, je décide en me forçant à garder un ton doux malgré mon agacement.

Nous nous dirigeons rapidement vers la surface, et, après une marche rapide dans les ruelles exiguës qui nous font remonter des routes basses, nous surgissons dans le dédale des rues principales. Des étals étroits de pièces robotiques côtoient des marchands de grains de blé modifié, de riz doré et de seigle, coincés entre des échoppes et des ferrailleries.

— District 4, n'est-ce pas ? m'interroge Khione en laissant traîner un regard égal sur son environnement.

— C'est exact, comment as-tu deviné ?

Ses yeux se mettent à scintiller d'une douce malice.

— C'est mon territoire…, me taquine-t-elle, fière d'avoir reconnu le quartier.

Je pense, même si je le montre moins, être aussi émerveillé que Khione dans les quartiers du centre. Les quartiers périphériques sont des écosystèmes à eux seuls. Les habitations y poussent comme du lichen, en s'accrochant aux ruines de structures déjà existantes, proliférant au milieu des néons, des publicités sur grands écrans, des hologrammes bon marché qui bondissent dans les rues en traversant les passants indifférents. Les bars, les fils électriques, les affiches lumineuses, les gens : tout semble proliférer de manière aussi sauvage qu'anarchique. Ce lieu est une véritable condensation de passé et de présent, où des matériaux récupérés, recyclés, depuis la tôle jusqu'aux carcasses robotiques, côtoient les dernières technologies en un mélange inattendu et stupéfiant.

Je ne peux détourner les yeux des magiciens de rues qui tentent d'émerveiller le public par des apparitions lumineuses, des vendeurs qui proposent toutes sortes de repas concentrés en barres vitaminées emballées dans des papiers rouges, bleus et rose fuchsia. L'odeur de métal fondu par les soudures se mélange à celle des rues humides emplies de brume en un parfum profond et âcre qui m'est très agréable. Mais ce qui me captive le plus, c'est sans doute les visages que je croise, lorsqu'ils ne sont pas couverts par un masque ou par l'ombre d'une capuche. Si imparfaits. Le nez tordu, les traits durs et anguleux, marqués par le travail, la fatigue, la faim. Et pourtant, cette laideur m'apparaît superbe. Je ne me lasse pas d'explorer ces profils dont aucun ne ressemble aux autres, aux pilosités différentes, aux cheveux mal coiffés. Car moi, je suis habitué à la beauté plastique, aux petits nez recourbés chez les femmes, aux mâchoires droites chez les hommes, aux sourcils parfaitement épilés, aux lèvres toujours redessinées de la même manière, aux yeux éclaircis pour se rapprocher le plus possible du bleu. Je suis habitué à voir des clones formatés, qui ont au final tous un air de ressemblance et que je pourrais à présent facilement reconnaître parmi la foule, si toutefois mes camarades osaient s'y mélanger.

On m'a d'ailleurs toujours reproché de ne pas avoir fait réaligner mon nez légèrement busqué, de ne pas avoir fait éclaircir mes yeux brun vert pour trancher entre une de ces deux couleurs et de ne pas faire attention à la courbure de mes sourcils. Mon père ne m'a jamais autorisé à modifier quoi que ce soit de mon apparence, soi-disant pour m'enseigner la fatalité des choses dans un monde où même si tout semble possible, le destin demeure inflexible… Je pense lui en avoir voulu, à une époque… Et puis… La célébrité a fait de mon visage un standard de beauté, et cela va faire sept années qu'il est à la mode de se refaire le nez pour obtenir cet effet imparfait censé donner un côté rebelle et mystérieux… Je ne peux m'empêcher de grimacer. Cette ironie capitaliste me donne la nausée.

— Attention ! s'exclame soudain Khione, juste à temps pour que j'esquive le drone qui frôle la foule à toute allure.

Je relève la tête vers un groupe d'enfants qui, juchés sur le rebord bricolé d'un immeuble, jouent à la course avec les drones qu'ils ont eux-mêmes fabriqués, en criant et se moquant des adultes qui ne peuvent les atteindre.

— Faites attention, petits malins, ou le prochain, je l'attrape au vol ! prévient Khione, qui parvient difficilement à masquer la bienveillance qui transpire de sa menace.

Je lui jette un regard amusé. Son masque soigneusement remonté jusqu'en haut du nez et la capuche abaissée devant le regard, la jeune femme se faufile avec aisance dans la foule bruyante, sans prêter attention plus que ça aux détails qui me font ralentir. Elle avait parfaitement raison. Ces quartiers sont son territoire.

Je me force tout de même à accélérer, pour ne pas donner l'impression de me laisser divertir, et la conduis jusqu'à la limite du district qui se dessine à mi-chemin d'une ruelle. Elle s'arrête alors net, et me dévisage avec stupeur.

— Attends… Tu veux traverser ?

Je souris.

— En effet.

Je lui tends un bracelet métallique, et l'attache autour de son poignet.

— Comme ça, c'est tout bon.

Elle s'approche de moi, stupéfaite.

— Mais à combien de districts as-tu accès ? murmure-t-elle.

— Théoriquement, tous.

Cette information semble la faire chavirer.

— Je… Oh ! mon Dieu ! Cela veut dire que depuis que tu es tout petit, tu peux aller dans le quartier qui te convient, en sortir, y revenir quand tu as envie ?

— C'est exact, je confirme en souriant, même si la réalité est bien moins glamour. Et maintenant, c'est aussi ton cas.

Elle hoche lentement la tête.

— Je n'ai jamais traversé de frontière bleue, m'avoue-t-elle en fixant la délimitation. Est-ce que c'est douloureux, même quand on a le bracelet ?

Je tourne la tête vers l'immense mur transparent dont la lumière bleutée miroite dans les rayons faiblards du soleil. Tous les quartiers d'Éphème sont séparés par ces étranges murailles. Pour ceux qui détiennent un certain abonnement payant, ou ont des droits privilégiés grâce à leur travail, il s'agit de simples faisceaux lumineux indolores à traverser. Mais pour ceux qui n'ont pas cette chance, les frontières bleues sont aussi solides que la roche et même électrifiées dans les quartiers jugés dangereux.

— Tu as déjà essayé de le traverser ? je demande à mi-voix, préoccupé.

— Non, mais j'ai une amie qui avait été poussée par mégarde contre le mur, et je n'oublierai jamais son hurlement, murmure-t-elle avec un frisson. Ses brûlures n'ont jamais complètement guéri, et après ça, les habitants ont décidé de rajouter un mur métallique au mur de lumière pour que ce genre d'accident ne se produise plus.

— Et tu ne t'es jamais sentie… enfermée ?

Elle me dévisage avec de grands yeux.

— Mon district est si grand que je n'ai jamais eu l'occasion de le parcourir entièrement… Et puis comme il est complètement à la périphérie, je pouvais sortir à l'extérieur de l'enceinte de la ville.

— À l'extérieur de l'enceinte de la ville ? je répète, perplexe.

Elle rougit brusquement en se rendant compte qu'elle vient tout juste de me révéler un acte parfaitement illégal alors que je travaille en lien direct avec le gouvernement.

— Tout va bien, Khione. Je suis simplement impressionné que tu aies pu le faire. Comment as-tu passé l'enceinte extérieure ?

Elle me jette un coup d'œil, méfiante.

— Le mur est très mal entretenu, et peu surveillé. Un morceau s'est complètement effondré près de la décharge.

Je hoche légèrement la tête, froissé par son manque de confiance.

— Allons-y.

J'avance vers la frontière, mais Khione reste immobile.

— Donne-moi ta main, je lui demande d'une voix rauque, attendri par ses hésitations.

Elle me regarde un instant, tiraillée entre l'appréhension et la volonté de rester fière en traversant seule. Elle finit par accepter ma main tendue et glisse la sienne, menue et fraîche, dans la mienne. Je recule ensuite, dos au mur, face à elle, jusqu'à ce que la couche lumineuse me traverse de son rayon bleuté. Je l'observe serrer les dents depuis l'autre côté du filtre coloré lorsque ses doigts entrent en contact avec le rayon, puis fermer les paupières et traverser d'un coup, si rapidement qu'elle me tombe quasiment dans les bras. Son parfum m'emplit soudainement les narines alors qu'une onde de chaleur me traverse.

— Oups…, laisse-t-elle échapper, embarrassée, à moitié accrochée à ma veste.

Deux fois qu'elle me tombe dans les bras… Deux fois que je vacille. Je l'aide à se redresser.

— Tu vois, ce n'était pas si douloureux, je la taquine gentiment.

— Dans quel district est-on ? demande-t-elle en relevant la tête pour observer son nouvel environnement.

— Nous ne sommes pas dans un district, je murmure, tandis que les yeux de Khione s'agrandissent de stupéfaction. Nous sommes au Mémorial.

# CHAPITRE 23.

*Khione*

J'observe se dresser face à moi l'immense tour en ruines, qui émerge tristement de son enceinte de lumière bleue, érigée pour que tous puissent la voir mais que personne ne puisse l'approcher. Sur sa façade dégarnie à moitié dévorée par la végétation, je peux observer un étrange symbole cyan à moitié effacé, représentant, sur un fond de cercles concentriques, une carte du monde encadrée de deux rameaux d'olivier.

— Ici, personne ne viendra nous embêter, sourit Viktor.

— Il est certain que je ne peux pas contester l'originalité de ce choix…, je le taquine, amusée.

Le calme a succédé au brouhaha, la solitude à la foule, l'espace à l'encombrement, le passé au présent. Ce changement si brutal me donne la sensation d'avoir emprunté une faille vers un autre monde, une autre dimension de l'univers.

J'ai appris, plus petite, que le Mémorial avait été abandonné après la Guerre des Capitales de 2041, pour rappeler à tous l'échec de l'ancien ordre international. Guerre des Capitales… Échec de l'ancien ordre international… Ces mots que j'ai dû apprendre par cœur me semblent si flous ! Je n'ai jamais eu de vrais cours d'histoire à l'école. On me l'a apprise comme si elle avait démarré ce 20 juin 2041, lorsque Éphème est née des cendres d'une guerre destructrice qui n'a jamais eu de vainqueurs.

Mais maintenant que je me tiens face à cette grandeur passée, je suis avide de connaître chaque détail de ce monde oublié. Au milieu de ces lierres qui engloutissent les blocs de béton, de cette nature qui ronge les poutres métalliques et engloutit peu à peu sous des couches de verdure foncée la mémoire d'un peuple, je peux encore sentir l'énergie du désespoir des hommes qui ont lutté jusqu'à leur dernier souffle pour sauver le système dans lequel ils croyaient.

Je réalise soudainement que je suis partie au plus profond de mes pensées, et cligne des yeux pour revenir au présent. Viktor aussi semble s'être perdu dans sa contemplation et me décoche un sourire complice.

– On s'approche ? propose-t-il dans un murmure, comme pour ne pas déranger la quiétude du lieu.

Un frisson dévale ma colonne vertébrale. Je ne sais si c'est ce sentiment d'aventure, d'inconnu… Ou ce sentiment d'être seuls, parfaitement seuls. Dans ce lieu hors du monde, tout semble pouvoir arriver. La tension est insupportable, mais je me force à l'ignorer, hoche simplement la tête et suis Viktor jusqu'au bâtiment. La nature est extrêmement riche dans cette zone, et je redécouvre avec grand plaisir la douce sensation des rangers qui s'enfoncent dans la mousse verte gorgée de rosée. J'observe avec plaisir les herbes, les buissons, les petits arbustes et plantes grimpantes qui se sont faufilés entre les morceaux de verre et les carcasses calcinées d'anciens véhicules aux plaques affichant « CD », et qui se déversent dans les anciens bassins de ce qui devait certainement être un splendide jardin. Celui-ci est plongé dans une sorte de brume cotonneuse qui masque la vue du ciel et nous plonge dans l'ambiance surréaliste d'un passé en ruines.

Je me glisse entre les fontaines de pierre en miettes, et saute par-dessus un bassin où l'eau de pluie stagnante a fait fleurir quelques nénuphars blancs dont les racines sont emmêlées à des Famas abandonnés. Je contourne, en compagnie de Viktor, un étrange globe transparent où courent des dragons d'or, avant de monter des séries d'escaliers aux marches effondrées sous le poids d'un système trop corrompu.

Tandis que nous les gravissons une par une, je me sens soudainement ambassadrice d'un futur dont je ne saurais même pas quoi dire… Sera-t-il meilleur ? Sera-t-il pire ? Comment savoir, puisque je ne connais pas l'avant, et à peine l'après…

Nous pénétrons enfin dans le hall de verre. Le sol y est jonché de drapeaux colorés qui se sont décrochés de la voûte, et le plafond est orné de centaines de noms de villes-États à moitié effacés. Sans un mot, nous continuons notre chemin, brouillant les immenses flaques d'eau qui recouvrent le sol de leur couche de miroir et sautant les ruisseaux d'argent qui dévalent les escalators.

Cette expédition me rappelle mes escapades dans l'usine de livres où, toute aussi silencieuse, je me faufilais dans les ruines d'un passé plus récent mais tout aussi interdit.

Et j'adore suivre Viktor dans les ruines… Silencieuse. Aussi attentive à cet environnement apocalyptique qu'à mon mystérieux guide. J'admire autant les fresques, que ses pas prudents, respectueux. Comme s'il ne voulait qu'effleurer le sol, ne laisser aucune trace. Ses yeux cherchent le moindre symbole, semblent discuter la moindre relique abandonnée. Je sens… qu'il sait. Qu'il connaît ce passé que je devine.

Cinquième étage. Nous passons des bureaux aux chaises renversées, des salles de réunion aux tableaux calcinés, pour finir au dixième, au bord d'une baie vitrée qui donne directement sur les nuages.

— Je préfère qu'on s'arrête ici. Les étages supérieurs sont trop fragiles.

Je hoche la tête et m'assois en tailleur, tout près d'un casque de couleur bleu ciel que je prends entre mes mains. On distingue à peine les lettres qui étaient imprimées sur le côté, sous les couches de rouille, mais il me semble distinguer un N…

— Où est-on ? je demande, perdue.

— Au troisième siège d'une très ancienne organisation qui n'existe plus aujourd'hui. Son but était de préserver la paix…

— Pourquoi a-t-elle échoué ?

Il soupire. Je l'observe à la dérobée. Assis, les jambes repliées, il a comme souvent les yeux levés vers le ciel, comme s'il cherchait à lire la vérité dans les étoiles invisibles. Je ne peux m'empêcher de le trouver charismatique, ainsi vêtu de noir, ses cheveux bruns en bataille, ses sourcils inclinés en une expression de douce nostalgie. Mais le pire est toujours son regard. Si vif, profond, orageux. Toujours empli de rêve, de sens, de déchirement, comme si en lui faisait rage une guerre qui, elle aussi, ne trouve pas de vainqueur.

— Tu ne l'as pas apprise ? demande-t-il soudain.

— De quoi tu parles ?

— La fable d'Éphème. Beaucoup d'établissements la font apprendre par cœur…

La fable d'Éphème… Oh que oui ! je l'ai apprise ! Comme on apprend un poème. Mais elle me semble si lointaine, aussi lointaine que les divisions et les tables de multiplication. Je n'en ai plus entendu parler depuis que j'ai quitté le système scolaire, et mes souvenirs des détails de cette lointaine histoire semblent s'être effrités avec le temps.

— Je l'ai oubliée…, je lui avoue, honteuse. Je pense que j'étais bien trop jeune pour en comprendre le sens, à l'époque, et ça ne m'a pas aidée à la retenir.

Il sourit et ferme un instant les yeux, comme pour rassembler ses fragments de souvenir.

— Je vais te la réciter, murmure-t-il.

Il prend une bouffée d'air humide, puis se lance.

— « Éphème est née d'un monde de décadence et de perversion où, après avoir renié leur passé, leurs valeurs et leur histoire, les grandes villes du monde ont voulu devenir des Capitales. Ces villes-États renégates, soutenues par un système corrompu, ont proliféré dans tous les pays, arrachant au gouvernement central des régions entières, rasant petites et grandes villes pour supprimer toute concurrence. Or, non satisfaites de ce déchiquetage, elles se mirent à empiéter peu à peu sur les terres que les Anciennes Capitales avaient réussi à préserver de leur tyrannie. L'une d'entre elles, qui avait fait sécession de notre pays, finit par nous déclarer la guerre. Pour résister à l'attaque de cette province traîtresse, Éphème noua une grande alliance avec toutes les Anciennes Capitales trahies afin de les défaire et les ramener dans le droit chemin. Le combat fut rude face à la sauvagerie avide des ennemis qui étaient pour beaucoup d'anciens frères, amis, cousins, corrompus par des gouvernements mauvais. Le monde sombra dans le chaos, déchiré par des guerres intérieures qui détruisirent toute forme d'autorité et plongèrent des nations entières dans l'anarchie. Seuls deux survécurent, ne trouvant pas de vainqueur à leur combat : Éphème et la Province Traîtresse, qui eut l'audace et l'hypocrisie de se renommer République de Spes. Aujourd'hui, Éphème pleure encore ses filles perdues entre ses griffes ou gouvernées par le chaos. Elle espère qu'en se reconstruisant et en redevenant prospère, elle pourra un jour relever ses anciennes régions et leur rendre justice, en défaisant la responsable de l'effondrement de notre monde. Pleurons, peuple d'Éphème, la tragédie de ce grand démantèlement, et nourrissons l'espoir qu'un jour notre État redeviendra assez grand pour reconstruire le monde tel qu'il fut auparavant. »

Sa voix grave et mélodieuse se tait, me laissant l'esprit empli d'images d'incendies, de bombardements, de révoltes et de séparations. Ces mots étaient si familiers… C'est une sensation étrange que d'entendre à nouveau cette fable après toutes ces années. Je me rends compte que je ne me souvenais finalement pas si mal de la fable de notre nation, et que, même si les mots s'étaient évanouis avec le temps, l'idée générale était restée gravée dans ma mémoire.

— J'avais oublié que la Province Traîtresse était la République de Spes…, je murmure, troublée, en me remémorant avoir entendu Josh évoquer cette province en la qualifiant de « concurrente ».

— L'institution dans laquelle nous nous trouvons a beaucoup soutenu les sécessionnistes, en assurant que le système des États-Capitales constituait l'avenir du système international et en défendant la liberté de tous les citoyens du monde à décider de la ville qu'ils souhaitent servir… Éphème a un instant décidé de le croire, puis, quand la guerre a éclaté, elle a fait de ce bâtiment le symbole du mensonge, de la trahison, d'un ordre passé. Mais…

Viktor s'est légèrement redressé pour s'appuyer sur ses genoux, et me fixe avec la tristesse discrète de quelqu'un qui aurait connu cette époque et constaterait avec douleur les ruines d'un monde qui lui était cher.

— Tout ça, c'est des conneries.

— Comment cela ?

Il laisse traîner son regard sur le sol, hésitant.

– Utiliser le passé comme un épouvantail… C'est seulement un moyen d'asseoir son pouvoir. C'est seulement… une stratégie. C'est comme créer un ennemi commun : cela permet de renforcer l'unité, de se positionner comme « le camp du bien » face à un camp diabolique, indésirable, qu'il soit passé ou présent. Éphème est loin d'être assez parfaite pour pouvoir prétendre se placer au-dessus de l'Histoire. L'Histoire ne se fuit pas. Elle n'est pas un ennemi invisible. Elle doit être enseignée, afin qu'on puisse en tirer des leçons.

Jamais je ne l'avais entendu critiquer Éphème aussi ouvertement. Je sentais, parfois, son amertume. Il me semblait le voir, à certains moments, désapprouver en silence. Il a toujours été bien loin d'avoir l'attitude d'un patriote, c'est certain. Ses analyses sont toujours si fines, nuancées, critiques, que je ne me suis jamais attendue à le voir s'émerveiller de notre gouvernement. Mais je ne pensais pas qu'il aurait l'audace, en ma présence, de lui faire des reproches explicites, bien que subtils. Le problème n'est pas tant les mots que le ton… Il parle d'une voix calme, mais qui échoue à camoufler son courroux dévorant.

– Pourquoi m'emmener ici ? j'ose questionner dans un murmure.

Il détourne le regard vers la porte. Je ne peux m'empêcher de remarquer son attitude prudente. Il est toujours aux aguets, à l'affût du moindre bruit.

Voyant que je l'observe dans l'attente d'une réponse, il lève les yeux vers moi. Un éclair de malice tendre illumine ses iris, et il sourit :

– À ton avis ?

Je penche la tête sur le côté pour essayer de me concentrer, quand tout m'apparaît soudain clairement. Il voulait m'emmener dans un lieu qui reflète son univers intérieur. Et tout ce qu'il a trouvé, c'est cet endroit. Ces ruines chaotiques, envahies de végétation. Ce monde détruit. Ces vestiges glorieux d'une grandeur passée laissée à l'abandon.

Je suis soudainement troublée par cette intention, et tente de contenir la vague de chaleur qui envahit ma poitrine devant la poésie de ce choix. La beauté du sens de ce rendez-vous insolite me fait frissonner… C'est comme si j'entrevoyais brusquement la profondeur de ses pensées, et elles me donnent le vertige.

Il sent que j'ai compris et se contente d'effleurer du bout des doigts une mappemonde de verre et d'argent sans dire un mot. J'ai l'impression d'être face au petit garçon innocent et rêveur qu'il a dû être autrefois, avec un regard empli d'étoiles, des livres pleins les bras, avant que le monde n'assombrisse son cœur et ne ferme son visage.

— C'est toi, Icare, n'est-ce pas ? je laisse échapper dans un souffle, sans réfléchir.

Il frémit imperceptiblement à ce mot.

— C'est comme ça que m'appelle Hazel…, confirme-t-il sombrement.

— Tu m'as emmenée dans ces vestiges, et tu m'as expliqué pourquoi ils sont devenus ruines… Pourquoi ne pas faire la même chose avec toi ?

— Parce qu'une fois qu'on a expliqué ce qu'était auparavant un vestige, on ne peut plus le détacher de son passé, m'explique-t-il d'une voix rauque.

— Je ne comprends pas…

— Khione, si tu as l'impression que je te cache tant de choses c'est tout simplement parce que tu es la seule à me voir au présent… Tu es la seule qui ne me voit pas au travers du prisme de mon passé. Il n'y a que toi qui ne me juges pas par rapport à

301

ce que j'ai fait ou ce que je ne fais plus, il n'y a que toi qui me fais avancer quand tous me font reculer.

Il pousse un soupir amer.

— Je suis fatigué.

Je laisse flotter un silence. Viktor lève les yeux vers moi. Mon esprit bouillonne de questions que je me force à taire. J'aimerais tant savoir… Comprendre… Et en même temps mon ignorance me rend unique à ses yeux… Je ne sais que penser. Des sentiments profondément contradictoires tournent dans mon esprit. Je suis à la fois fascinée, captivée par sa personnalité obscure et romantique d'un autre âge… Mais à cause de ces secrets, je me sens comme un papillon fragile qui avance vers une source de lumière, trop innocent pour se rendre compte qu'il va se brûler les ailes. J'ai comme l'intuition que c'est son passé qui détient la clé de ce déchirement entre attraction et rejet.

— D'accord, je finis par répondre doucement. Je ne chercherai pas à savoir qui tu es pour le monde, si tu me laisses apprendre à connaître le Viktor Kortain du présent.

Je sens ses épaules se décontracter, et un rare sourire fleurit sur ses lèvres.

— Je ferai mon possible, m'assure-t-il calmement.

J'ouvre la bouche pour lui poser une question, quand ses sourcils se froncent subitement. Je le vois se crisper et serrer les dents en fixant un point derrière moi, ce qui me glace instantanément.

— Viktor ? je murmure, tandis qu'il replie ses jambes pour se lever.

— Désolé, Khione, lâche-t-il, le front barré de plis soucieux.

Mon cœur bat la chamade. Je ne veux pas me retourner. Je ne veux pas voir ce qu'il y a derrière moi. Je veux garder le doute jusqu'au bout, parce que s'il m'a menée jusqu'ici pour me livrer aux miliciens je...

*Miaow.*

Mes yeux s'agrandissent de surprise alors que Viktor grimace. Je me retourne vivement, pour me retrouver nez à nez avec un chaton noir aussi pelucheux que poussiéreux.

– Oh !

Je me redresse à genoux, attendrie devant la petite bête miaulante, et entrouvre mes mains pour qu'elle y grimpe. La petite boule de poils escalade mes doigts en couinant, et je souris de tendresse au contact de sa chaleur duveteuse.

– Regarde, Viktor ! Un chaton ! je m'exclame avec un enthousiasme enfantin en lui présentant l'animal.

C'est en constatant que son expression est tendue et qu'il regarde ailleurs que je me rends compte que le problème n'était absolument pas la présence fantôme de miliciens, mais simplement celle de cette petite bête inoffensive.

– Viktor, tu... ? j'interroge, abasourdie par ce que je crois comprendre.

– J'ai la phobie des chats..., admet-il en rougissant presque de honte, au point de me donner envie de mourir de rire.

– Vraiment ? je répète, incrédule. Toi, Viktor Kortain ? Celui qui a abattu de sang-froid une dizaine d'hommes dans ma chambre ? Tu as peur des chats ?

Il fronce le nez de dépit, ce qui a raison de ma contenance. J'éclate de rire, ce qui fait miauler le chaton de plus belle et crispe Viktor davantage.

– D'accord, j'ai compris..., je dis, toujours aussi amusée par la situation. Je peux le garder ?

— Khione…, grogne-t-il, excédé.

— Mais on ne va pas le laisser ici ! je m'indigne.

— Il est hors de question que cet animal entre dans ma voiture.

Je lève les yeux au ciel, attendrie par sa réaction, et serre le petit être dans mes bras. Celui-ci se laisse faire et se met à ronronner, arrachant un frisson de dégoût à Viktor.

— Quel genre d'homme peut-il bien être pour avoir peur de toi ? je murmure au chaton, qui, la tête enfouie dans le creux de mon épaule, me regarde avec un air de bienheureux.

— Fais attention à ce qu'il ne te griffe pas, tente de me prévenir Viktor, prudent, en remontant son cache-nez comme si celui-ci allait le protéger du félin.

Je me remets à rire.

— Froussard !

Mais bien vite, le petit félin semble s'ennuyer de notre présence et il entreprend d'aller explorer les autres étages de la ruine, au plus grand bonheur de Viktor.

Celui-ci se détend immédiatement après le départ du chaton, et après m'avoir incitée à me laver les mains dans une flaque d'eau claire, il sort deux sandwichs de pain de seigle.

— J'ai un peu improvisé au dernier moment, me confie-t-il d'une voix rauque. Je les ai faits moi-même, j'espère que ça ira.

Je regarde avec appétit les tranches de mozzarella crémeuse et de tomates séchées qui dépassent.

— C'est parfait.


Nous passons le repas assis dans la poussière à discuter sur des sujets divers, et je découvre avec plaisir qu'il aime plaisanter, même si ce n'est jamais avec légèreté. Il me parle un peu de son enfance, de ses études, de sa passion pour la plongée. Il raconte toujours tout de manière poétique et rêveuse, comme s'il évoluait dans un monde d'idées, et j'ai parfois l'impression d'être suspendue à ses lèvres comme on le serait aux pages d'un livre. Je ne peux m'empêcher d'être amusée par le contraste entre le dîner que m'a proposé Josh et ce déjeuner... Et pourtant, il n'y a aucun doute sur le fait que c'est ici que je suis le plus à l'aise.

Après quelques gorgées d'eau claire, il se lève et, pour la première fois, me tend la main.

– Viens.

J'hésite, un quart de seconde, avant de la saisir. Un doux courant électrique glisse le long de ma paume au contact de la chaleur de sa peau. Ses doigts se mêlent aux miens, doux et protecteurs. Ce contact est si anodin, et pourtant... si intime. C'est, je crois, ce qui me fascine. Cette façon qu'il a de mettre du sens dans chaque action... Chaque détail. Il ne m'a pas pris la main parce qu'il l'a lu dans un livre, ou vu sur un écran, par simple réflexe vide et insipide. Non... son geste est signifiant. Il murmure un « Je t'emmène. Je suis là, laisse-toi guider. » Et je réponds positivement à son invitation.

Il m'entraîne encore dans le dédale des couloirs emplis d'œuvres d'art délaissées, et tout en déambulant, nous échangeons des commentaires complices en murmurant pour ne pas troubler le doux silence, nous arrêtant devant chacune pour donner notre critique. Puis, dans la lumière descendante du soir, il nous fait réaliser un dernier crochet afin de visiter la salle gigantesque du conseil, aux sièges de cuir dévorés et aux micros recouverts de plantes grimpantes. Nous repartons ensuite dans le jardin de brume, et je traverse cette fois la frontière avec confiance. Les rues familières remplies à ras bord de banlieusards nous accueillent à nouveau et me donnent une sensation de décalage, comme si je revenais d'un autre monde.

Je traverse la rue emplie d'écrans géants lorsque Viktor pointe son doigt vers l'un d'entre eux. J'écarquille les yeux de surprise et de joie en reconnaissant le clip vidéo de « Bleu Néon », qui se met à résonner dans le brouhaha de la ville. J'observe, submergée de bonheur, les enfants chantonner les paroles de ma chanson et certains adultes s'arrêter pour regarder les images.

Viktor, pour que je ne paraisse pas trop suspecte, me force à avancer, et je le suis sans rechigner. Mais je ne peux m'empêcher de dévorer chaque écran avec des yeux embués de larmes, le cœur flottant dans ma poitrine, transportée par une joie immense. Un sentiment d'accomplissement me galvanise et je ne peux m'empêcher de penser que j'ai fait le bon choix. Quel que soit le prix à payer, quel que soit l'avenir tragique qui puisse m'attendre après la célébrité, je sens que ma place est ici. J'ai quelque chose à faire dans ce monde. Quelque chose à accomplir. Même si je ne sais pas encore quoi…

Un écran s'assombrit soudainement, suivi d'un autre. Puis encore d'un autre. Un murmure parcourt la foule, qui lève la tête. Viktor s'est figé, aux aguets, et je me rapproche de lui.

– J'ai un mauvais pressentiment…, souffle-t-il, tendu.

Des « erreurs 404 » se mettent subitement à tomber des écrans géants en une véritable cascade lumineuse. Les gens lèvent les mains pour essayer de saisir ce qui n'est qu'une pluie de chiffres et de lettres immatérielles. Je regarde, fascinée, les hologrammes se fragmenter en messages d'erreur, et c'est comme si soudain le monde virtuel s'évanouissait pour ne laisser place qu'à la réalité brute et désolante.

– Partons d'ici, tranche Viktor d'un ton soucieux.

Je m'apprête à le suivre lorsqu'une exclamation fuse.

– Viktor ! Regarde !

Les écrans se sont rallumés et affichent tous la même image terrifiante.

Un homme nous fait face, le visage couvert par un masque de métal. Sur son front est gravée une tête de griffon, dont les deux ailes repliées viennent cacher son regard.

Je n'ai même pas besoin de prêter attention aux morceaux de pièces électroniques associées entre elles pour entourer sa mâchoire. Tout le monde sait ici que le griffon n'est autre que le symbole d'Adrestia, la milice qui a tenté par deux fois de m'enlever.

# Chapitre 24.

♫ *28 days later*
Biometrix ♫

***Viktor.***

Il n'a fallu que quelques secondes pour que l'image de cet homme s'imprègne sur ma rétine. Ma première pensée fut étonnamment de me dire qu'il s'agissait là d'une véritable œuvre d'art. Le contraste entre la mythologie ancienne, fondu dans un masque ultra moderne, est à la fois fascinant et surprenant. Ce n'est qu'ensuite que j'ai réalisé l'importance de cette apparition. Adrestia a réussi à pirater les diffusions d'un district entier.

J'étais bien loin de me douter que la milice serait aussi puissante.

– Habitants des banlieues, interpelle l'homme masqué d'une voix modifiée. Je me nomme Dolos, et je parle au nom d'Adrestia. Le gouvernement d'Éphème, par l'intermédiaire de séries d'accusations et de provocations portées par Starlight, nous a déclaré la guerre. Nous avons refusé de les laisser parler en notre nom. Il est temps de choisir votre camp : celui du gouvernement, de l'opprobre, de la décadence, de la corruption des corps et de l'esprit, ou celui de l'espoir d'un ordre nouveau plus juste et fraternel. C'est en ce second idéal que nous croyons, et nous mettrons tous les moyens en œuvre pour l'atteindre. Il est temps de montrer aux ignorants qui essayent de nous ensorceler à coup de propagande la vraie couleur des néons : rouge comme le sang, la vengeance et la colère, orange comme le fer et la poussière des déserts. Ils veulent notre soumission, ils auront notre rage.

Des acclamations éparses résonnent dans l'avenue, sous l'œil terrifié de Khione.

— Comment peuvent-ils… ?

— C'est l'effet de la foule, je murmure seulement. La plupart ne pensent pas ce qu'ils font, mais se sentent galvanisés par l'effet de groupe.

Khione déglutit, mal à l'aise.

— Néanmoins, la victoire demande certains sacrifices, reprend l'inconnu. Les faibles d'esprit, les traîtres qui soutiennent le gouvernement, doivent être supprimés avant la bataille décisive. La discipline des quartiers bleus doit être renforcée.

La foule se calme en entendant le ton de plus en plus menaçant de l'homme masqué.

— De nombreux districts nous ont trompés en autorisant la divulgation d'images de propagande. Dans certains quartiers, le nombre de téléchargements de « Bleu Néon » est même supérieur à deux cent mille.

Un silence glacial traverse l'assistance.

— Le district 4, reprend-il, doit apprendre la leçon. J'espère que cela servira d'exemple pour tous les autres.

Les écrans s'éteignent ensuite un à un, laissant la foule un instant désorientée.

Le silence avant l'orage.

Je reconnais cette sensation familière du monde qui ralentit et se décompose, nous emplissant furtivement d'une paix étrange.

Le calme avant la tempête.

La sérénité avant que le monde ne parte en éclats.

Une détonation. Les vitres explosent, l'air tremble, la chaleur envahit l'espace. Une fumée épaisse et noire se répand dans la rue. C'est le point de non-retour. Tout s'accélère. La foule crie, se met en mouvement.

– Cours ! je hurle à Khione en la prenant par le bras.

Je l'approche encore plus près de moi pour être sûr de ne pas être séparé d'elle, puis tente de percer la masse compacte et puissante des fuyards pour rejoindre le parking. Mon souffle est chaotique, je reçois des coups dans les côtes tandis qu'on me presse de tous côtés. Le chaos a succédé à l'ordre, la terreur à la quiétude. J'attrape Khione par la taille et la serre contre moi.

– Replie tes bras devant toi, je lui glisse à l'oreille. Laisse-toi porter par la foule, ne cherche pas à lutter. Respire. Reste debout. Tout va bien se passer.

La jeune femme s'exécute et je parviens à nous sortir du flot pour détaler dans les rues adjacentes. Des bruits de mitraillettes me parviennent au milieu des hurlements et je serre les dents.

– Mais qu'est-ce qui se passe ? me crie Khione.

– Adrestia a dû commander aux factions de sa milice présentes dans ce quartier de massacrer aveuglément des citoyens, je lui réponds sur le même ton pour qu'elle m'entende.

Nous nous engouffrons dans des ruelles de plus en plus désolées, jonchées de déchets électroniques qui crissent sous nos pas. Plusieurs attaques semblent avoir été orchestrées à des points différents, si bien que les coups de feu et les hurlements semblent venir de partout. Nous évoluons, le souffle court, dans les rues sombres envahies de brume bleue cotonneuse, à l'aveugle, sans savoir si nous nous jetons ou non dans les bras d'un ennemi. L'adrénaline traîtresse se met à déferler dans mon organisme, décuplant mes sens et excitant mes instincts. J'ai envie de me confronter à ces hommes, de me battre, de tuer.

Je serre les dents. Ce n'est pas le moment de perdre pied.

Soudain, un bruit de pas plus lent se fait entendre. D'un geste, j'attrape Khione par le bras et l'entraîne derrière la carcasse calcinée d'un véhicule. Comprenant ma manœuvre, elle roule sur le côté pour se plaquer contre la carrosserie, et se concentre pour calmer sa respiration. Nous nous fixons en silence, immobiles, nous accrochant chacun au regard de l'autre comme à une bouée. Elle a l'expression angoissée mais déterminée de ceux qui ont l'intention de se battre jusqu'au bout. Je m'attarde un instant sur les mèches de ses cheveux d'argent qui scintillent sous sa capuche, et sur ses doigts fins et blancs repliés sur la crosse de son revolver.


Six miliciens passent juste à côté de nous d'un pas rythmé, arme au poing, lames dans la manche, et je peux sentir à leur passage l'odeur du sang frais et de la poudre. Le liquide sombre goutte d'ailleurs de la lame du dernier, abreuvant le sol ferme et sec de son triste breuvage.

Je n'ai pas besoin de croiser leur regard pour deviner l'expression de leurs yeux. Les pupilles dilatées, rendues noires par le parfum de l'hémoglobine, enflammées de l'étincelle terrible du plaisir d'ôter la vie.

— Viens, je lui intime, en l'aidant à se redresser.

— Tu penses qu'ils savent que nous sommes ici ?

Je ne réagis pas tout de suite. Le silence s'est de nouveau abattu sur les lieux, même si je peux entendre d'ici le drame qui se joue dans les autres parties du quartier. Ce calme de proximité, dérangé par les cris et les coups de feu lointains, a quelque chose d'effroyablement inquiétant.

— Je veux dire, dans ce quartier…, chuchote-t-elle, intimidée par les rues vides et sombres.

J'ouvre mon poignet pour déployer mon hologramme de bord. La voiture semble être toujours au parking, mais des notifications d'alerte de sécurité me sont parvenues. Pourtant, lorsque je cherche à percevoir leur contenu, rien n'apparaît.

— Étrange…, je souffle.

J'essaye de profiter de ce court moment de répit pour contacter Josh. Aucun signal. Je ferme tout d'un geste rageur.

— Ne restons pas ici, je tranche en l'entraînant du côté du parking.

Je serre les dents en avançant dans le dédale des rues étroites. J'ai l'impression d'être étouffé, compressé entre les immeubles immenses emmêlés dans les inscriptions lumineuses et les fils électriques. J'ai toujours aimé comparer la ville à une jungle… Or dans cette jungle, nous sommes les proies.

Des bruits de pas précipités nous alertent et je me retourne brusquement.

— Attention ! crie une jeune femme aux cheveux de jais et à la mâchoire à moitié recouverte par une prothèse métallique.

Un coup de feu. Elle s'effondre au sol. Nous n'avons pas besoin d'en voir plus et nous remettons immédiatement à courir. J'entends des cris, des ordres lancés, des coups de feu qui se rapprochent.

— Ne te retourne pas ! je lance à Khione.

Bien vite, la zone se repeuple mais cette fois, les gens semblent s'être divisés en deux groupes. Ceux qui, chanceux, ont pu rejoindre leur immeuble et se barricader à l'intérieur, et ceux qui supplient les autres de les laisser entrer pour échapper au massacre.

Nous enjambons de nombreux corps d'hommes dont le sang se mélange aux flaques de mazout et de pluie poussiéreuse. Je veille à ne pas m'arrêter pour ne pas attirer l'attention des miliciens qui escaladent maintenant les escaliers de secours et enfoncent les vitres des habitations. Je ne peux m'empêcher de remarquer qu'ils semblent viser des lieux très particuliers, en attaquant à un étage précis alors qu'ils pourraient forcer la porte d'entrée générale et massacrer tout le monde méthodiquement, étage par étage.

— Ils cherchent des gens, je conclus à voix haute. Ils ne massacrent pas aveuglément.

— La question, alors, c'est : est-ce qu'on fait partie des gens qu'ils cherchent ? rectifie Khione, essoufflée.

Je n'ai pas le temps de lui répondre, que deux miliciens débarquent d'une ruelle pour nous bloquer le passage. Leurs silhouettes, hautes et malingres, sont encapuchonnées et revêtues de pièces métalliques. Une lame coincée sous la paume gauche, un taser crépitant dans la main droite, sortis tout droit de la brume et de l'obscurité, ils semblent être deux suppôts de la mort venus effectuer pour elle sa sinistre tâche.

Nous nous étudions un instant en chiens de faïence. J'ai mon revolver bien en évidence dans le creux de ma paume. Je suis pleinement concentré. Les yeux braqués sur mes adversaires, je guette le moindre mouvement, la moindre contraction des muscles. L'un d'entre eux lève son bras droit. Je tire. Deux détonations. Je n'ai pas le temps de descendre le second qu'il est déjà au sol, une balle dans le thorax.

— Bien joué, je murmure à Khione, qui se force à me sourire.

Je m'apprête à lui sourire en retour lorsque les pas de la troupe qu'on avait semée résonnent.

— La ruelle, à gauche ! je lance.

Je m'engouffre dans le passage, Khione sur mes talons.

— Bordel ! je jure rageusement, les dents serrées.

C'est un cul-de-sac, fermé par le mur d'un immeuble dont l'escalier de secours pend à trois mètres du sol. J'avise rapidement une solution.

— Khione, grimpe là-dessus !

La jeune femme ouvre de grands yeux.

— Vite ! je la presse, en croisant les mains pour accueillir son pied.

Elle ne me fait pas répéter et s'élance. Elle se sert de mes mains comme d'un marchepied, puis s'appuie sur mon épaule et agrippe la rampe de l'escalier.

— Allonge-toi ! je lui crie. N'essaye pas de monter, ils te verront. Ne descends sous aucun prétexte, tu m'entends ? Aucun prétexte.

Je la regarde s'aplatir dans l'ombre et disparaître parfaitement de ma vue, juste à temps pour que les miliciens qui s'élancent dans la ruelle ne l'aperçoivent pas.

Je prends une grande bouffée d'air et lève les mains en lâchant mon arme, sachant d'avance que je risque de prendre très cher. Le coup de crosse qu'on m'envoie dans la mâchoire m'expédie en effet rapidement au sol, où je crache un peu de sang. Un violent coup de pied dans le ventre me cloue ensuite par terre en coupant net ma respiration.

— Fils de chien ! tonne un homme d'une voix déchirée en se jetant sur moi. Tu vas payer !

Il commence à me rouer de coups puissants, et j'essaye vaguement de protéger mon visage de sa colère. La souffrance envahit mes membres, vive et forte, et je me mords la lèvre pour contenir un gémissement de douleur. J'ai trop peur qu'il alerte Khione sur ce que je suis en train de subir, et qu'elle fasse le choix de descendre.

— Flynn, rappelle à l'ordre une voix. Chaque chose en son temps. D'abord, la fille.

— J'en ai rien à foutre, frémit-il, les yeux fous. Je vais le buter.

— Elle est le seul moyen de finir tout ça, Flynn. Lâche-le. Quand on l'aura récupérée, tu pourras en faire ce que tu veux. Mais pour le moment, laisse-le.

Deux larmes amères glissent sur ses joues.

— Je ne peux pas… Je ne peux pas…

J'écarquille les yeux en le voyant sortir un long couteau. Je tente de me libérer mais ils me maintiennent fermement au sol. Il me fixe d'un air terrible et résigné, le regard enflammé par la haine, et commence à faire glisser sa lame vers mon cou. Je sens le contact frais du métal qui mord ma peau et je ferme les yeux.

— Arrêtez-le.

Les autres se précipitent pour l'empêcher de m'égorger, me libèrent du poids de son corps, et je pousse un soupir de soulagement. Les membres contusionnés, je tente une nouvelle fois de me remettre debout. Une charmante main m'agrippe à la gorge pour m'y aider, et me plaque violemment contre le mur de béton. Je grimace sous le choc, la lèvre ouverte et l'arcade sourcilière blessée.

— Où est-elle ? gronde le milicien qui a repoussé l'heure de ma mort, ignorant Flynn, qui hurle des insultes à ceux qui ont réussi à le maîtriser.

315

Je cligne des paupières pour essayer de visualiser mon nouvel agresseur et rencontre à nouveau deux iris voraces emplis de haine et de soif de vengeance. Il a les traits jeunes et beaux, mais mutilés par des cicatrices blanchâtres qui tranchent avec ses cheveux d'encre.

— C'est toi qui la gères ? C'est toi qui es responsable de cette putain de mise en scène ?

L'homme transpire la pire des rages : une rage calme, d'autant plus puissante qu'il semble la maîtriser. Je peux néanmoins sentir sa main se refermer de plus en plus sur ma gorge, rendant ma concentration difficile.

— Parce que crois-moi, si c'est le cas, je vais avoir du mal à résister à l'envie de te buter de mes propres mains, murmure-t-il.

Je reste de marbre, me contentant de me concentrer pour ne pas flancher alors que ses doigts vissés à ma gorge empêchent mon sang de circuler. Un violent coup de poing dans les côtes me fait expirer tout l'air de mes poumons et je me tords en deux, sous le choc.

— Réponds ! hurle-t-il.

Il me redresse de force, et me contraint à le regarder. Je tremble de douleur mais je tiens bon. L'homme se penche vers mon oreille.

— Écoute-moi bien. Je n'ai aucune idée de ce que tu fous ici mais tu as fait une grande erreur. Parce qu'au sommet de votre tour de Cristal, vous êtes peut-être intouchables, mais ici, c'est notre territoire. Tu vois ? On n'a peut-être pas vos moyens… Vous êtes peut-être en train de gagner, mais à la moindre erreur… on est là. Et nous n'allons pas rester les bras croisés devant cette seule et unique opportunité de renverser l'échiquier et de reprendre cette pauvre gamine de vos sales griffes de Centristes. Sa place est dans les quartiers bleus, martèle-t-il, agressif. Mais si elle ne vient pas avec nous maintenant, il sera trop tard. Il ne sera plus possible de faire disparaître toutes les conneries que vous lui avez fait croire, et elle sera devenue bien trop dangereuse. Alors ce sera la guerre pour vous, et la mort pour elle. Mais c'est ce que vous voulez, n'est-ce pas ? Vous vous en foutez complètement, de cette pauvre fille. Elle n'est qu'un instrument. Une arme contre nous. Vous ne la considérez même pas comme un individu. Et ensuite, les monstres, c'est nous…

Je reste impassible, masquant parfaitement ma confusion. Rien n'est cohérent dans leurs paroles. Ils semblent tout mélanger, comme si quelque chose leur avait fait perdre la raison. Le milicien finit par s'impatienter devant mon mutisme.

— Tu souhaites vraiment que je te laisse à Flynn ? menace-t-il à voix basse, les lèvres retroussées. Vous lui avez fait tout perdre. Tout. Parce que le pire, avec vos conneries, c'est que les gens vous croient. Je suis sûr que même elle, elle vous croit. C'est pour ça qu'on ne veut pas la tuer. On sait bien que c'est qu'une gamine qui se fait manipuler. Vous devez être fiers de vous, hein ? On est comme des rats. À chaque manœuvre qu'on peut faire, un piège s'ouvre. Échec et mat.

Il me regarde un instant avec une pointe de pitié.

— Toi-même, tu fais certainement partie du jeu. Tu es le fou qu'on sacrifie pour que la reine puisse mettre le roi en échec.

Je me retiens de laisser échapper un rire nerveux. Tout cela ne fait aucun sens. Et pourtant…

— Tu sais quoi ? Je pense que j'en ai assez fait. Flynn va prendre le relais. Mais avant, montre-nous ton charmant visage en plastique.

Et d'un coup sec, il m'arrache mon cache-nez. Je l'observe se décomposer et en déduis que même avec la mâchoire bleuie et les lèvres ruisselantes de sang, je demeure reconnaissable.

– Toi ! s'exclame l'homme, désemparé. Mais comment est-ce possible ? Tu es…

Un coup de feu retentit, laissant sa phrase en suspens. Puis un second. Puis un troisième. Je regarde les miliciens tomber les uns après les autres, sans même avoir le temps de dégainer leur arme. La personne qui me maintenait par la gorge étant tombée, je m'effondre violemment dans la poussière. Ma tête heurte un morceau de métal, et je perds connaissance.

# CHAPITRE 25.

♫ *Power*

Donbor remix ♫

**Khione**

*« Quand on l'aura récupérée, tu pourras en faire ce que tu en veux ».*

Je récite cette phrase en boucle dans ma tête pour me persuader de rester immobile, les muscles complètement crispés sous la tension.

Il me semble ressentir chaque coup qu'il se prend. Car il a beau tout faire pour rester silencieux, sa respiration le trahit. Je l'entends tousser du sang, expirer violemment, chercher de l'air lorsqu'ils le maintiennent par la gorge.

Et je compte.

Un, deux, trois. Un, deux, trois.

Je compte le nombre de balles dans le barillet, comme si soudainement d'autres allaient apparaître pour me permettre d'intervenir. Et encore, même avec le bon nombre de munitions… Je n'aurais même pas le temps d'en tuer un qu'immédiatement, une lame serait posée sur sa gorge, m'obligeant à me rendre. Une fois à terre j'aurais ensuite la joie de le voir se faire exécuter sous mes yeux…

Je suis déchirée. Devoir rester là, à ne rien faire, est une des pires souffrances que j'aie pu connaître. Pire encore que les coups de couteau que j'ai endurés pour avoir refusé des avances. Pire encore que les insultes, menaces et intimidations. Au moins je soutenais seule le poids de ma douleur. Là, c'est quelqu'un d'autre qui le porte pour moi. Et ça me détruit.

— Tu sais quoi ? Je pense que j'en ai assez fait. Flynn va prendre le relais. Mais avant, montre-nous ton charmant visage en plastique.

J'entends qu'on lui arrache son cache-nez. Murmures choqués. J'arrête soudainement de respirer, pendue à leurs lèvres. Comment est-ce possible ? Comment des miliciens des quartiers bleus peuvent-ils le reconnaître comme si son identité était une évidence, alors que je n'avais moi-même jamais vu son visage avant de le rencontrer ? Des questions se bousculent dans ma tête alors que je retiens mon souffle.

— Toi ! s'exclame un milicien, désemparé. Mais comment est-ce possible ? Tu es…

Un coup de feu retentit, me faisant sursauter. J'entends le poids d'un corps qui tombe. Puis un deuxième. Je compte, le cœur battant, six détonations. Soupir de soulagement. Je me redresse légèrement, et me rends compte que c'est une unique personne, qui, depuis le fond de la ruelle, a abattu tous ces hommes.

Cette fois, je n'hésite pas. D'un mouvement souple, je me redresse et saute avec aisance les trois mètres qui me séparent du sol. Je braque ensuite vivement mon arme face au nouveau venu, aussi déterminée que concentrée.

— N'approchez pas, je menace courageusement. Qui êtes-vous et que voulez-vous ?

J'observe, intriguée, l'étrange apparition s'avancer vers moi, impassible. Elle est vêtue d'une tenue noir profond dont la capuche est rabattue. Revolver attaché aux cuisses, rangers montantes, un serpent d'argent est dessiné sur son torse, montrant qu'il doit s'agir d'un représentant d'une lignée familiale importante dans le district. Lorsqu'elle sort de sa zone d'ombre, je remarque que son vêtement laisse entrevoir des morceaux de son ventre nu à la peau immaculée. *Une femme*, je songe, de plus en plus étonnée.

Cette dernière retire sa capuche, dévoilant les traits fins de son visage aux traits asiatiques fendu d'une cicatrice blanche qui me paraît soudain encore plus intimidante.

— Tout va bien, mademoiselle Blythe, me rassure Ananke d'un ton neutre. Ce n'est que moi.

Je baisse mon arme, désorientée. Déjà impressionnante en costume, son uniforme unique entremêlé de chaînes la rend terrifiante. Ses prunelles d'encre m'étudient un instant de haut en bas, froidement, avant de glisser en direction de Viktor.

— Mince, mince, mince..., je jure à voix haute en constatant que j'étais si déboussolée par l'arrivée d'Ananke que j'ai oublié de me préoccuper de lui.

Je tombe à genoux à ses côtés, furieuse contre moi-même. Ce que je vois me trouble au plus haut point. Je ne l'ai jamais trouvé aussi tristement beau. De ses lèvres entrouvertes perlent des gouttes de rubis et de son arcade sourcilière dévale un sillon écarlate. Sa mâchoire a pris une teinte bleue, de même que sa gorge où la couleur froide se mêle aux tons rouges de sa peau blessée. La tête légèrement inclinée, les paupières fermées, il semble presque dormir d'un sommeil de plomb. Je passe mes doigts dans ses cheveux à l'arrière de son crâne pour lui éviter le contact dur du morceau de métal contre lequel il reposait, et pose mon index le long de sa carotide. Son cœur bat.

– Les chiens ! Ils ne t'ont pas épargné…, je m'indigne, déchirée. Je vous remercie, Ananke… Quelques minutes de plus et ils l'auraient tué.

– Ce n'était visiblement pas son heure, se contente-t-elle de répondre, écartant mes remerciements.

Je ne l'écoute que d'une oreille. Mon cœur est complètement troublé. Le voir ainsi, meurtri, inconscient, le visage en sang, m'ébranle bien plus que je ne pourrais jamais le reconnaître. Je me sens terriblement coupable. Il est dans cet état pour moi. Pour moi, il est resté impassible sous les coups. Pour moi, il a laissé des miliciens le défigurer, sans chercher à se défendre, à implorer leur pitié, à dire ne serait-ce qu'un mot. Il n'a pas gémi. Pas soupiré. Pas essayé d'argumenter pour qu'on lui laisse la vie sauve. Le courage dont il a fait preuve me fascine et me terrifie. Quelle force faut-il pour supporter cela pour quelqu'un d'autre ? Quelle habitude à la souffrance est nécessaire pour subir cela sans broncher ? Quel manque d'intérêt pour la vie faut-il avoir pour rester impassible devant la mort ?

– Viktor…, je murmure. Est-ce que tu m'entends ?

Je glisse ma main glacée dans la sienne, brûlante.

– Si tu m'entends, serre ma main.

J'attends quelques secondes. Ananke s'accroupit face à moi et pose un genou à terre. Elle place ensuite deux doigts le long de son artère, puis sa main sur son front.

– Vivant, mais inconscient, statue-t-elle de sa voix profonde. Vous allez devoir m'aider.

Elle passe le bras droit de Viktor autour de ses épaules, et m'invite à faire de même. À deux, nous parvenons à le redresser.

— Calez-vous sur mon rythme.

Je la suis en silence, serrant les dents sous le poids qui me broie la nuque.

— Comment cela se fait que vous soyez ici ? j'ose demander en faisant mon possible pour suivre sa cadence.

— C'est mon district, répond-elle simplement. J'habite ici. Lorsque Josh a vu ce qu'il se passait, il m'a contactée. On a réussi à obtenir votre position grâce au bracelet connecté de Viktor.

Je hoche la tête.

— Je croyais que les membres du staff étaient logés dans la tour de Starlight…

— J'ai refusé, murmure-t-elle, si droite et à l'aise en portant Viktor.

Elle me fait traverser plusieurs ruelles, s'arrêtant à de nombreuses reprises pour observer les mouvements dans les grandes rues lorsqu'il est nécessaire de les traverser. Nous croisons de nombreux corps inertes, étendus sur le sol. Je garde la tête haute pour éviter de contempler le massacre. Nous parvenons enfin à un grand immeuble et nous nous engouffrons dans son ascenseur métallique bariolé de tags, à l'odeur de poussière et d'humidité.

Dernier étage. Ananke glisse sa main libre dans un pan de son manteau et en sort une carte qu'elle plaque contre un détecteur. La porte métallique s'ouvre dans un bruit de pistons et nous traînons Viktor à l'intérieur.


Je suis tout de suite projetée dans une atmosphère sobre et rassurante. Les néons couleur prune luisent faiblement, illuminant la pièce déjà éclairée par la lueur bleutée qui traverse la baie vitrée. Dans la pénombre du salon, un reflet lumineux attire mon attention. Un homme aux longs cheveux noirs, torse nu, le dos tatoué de deux ailes sombres, est assis les jambes repliées sur le canapé, occupé à aiguiser un couteau à la lame recourbée.

— Conor ! l'interpelle Ananke.

Le jeune homme se lève sans nous accorder un regard, dévoilant son nez long et droit, ses yeux bridés, son visage fin et ses sourcils épais. Une barbe courte et sombre se dessine le long de ses joues, renforçant sa beauté unique et son air menaçant.

J'aide Ananke à déposer Viktor sur le canapé, ce qui lui arrache un gémissement de douleur, et redresse la tête vers Conor. Je pense pouvoir l'identifier sans me tromper comme le frère d'Ananke. En plus de l'air de famille que je crois déceler dans ses traits, il a définitivement la même façon de m'étudier en silence de ses yeux acérés.

— Bonsoir, je murmure.

Il me fixe quelques secondes supplémentaires, les bras croisés, inébranlable.

— Elle est loin d'être prête, informe Ananke en arrachant l'enveloppe métallisée d'une lingette désinfectante pour soigner la gorge de Viktor.

— Patience, ma sœur, répond-il d'un ton rauque. Le changement prend du temps, qu'il soit intérieur ou extérieur. Surtout quand il s'agit de l'initier, ou de l'accepter.

Je m'apprête à répondre à ces paroles mystérieuses quand soudain Viktor s'agite, et se met à tousser.

— Attendez, je vais prendre le relais.

Ananke s'écarte pour me laisser faire et saisit une tablette de verre. J'attrape une lingette et tamponne ses lèvres pour absorber le sang. Doucement, je tourne son visage entre mes mains pour désinfecter son arcade sourcilière, sa mâchoire meurtrie, le bord de son nez. Ses paupières tressaillent au contact de mes doigts. J'ôte ma main, pensant lui avoir fait mal, mais celui-ci l'attrape délicatement et la redirige vers sa joue.

— Reste, me souffle-t-il. Tes mains sont froides, c'est… apaisant.

Je me retiens de toutes mes forces pour ne pas sourire.

— Nous allons avoir de la visite, souffle Conor, posté devant la fenêtre.

Ananke fronce les sourcils.

— Adrestia ?

Il désapprouve de la tête.

— Quelqu'un a réussi à pirater sa voiture et à remonter jusqu'à son bracelet connecté, obtenant ainsi sa localisation. Il l'a ensuite revendu à tous les gangs avec lesquels il a des contacts pour se faire des cryptos, en assurant qu'il s'agit de la localisation de Khione Blythe et de son garde du corps.

— Comment savez-vous tout ça ? je l'interroge, méfiante.

Il se retourne vers la fenêtre. La pluie a commencé à tomber, et dessine des sillons transparents sur la vitre.

— J'ai reçu la notification, avant que les réseaux ne soient complètement coupés. Les informations vont vite, dans ces quartiers. Mais je pense que vous le savez déjà.

Je réponds par la négative.

— Je ne faisais pas partie des systèmes d'information, j'avoue simplement.

Il se dirige vers un côté du mur, et fait glisser son doigt sur un bouton.

— Ici, tout le monde se paye au moins un informateur personnel, qui est la plupart du temps dans un gang, gérant d'une boutique, ou en lien avec les milices. Il est chargé de faire remonter toutes les informations dignes d'intérêt. Et celle-là en fait partie.

Une pièce métallique s'efface, dévoilant une rangée d'armes blanches, de poing et d'épaule.

— Que maîtrisez-vous le mieux, mademoiselle Blythe ? demande-t-il.

Je ne sais quoi répondre. Je me suis toujours défendue avec ce que j'avais à portée de main…

— Eh bien…, je commence, hésitante.

— Longs couteaux ? suggère Ananke qui s'en attache elle-même un à chaque cuisse.

Les combats de longs couteaux sont une tradition dans les quartiers périphériques. Extrêmement dangereux, ils n'ont pas pour objectif de tuer l'adversaire mais de lui infliger assez de coupures pour qu'il soit hors d'état de combattre. Le gagnant peut infliger au perdant une coupure supplémentaire au visage pour marquer sa victoire et humilier l'adversaire. Je réalise soudain quelque chose.

— Mais alors… Votre cicatrice…

Le frère et la sœur braquent leurs regards sur moi d'un même mouvement.

— Une cicatrice de victoire, pas de défaite, corrige-t-elle d'un ton tranchant. Elle est la marque de l'immonde vengeance d'un homme que j'ai défait. Elle est le symbole de cette société décadente et corrompue qui défigure la jeunesse et rejette son visage marqué par la souffrance et l'injustice.

Le ton d'Ananke se faisant de plus en plus glacial, Conor pose une main sur son épaule pour l'apaiser.

— La justice viendra. Avec le temps.

Les traits de la jeune femme se détendent instantanément, et pour la première fois depuis que je l'ai rencontrée, il me semble voir apparaître l'ombre d'un sourire sur son visage qui se reflète également sur celui de son frère. Celui-ci replace avec une affection sobre une mèche de cheveux derrière son oreille et se tourne vers moi.

– Je te donne le dernier Glock compact, m'explique-t-il. De toutes les manières, ils ne vont pas tenter de t'abattre et vont éviter à tout prix de te blesser gravement. Il faut que tu sois en bon état s'ils souhaitent par la suite rançonner le gouvernement… Tu vas donc plutôt prendre des lames, un taser et un revolver pour te protéger en cas d'éventuels combats rapprochés.

J'accroche les couteaux à ma ceinture et le revolver à ma cuisse, avant de saisir le fusil. Jamais je n'ai eu une arme d'une telle qualité dans les mains. Je ne parviens déjà pas à croire qu'il s'agisse de ce qu'on appelle ici une arme « pure ». Toutes celles que j'ai pu posséder étaient des assemblages bricolés, rafistolés à l'aide de diverses pièces détachées. Impressionnée, je jette un œil à Ananke qui se saisit d'un masque intégral rouge sombre et noir.

– Comment faites-vous pour rester si calmes dans le chaos ? je demande, admirative.

Conor laisse un sourire fleurir sur ses lèvres fines.

– L'habitude. Comme beaucoup dans ces quartiers, nous sommes nés du chaos.

Approuvant vaguement d'un signe de tête, sa sœur finit de régler la précision de son fusil de sniper. Je ne parviens pas à croire qu'elle est la même femme qui m'a formée, des après-midi durant, à bien me comporter en public, à avoir les bonnes expressions lors d'une interview, à développer de bons réflexes quand on me pose une question. Cette femme toujours habillée comme une businesswoman, les ongles parfaitement manucurés, les cheveux lissés, le maquillage irréprochable, serait aussi cette femme farouche, vêtue d'un Uniforme luxueux, lame à la main et arme dans le dos ? C'est à peine croyable.

Je l'observe attacher le bracelet magnétique de Viktor à un petit drone furtif, puis le faire décoller grâce à la tablette de verre. Le robot volant glisse en direction de la fenêtre, qui s'ouvre à son arrivée, puis s'engouffre à l'extérieur.

— J'essaye d'en éloigner certains, m'explique-t-elle en voyant que je la regarde. Les communications ont beau être coupées, ce n'est étrangement pas le cas des signaux GPS.

J'incline la tête. L'idée est brillante.

— Quel est le plan ?

— J'ai demandé à Starlight de nous envoyer un hélicoptère de toute urgence, me répond-elle. Il devrait arriver dans moins de vingt minutes. Avec Conor, nous allons nous poster dans la cage d'escalier pour les intercepter avant qu'ils n'arrivent. Vous, vous restez là pour protéger Viktor si certains parviennent à percer nos défenses. Dès que l'hélicoptère atterrira sur le toit, ils abandonneront et vous serez pris en charge.

Sur ce, elle enfile son casque et se dirige d'un pas déterminé vers la porte.

— Bonne chance, me souhaite Conor avec un calme indifférent, avant de faire de même.

Je reste seule dans le salon à peine illuminé et décide de m'asseoir en tailleur à côté du canapé. Je patiente là, immobile, les sens en alerte, à l'écoute du moindre bruissement, du moindre mouvement dans l'air.

Face à moi, Viktor est allongé, à nouveau inconscient, baigné d'une lumière mauve irréelle. Il a l'air si paisible… Je crois ne l'avoir jamais vu si détendu éveillé. Ses épaules sont relâchées, tout comme les muscles de son visage, révélant encore plus nettement la beauté de ses traits. Je m'attarde sur la ligne de sa mâchoire relevée par les ombres de la pièce et son nez un peu cassé qui le rend si imparfaitement magnifique. Dans ses habits noirs tachés de sang, il ressemble à un sublime soldat tombé au combat pour une cause plus grande que lui.

Un tintement me tire de ma contemplation. Je tends l'oreille, aux aguets. Un deuxième son métallique m'alarme et je me redresse en silence. Les autres pièces de l'appartement sont plongées dans une semi-obscurité qui m'empêche d'y voir clair et me dissuade d'y pénétrer. Je m'approche quand même à pas de loup, arme au poing, progressant discrètement vers la source du bruissement. Mon œil est soudain attiré par un morceau de métal qui gît au sol, et brille faiblement.

Je retiens un soupir.

Je veux bien qu'on me prenne pour une bleue, mais il y a des limites.

Je ne l'observe pas une seconde de plus et pivote dans la direction opposée. Une ombre. Je tire. La balle descend instantanément l'homme qui tentait de me prendre en revers. La silhouette s'effondre mollement à mes pieds. Je n'ai pas le temps de me féliciter qu'un courant d'air chargé d'arômes nocturnes me fait lever les yeux. La fenêtre de la chambre, forcée, forme une ouverture béante sur un échafaudage. Je serre les dents. Il me semble déjà percevoir des pas qui résonnent sur la structure métallique.

Tentant au maximum de rester calme, je recule lentement vers le salon et me poste devant Viktor toujours inconscient, droite, alerte, tendue comme un arc. Je ne peux nier l'évidence : je suis malade de peur et de stress. Il me semble que ce n'est plus du sang mais de l'adrénaline pure qui coule dans mes veines, me faisant tourner la tête au point de me donner la sensation que je vais bientôt m'évanouir. D'ailleurs, ce serait certainement déjà fait si la présence de Viktor ne m'obligeait pas à tenir bon…

Je n'ai même pas l'impression de vivre véritablement la scène. La silhouette sombre de l'ennemi apparaît dans l'encadrement de la porte, le visage recouvert d'un masque lisse qui reflète le violet des néons. Je tire, mais il plonge au sol dans une roulade, ce qui me fait manquer ma cible. Accroupi, la jambe tendue, je le vois esquisser un mouvement du poignet. Une chaîne de morceaux de fer articulés jaillit de sa paume et s'enroule autour de mon bras, mordant profondément ma peau et m'obligeant à lâcher mon revolver. Je serre les dents en sentant le liquide chaud dégouliner le long de mon coude et laisse échapper un cri.

Conor avait raison. Si ces hommes ne souhaitent surtout pas me tuer, ils n'ont toutefois aucun scrupule à me blesser.

Les yeux embués de larmes, je n'ai même pas le temps de me saisir d'un couteau qu'il plonge sur moi pour me plaquer au sol. Je le heurte violemment, et sens tout le poids de son corps faire pression sur le mien pour me maintenir à terre. Je déteste sentir à quel point je suis vulnérable. Presque instinctivement, sa main gantée vient trouver ma gorge et se met à la serrer.

— Tu penses que j'aurai le temps de m'amuser un peu avant qu'ils ne payent la rançon ? raille-t-il de sa voix déformée par le masque.

Je suffoque, paniquée, me débattant vainement, tentant d'avaler le plus d'air possible malgré sa prise ferme et puissante. Complètement désarmée, je l'observe sortir de sa poche une seringue au liquide violacé qu'il approche de mon cou.

— Bonne nuit, princesse…

Mes doigts effleurent le manche du poignard et s'en saisissent. D'un mouvement rapide et brutal, je relève mon bras et enfonce la lame dans la gorge de mon agresseur, juste entre son épaule et son masque. Il se raidit instantanément. Je refoule un frisson de dégoût, serre les dents et me force à maintenir la lame en position jusqu'à ce que je le sente défaillir. Un dernier râle. Je retire le couteau d'un coup sec avant qu'il ne s'effondre dans une mare de sang.

Prise d'une quinte de toux, je roule sur le ventre, me relève douloureusement, titube, m'appuie sur mes genoux pour reprendre mon souffle.

Ce n'est qu'une fois debout que je réalise que je ne suis toujours pas seule.

Je grimace et cherche à l'aveuglette l'autre coutelas. Le nouveau venu se précipite sur moi d'un pas rapide, ne réalisant pas que je suis armée. Entièrement concentrée, j'attends qu'il soit à ma portée et lui enfonce d'un coup sec mes deux lames dans l'abdomen. Il se plie en deux sous le choc et tombe à terre. Hors-jeu.

Ma victoire sera de courte durée. Quelqu'un m'attrape le bras par-derrière et m'étrangle avec son coude, me plaquant férocement contre lui. Je lâche le premier couteau, lève le deuxième pour le lui enfoncer dans la cuisse mais il appuie violemment son radius contre ma trachée. Je m'étouffe et me mets à tousser.

– Lâche le couteau, ordonne-t-il en maintenant la pression.

J'essaye de résister encore quelques secondes, mais le monde se met à vaciller. Je laisse tomber l'arme et il relâche la pression, permettant à mon sang de circuler à nouveau. Un profond sentiment d'échec et d'impuissance me submerge alors qu'à bout de souffle, je le sens me menotter les poignets. Qu'est-ce que je vaux, face à ces hommes ? Rien. Seule la chance m'a permis de m'en sortir jusqu'ici. Et la chance tourne…

Un frisson de dégoût dégouline dans ma colonne vertébrale et je grimace. L'agresseur vient de faire glisser ses doigts le long de ma cuisse jusqu'au creux de ma hanche. Je peux sentir son souffle rauque caresser mon cou, tentant de s'imprégner de mon parfum. J'espère que ce chien n'y sentira que l'odeur du sang de ses camarades… Laissant échapper un léger ricanement, il enferme ma gorge dans sa main râpeuse, l'esprit certainement ensorcelé par quelques fantasmes qui, s'ils me révulsent, ont le mérite de me faire gagner du temps.

— Ce que tu vas prendre…

J'ai la nausée.

— Tu n'imagines même pas.

C'est en sentant mon agresseur se raidir que je réalise que ce n'est pas lui qui a prononcé cette seconde phrase. Je tourne vivement la tête. Viktor se tient debout, droit et résolu, le visage illuminé de lumière. Ses iris sont assombris par la rage et sa mâchoire contractée de colère. Son bras tendu est armé d'un revolver dont le canon effleure presque la tempe du banlieusard. Il est tellement terrifiant qu'il en est sublime.

— Ne tire pas, ou je…

La détonation m'assourdit avant qu'il termine sa phrase et il s'effondre, une balle logée dans le crâne.

Je retiens un soupir de soulagement en sentant mes menottes se délier et retomber au sol dans un tintement métallique. Essoufflée, encore tremblante, je lève les yeux vers lui. Oui, il y a ses traits. Ceux que tous voient. Ceux que beaucoup admirent, ou apprécient. Mais son expression… Celle d'un homme qui n'appartient pas tout à fait à ce monde, qui vit à moitié dans le ciel, qui voit au-delà des choses… Sa posture… qui traduit une histoire lourde à porter, mais dont il se drape comme d'une cape, refusant autant d'y être emprisonné que de la renier.

Je ne sais pas pourquoi moi, qui ai toujours été fascinée par la lumière, les projecteurs de la scène, je me sens autant attirée par les ténèbres ensorcelantes dont il semble s'être enveloppé comme d'un manteau de magicien. Pourtant, lorsque, sans un mot, il se penche vers moi, je me laisse emporter dans sa réalité. Il m'embrasse avec une douceur qui fait figure de brasier au milieu du déluge, d'étincelle dans la nuit, d'espoir face au chaos. Ses lèvres s'impriment silencieusement contre les miennes avec une tendresse torturante qui me fait frémir. Je m'embrase. Tout mon corps semble fondre comme neige au soleil. Il m'enivre de son parfum persistant qui s'est associé aux odeurs de sang et de fumée, donnant à son baiser désespéré un goût d'apocalypse qui me foudroie. Il pose sa main le long de mon visage, comme pour sentir du bout de ses doigts que je suis bien réelle, et j'ai l'impression de mourir et de renaître lorsqu'il m'attire dans ses bras. Une larme, unique et pure, s'échappe de son œil en un sillon de cristal pour finir sa course sur ma joue.

Il se détache, déchiré, sans me quitter du regard, comme si j'étais à la fois ce qu'il désirait le plus au monde et ce qu'il voulait fuir, ce qui le tuait et ce qui le faisait revivre, ce qu'il voulait sauver mais qu'il devait détruire.

– Pardonne-moi…

Cette fois, c'est moi qui l'embrasse. Comme si cela pouvait soulager toutes ses blessures. Comme si cela pouvait effacer toute sa peine. Je l'embrasse et le monde autour de nous disparaît, l'appartement plongé dans les ombres mauves, les détonations qui font trembler les murs, la pluie battante qui lave la ville de ses vices, la plainte lancinante qui monte des rues. Je l'embrasse, les mains appuyées sur les côtés de son visage pour qu'il ne s'échappe pas, ne s'évanouisse pas, et que ne disparaisse pas ce qui me semble être un rêve. Il n'existe soudain plus que ses doigts dans mes cheveux, son souffle mêlé au mien, et dans l'alliance de nos langues, il me semble que ce sont nos deux mondes qui se fracassent l'un contre l'autre en une pluie de feu. Car dans ses lèvres qui hantent les miennes et deviennent au fil des secondes de plus en plus sauvages, je peux sentir ses ténèbres, sa tristesse, sa colère, se briser contre mon idéalisme et ma candeur. Nous ne sommes plus qu'ombre et lumière qui se dévorent lorsque résonne le vrombissement de l'hélicoptère qui fend l'air chargé d'orage.

Je ne me souviens ni d'être montée sur le toit, ni d'avoir embarqué. Seulement d'avoir interrompu le baiser, et d'avoir murmuré au bord de ses lèvres :

— Il vient nous chercher.

# CHAPITRE 26.

*Viktor*

La douce lumière violette m'enveloppe de ses ondulations. Je grimace en sentant mes plaies se refermer, mes blessures s'effacer, mes bleus disparaître. Parfois je préférerais les garder. Avoir des cicatrices visibles, à la place de ce corps intact qui cache un esprit mutilé.

Peu à peu, j'émerge des profondeurs abyssales de l'inconscience. Mon esprit s'éveille, mes souvenirs me reviennent, hachés, tachés de sang, sombres et violents. Des cris, des hurlements. Une course effrénée dans les entrailles de la ville. Des mots, des coups. La souffrance. La douleur. La peur…

Ses lèvres.

Un frisson me cloue sur place. Ses lèvres. Le souvenir me revient en bribes, puissant, vibrant, sensationnel. La délicatesse de sa peau. Le temps qui se fige. Son parfum… La saveur salvatrice de son baiser, la fraîcheur surprenante de ses doigts. Je suffoque rien qu'à la pensée de cette faille imprévue qui m'a transporté furtivement dans une autre dimension. Ce moment me paraît tellement irréel que je me demande si ce n'est pas un rêve, un songe, un délire. Et pourtant… Pourtant, je me souviens de chaque instant, depuis la rencontre de nos lèvres, mon souffle qui se mêle au sien, nos corps qui s'apprivoisent. Le bruit d'un hélicoptère qui découpe le manteau épais de la nuit. Sa main fraîche sur mon front alors que je tremble. La sensation de tomber du haut d'une falaise, le vide qui m'engloutit, et puis... le néant.

Je cligne des paupières pour m'habituer aux néons violets.

— Bon réveil, monsieur Kortain, me salue un infirmier en m'aidant à me relever.

Je le laisse me soutenir et m'assieds sur le bord de ma couchette.

— Merci.

Une bouffée d'air après l'autre, je reprends mon souffle, appréciant la sensation de l'oxygène qui gonfle mes poumons. En entendant de grands coups frappés à la porte, je me raidis.

— Monsieur Garbenta, je...

— Il est conscient ?

— Oui, mais...

Il n'a pas besoin d'un mot de plus. Je n'ai même pas le temps de me redresser que Josh a déjà forcé le barrage de l'infirmier, et m'administre une droite magistrale.

J'étouffe un juron en encaissant le choc, le sachant pleinement mérité, et serre les dents.

— Si tu n'étais pas revenu dans un état pareil, tu t'en serais pris plus d'une, crois-moi, jure-t-il d'un ton coupant.

— Je les aurais méritées, j'approuve amèrement.

— Bon Dieu, mais qu'est-ce qui t'as pris ? Aller avec elle dans des quartiers bleus ? Alors que vous êtes les personnes les plus reconnaissables de toute la ville et que le contexte politique y est plus qu'instable ? Tu voulais te suicider, ou quoi ? Merde !

Il se détourne pour aller faire les cent pas dans la pièce, visiblement furieux.

– Sans même me prévenir, grogne-t-il. C'est sûrement le pire. Heureusement que j'ai remarqué votre absence et que j'ai préféré vous localiser, parce que j'aurais pu simplement me dire que vous étiez sagement dans les quartiers du centre, et vous auriez fini tous les deux une balle dans le front.

Je grimace. J'étire en grognant mes muscles engourdis, qui me donnent une intense sensation de fatigue. Je cherche du regard Josh dans la pièce lumineuse. Il est posté face à la baie vitrée, raide, la mâchoire crispée, le regard fixé au loin pour tenter de contenir sa colère.

Sa réaction m'aide à prendre conscience de la portée de mes actes. Comment est-ce que j'ai pu prendre, aussi sereinement, une décision aussi folle que celle-ci ? J'ai mis la vie de Khione en danger, et j'ai failli moi-même y passer. Elle avait raison, d'ailleurs… J'ai été arrogant. J'ai pensé que je pouvais être plus malin que des criminels sur leur propre territoire… Quel idiot ! Et pourtant, impossible de me sentir coupable. Impossible de regretter. Le souvenir de cette soirée me glace, mais je la revivrais sans hésitation. Le chaos m'a terrifié, mais il ne m'a pas dégoûté. En l'effleurant, en le traversant, j'ai eu l'impression de revivre.

Jamais je n'ai autant prêté attention aux battements de mon cœur que lorsque ma gorge était prise en étau dans la main de l'ennemi. Jamais je n'ai été aussi conscient d'être en vie qu'en restant à moitié mort sous les coups dans l'espoir de sauver la sienne. Cette nuit-là, j'ai eu de l'importance. Ma souffrance a eu un sens. J'ai pu agir, donner suite à l'élan de grandeur et de sacrifice qui m'habite et me consume, jour après jour, quand je suis contraint à la médiocrité. J'ai toujours l'impression d'être ce soldat qu'on empêche de combattre, et qui attend que la vie lui donne une nouvelle opportunité, une seconde chance, une autre occasion de prouver ce qu'il vaut. Une autre bataille. Seulement une. C'est tout ce que je demande. Pour que mon existence retrouve cette étincelle de sens qui me persuade que je ne suis pas ici par hasard. Que l'impression que j'ai depuis toujours de devoir réaliser quelque chose de grand ne soit pas une illusion arrogante, un mensonge orgueilleux de mon inconscient. Car pour le moment, tout ce que j'ai connu, c'est l'échec. La défaite.

J'y ai cru, pourtant. J'étais persuadé que je pourrais changer les choses. J'ai surestimé la puissance de mon don… Ou sous-estimé leur puissance à eux.

Je réalise soudain que mon collègue continue à garder le silence et je décide d'intervenir.

– Je m'excuse, Josh, sincèrement. Je voulais l'emmener au Mémorial.

Ce mot semble lui faire l'effet de se prendre une frontière bleue dans la figure.

– Au Mémorial ? s'étrangle-t-il.

Je soupire.

– Il est magnifique, complètement recouvert par la végétation. Quand on se gare dans le district 4, il ne faut que dix minutes pour y accéder. Je voyais vraiment cette sortie comme aller d'une zone sécurisée à une autre, en passant dix minutes dans un endroit un peu plus dangereux. Franchement, Josh, il n'y avait pas d'endroit aussi sécurisé pour elle que le Mémorial.

Josh s'approche de moi, menaçant. Mon regard heurte ses iris olivâtres assombris par son courroux.

– Je vais te le dire une dernière fois, mec. Khione est l'égérie. Ce n'est pas Hazel. Ce n'est pas Dinah. Ni Amandine, Wydad, Yuna ou Kiana, ou n'importe laquelle des meufs que tu as bien pu te faire dans ta vie. Khione est un enjeu politique, et si par hasard tu l'avais oublié, cet enjeu est aussi la raison pour laquelle TU es en vie et que JE ne suis pas en taule.

J'encaisse le choc, amer.

— Tu peux séduire qui tu veux dans toute la ville. Je peux même te donner de l'argent pour aller voir des filles. Mais elle… Tu restes son putain de psychologue, compris ? Tu peux rester professionnel avec une femme, une fois dans ta vie ?

— J'ai été professionnel avec elle.

— L'emmener au Mémorial, seul, sans me prévenir n'est pas ce que j'appelle être professionnel ! gronde-t-il. Je te connais.

— Laisse-moi te rappeler que pour le moment, c'est toi qui l'as embrassée.

Je ne suis pas peu fier de ma contre-attaque mais le niveau d'exaspération de Josh est en train d'atteindre des sommets que je ne suis pas sûr de vouloir connaître.

— Tu sais quoi ? Démerde-toi. Couche avec elle si tu veux. Mais je te préviens, si tu lui brises le cœur, que tu perds sa confiance en tant que psy, bref, que ce que tu fais affecte d'une manière ou d'une autre sa carrière… Je te fous à la porte et je les laisse te descendre. Compris ?

Son attitude est si grave et autoritaire que je ne peux m'empêcher de trouver la situation d'un grand comique. Un sourire commence à fleurir sur mes lèvres, et Josh le remarque. Je le vois tenter de garder son sérieux, échouer et laisser échapper un rire bref que je partage.

— Abruti…, soupire-t-il.

— Je vais faire mon max, Josh, je lui assure en retour, amusé par cette complicité retrouvée. Je te le promets.

— Te connaissant, je ne sais pas si ça sera assez, mais… merci. Soit dit en passant, en me cachant que vous alliez là-bas, tu t'es à nouveau rendu suspect aux yeux des autorités, même si évidemment aucun média n'a l'autorisation de dire que vous y étiez.

— Suspect ?

Il pousse un long soupir chargé de désespoir.

— On te soupçonne d'avoir voulu la remettre à la milice. Je te rappelle que j'ai signalé, il y extrêmement peu de temps, qu'on avait probablement une taupe d'Adrestia infiltrée au sein même de Starlight, information qui a déjà fait pas mal de vagues auprès du gouvernement… Si on avait déjà trouvé le coupable, passe encore, mais là… L'enquête piétine, la police n'a rien à se mettre sous la dent et tu viens juste de te fourrer dans leur collimateur.

Je reste un instant abasourdi. Évidemment. Que peut bien aller faire « Viktor Kortain » dans un quartier bleu avec l'égérie de Starlight, sans prévenir qui que ce soit de ses intentions ? Quel abruti je suis ! J'aurais dû prévoir cette réaction.

— J'ai été con.

— Oui, là, tu peux le dire, me confirme Josh, exaspéré. Mais je te remercie chaleureusement pour l'excellente soirée que j'ai passée hier, où j'ai failli perdre mon meilleur pote, mon job et ma réputation dans la foulée.

Je m'assois sur le bord de la banquette et plonge mon visage dans mes mains. J'ai l'impression d'avoir été ivre et d'entendre le récit, le lendemain, des actions stupides que j'ai entreprises. Même si je ne les regrette pas, je me sens mal vis-à-vis de Josh.

— Non, mais tu te rends compte un peu, Viktor ? s'exclame mon ami, débordant d'indignation. Selon la loi, tu aurais dû être exécuté. Purement et simplement. Ils nous ont donné ce job comme une seconde chance, en te disant de ne pas faire de vagues, de rester sage et toi…

Il me considère avec une immense déception. La complicité retrouvée aura été de courte durée.

— Josh, je ne sais pas quoi te dire. Je suis sincèrement désolé. Je ne pensais pas que ça irait aussi loin.

Il soupire une nouvelle fois, mais semble se détendre un peu.

— Il faut aussi dire que vous n'avez vraiment pas eu de chance…

— Qu'est-ce qui s'est passé ensuite ? Quelle est la situation dans le quartier ?

Josh me désigne d'un signe de tête l'écran où défilent les actualités du jour. Je m'en approche, le cœur battant.

*« Le massacre du district 4 maté en quelques heures par les forces militaires ».*

*« Un bilan s'élevant à plus de 1500 morts ».*

*« Adrestia reclassée organisation terroriste par le gouvernement ».*

*« Le tournant radical de la milice la plus populaire des quartiers bleus : les habitants sous le choc ».*

*« Désolidarisation massive des milices dans les quartiers périphériques »…*

Je suis du regard les bandeaux d'informations qui défilent sur l'écran, relayant en boucle les mêmes messages.

*« La présence militaire renforcée dans de nombreux quartiers pour éviter tout risque d'attentat ».*

*« La Grande Dirigeante prendra la parole à midi pour s'exprimer sur la situation ».*

— La Grande Dirigeante va s'exprimer ? je répète, abasourdi.

La voir apparaître publiquement est un événement extrêmement rare, et donc symbolique. Josh hoche la tête et fait glisser son doigt pour changer de chaîne. Le visage du présentateur est remplacé par des images fortes d'interventions militaires. Hélicoptères, blindés, troupes au sol. Ils ne semblent pas avoir plaisanté.

— Comment sont-ils intervenus ?

— Avec des tasers Shockwave. Ils ont paralysé des groupes entiers, ce qui a permis de réaliser de grandes opérations d'arrestation des miliciens et de démantèlement des gangs. Ils espèrent pouvoir les interroger pour remonter les réseaux. Certains ont déjà balancé des collègues et beaucoup d'arrestations ont lieu en ce moment même un peu partout dans les quartiers périphériques.

Je hoche la tête. Utiliser le Shockwave est vraiment la chose la plus intelligente à faire dans ces conditions. Même s'il n'est jamais agréable de se prendre un choc électrique, cette technologie n'est pas mortelle lorsqu'elle est utilisée à distance. Les blessures sont minimes et permettent à la fois d'éviter des pertes civiles supplémentaires et d'empêcher les prises d'otage. Mais surtout, on peut ensuite facilement trier les ennemis des victimes et interpeller massivement les miliciens.

— Des dizaines d'hôpitaux de fortune ont fleuri dans les rues du district 4 afin de soigner les milliers de blessés de cette boucherie sans précédent, explique une jeune journaliste à la peau sombre en déambulant entre les brancards. On peut sentir parmi les citoyens l'incompréhension et la rancœur vis-à-vis d'Adrestia, qui a choisi le chemin de la violence.

Des témoignages se succèdent, racontant les anciennes œuvres de la milice, en passant par le soutien alimentaire, financier, dont les gens avaient pu bénéficier, puis leurs premiers doutes, et leur choc face à ce violent retournement de situation.

— Je ne comprenais déjà pas pourquoi ils s'en prenaient à la jeune Khione. C'est une gamine, elle chante, elle essaye de sensibiliser les gens pour qu'on sorte de ce chaos. Mais dès qu'elle a commencé à parler d'eux, ils ont tout de suite pris la mouche et tenté de la faire taire. C'est à partir de maintenant que j'ai commencé à me méfier. Moi, je pense qu'ils faisaient tout ce qu'ils pouvaient pour attirer notre sympathie, pour qu'on les aime bien, qu'on les soutienne, mais au fond, tout ce qu'ils voulaient, c'était faire de nous de bons petits soldats prêts à se battre aveuglément pour eux dans une révolution.

— J'y croyais pas, moi. J'y croyais pas. Et puis je les ai vus. On sait à quoi ça ressemble, les miliciens, dans les banlieues. C'étaient eux. C'était Adrestia. Ils n'ont même pas essayé de se cacher.

— Je ne suis peut-être pas pour le gouvernement, mais jamais je ne soutiendrais ça. On ne peut pas répondre à l'injustice par la terreur.

Je pousse un long soupir.

— Qu'est-ce qu'ils peuvent bien avoir derrière la tête ? je murmure.

— Ils n'avaient que deux choix, me répond Josh. Soit ils essayaient de se rendre sympathiques, mais après les bourdes qu'ils ont commises avec Khione, c'était un peu difficile, soit ils jouaient le tout pour le tout en mettant en place des actions fortes. Ils ont choisi la deuxième option. Et regarde : dans certains districts, ça fonctionne.

J'écarquille les yeux devant des images de rassemblements d'hommes et de femmes brandissant des drapeaux d'Adrestia et criant à la révolution.

— C'est ça qu'on attendait ! hurle l'une d'entre eux. Depuis le début ! La fin de la tyrannie ! À bas les traîtres ! À bas le régime !

— Ils veulent notre soumission, ils auront notre rage, ils veulent notre soumission, ils auront notre rage ! clament-ils tous en chœur. Vive la liberté !

— C'est devenu leur nouveau slogan, commente Josh d'un ton égal.

Je reste un instant silencieux, interdit.

— Alors quoi ? On est en guerre civile ?

Il grimace.

— Je pense malheureusement qu'on peut le dire… Il va falloir redoubler de vigilance. La carrière de Khione est en train de prendre un tournant très politique.

Les paroles des miliciens me reviennent en mémoire.

*« C'est non seulement ta dernière chance mais aussi sa dernière chance. Khione Blythe est protégée par Adrestia, car certains d'entre nous ont juré sa protection. Mais si elle ne vient pas avec nous maintenant, il sera trop tard. Il ne sera plus possible de changer toutes les conneries que vous lui avez fait croire, et elle sera devenue bien trop dangereuse. La seule issue possible pour elle sera la mort. »*

Khione, protégée par Adrestia ? Mais pour quelle raison ? Connaissait-elle quelqu'un qui fait partie secrètement de l'ordre ? Quelqu'un qui tient à elle ? J'hésite à donner l'information à Josh, mais me retiens.

*« Toi-même, tu fais certainement partie du jeu. Tu es le fou qu'on sacrifie pour que la reine puisse mettre le roi en échec. »*

Malgré l'incohérence de ses paroles, un doute plane. Et s'il avait raison ?

— Je me demande ce que la Dirigeante va dire de cette situation, je murmure, perdu dans mes pensées.

— Tu n'auras pas à attendre longtemps, réplique Josh en me lançant une veste de costume. On est convoqués.

***

La galerie d'art où nous avons rendez-vous est nimbée d'une lumière d'argent qui fait briller les œuvres d'un éclat cristallin. J'avance, en me remplissant les yeux des toiles d'art abstrait où des camaïeux de bordeaux, de violet, de prune, se mêlent aux tons de gris, de noir et de blanc cassé. La passion artistique de la Grande Dirigeante a toujours été connue, si bien que c'est fasciné mais peu surpris que je la découvre penchée sur une nouvelle toile.

Nous nous avançons, côte à côte, dans le silence clair de l'immense galerie où résonnent quelques notes de violon. Mon regard est happé par elle. Assise d'un quart sur un tabouret de cuir immaculé, elle est vêtue d'un splendide costume bordeaux évasé aux mollets. Ses cheveux courts et blancs sont coiffés soigneusement en arrière dans un sublime mouvement qui met en valeur leur finesse et leur légèreté. Absorbée par son travail, elle s'est légèrement penchée en avant pour mieux laisser son pinceau glisser sur la toile si bien que son visage délicat est caressé par les rayons mordorés.

Quelques légères retouches, et elle se redresse en laissant tomber son pinceau dans un verre d'eau claire qui se remplit soudain de volutes mauves. Un sourire qui lui dessine quelques rides étire ses lèvres fines lorsqu'elle nous aperçoit et son regard ardent me perce de son intensité.

— Bonjour, messieurs, nous salue-t-elle d'une voix chaude.

Nous nous inclinons respectueusement en silence.

— Je vous en prie, redressez-vous et venez vous asseoir.

Elle nous conduit de sa démarche gracieuse à un salon ou de moelleux canapés pourpres côtoient une table de verre noir. Là, elle commande un thé noir à la mûre et s'installe délicatement dans un des fauteuils.

Je ne peux m'empêcher d'éprouver une certaine angoisse à me trouver face à cette femme qui a réussi, même après six années de pouvoir, à laisser planer sur elle une aura de mystère. Les critiques ont peine à trouver quoi que ce soit de croustillant à propos de cette dirigeante calme et sage, qui ne s'avance jamais, réalise peu d'allocutions, reste toujours dans la mesure. Elle a accédé au pouvoir juste après que mon nom ait été détruit, et ne s'est jamais prononcée sur l'affaire. Son passé est toujours resté flou ; on lui soupçonne des enfants, mais nul ne sait où ils sont ni qui ils sont. Quant à Éphème, elle s'est beaucoup souciée de la rétablir économiquement, de sauver ce qui était en train de s'écrouler, sans vraiment franchir de limite ni donner lieu à polémique. En bref, lorsque je me retrouve enfin face à elle et à son regard perçant qui m'étudie avec une pointe d'amusement, je ne sais que penser.

— Monsieur Kortain…, débute-t-elle de sa voix douce polie par l'âge. L'homme qui a fait trembler Éphème.

Un frisson me parcourt. J'ouvre la bouche.

— Je sais, me coupe-t-elle posément. Vous ne souhaitiez pas faire trembler, vous souhaitiez renverser. Mais cela m'avait semblé être un bon début pour un jeune homme de 20 ans.

— Une erreur de jeunesse, tout simplement, intervient Josh pour me défendre.

Elle esquisse ce sourire de la grand-mère qui sait, par expérience, lire les âmes des plus jeunes.

— Je ne pense pas que votre ami voie cela comme une erreur.

Josh me jette un coup d'œil, tandis que je reste immobile.

— Je pense qu'il voit cela comme un échec.

Ces mots me brûlent l'ensemble de la colonne vertébrale. Elle porte sa tasse fumante à ses lèvres, sans me quitter de ses yeux pétillants de malice.

— Je vous comprends, monsieur Kortain. Vous êtes un idéaliste. Les injustices vous sont insupportables, et vous préférez sûrement l'anarchie à un système inégalitaire.

Je me retiens de grimacer. Si seulement il ne s'agissait que d'inégalités…

— Vos idées sont nobles, et je les ai toujours respectées. J'ai été comme vous, à une époque. Fougueuse. Remplie de valeurs à défendre corps et âme.

Une expression de douce nostalgie envahit ses traits.

— Mais je parle aujourd'hui avec la voix de l'expérience. Changer les choses demande du temps, et de la patience. Ces sept dernières années, j'ai dû régler de nombreux problèmes de structure interne de l'État, qui m'empêchaient de réaliser quoi que ce soit de concret pour les habitants des périphéries. Mais je n'ai pas cessé de penser au problème. Vous savez sans aucun doute que c'est moi qui ai chargé monsieur Garbenta de créer Starlight et son égérie, qui devait obligatoirement être originaire des quartiers bleus, pour sensibiliser le centre d'Éphème à leur situation. Et je ne peux nier que le travail que vous avez fourni pour ce projet est excellent.

— Pourquoi avoir tant investi dedans ? je demande avec audace. Pourquoi ne pas avoir directement versé cet argent aux banlieues ?

Un serveur lui propose un paquet d'élégantes cigarettes bordeaux sur un plateau d'argent. Elle en saisit une, l'allume sur la flammèche violacée qui lui est présentée, et relève les yeux vers nous.

— Monsieur Kortain, vous entendre me poser cette question me déçoit. Je pensais que ce serait quelque chose que vous auriez compris.

Évidemment que j'ai compris, mais je souhaiterais l'entendre de sa propre bouche. Elle prend une bouffée et souffle les volutes mauves par le nez.

— Les milices nous sont profondément hostiles. Avec leur grande influence, il était impossible d'agir sans qu'elles nous mettent des bâtons dans les roues, nous fassent perdre des sommes considérables et créent des conflits. De même, personne ici ne souhaitait investir dans ces quartiers dont beaucoup relativisaient la situation. Mademoiselle Blythe est le pont, le lien entre ces deux mondes, le symbole des efforts que nous faisons pour aider, et de notre désir de voir notre aide acceptée. Elle permet aux plus aisés de développer une sympathie pour les banlieusards, de les voir avec un autre visage que celui de la cruauté des gangs et de l'insalubrité des habitations. D'autre part, elle laisse les plus pauvres espérer et avoir leur destin relié d'une certaine manière au centre en y voyant l'une des leurs briller. Elle est l'étoile qui, je l'espère, guidera Éphème pour la sortir de cette triste nuit.

Son regard se perd dans le gris pâle du ciel.

— Malheureusement, hier, les choses ont pris un tournant que je n'attendais pas. Alors que je souhaitais gagner progressivement la sympathie et la confiance des citoyens, les miliciens ont tenté le tout pour le tout.

— Quelle est votre nouvelle stratégie ? Comment pouvons-nous vous aider ? interroge Josh, très professionnel.

— L'armée a été mobilisée pour mettre fin aux massacres, et le personnel hospitalier déployé. Nous avons fermé le quartier à tous ceux qui ne font partie ni des forces de l'ordre, ni des secouristes. Maintenant il est temps d'agir. Nous ne pouvons pas nous contenter de mettre de la glace sur les plaies ; il faut désinfecter et recoudre. Nous allons raser le quartier pour le reconstruire, répertorier tous les habitants, leurs formations, leurs compétences, donner du travail et un logement décent à tous.

Je fronce les sourcils. En effet, la solution est radicale.

— Et en combien de temps comptez-vous faire cela ?

— Deux mois. Et à l'issue de ces deux mois, nous reproduirons cette stratégie sur un autre district, jusqu'à ce que tous soient formalisés.

Même Josh manque de s'étouffer.

— Nous sommes en guerre, messieurs. Nous allons déployer tous les moyens possibles pour rétablir la paix. Je compte mobiliser tous les secteurs et vous serez de la partie. Monsieur Garbenta a déjà toutes les instructions en main et je compte sur vous pour donner votre maximum. Mademoiselle Blythe est loin d'avoir un rôle secondaire dans cette histoire.

Elle laisse tomber la cendre scintillante dans son cendrier de cristal.

— Je pense que vous pourriez d'ores et déjà travailler sur mes nouvelles instructions, monsieur Garbenta.

Josh comprend immédiatement la subtilité, sourit poliment, se lève et s'incline.

— Merci de nous avoir reçus, remercie-t-il respectueusement, avant de tourner les talons et de se diriger vers la porte.

Je m'apprête à l'imiter, lorsque la Dirigeante m'interpelle.

— Monsieur Kortain !

Je me retourne.

— Ce que vous avez fait méritait une nouvelle fois l'exécution, j'espère que vous en êtes conscient.

— Je ne vous remercierai jamais assez de votre clémence. Je vous prie de croire que je n'avais aucune mauvaise intention. Je l'ai emmenée au Mémorial simplement parce que j'avais besoin de gagner sa confiance.

— Vous ne l'aviez pas déjà ?

Elle hausse un sourcil intrigué.

— Pas entièrement. Une connaissance approfondie de son caractère, de sa vision du monde nécessitait une sortie de ce contexte de travail. J'ai plus appris en quelques heures au Mémorial qu'en plusieurs semaines ici, vous pouvez me croire.

Un éclat intéressé fait briller son regard.

— Bien, lâche-t-elle doucement, en me fixant comme si elle tentait de déchiffrer mes pensées. Tâchez d'utiliser ces informations à bon escient. Il me tarde de rencontrer cette jeune femme.

# CHAPITRE 27.

*Khione*

Les gouttelettes de la pluie nocturne s'écrasent sur mon visage. Je suis sortie sur le balcon, et mes yeux fixent la forêt de verre et d'acier. Quelques semaines se sont écoulées depuis « Le massacre d'Adrestia ». Je suis restée ici à travailler corps et âme sur le reste de l'album et sur mes réseaux sociaux. De toute façon, Josh avait décrété que je ne devais plus sortir, le temps que la situation se calme.

Je soupire. Ma tête est en ébullition, ma peau me brûle, j'ai constamment l'impression que mon cœur bat trop vite. Alors je me tiens là, immobile, laissant les ruisseaux d'eau claire refroidir mon épiderme.

Je n'ai pas eu l'occasion d'échanger un seul mot en privé avec Viktor. Chaque minute, le souvenir de ses lèvres me torture, mais je n'ai droit qu'à quelques regards rapides, neutres, professionnels. J'hésite toujours entre penser qu'il est timide, très bon acteur ou tout simplement un imbécile.

J'inspire une grande bouffée d'air en fermant les yeux. Parfois, j'aimerais juste pouvoir l'oublier. Ses réactions incohérentes, ses secrets qui planent, son passé chargé me rendent tout simplement folle. Je passe mon temps à tourner et retourner dans ma tête le problème insoluble qu'il représente, mais rien n'aboutit jamais.

Je défroisse les plis de ma robe bleu liquide qui luit dans l'obscurité. Mes doigts se perdent dans le tissu aérien qui semble cousu de fils de lumière. Ce soir, nous allons à un gala de charité destiné à lever encore plus de fonds pour les quartiers périphériques. De nombreuses personnalités importantes seront présentes, dont la Grande Dirigeante…

Je soupire. Le stress est à son comble.

— Mademoiselle Blythe ?

Je me retourne vers Nolan, mon garde du corps, et lui souris. Cela fait déjà quelque temps que cet homme assure ma sécurité dans l'ombre. Très peu bavard, mal à l'aise à l'idée de tenir une discussion, il est toujours muré dans le même silence, qu'il semble tant apprécier. Son caractère est celui d'un homme timide, réservé, discret, qui a sûrement de nombreuses passions dont il n'osera jamais parler.

— Nous allons devoir y aller, m'annonce-t-il du haut de ses deux mètres cinq.

— Bien sûr… Allons-y.

***

Le champagne rosé coule à flots, les nuances de soie se mélangent, les lumières font scintiller les parures d'or et d'argent. J'avance sur le tapis de velours bleu, le cœur battant, agrippée au bras de Josh comme à une bouée. Ce dernier est vêtu d'un splendide costume bleu pastel, quand Viktor s'est contenté de s'habiller en noir avec une simple cravate marine pour respecter le thème de la soirée.

— Redressez-vous, me glisse Josh. Soyez confiante, vous avez déjà fait vos preuves. Observez la manière dont les gens vous regardent… Vous n'avez pas à gagner leur admiration, vous l'avez déjà. Appréciez la sensation grisante d'être celle que tout le monde contemple… et laissez-vous porter.

Mes lèvres s'étirent légèrement. Il est vrai que je peux sentir la caresse des regards qui glissent sur moi, me détaillant avec un mélange de curiosité et de fascination. Je prends une inspiration, et continue mon entrée dans la salle bondée de monde en m'appliquant à être digne.

De nombreuses personnes nous arrêtent, échangeant quelques mots avec Josh, me saluant tantôt avec une chaleur bienveillante, tantôt avec la froideur de la jalousie. Je reste droite, la tête haute face aux femmes qui m'examinent de haut en bas comme si je n'étais pas à ma place. La beauté semble dégouliner de tout ce sur quoi je peux poser mes yeux. Tout n'est que diamants et paillettes, luxe et sensualité. Les lustres sont des cascades de cristaux qui semblent plonger comme des stalactites dans des bassins d'eau lisse où dorment des nymphéas blancs. Des escaliers de marbre noir dévalent les différents niveaux qui donnent à la salle une perspective incroyable, alors que des projections de raies mantas et de méduses ondulent dans les airs, frôlant les murs de leur ombre lumineuse.

Je remarque Viktor, qui, un peu plus loin, porte son cocktail à ses lèvres tout en scrutant la salle avec défiance. Il semble se méfier de la perfection féroce de ce décor idyllique et à en croire l'attitude des autres invités, la méfiance est réciproque. Son regard finit par croiser le mien, et je crois voir ses traits s'adoucir. Je retiens ma respiration, alors qu'une connexion invisible s'établit pour un fragment de seconde. Une sensation de chaleur envahit mes membres lorsqu'il laisse ses yeux se perdre le long de ma gorge, descendre jusqu'au creux de mes reins avant de retrouver mon visage. Le décor semble s'effacer un instant, me laissant seule face à lui, la tête emplie de pensées chaotiques et le cœur battant. Je m'apprête à lui sourire mais ses iris s'assombrissent et se mettent à fixer un point derrière moi, rompant le charme.

— Bonsoir, mademoiselle Blythe.

Je me tourne vers mon interlocuteur, surprise de reconnaître le patron de la chaîne télévisée où j'ai été invitée il y a quelques semaines.

— Oh, bonsoir monsieur Dujas.

Celui-ci esquisse un sourire qui lui dessine de légères rides aux coins des yeux quand il comprend que je l'ai reconnu.

— Je tenais à vous féliciter. Votre début de carrière est absolument spectaculaire. Vous avez un grand avenir devant vous.

— Merci à vous, c'est en partie grâce à votre contribution, je réponds en retour avec un sourire poli.

Il tend son verre en direction de Viktor.

— Vous connaissez ce jeune homme ?

— Monsieur Kortain ? Oui, bien sûr…, je réponds, mal assurée.

— C'est un garçon qui a toujours été exceptionnellement talentueux. Je l'ai connu tout jeune, lorsqu'il n'avait que quelques semaines. J'étais autrefois très ami avec son père… Il a des idées… Sur le monde, la société… C'est un véritable penseur. Mais faites attention, car il ne fait pas que penser.

— Que fait-il d'autre ? je murmure, coupable à l'idée d'obtenir des informations que Viktor ne souhaite pas que je sache.

— Il agit.

Je demeure interloquée.

— Qu'entendez-vous par là ?

Monsieur Dujas ajuste sa veste et se rapproche d'un pas pour me glisser sur le ton de la confidence :

— Monsieur Kortain est un anarchiste, mademoiselle. Sachez-le. Il hait cette société, et ne veut pas la faire changer. Il veut la faire tomber.

Il boit une gorgée de champagne.

— Ne vous laissez pas séduire par ses discours idéalistes. Ses idées sont très dangereuses, et j'ai toujours regretté de voir un esprit si brillant être autant attiré par la déviance.

Le doute me saisit en écoutant le journaliste. Les critiques, plus ou moins fines, de Viktor sur Éphème me reviennent en mémoire. Anarchiste, Viktor ? Vraiment ? Je l'observe à la dérobée analyser son environnement avec une indifférence critique, comme si le luxe n'avait pour lui aucune saveur. Je me retourne soudain vers Dujas.

— Pourquoi me dites-vous cela ?

Il incline légèrement la tête pour relever la pertinence de ma question.

— Mademoiselle, vous ne comprenez pas encore qui vous êtes. Vous avez déjà commencé, et vous continuez à vous construire une influence considérable sur une grande partie de la population, et si vous vous faites influencer par des discours extrémistes, le résultat pourrait être catastrophique. C'est pour cela que je préfère vous prévenir que…

— Monsieur Dujas ! s'exclame soudain Josh qui vient de terminer sa conversation avec un militaire haut gradé.

Je ne peux m'empêcher de remarquer son ton appuyé, comme s'il souhaitait faire comprendre au journaliste le caractère déplacé de ses commentaires. Sa mâchoire est d'ailleurs plus contractée que d'habitude et ses iris luisent d'un éclat carnassier. Droit, les cheveux plaqués en arrière avec du gel, armé de sa confiance habituelle et de son talent pour la communication, il est intimidant pour n'importe qui, même Dujas. Celui-ci ne se démonte pas pour autant, et tous deux entament une conversation froide dont je me désintéresse rapidement.

Je remarque du coin de l'œil que Viktor discute désormais avec un autre convive, et écarquille les yeux de surprise en reconnaissant l'acteur Vlad Tolso. Connu pour son rôle dans *Blade Runner IV* et beaucoup de films de science-fiction, son âge maintenant proche de celui de la retraite ne le rend pas moins crédible. J'essaye de l'observer plus en détail, mais je l'aperçois à peine car les muses virtuelles qui dansent au milieu des convives les drapent de leur manteau lumineux.

La musique diffusée dans la salle rend toute la scène parfaitement surréaliste. Des sons longs, mystérieux, mélodieux, font vibrer les parois de verre, tandis que les notes les plus cristallines semblent dégouliner le long des murs pour plonger le public dans un autre monde. Les rires semblent plus lointains, les voix plus profondes. Les tonalités paraissent faire briller les rivières de diamants d'un éclat plus sombre, et rendre les lumières des néons plus chatoyantes.

— Bonsoir, mademoiselle.

Je sursaute. Perdue dans ma contemplation, je n'ai pas entendu mon nouvel interlocuteur approcher. Une femme âgée, aux traits fins et distingués, les lèvres peintes d'un bordeaux de la même nuance que sa jupe fourreau me fait face, un verre de kir royal à la main.

— Oh, bonsoir madame, je lui réponds en essayant tant bien que mal de ne pas avoir l'air trop impressionnée. Vous êtes… ?

Un sourire amusé se dessine sur son visage, lui traçant des rides aux coins des joues.

— Annie Tyr, dirigeante d'Éphème.

J'écarquille les yeux, épouvantée, et m'incline précipitamment.

— Je vous prie de m'excuser, je murmure d'une voix blanche. Je ne vous avais pas reconnue.

— Redressez-vous, mademoiselle, vous n'avez point à vous justifier. Si j'étais plus loquace et moins méfiante des médias, vous n'auriez pas eu ce problème.

Je me force à sourire. Son ton est bienveillant mais ses yeux clairs semblent vouloir percer mes secrets les plus enfouis.

— Je vous avoue avoir été très impatiente de vous rencontrer, mademoiselle Blythe. Vous êtes une jeune femme très intrigante.

— Intrigante ? je répète, bouche bée.

J'intriguerais la dirigeante suprême ? Je reste perplexe. Mais la vieille femme ne se démonte pas.

— Vous sortez des profondeurs obscures des quartiers bleus, aussi fraîche et innocente que la neige, avec votre voix d'or et votre visage d'ange. En à peine quelques semaines, vous conquérez le cœur du public, évitez de nombreux assassinats, et j'apprends maintenant que vous avez tué de vos propres mains trois miliciens.

Je me glace instantanément, tandis que son regard se teinte d'amusement et de malice.

— Et aujourd'hui, vous vous tenez devant moi, avec votre expression de biche effarouchée, comme si vous n'aviez jamais connu l'odeur du sang, comme si vous n'aviez jamais vu la mort en face…

Je reste immobile.

— Une question me tourmente, mademoiselle Blythe. Êtes-vous vraiment celle que vous prétendez être ? Ou est-ce que vous vous jouez de nous en usant et abusant de votre apparente innocence pour nous faire baisser nos armes et ensuite, frapper ?

— Je vous jure que je suis sincère ! je m'exclame, offusquée.

— Alors quel est votre secret ? Comment pouvez-vous vivre le pire et vous présenter ainsi ?

Je prends un instant pour réfléchir. Personne n'avait porté ce regard sur ma personnalité, et pourtant, quand j'y pense, ce contraste entre ombre et lumière a toujours été présent.

— J'ai grandi en lisant beaucoup, je lâche. Les livres m'ont appris à voir la beauté même dans les pires désastres, à garder espoir, à croire en des jours meilleurs. Je n'ai pas tué trois hommes. J'ai protégé la vie de monsieur Kortain. Je n'ai pas failli tomber dans les mains des miliciens, j'ai gagné l'opportunité de révéler au monde qui ils sont vraiment. Tout est une question de regard… Et mon regard est celui de l'espérance.

La Grande Dirigeante incline poliment la tête, comme si elle appréciait mes paroles.

— Ah, le pouvoir des livres…, murmure-t-elle d'une voix pleine de rêverie. Vous n'êtes donc pas candide, vous êtes idéaliste.

— Cela change-t-il beaucoup de choses ?

Une étincelle s'allume dans son regard.

— Bien sûr. Les idéalistes sont bien plus dangereux.

J'essaye de me forcer à sourire. Je ne sais plus sur quel pied danser.

— Vous considérez que je le suis ?

Elle me gratifie d'un regard bienveillant.

— Moins que si vous étiez un imposteur. Mais j'aurai l'occasion de vérifier cela, puisque nous allons devoir travailler en étroite collaboration.

— Travailler en étroite collaboration ?

La dirigeante porte son verre violacé à ses lèvres, et sirote deux gorgées.

— Mademoiselle, nous sommes engagés dans la même lutte. La sécurité des quartiers bleus. Vous êtes la voix qui alarme, je suis la main qui agit. Sans moi, vos paroles sont vaines. Sans vous, mes actions n'ont pas de sens.

Je hoche la tête, touchée. Un poids semble se poser sur mes épaules, mais je l'accueille sans soupirer. La responsabilité est grande, mais le sentiment d'être utile, de compter, d'avoir un rôle à jouer qui permette de changer les choses, ou au moins d'essayer de les changer, l'emporte sur le poids du devoir.

— J'espère être à la hauteur, je murmure, galvanisée.

Je me sens toute petite à côté de cette femme singulière, si confiante, qui respire la puissance et le pouvoir, et semble avoir été sculptée par l'âge et l'expérience. Inspirée par ce modèle, je me fais silencieusement la promesse de tout faire pour mériter cette confiance qu'elle m'accorde.

— Ce combat ne sera pas facile tous les jours. Ça ne sera pas constamment des paillettes, des danses, des chants et des acclamations. Parfois ce sera du sang, de la destruction, de la violence et de la mort. Êtes-vous sûre d'être prête pour les deux ?

Je prends un court instant de réflexion.

— Je ferai mon possible pour l'être.

— Bien.

Elle se tourne d'un quart en direction de son garde du corps le plus proche, et lui fait un discret signe de la main.

— Pour votre première leçon, sachez que vos ennemis ne sont pas toujours où vous pensez qu'ils se trouvent, murmure-t-elle d'une voix rauque. Si les miliciens ont réussi à se constituer et à perdurer si facilement… c'est qu'ils ont reçu des soutiens.

— Des soutiens ?

— Des citoyens des quartiers du centre leur ont fourni de l'argent, des armes, des renseignements. Les derniers événements en ont fait sortir certains de leur trou, qui ont à tort pensé qu'il était temps de se révéler… Le démantèlement des réseaux du district 4 a aussi permis d'identifier certains traîtres.

Elle finit élégamment sa coupe de champagne. Une rumeur agite la foule.

— Et devinez quoi ? Il y en a parmi nous ce soir…

Je me retourne brusquement, juste à temps pour apercevoir la quinzaine d'hommes de la police spéciale s'engouffrer dans la pièce, armés jusqu'aux dents. Je me glace en les entendant hurler de ne pas bouger et lève sagement les mains en l'air. Un silence s'est abattu sur la pièce, qui semble figée dans son mouvement. Seule la dirigeante reste stoïque, les bras le long du corps, se distinguant des autres statues par sa confiance et son indifférence. Mon regard glisse sur les convives : droits et muets, ils attendent civilement d'autres instructions. Je m'attarde sur Josh et Viktor, qui, interrompus en pleine conversation, ne se quittent pas des yeux. Un demi-sourire aux lèvres, Viktor paraît s'amuser de l'expression implacable de Josh qui semble lui murmurer des insultes. J'observe son visage caressé par les néons lorsque soudain le souvenir de la douceur de ses lèvres me frappe de plein fouet, m'obligeant à tourner la tête, les dents serrées.

Les forces d'intervention se glissent entre les groupes tels des loups se faufilant dans un troupeau de brebis, les crocs sortis, prêts à bondir sur la proie qui leur a été désignée. La salle est immense, mais je peux entendre les réactions choquées de la foule qui découvre des traîtres dans des visages familiers.

Mon ventre se noue en voyant approcher deux officiers, les doigts refermés sur leurs armes, examinant méticuleusement chaque visage. Tout en eux est semblable aux miliciens, excepté leur uniforme. De la démarche au regard, à l'énergie agressive, aux mouvements rapides et précis… Je me tends imperceptiblement, peu rassurée par ces hommes pourtant censés nous protéger. À mon plus grand soulagement, ils passent à côté de Viktor sans s'arrêter.

Alors que les forces de l'ordre semblent continuer activement leurs recherches, un murmure détourne l'attention de tous vers la scène où se produisaient les danseuses virtuelles. J'aperçois alors Vlad Tolso, un verre à la main, gravir dignement les marches de verre alors qu'une rangée de canons se pointe vers lui en une cascade de cliquetis. La dirigeante lève une main ferme, retenant les balles.

Pas un bruit. Le vieil acteur se tourne vers l'auditoire, le parcourant de son regard qui brille de cette étrange étincelle que l'âge n'a pas effacée. Il se tient droit et fier, la carrure toujours intacte malgré le fil des années, et son charisme plonge la salle dans un silence fasciné.

— Ceux qui me connaissent savent ô combien j'ai aimé la scène, sourit-il doucement. J'y ai endossé de nombreux rôles, tous aussi passionnants les uns que les autres.

Il marque un silence, fait quelques pas, se tourne à nouveau vers le public.

— Mes amis journalistes m'ont souvent demandé lequel fut le plus difficile à jouer. Ce soir, je vous réponds honnêtement : le mien.

Son bras s'écarte en un signe d'excuse, nous laissant tous stupéfaits.

— Cette société est pourrie des racines au sommet, et je ne suis pas le premier à le penser, lance-t-il, tandis que sa voix rocailleuse résonne deux fois dans la pièce et mille dans mon esprit. Je n'ai pas toujours pensé ainsi mais la réalité m'a poussé à l'admettre :

Éphème est une nouvelle Gomorrhe qui mérite amplement d'être mise à feu et à sang. Vous ne pourrez cette fois pas crier à l'instabilité de la jeunesse, puisque c'est l'expérience qui parle.

Ses yeux se posent sur la dirigeante.

— Vous êtes la femme la plus brillante que j'aie jamais rencontrée, admet-il, tandis qu'elle soutient son regard avec une apparente facilité.

— Et vous un excellent manipulateur, réplique-t-elle sur le même ton, coupant l'acteur dans son discours. Vous êtes accusé d'avoir réalisé des dons de plusieurs millions aux milices, le niez-vous ?

Son sourire s'élargit, ironique.

— Lesquelles ?

— Le niez-vous ?

La question flotte dans les airs quelques instants.

— Non, madame, je ne le nie pas. Je le revendique.

Rumeur choquée.

— Monsieur Tolso, vous êtes donc en état d'arrestation et allez, comme la justice de notre démocratie l'exige, être jugé par le Tribunal Suprême.

— Ce jour arrivera pour vous aussi, madame, réplique-t-il, un demi-sourire aux lèvres. Et vous payerez plus cher que nous tous.

Sur ces mots, d'un geste souple et grandiose, il lève son verre en direction de l'assemblée. Celui-ci traverse un rayon de lumière qui, en teintant le champagne de bleu, révèle de multiples particules de poudre blanche.

— Pour la liberté, la véritable, l'unique, l'authentique, qu'elle soit au prix des larmes, du feu ou du sang ! scande-t-il au milieu des huées.

Ma bouche s'arrondit de surprise en reconnaissant une des fameuses tirades de la version censurée du Livre de tous les scandales. Je remarque Viktor, qui, pâle comme la mort, tente un geste pour s'avancer mais est retenu par Josh qui l'agrippe fermement par le bras.

L'acteur porte le verre à ses lèvres et rien ne semble pouvoir l'arrêter quand soudain la dirigeante arrache à un policier son revolver. D'un mouvement d'une rapidité et d'une précision incroyable, elle braque son arme en direction de Tolso et presse la gâchette. La balle, qui fend l'air de la pièce et fait éclater le cristal en milliers de fragments, rétablit instantanément le silence. Déstabilisé, Tolso n'a pas le temps d'esquisser un geste avant que les forces de police ne se ruent sur lui.

— Éphème est une démocratie où personne ne prononce sa propre sentence. Vous serez jugé par le Tribunal Suprême, et en présence d'un avocat.

J'observe, atterrée, les officiers le menotter, attendant qu'il se débatte, qu'il envoie au sol ses agresseurs comme j'ai pu le voir faire dans tant de films. Mais rien. Simplement une acceptation digne et grave qui me rappelle ce que l'on m'a décrit de l'arrestation de l'éditeur Suraki après qu'il eut publié le Livre de tous les scandales.


La foule s'écarte pour laisser les policiers l'amener à la Dirigeante. Je remarque que Tolso échange un regard lourd de sens avec Viktor, qui, immobile, le fixe avec une souffrance telle qu'elle finit par lui faire détourner les yeux.

— Cela restera une sortie de carrière mémorable, commente posément la dirigeante lorsque Vlad est escorté à sa hauteur.

— Merci, ironise-t-il avec sérieux. Votre jour viendra aussi, mais j'ai peur que le jugement du peuple ne soit pas si civilisé que celui que vous me proposez.

Elle ne lui répond pas, se contentant d'esquisser un sourire de défi qui accentue ses rides aux coins de joues.

— Pour tous ceux qui ont senti leur cœur bondir lors des arrestations de ce soir, pensant finir avec des menottes aux poignets… Écoutez mon avertissement. Nous ne vous avons pas oublié. Nous connaissons vos noms. Nous connaissons vos activités. Si vous ne voulez pas être les prochains, coupez tous vos liens avec les milices. Nous vous avons laissé une chance de vous racheter, mais nous ne vous en laisserons pas deux.

Son visage, qui avait affiché une expression dure et tranchante, s'adoucit.

— Quant aux autres, je vous prie de me pardonner pour le dérangement causé, reprend-elle d'un ton plus suave. Passez une agréable soirée.

Sur ce, la dirigeante me gratifie d'un regard complice et s'éloigne, escortée par une poignée de gardes du corps. La musique recommence alors, mélodieuse, l'ambiance se détend, les gens se remettent à sourire. J'observe avec stupéfaction la fête reprendre comme si rien ne s'était passé, avec la légèreté et le naturel d'avant les arrestations.

— Mon Dieu, je ne pensais pas qu'un monde puisse être à la fois aussi merveilleux et terrifiant…, murmuré-je sans vraiment le réaliser.

— De quoi parlez-vous, ma chère ? me demande une dame élégante et souriante, habillée comme une duchesse.

— Eh bien, de cette société… Comment peut-elle être à la fois si parfaite et si sombre ?

La gracieuse femme se tourne vers moi, plongeant profondément ses yeux dans les miens.

— Ce monde est parfait, me réplique-t-elle avec un sourire éclatant, bien que crispé. Et je ne vois absolument pas ce qui pourrait vous faire dire le contraire.

# CHAPITRE 28.

*Viktor*

La pluie bat sur les vitres teintées de la Jaguar. Installé confortablement dans mon siège, la tête renversée contre le cuir matelassé, je laisse échapper un long soupir.

Je tremble encore.

Tout mon corps palpite, toujours habité par l'angoisse de cette arrestation massive qui a fait ressurgir mes pires souvenirs.

– Bordel ! je jure en faisant tomber mon paquet de cigarettes qui se répand dans la voiture.

Je passe une main frémissante d'impatience dans les rainures neuves du cuir, attrape la première cigarette qui me vient et la porte à mes lèvres. D'un mouvement maladroit, mon pouce allume mon briquet métallique et une petite gerbe d'étincelles éclaire un instant l'habitacle. Je tire une longue bouffée, avec la même satisfaction que celle de quelqu'un qui peut à nouveau respirer, et ferme les yeux.

Je n'en pouvais plus.

Heureusement que Josh était là pour me retenir. Je sens encore sa prise ferme et le poids de son regard implacable.

— *Sors d'ici*, m'a-t-il murmuré, et son ton avait tout d'un ordre. *Tu me remercieras plus tard.*

Étonnamment, j'ai obéi. Après un dernier regard déchiré, j'ai fendu la foule et je suis sorti. Me dirigeant droit sur une voiture qui me plaisait, j'ai démis le chauffeur de ses fonctions et me suis mis à rouler au hasard dans les rues étroites et sombres de la ville.

J'expire. La fumée qui s'échappe a une odeur âcre.

— Quel con ! Quel con, quel con, quel con ! je jure, les dents serrées.

Je me force à reprendre ma cigarette et grimace en inspirant les volutes amères qui me brûlent la langue. La nicotine semble me détendre et je reprends d'un ton plus bas :

— Quel con ! Mais quel geste !

Mon regard se perd sur les perles d'eau qui font la course sur le pare-brise. Je suis perdu. Je ne sais ni quoi faire, ni quoi penser, ni qui être. Mon passé me hante, mon présent me dégoûte et mon futur me terrifie.

Et puis… il y a elle. J'ai souvent l'impression que l'enfer, ne pouvant m'atteindre, l'a mise sur ma route pour me torturer.

Toc toc toc. Je relève les yeux en entendant des tapotements discrets contre ma vitre. Je remarque alors dans quel quartier je me suis perdu et une profonde lassitude s'abat sur moi.

Hantant les néons flamboyants qui teintent les flaques de rouge et de noir, des silhouettes féminines se découpent dans la brume, dansant langoureusement à l'attention de leur auditoire invisible. Un seul logo domine la rue, étincelant comme un diamant dans la pénombre envoûtante. Noctalys.

Le tapotement se répète, et je baisse la vitre. Une jeune femme à la chevelure de feu apparaît, un grand sourire aux lèvres.

— Il ne faut pas être timide, mon chou ! s'exclame-t-elle avec amusement.

Elle peut paraître tout ce qu'il y a de plus joyeux et léger, pourtant, son regard la trahit. Je peux y lire la souffrance, le traumatisme, la perte précoce de son innocence… Suivi de tout ce qui maquille son expression à présent : l'acceptation d'un destin qu'elle n'a pas choisi, l'horreur devenue routine, l'intégration de cette identité imposée à sa personnalité.

La jeune femme s'appuie sur le bord de ma fenêtre, taquine, et son parfum de cerise et de fumée ensorcelle mes sens.

— Bonsoir, Kiana.

Ses yeux s'arrondissent de surprise tandis qu'elle pousse un cri d'excitation qui attire l'attention de l'ensemble de ses collègues.

— Viktor !

J'essaye de réprimer un sourire en voyant toutes les filles de la rue quitter leurs postes pour se précipiter autour de la voiture, en un brouhaha de voix féminines.

— Bonsoir Viktor !

— Cela faisait si longtemps que tu n'étais pas venu !

— Que fais-tu par ici ?

— Tu as beaucoup de travail en ce moment ?

— Tu veux de la compagnie pour ce soir ?

J'essaye de répondre, amusé, mais c'est une véritable cacophonie.

— Les filles, fermez-la un peu, s'il vous plaît, grogne Yuna, une des anciennes.

Je dévisage un instant la splendide jeune femme à la peau noire, aux lèvres pleines et aux cheveux tressés qui tombent en une cascade pourpre sur ses omoplates. En suivant les lignes de son corps, de sa poitrine ronde, de ses hanches pleines, je remarque quelques pansements de fortune et une plaque métallique, qui part de son flanc gauche et effectue une arabesque avant de plonger sous son short moulant.

– J'ai été upgradée, murmure Yuna, et je peux sentir une tristesse profonde dans sa voix.

J'ouvre la portière, faisant reculer les jeunes femmes, et sors lentement du véhicule pour me retrouver face à elle. Je pose ma main sur le métal de son ventre, fais glisser mon pouce à la frontière entre la plaque et sa peau, pour constater que les deux sont au même niveau.

Yuna lève des yeux noir brillant vers moi et pose sa main par-dessus la mienne.

– Le boss est persuadé que le fantasme de la femme robot est en pleine croissance, souffle-t-elle tout bas, comme si elle ne voulait pas qu'on l'entende. Il a payé une blinde pour que je puisse remplacer ma jambe et une partie de mon ventre par des pièces métalliques, pour que soi-disant je ramène plus de thune. Regarde.

Elle fait glisser son doigt sur la montre de son poignet et un hologramme apparaît, présentant le profil complet de la jeune femme avec toutes ses options disponibles. Je détourne les yeux des vignettes plus que suggestives, qui m'informent des compétences de la jeune femme, de ses mensurations, de ses spécialités, par de charmantes photos.

Les filles rient de ma retenue.

– Sois pas timide, me taquine Yuna. Comme tu le vois, reprend-elle d'un ton plus sérieux, mon tarif a quasiment doublé. Par contre, je touche toujours le même salaire…

Je replace une mèche de cheveux derrière son oreille.

— Je suis désolée, Yuna. Vraiment.

Elle se force à sourire.

— Tu y es pour rien, chou. Toi, au moins, tu as essayé de faire changer les choses.

Le passé, dans sa phrase, me fait l'effet d'une gifle, mais je reste impassible.

— Tu as besoin de compagnie, ce soir ? demande Wydad, une brune adorable au teint sombre à qui on a refait trois fois la poitrine. J'ai lu 1984 en entier pour pouvoir en discuter avec toi !

Le brouhaha reprend, mélangeant les exclamations des filles qui tentent de me convaincre de les choisir. J'essaye de les calmer, tout sourire. Leur attachement me touche et me peine, car j'ai l'impression d'être le seul client à aimer passer une soirée entière avec elle. Je paye trois fois le prix pour pouvoir les emmener au restaurant, apprendre à les connaître, discuter avec elles du monde jusqu'à minuit avant de me laisser tenter par leurs baisers passionnés. Le mot est vite passé, et je les ai progressivement vues redoubler d'efforts pour imiter les manières des femmes de mon milieu, économiser pour s'acheter des robes convenables et élégantes, prendre des attitudes de plus en plus glamour et romantiques pour essayer de me plaire. J'estime qu'il s'agit là d'un marché raisonnable, puisqu'au final, nous sommes deux à vendre du rêve à l'autre...

— Tu as l'air si fatigué !

— Et triste !

— On peut t'aider à oublier...

J'aimerais pouvoir me laisser porter par ce concert de voix cajoleuses et de mains caressantes. Elles se sont rapprochées et les plus proches passent leurs doigts dans mes cheveux, effleurent ma joue, agrippent le bord de ma veste.

Je sens que leur préoccupation est sincère, et cela me réconforte beaucoup. J'ai toujours trouvé dans ces jeunes femmes dont la dignité a été réduite en miettes, confisquée, retirée, un fragment d'humanité que personne, parmi les hommes et les femmes libres que je côtoie, ne peut se vanter d'avoir.

J'esquisse une moue désolée.

— Je ne pense pas que ce soit ce dont j'ai besoin ce soir..., je m'excuse d'une voix coupable.

Les jeunes femmes se reculent, déçues. Je passe ma main à l'intérieur de ma veste, et agrippe une petite liasse de billets bleus.

— Tenez. Partagez-vous tout ça, si ça peut vous aider...

Une vague de remerciements joyeux répond à mon don.

— Qu'est-ce que tu fais comme métier maintenant, pour te faire autant d'argent ? soupire faussement Kiana, qui, allongée sur le capot de la voiture, tourne et retourne les quelques billets pour en admirer les dessins.

— Je ne peux pas vous le dire...

— ...parce que c'est secret, on sait ! me crie Wydad qui, à plat ventre sur le toit du véhicule, a du mal à cacher sa déception et affiche une moue boudeuse.

La pluie a repris mais les jeunes femmes ne semblent pas s'en formaliser, semblant même apprécier la sensation de l'eau qui ruisselle sur leur peau.

— Où est Meghan ? je demande soudain, me rendant compte de son absence.

Les jeunes femmes se regardent, gênées.

— Ils lui ont découvert un cancer de l'utérus, murmure la ténébreuse Jhin, appuyée à mes côtés contre le véhicule. Cela affectait ses performances, et les clients se sont plaints. Elle a été licenciée et Noctalys l'a renvoyée dans son quartier d'origine… À la place, ils ont « embauché » Ley, qui a été déclarée enlevée par un gang mais qui est comme nous toutes tombée dans Le Piège.

Toutes les filles tournent la tête vers la plus jeune. J'essaye de retenir ma nausée en lui estimant une quinzaine d'années. La gamine est recroquevillée sur un morceau de trottoir, les yeux perdus dans le vide, grelottant sous la pluie.

Je sais parfaitement comment fonctionne Le Piège, et ça ne m'étonne pas qu'une fille de plus soit tombée dedans. Noctalys emploie des hackers afin de récupérer des informations un tant soit peu compromettantes, pour faire tomber les gamines dans un cercle vicieux de chantage. « Envoie-moi des photos dénudées, rejoins-moi à tel endroit, fais ceci, fais cela ou je révélerai tout à ta famille… ». Une fois le contrôle établi, les photos et vidéos prises, le piège est refermé. La jeune fille est poussée à couper les ponts avec ses proches ou est portée disparue lorsqu'elle vient d'un quartier moins favorisé. La plupart de ces filles viennent des quartiers moyens, où les proies sont assez aisées pour avoir accès aux réseaux sociaux. Ce n'est bien évidemment pas le cas des quartiers bleus, où les raids et les kidnappings sont les leviers principaux des gangs pour entraîner des jeunes filles dans la prostitution.

Bien sûr, aucune mesure n'est prise puisque la plupart des politiciens et hommes influents usent et abusent eux-mêmes de ce genre de services.

— C'est quoi, ce bordel ? hurle soudainement une voix, glaçant instantanément les jeunes femmes. Vous avez cru que c'était la récréation, ici ? Au boulot, toutes à vos postes !

Les regards convergent sur moi, comme si je pouvais effacer d'un geste toute l'oppression dont elles sont victimes. Elles me dévisagent un dernier instant, amères, puis leurs yeux se détournent pour que je ne remarque pas les larmes qui y brillent. Les jeunes femmes se retirent une à une en me remerciant une dernière fois, et retournent à leur poste.

Wydad se jette dans mes bras avant de partir, enfouissant sa tête dans ma veste, et je peux sentir qu'elle s'abandonne complètement, mettant dans cette étreinte toute l'affection qu'elle aurait donnée à un frère ou à un père, ce qui me brise un peu plus.

— Reviens de temps en temps nous voir, souffle-t-elle.

Ici, nous sommes tous artificiellement parfaits, mais complètement ravagés à l'intérieur.

Kiana m'enlace également, et pose ses deux mains sur les côtés de mon visage pour me regarder droit dans les yeux.

— Un jour, souffle-t-elle, il y aura une opportunité. Une chance. Ils feront une erreur, un oubli, une bêtise. Et ce jour-là… Je ne resterai pas les bras croisés.

Ses iris brillent d'une lueur de détermination qui me fait frissonner.

— Qu'attends-tu de moi ?

— Tout. Nous avons totalement confiance en toi. Tu vas réussir. Il suffit juste d'une étincelle…

— J'ai déjà tenté l'étincelle, mais Éphème n'a pas pris feu, je murmure d'une voix rauque.

— Elle n'était pas encore assez sèche…

Je m'attarde sur son expression suppliante et replace une mèche derrière son oreille.

— C'est d'accord. J'essayerai, je promets sans grande conviction.

Je n'ai pas le temps de cligner des paupières qu'elle m'embrasse passionnément.

— Nous comptons toutes sur toi, me murmure-t-elle avant de s'enfuir.

Je reste encore un instant adossé à ma voiture, songeur. En réalité, je fais semblant de ne pas entendre les pas du surveillant qui se rapproche, et je plonge mes mains dans les plis de ma longue veste.

L'homme se place face à moi, les bras croisés sur son torse. Des tatouages noirs et rouges fluorescents courent sur ses biceps, remontant jusqu'à son crâne rasé. Nous nous jaugeons, en peinant à masquer le dégoût que nous avons l'un pour l'autre.

— Deuxième avertissement, siffle-t-il tandis que le mouvement de ses lèvres laisse entrevoir ses canines plaquées or.

Je sors une cigarette, l'allume d'un geste rapide et la coince entre mes dents.

— Je ne me pensais pas encore au lycée, j'ironise en retour.

La tension est à son comble. Nous avons tous deux plus qu'envie d'envoyer l'autre manger le bitume. Ma colère est froide, et ma haine est décuplée par son mépris et sa prétention.

Ma réplique ne semble pas lui plaire puisque d'un geste court, il m'agrippe par le col de ma veste. Nous nous retrouvons à quelques centimètres l'un de l'autre, mais la fureur qui brûle dans ses iris n'est que le pâle reflet de ma rage.

— Écoute-moi bien, je murmure en détachant chacun de mes mots, plus calme que jamais. Sais-tu où je me trouvais il y a quelques jours ? Dans le district 4. Une milice entière a essayé de me buter, et qu'est-ce que tu remarques ? Je suis encore là. Alors si tu crois que tu peux m'intimider avec ta gueule de chien de garde, tu te trompes lourdement.

Ses traits semblent se détendre légèrement mais il ne défait pas sa prise. Mes lèvres s'étirent en un rire méprisant.

— Ce putain de culot que tu peux avoir ! Venir m'emmerder parce que j'ai discuté un quart d'heure avec ces pauvres gamines que tu traites comme des esclaves…

Je peux quasiment sentir son sang pulser dans ses veines.

— Je vais te défoncer, murmure-t-il, les phalanges blanches d'avoir trop serré ma veste.

Je hausse un sourcil. L'adrénaline pulse dans mes veines à un rythme effréné mais je reste stoïque. Hors de question de perdre le contrôle. Je laisse passer un silence pendant lequel nous nous observons en chiens de faïence.

— J'attends, je chuchote en retour avec un regard chargé de défi.

Sa prise se détend et son épaule se crispe, m'informant qu'il va frapper. D'un mouvement rapide, j'attrape son bras et me décale. Ma main se glisse derrière sa nuque et le fracasse contre la carrosserie du véhicule. Il heurte méchamment le métal du toit et s'effondre sur le sol, assommé.

Sans perdre une seconde de plus, je monte dans ma voiture et appuie sur l'accélérateur. La Jaguar émet un rugissement rauque et je quitte le quartier dans un crissement de pneus. J'ai sérieusement besoin d'alcool.

# CHAPITRE 29.

*Viktor*

L e club où je me rends est déjà rempli de monde. Des groupes se sont formés à l'extérieur, et fument en se riant de la souffrance invisible des citoyens qui n'ont pas la même chance qu'eux.

À mon approche, une série de notifications mélodieuses résonnent, interrompant les conversations. La mélodie de la honte… Je les ignore alors qu'ils baissent tous la tête en direction de leurs poignets pour lire le message.

Je le connais par cœur.

*« Ceci est un message automatique du gouvernement d'Éphème. Vous êtes présent à un événement à entrée libre où se trouve également monsieur Viktor Kortain. Pour rappel, Viktor Kortain est le seul et unique nom que vous êtes autorisés à utiliser pour le désigner. Aucune référence à son crime ou à son passé n'est autorisée. L'infraction aux règles précédentes est sanctionnée d'une amende supérieure à 20 000 cryptos et d'un an de prison.*

*Merci pour votre respect,*

*Vive la démocratie, et vive Éphème. »*

Bien vite, les visages se tournent, les chuchotements s'élèvent, les doigts se pointent plus ou moins discrètement dans ma direction.

Je passe sans m'arrêter.

Le club est plongé dans une pénombre marine qui rappelle un ciel nocturne parsemé d'étoiles. Des hologrammes de nébuleuses inondent la salle d'astres qui percent la fumée de leur faible lueur. Je me glisse dans la foule, déclenchant des notifications sur mon passage, mes yeux perdus dans les lunes suspendues au toit de verre. La musique fait onduler l'air de notes éthérées m'inspirant les plus beaux poèmes.

Je m'accoude au bar, observant avec fascination les barmaids remplir des coupes de cristal avec d'étranges breuvages bleu sombre dans lesquels scintillent des paillettes argentées.

— Bonsoir Viktor, qu'est-ce qui te ferait plaisir, ce soir ? m'interroge Arex, un des baristas.

— Un Stary Night, je lui lance d'une voix forte pour qu'il me comprenne malgré la musique assourdissante. Je suis venu ici juste pour ça !

— Tu ne restes pas un peu ?

— Désolé, mais j'ai eu une journée assez chargée, je grogne en me massant les tempes, amer.

— Assieds-toi quand même cinq minutes, me lance-t-il tout en faisant voltiger les bouteilles d'alcool. Je t'apporte ta boisson à ta place. Profite du spectacle aérien, ça te détendra !

J'acquiesce, trop fatigué pour répliquer, et m'assieds sur une banquette à quelques mètres du bar.

— Bonsoir, Viktor, me salue soudain une voix, me donnant l'envie immédiate de prendre mes jambes à mon cou et de me tailler d'ici.

*Seigneur. Tout mais pas lui. Comment ai-je pu oublier qu'il s'agissait de son club préféré ?* je jure intérieurement. Ces quelques mois sans nous croiser étaient trop beaux pour être vrais... Je me tourne d'un quart, et hausse un sourcil faussement étonné.

— Duncan, je le salue d'une voix grave, en me forçant à sourire.

J'attrape sa main tendue et la serre fermement.

Mes yeux croisent les siens et je frissonne. Ses iris sont d'un bleu polaire, éthéré, portant à la fois la douceur angélique du ciel et la froideur tranchante des glaciers. Les cheveux blond clair, la mâchoire marquée et le nez droit, ses traits fins et harmonieux n'ont nécessité que quelques légères retouches vites oubliées. Sa gueule d'ange, son charisme magnétique et ses vieux réflexes romantiques lui ont toujours valu l'entière attention de la gent féminine, ce qui a longtemps laissé son demi-frère un peu amer.

Duncan Garbenta esquisse un sourire sincère.

Bien qu'il se soit toujours montré irréprochable, cela fait un moment que je ne peux plus l'encadrer. Peut-être me semble-t-il trop parfait, malgré son sanglant passé, pour être honnête... Mes yeux descendent un instant sur le tatouage de serpent qui grimpe le long de sa gorge, la gueule ouverte sur des crochets que l'on devine emplis de venin.

— Cela faisait longtemps que je n'avais pas reçu de notification comme celle-ci..., lance-t-il en passant son pouce sur sa lèvre souriante. Qu'est-ce que tu deviens ?

Il se laisse tomber à mes côtés sur la banquette, agressant mon odorat de son parfum hors de prix.

— Je bosse, je réponds simplement. Toi ? Toujours mercenaire ?

Il désigne ses bras couverts de diverses blessures et hématomes. J'incline la tête, impressionné.

— Chez qui as-tu signé pour te faire maltraiter ainsi ? je le taquine, railleur.

— Je fais partie d'un projet sécuritaire assez récent, qui emploie beaucoup de monde et paye très bien, m'explique-t-il. Le travail demandé est éprouvant, mais stimulant.

J'ai toujours eu beaucoup de mal à l'imaginer dans l'armée. Malgré sa carrure musclée et ses aptitudes reconnues au tir et aux sports de combat, j'ai continué à le voir comme l'étudiant en littérature, passionné par Baudelaire, qu'il a toujours été. Instable à l'adolescence, dévorant les livres pour s'échapper de la réalité – ce que je ne peux lui reprocher –, il a continuellement nourri une fascination pour le monde militaire, les armes, l'histoire de la guerre.

— J'imagine que tu as signé une clause de confidentialité concernant le nom de l'employeur ? je demande en me rendant compte que c'est à moi de parler.

— Exact.

— Et ils ne soignent pas tes blessures ? À en voir la couleur, ça doit déjà faire quelques jours.

Il effleure du bout des doigts un bleu qui a viré au violet.

— Beaucoup de services militaires et médicaux ont été mobilisés pour soigner les blessés du massacre... J'ai préféré leur laisser la place.

— Quel cœur noble..., je le taquine en me saisissant du cocktail que me tend Arex.

À une époque, Duncan nourrissait une grande fascination pour moi. Avec nos quatre ans d'écart, tout ce qu'on pouvait faire avec Josh l'impressionnait. Quand le drame est arrivé, il m'a soutenu comme son frère, malgré la pression de leur père. Je pouvais voir à chaque fois que je le croisais l'étincelle brûlante de l'admiration illuminer son regard. Et puis, les années ont passé. La flamme s'est affaiblie, avant de s'éteindre. Nous sommes redevenus égaux.

Je porte le breuvage à mes lèvres, pensif, et me délecte des arômes de mûre, de myrtille et de vodka fraîche. Un silence s'est installé, quelque peu gênant. Ni lui ni moi ne sommes doués pour avoir ces conversations futiles, vides de sens, qui servent simplement à entretenir la surface d'une amitié déjà morte.

— Josh n'est pas avec toi ce soir ? tente tout de même Duncan.

— Non, il avait encore du taf à finir. Mais il se peut qu'il nous rejoigne, il adore ce club.

Duncan laisse échapper un rire.

— Ça, on le savait... Comme nous tous, il aime le ciel nocturne pour ses anges...

Il lève des yeux rêveurs en finissant sa phrase et je suis son regard.

Drapées dans des voiles de tissus blancs, de jeunes femmes effectuent de splendides danses aériennes, se courbant en des positions plus équivoques les unes que les autres. J'observe le ballet suspendu avec émerveillement, commentant les figures, applaudissant les arabesques. Duncan me paye un verre, puis un autre et je lui offre le troisième. À chaque gorgée, mes problèmes semblent s'éloigner, mes préoccupations disparaître, me laissant profiter d'instants qu'aucune pensée d'angoisse ou de remords ne viendra troubler. Je m'extasie intérieurement devant un grand écart suspendu lorsque la jeune femme se laisse nonchalamment glisser jusqu'à moi, en enroulant son voile autour de sa cheville nue. Je souris de bon cœur lorsqu'elle s'arrête à ma hauteur, amusée, ses longs cheveux dégringolant en une cascade d'ambre.

— Bonsoir, me murmure-t-elle au bord des lèvres, sans se départir de l'étincelle de malice qui éclaire son regard vif. Mon nom est Naya.

— C'est une entrée en matière très originale, je réponds d'une voix rendue rauque par l'alcool et la fumée.

— On m'a dit que vous aimiez ce qui est original, souffle-t-elle.

Je ne réponds pas, fasciné par sa peau mordorée à peine couverte par le tissu de velours bleu nuit. Sa jambe se détend, la faisant descendre de quelques centimètres supplémentaires, ses doigts fins glissent sur les côtés de mon visage et l'approchent du sien.

Ma main traverse ses cheveux pour venir agripper sa nuque alors qu'elle m'embrasse à l'envers, mordillant audacieusement ma lèvre inférieure. Le brouhaha des voix et des rires disparaît tandis que d'un mouvement souple, elle pivote et se laisse tomber gracieusement sur mes genoux. Je n'ai plus la force de la repousser. Ses lèvres agressent les miennes avec fougue, pendant qu'elle fait glisser ses mains derrière ma nuque, le long de mon torse, s'agrippant à ma veste, mon col, ma ceinture. Le désir m'enflamme et je me saisis de ses hanches, remontant ses côtes pour frôler sa poitrine, laissant mes doigts courir sur ses cuisses. Elle répond à mes cajoleries par des soupirs lascifs et des frémissements involontaires.

— Tu finis ton service à quelle heure ? je lui murmure à l'oreille en couvrant sa gorge de baisers.

— L'heure que vous voulez, répond-elle en retour en se cambrant sous mes caresses, m'enivrant de son parfum fruité.

Je me redresse, m'apprêtant à l'inviter à me suivre quand je croise un regard déchiré qui me glace le cœur. Khione se tient à quelques mètres de moi, droite et digne, la tête haute pour mieux cacher ses yeux emplis de larmes.

— Bordel ! je murmure, foudroyé par la déception qui se lit sur les traits de son visage.

J'ai envie de m'insulter de tous les noms. De laisser tomber la danseuse, de me lever et de me précipiter vers elle pour m'excuser. La retenir, sécher ses larmes, lui dire que tout cela n'a rien à voir, que je n'embrasserais jamais ces figurantes comme je l'ai embrassée, elle, au milieu du chaos.

Et pourtant, ça m'est impossible. Je suis censé n'avoir aucun lien avec elle. Mon travail pour Starlight doit rester parfaitement confidentiel et courir vers Khione comme si je la connaissais depuis toujours me vaudrait un licenciement pur et simple. Surtout avec Josh à ses côtés qui constate avec une amertume non dissimulée la réaction de Khione à la scène.

Je ne sais plus comment réagir. La jeune femme, dont j'ai déjà oublié le nom, continue à me dévorer le cou de baisers, sans remarquer mon trouble, et lorsque je me redresse pour me lever, elle reste blottie contre moi, la tête contre mon épaule.

J'ai envie de l'envoyer valser à travers la pièce.

Josh échange quelques mots avec Khione, qui ne me quitte toujours pas des yeux. Il l'informe certainement que dans ce contexte de fête publique, elle n'est pas censée me connaître, et que je ne peux donc pas réagir à sa présence. Elle tourne la tête vers lui, et une expression de rage froide se dessine sur son doux visage, tandis qu'elle articule ces mots que je lis sur ses lèvres : « Pourquoi devrait-il réagir à ma présence ? Il n'est que mon psychologue. » Josh incline la tête en me coulant un regard qui veut tout dire. Khione rajoute quelques mots, annonçant certainement qu'elle compte rentrer, et tourne les talons.

Je pivote enfin vers la danseuse aérienne, Aya je crois, et la congédie en prétextant un mal de tête. La jeune femme semble déçue, mais me lance une œillade équivoque en me soufflant qu'elle travaille ici tous les soirs de la semaine. Je hoche vaguement la tête et la laisse partir, fixant Josh, qui tente de se frayer un chemin dans la foule.

— Tu te souviens de ce que je te disais l'autre jour ? Eh bien, je te parlais exactement de ça !

— Bordel, Josh ! Ce n'est pas de ma faute si elle développe des sentiments ! je jure en retour, piqué au vif.

En réalité, je ne pensais même pas possible qu'elle puisse s'attacher à moi sans savoir... Toutes les autres sont toujours obsédées par ce que je représente, me confortant dans la certitude que ma célébrité maudite est la seule chose qui me donne de la valeur.

— Regarde-moi dans les yeux et ose me dire que tu ne l'as pas déjà embrassée, réplique Josh, qui ne perd absolument pas le nord. Si c'est le cas, je t'ôte toute responsabilité dans ses sentiments.

Je retiens un chapelet de jurons. Josh hausse un sourcil devant mon absence de réponse.

— Je l'ai embrassée, j'assume, agacé. Tout comme toi.

Je ne sais pourquoi, mais cette information semble souvent échapper à Josh, et c'est un grand plaisir de la lui rappeler pour briser son adorable tentative de me faire la leçon.

Josh soupire.

— En tant que manager, c'est moins grave. J'étais bourré, j'ai déconné, mais j'ai assumé mon erreur. Je me suis excusé auprès d'elle et je me suis engagé à préserver une relation purement professionnelle. Depuis, plus rien.

Il brandit un doigt autoritaire dans ma direction.

— Et toi, Viktor, tu vas faire la même chose, articule-t-il lentement pour être sûr que je comprenne bien. Tu es son psychologue, avoir une relation saine avec ta seule patiente est plus qu'une priorité.

— Je te rappelle qu'à la base, je ne suis pas un putain de psy ! je m'insurge, outré. Mon vrai job est de gagner sa confiance pour que je puisse la modeler comme tu le souhaites, car on me considère doué en persuasion. C'est un rôle de manipulateur, pas de psychologue. Et un manipulateur doit être proche de sa victime, pas professionnel.

— Proche de sa victime ne veut pas dire devenir son amant, Viktor, siffle-t-il en retour. Je pensais qu'on avait tous les deux retenu la leçon, après Dinah…

Nous nous observons en chiens de faïence, aussi irrités l'un que l'autre. Josh finit par soupirer.

— J'essaye simplement de te prévenir, avoue-t-il. Une manipulation où des sentiments rentrent en jeu est bien plus délicate, surtout quand ce n'est pas quelque chose de naturel… Cela dérape bien plus facilement, comme tu as pu le voir ce soir…

J'inspire une bouffée d'oxygène, et passe une main sur mon front pour me calmer.

— D'accord. Je comprends. Je vais essayer de faire avec, pour ne pas compromettre Starlight. Arrêtons de chercher le coupable dans l'histoire.

Josh hoche la tête et me tend la main. Je la serre avec un début de sourire.

— Je t'aurais bien payé un verre, mais je pense qu'il faut que j'aille lui parler. Elle est certainement rentrée au QG.

Josh hoche la tête.

— Excuse-moi, mon pote, lance-t-il en posant la main sur mon épaule. Khione prend de l'influence, la situation se corse dans les quartiers bleus... Je stresse un peu trop. Je n'aurais pas dû t'accuser de quoi que ce soit.

Je me détends, appréciant ses excuses.

— Pas de problème. J'ai déconné aussi.

Un demi-sourire s'étire sur son visage.

— C'est vrai. Je pense d'ailleurs que pour te faire pardonner, tu pourrais me présenter à la sublime danseuse avec laquelle tu discutais si professionnellement il y a quelques minutes, me taquine-t-il en arrangeant ses épais cheveux blond foncé.

J'étouffe un rire, et cherche... Aya ? dans la foule, pour l'apercevoir en train de discuter avec Duncan. À voir le visage de la jeune femme, baigné par une douce fascination, il doit encore être en train discourir sur la symbolique des fleurs, les étoiles, la beauté de la mer et la signification des couleurs.

— Josh, désolé mais je crois que ton petit frère te l'a prise au vol, je raille, amusé.

Ses sourcils se froncent.

— Duncan ? Il est ici ?

Je hoche la tête.

— Ton autorité semble faiblir, en ce moment... Méfie-toi.

Léger flottement. Un rictus carnassier finit par s'étendre sur ses lèvres, tandis qu'il fait craquer ses phalanges.

— Ne t'inquiète pas, je vais lui apprendre le concept de « priorité aux aînés ».

Je ricane et le laisse à son frère.


La nuit est assez avancée lorsque je sors et la lune perce assez les nuages pour projeter sa lumière blafarde sur la sinistre rue.

Toute la fatigue de ces derniers jours éprouvants semble retomber sur mes épaules et la perspective d'une conversation désagréable avec Khione m'épuise d'autant plus. Je m'étire pour me motiver, faisant craquer mon dos et ma nuque. À ma droite, devant ma voiture, un groupe de quelques hommes discute en regardant dans ma direction, et je m'apprête à leur demander de se décaler. Mais c'est en apercevant parmi eux une silhouette aux bras bariolés de tatouages rouge fluorescent que je me dis que la soirée est loin d'être terminée.

# CHAPITRE 30.

*Khione*

Ses mains étaient sur ses hanches et ses lèvres dans son cou. Délicat mais passionné, il semblait se délecter de chaque centimètre de sa peau, s'enivrer de son parfum, se laisser emporter par ses caresses…

Je me souviendrai toujours de cette image. Elle, sur ses genoux, dans sa tenue provocante, attaquant ses lèvres avec fougue comme si elle cherchait à lui arracher son désir. Le pire est peut-être sa ressemblance avec qui j'ai pu être, puisque comme moi, elle ne fait que danser pour divertir les clients.

Je ne sais quelle image je donnais lorsque, parfois, prise par le jeu de la scène, je faisais la même chose, mais je supplie le ciel pour que ce ne soit pas celle-ci. Jamais je n'ai éprouvé autant de dégoût. On aurait dit une souris prise dans les anneaux d'un boa constrictor. Vraiment, si Viktor n'était pas un odieux connard, il aurait pu porter plainte contre elle pour agression sexuelle. On m'a appris ce que c'est de chauffer quelqu'un, mais là, elle allait vraiment trop loin.

Je souffle. Mon regard s'est égaré dans les flaques d'eau lumineuses, perdu par toutes les émotions qui me traversent. Je suis dégoûtée. Blessée. Triste. En colère. Et puis surtout… Jalouse.

Je ne pensais pas l'être. Je n'ai jamais été envieuse, bien qu'ayant vécu des années avec à peine de quoi manger. Et pourtant… Pourtant, en la voyant contre lui, si sensuelle, si belle, si séductrice, captant toute son attention, me volant tous ses regards, je n'avais qu'une envie : avoir encore entre les mains ce fantastique fusil d'assaut Armshare III. Que je l'assume ou non, j'aurais tout donné pour être à sa place.

Une larme se met à rouler sur ma joue, se mêlant aux sillons déjà tracés par la pluie. Je renverse la tête en arrière, les yeux levés vers la canopée métallique de cette forêt de gratte-ciel. Mon cœur pèse si lourd que j'ai l'impression qu'il va se décrocher et tomber à mes pieds. Je ne le ramasserais même pas.

Je me sens trahie… Le seul homme qui s'est montré aussi respectueux avec moi, aussi intéressé par la personne que je suis… Le seul qui semblait aller au-delà des apparences, observant la profondeur des choses, réfléchissant à leur sens, cherchant leur beauté cachée, dénonçant leurs travers de façon implacable… J'ai envie de l'insulter. Comment ose-t-il regarder la société de haut, avec son œil si critique, le regard déchiré comme si la médiocre réalité le blessait, alors qu'il en profite de cette façon ?

J'ai la nausée. J'ai l'impression de m'être gravement trompée sur lui, et ça me fait terriblement mal.

Je pousse un long soupir.

Un rideau de pluie fine déforme la silhouette géométrique des tours écrasantes. Seule sous la pluie nocturne, je reste immobile, laissant mes cheveux se faire tremper par l'eau fraîche, tandis que l'odeur rassurante de l'asphalte mouillé emplit mes poumons. Les flaques roses et bleues ornent la rue vide et immense où résonne mélodieusement le trafic des voies souterraines. Quelques pas clairs sur le sol bétonné. La pluie s'arrête. Je jette un rapide coup d'œil à Nolan, droit dans son costume noir, impassible et serein, tenant un parapluie dans sa main gauche et son habituelle mallette dans sa main droite.

Un faible sourire se dessine sur mes lèvres face au portrait insolite de ce grand malabar au cœur tendre, si droit et sérieux, posté à côté de moi, la chanteuse célèbre redevenue, avec les larmes, la pauvre fillette fragile qu'elle était.

— Rentrons, je souffle avec le peu de voix qui me reste, en m'efforçant de rester digne.


Les portes de l'ascenseur s'ouvrent sur un QG encore illuminé, qui me rappelle que pendant que je fais la fête, d'autres travaillent jusqu'au milieu de la nuit pour assurer mon succès.

Je serre ma veste contre moi, essayant de retenir mes sanglots jusqu'à ma chambre, priant pour ne croiser personne. Peine perdue. J'ai à peine tourné dans un couloir qu'une voix familière m'interpelle. Je me retourne vers Chaska, qui, vêtue d'un ensemble de survêtement violet sombre qui dévoile son ventre, me fait un sourire rayonnant. Celui-ci s'efface bien vite devant mes yeux embués de larmes, tandis que ses sourcils se froncent sous la colère.

— Laisse-moi deviner… Lequel de ces deux abrutis doit se faire botter les fesses ? Viktor ?

Amusée, j'esquisse un petit sourire et je hoche la tête.

— Bien joué…, je la félicite de ma voix cassée.

— Et tu comptes gâcher tes précieuses larmes pour cet idiot ? grogne-t-elle en s'avançant à ma hauteur.

Elle prend délicatement mon menton entre deux doigts.

— Relève la tête, Khione. Une étoile comme toi ne pleure pas à cause d'un homme.

Son regard impérieux me redonne une certaine confiance et j'inspire une grande bouffée d'air. Je chasse mes pensées négatives, essuie mes larmes d'un revers de main et essaye d'adopter une expression résolue.

— Bien mieux, valide-t-elle. Maintenant va te mettre en pyjama et rejoins-moi, je vais te préparer un remontant.


Je souffle sur ma tasse fumante, dont les volutes se dispersent dans la nuit. Assises sur le sol frais de la terrasse couverte, nous apprécions en silence la rumeur lancinante du clapotis de la pluie.

Chaska craque, en un son pétillant, une allumette qui illumine un instant son visage concentré, et porte la flammèche à sa cigarette. Je la regarde, fascinée, alors qu'elle tire une longue bouffée, la tête nonchalamment appuyée contre le mur de béton.

— Explique-moi, murmure-t-elle en passant une des mèches ondulées qui dépassent de son chignon derrière son oreille. Que s'est-il passé ?

Je détourne les yeux. Ouvre la bouche pour parler, échoue, plonge la tête entre mes mains.

— J'ai trop honte. Je me sens tellement… bête !

Chaska ricane gentiment.

— Les hommes nous rendent toutes bêtes, s'amuse-t-elle. C'est pour cela que j'aime les femmes.

Je relève la tête vers elle. La jeune femme soutient mon regard, un demi-sourire espiègle aux lèvres entre lesquelles elle coince sa cigarette.

— Dis-moi, reprend-elle. Je ne te jugerai pas.

Soupir.

– J'ai… cru que quelque chose se passait avec Viktor. Que peut-être il avait un certain intérêt pour moi, qui irait au-delà de cette relation professionnelle que nous avons…

Ma voix se casse, et j'essuie doucement une des larmes qui a osé s'échapper.

– Parfois, j'avais l'impression qu'on se comprenait. Qu'il y avait une connexion muette entre nous, qu'on pouvait parler sans mots. Les moments qu'on passait ensemble me paraissaient uniques, vibrants, complètement nouveaux.

Je serre les dents.

– Je pensais qu'il le sentait aussi. Et puis, ce soir, quand je suis arrivée au club, il embrassait une fille avec toute la passion du monde. Et… Il ne me doit rien, il n'est pas censé se comporter autrement pour moi, ce n'est pas le problème. Mais je ne le pensais pas comme ça. J'avais cru comprendre qu'il détestait ce monde d'apparences, qu'il haïssait cette séduction permanente, et quand j'ai vu ça… Je crois que ça m'a juste profondément déçue. J'ai le sentiment que l'image que j'avais de lui vient de voler en éclats. Je veux dire, comment peut-on regarder le monde, être aussi critique, presque dégoûté de lui, et ensuite plonger ainsi dans ses plaisirs… ? N'est-ce pas être simplement… hypocrite ?

Je grimace de déception, les yeux tristes, le chignon défait. Doucement, je ramène mes jambes contre moi et les entoure de mes bras.

– Pour être honnête je ne sais même pas si le problème, c'est qu'il ne fasse pas ce qu'il dise, ou si je suis seulement jalouse, j'admets avec un petit rire. Jalouse et humiliée… d'avoir pu penser qu'il s'intéressait sincèrement à moi, qu'il y avait peut-être un petit quelque chose entre nous qu'il ressentait aussi…

Chaska, en écrasant sa cigarette dans le cendrier qui luit d'une lumière violette, fait voltiger quelques cendres, se lève et vient s'asseoir à mes côtés. Là, elle passe son bras autour de mon dos et, d'un doigt, tourne mon visage déconfit dans sa direction.

— Khione, m'appelle-t-elle d'une voix douce. Tu ne peux pas gâcher tes larmes parce que tu penses qu'un homme ne s'intéresse pas à toi, alors que tu es celle que tous, dans cette ville, désirent...

Je laisse échapper un rire. Je suis incapable de réaliser une telle chose.

— Quant à Viktor, malgré le fait que ça me fasse mal de le dire, ce n'est pas un connard, lâche-t-elle, comme si cette phrase lui brûlait la langue. C'est un mec triste, qui souffre énormément. La vie est très lourde pour lui au quotidien, et parfois il essaye juste d'oublier. Ça peut être en passant des heures entières à la musculation, ça peut être en enchaînant les verres, ça peut être en voyant des filles. Ça ne veut pas dire qu'il soit hypocrite ou qu'il ne s'intéresse pas à toi, juste qu'il y a des moments où c'est trop pour lui. Où il a besoin de lâcher prise, d'oublier qui il est et de se comporter comme tous les autres. Viktor est avant tout un homme qui pense beaucoup trop, et il a souvent besoin de se déconnecter. Il ne pourrait pas survivre dans ce monde, autrement...

Je hoche lentement la tête, compréhensive.

— Ce n'est pas pour cela que tu n'as pas le droit de lui en vouloir, reprend Chaska. J'essaye juste de te faire comprendre la logique de ses actions. Est-ce qu'il savait que tu étais là, où que tu allais arriver à la fête ?

— Non.

— Est-ce que vous vous êtes promis quelque chose ? Est-ce que vous avez parlé d'être dans une relation exclusive ?

Je baisse les yeux.

— Non...

— Alors en soi, il n'est pas en tort. Il est peut-être aussi confus que toi sur ce qui se passe entre vous deux, et avec le stress et l'alcool, il est repassé en mode « par défaut ». Tu sais…

Elle me jette une œillade douce.

— Viktor ne s'est jamais attaché à une fille au point de vouloir quoi que ce soit de sérieux avec elle. Et crois-moi, beaucoup ont essayé… Mais il a toujours été profondément solitaire.

J'ouvre la bouche, la referme.

— Oh, non ! Ne me dis pas que je me suis fait des films depuis le début alors qu'il n'avait aucune intention de… Quelle conne ! je murmure en renversant la tête en arrière.

Elle lâche un petit rire.

— Vraiment ? Tu abandonnes si aisément ? Starlight n'a jamais trouvé de femme suffisamment charismatique et talentueuse pour être son égérie, et pourtant… te voilà, n'est-ce pas ? Tu devrais croire en toi un peu plus que ça, trésor. Sois ambitieuse. Rêve. Et tu sais… le meilleur moyen de ne pas *tomber* amoureuse, c'est de sauter.

Je souris. Belles paroles…

— Je ne sais même pas ce que ça fait. Je n'ai jamais eu non plus de sentiments pour qui que ce soit.

Le vent tiède me caresse le visage et je ferme les yeux.

— Et toi ? Tu as déjà eu quelqu'un qui semble représenter le centre de tout ton univers ? je demande, songeuse.

Elle se tait un instant.

— Seulement mon petit frère…, murmure-t-elle.

Mon cœur se serre en voyant ses yeux briller.

— Quel âge a-t-il ? j'interroge prudemment, avec toute la délicatesse dont je suis capable.

— 6 ans.

Sa voix est sombre, rauque, comme si sa bouche était remplie d'épines douloureuses.

— Excuse-moi, je crois que c'est un sujet sensible, on devrait peut-être…

Elle m'interrompt d'un geste.

— Je dois apprendre à en parler, réplique-t-elle courageusement. Mon petit frère est atteint d'une forme grave de leucémie. Cela va faire un an qu'il est hospitalisé, mais son cas s'aggrave de jour en jour. Le traitement est très cher, et il lui en faudrait un encore plus exorbitant. Je donnerais n'importe quoi pour le sortir de là… Surtout…

Elle se lève, et s'adosse au balcon, face à l'immensité de la ville.

— Surtout que je lui ai promis qu'il s'en sortirait, termine-t-elle, amère.

— Tu n'as pas demandé à Starlight si…

— Bien sûr, coupe-t-elle. Ce sont eux qui prennent en charge tous les traitements. Ils ne peuvent pas faire plus.

Un long silence s'installe, rempli de nuit.

— J'aimerais tellement pouvoir lire…, je murmure finalement, presque sans m'en rendre compte.

Je crois que je voudrais juste me replonger dans des histoires d'amour fictives, et rêver de personnages parfaits qui ne me blesseront jamais. Chaska, qui admirait la ville en contrebas, se retourne vers moi.

— Ça, ce n'est pas difficile, tu n'as qu'à aller emprunter ce qui te plaît dans la bibliothèque de Viktor.

— Viktor a une bibliothèque ?

— Bien sûr, s'amuse-t-elle. Quand il est arrivé ici, il a fait retirer tous les vêtements de son dressing pour mettre des bouquins à la place. Josh était fou.

Je ris doucement, rêveuse. Ma tête est remplie de questions, de suppositions, d'images. Ma curiosité a été piquée au vif.

— Tu es sûre que je peux ?

Elle hoche la tête.

— Il m'y a plusieurs fois donné l'accès, avoue-t-elle. Quand je vais mal, j'aime bien lire des essais de philosophie... C'est un peu étrange, mais ça me détend. Et puis, je pense qu'il peut comprendre l'envie irrésistible de fuir cette réalité pour une autre, surtout en sachant que c'est lui qui a merdé. Le code de la bibliothèque est 2703, tu n'auras qu'à dire que je t'ai délégué ma permission d'entrer.

Je réfléchis un court instant.

— Tu m'as convaincue, je vais y aller. Je me demande s'il a *L'Apogée des Demi-Hommes*...

L'expression de Chaska se fait étrange et mon cœur rate un battement. Je viens de prononcer le titre entier de l'ouvrage censuré. Mais quelle imbécile... Je me sens rougir de honte.

— Je veux dire... *L'Apogée*... La version autorisée..., je bredouille maladroitement.

La jeune femme m'adresse un sourire un peu forcé.

— Je pense qu'il devrait avoir ça, oui.

— Merci encore pour ton écoute, je dis pour écourter la conversation, en essayant d'avoir l'air la moins gênée possible.

— Il n'y a pas de quoi. Bonne lecture !

Je quitte rapidement le balcon, encore embarrassée par ma bourde. Je fais confiance à Chaska pour tenir sa langue, mais je dois absolument apprendre à contrôler ce genre de lapsus... Que se serait-il passé si j'avais lâché ça à la Dirigeante Suprême, quelques heures plus tôt ? Je n'ose même pas l'imaginer.

Je traverse les couloirs sombres, appréciant le poids du silence qui règne dans le building endormi. La porte de ma chambre s'efface.

— Bonsoir, mademoiselle Blythe, me salue Freya tandis que la pièce s'illumine.

L'intelligence artificielle fait glisser des ombres mauves et roses sur les murs, s'amusant à improviser un spectacle coloré dont le seul objectif est de charmer mon regard.

— Bonsoir Freya, est-ce que tu peux me laisser accéder à la chambre de Viktor, s'il te plaît ?

— Viktor est absent pour le moment. Avez-vous une autorisation particulière ?

— Oui, j'ai le code. 2703.

— Attendez une seconde, je demande confirmation.

Un petit nuage lumineux duquel tombent quelques petits flocons apparaît devant moi pour évoquer le chargement de la confirmation.

— Confirmation obtenue. La porte vous est ouverte !

Malgré mon autorisation, l'idée de me faufiler en secret dans son espace personnel me rend nerveuse. D'un côté, j'ai l'impression de violer son intimité... mais de l'autre, je crève d'envie d'en savoir plus sur lui.

Je souris sous l'effet de l'excitation et me glisse dans la chambre. Une fois à l'intérieur, je prends le temps de laisser courir mon regard sur l'ensemble de la pièce. Je me prends à rire. Celle-ci ressemble à une chambre d'hôtel parfaitement tenue dans laquelle un homme tente vainement d'apporter son esprit chaotique. En face du lit impeccablement arrangé, le bureau semble crouler sous le poids des mots et des croquis qui couvrent les pages des carnets, des feuilles volantes et des bloc-notes. Un verre de whisky y cale toujours un livre en position ouverte, à côté d'un stylo et d'une montre abandonnée. Une pile de livres épais trône sur la table de chevet, et de leur tranche sort une flopée de notes adhésives et de marque-pages. Ses étagères sont remplies de dossiers, devant lesquels sont alignées toutes sortes de babioles. Statuettes antiques, morceaux de cristaux, petites mappemondes, vieilles médailles et trophées, sculptures d'ébène, d'obsidienne et de cristal, pièces de monnaie d'une autre époque, écrins de nacre et coffrets à bijoux. Fascinée, j'étudie un à un chacun des bibelots, appréciant sous mes doigts le contact des matières lisses, râpeuses, froides ou douces, anciennes, que je n'ai jamais eu l'occasion de saisir. Quelle peut bien être l'histoire de ces objets ? Par quelles mains sont-ils passés, année après année, siècle après siècle ? Et puis, quelle beauté ! Quelle délicatesse dans ces ornements, quelles précisions dans les détails des dessins ! Leurs formes semblent faites pour inspirer les plus belles idées, ranimer les plus beaux souvenirs… J'aimerais vivre dans cette période ancienne, dont personne ou presque ne se souvient, où les jeunes femmes passaient à leur cou, avant d'aller au bal, un de ces colliers de perles qu'a pu contenir cette boîte à bijoux. Comment Viktor peut-il avoir tant de ces merveilles ? D'où lui viennent-elles ? Est-ce qu'il s'agit de biens familiaux, ou acquis par simple intérêt ?

C'est en rêvant à ces vies passées que je fais mon entrée dans le dressing revisité. Un sourire trop grand tente de trouver sa place sur mon visage en découvrant les étagères recouvertes de livres. Déjà le parfum familier du papier emplit mes narines, me donnant la sensation d'être de retour chez moi, dans ce refuge que j'avais aménagé dans un vieux container au milieu des bois. Il m'est si agréable de penser que pendant que j'étais là-bas, recroquevillée dans un vieux canapé de cuir déchiré sous une brèche de lumière, lui était là, assis dans ce fauteuil de velours noir, et que tous deux, nous étions plongés dans des mondes imaginaires… Peut-être même avons-nous déjà lu le même livre au même moment ? Peut-être que, sans le savoir, si éloignés l'un de l'autre, par la distance, la condition sociale, le quotidien, nous nous retrouvions tous deux à explorer le même univers…

Un soupir me gagne en me rendant compte que je suis encore en train de romancer une relation avec un homme qui, il y a à peine une heure, en embrassait une autre à pleine bouche. Ces pensées qui divaguent, transforment le monde, changent la réalité, modifient le présent et anticipent le futur sont pour moi la pire des drogues. Mon esprit ne peut s'empêcher de se laisser tenter par ces images si attrayantes qui m'accompagnent avant d'aller dormir, fleurissent au hasard pendant ma journée, me déconnectant de l'essentiel pour me faire explorer des scénarios tellement plus intéressants ! Le problème est toujours le même, la pensée a beau être fictive, mon cœur ne fait pas la différence…

Je laisse courir un regard mélancolique sur le titre des ouvrages. *Orgueil et Préjugés*, *Les liaisons Dangereuses* et *Madame Bovary* côtoient Marc Aurèle, Machiavel et Sénèque. Plus loin, viennent Oscar Wilde, Sylvain Tesson, Saint Exupéry et Jules Verne. J'admire un instant les couvertures hypnotisantes de *Roméo et Juliette* et de *Vingt Mille Lieues sous les Mers*, feuilletant un instant les pages aux marges remplies de notes au crayon, complètement illisibles. La collection se poursuit avec Victor Hugo, Lamartine, Baudelaire et Rimbaud. Un rayon entier est consacré à la science-fiction, où les anciennes œuvres d'Asimov, de Bradbury et de Georges Orwell se mêlent aux grands écrits des années 2030. Je dois lutter de toutes mes forces pour rester ancrée dans le réel. Il a lu tout ça… Toutes ces merveilles… J'en ai le vertige. C'est donc cela… Son regard… Ses mots, son long manteau noir, ses gestes, sa façon de m'embrasser, de me tenir, de m'effleurer…

Je suis jalouse, je l'admets. Je hais cette fille, simplement parce qu'elle l'a touché... Mais je ne peux oublier son expression, lorsqu'il m'a vue. Ravagé. Dégoûté de lui-même. Une vive surprise, suivie d'un intense regret. D'une souffrance encore plus fulgurante que l'étonnement lui-même.

Et j'ai envie de crier. De crier parce que *je veux cet homme*. Je le veux tellement que cela me *terrifie*. Je le veux malgré les secrets, les non-dits, les regrets, les « on-dit », les rejets, les humeurs, les erreurs... Je le veux à mes côtés, dans cette bibliothèque, à me parler de chaque œuvre, à me déchiffrer chaque note. Je veux ma nuque contre l'étagère et mes cheveux se perdant dans les livres alors que nos lèvres s'entrechoquent.

Je veux...

Je m'interromps dans mon flot de pensées et cligne des yeux. Mes mains remontent dans ma chevelure alors que je me mets à contempler le sol. Je suis étonnée de ne pas le voir se dérober, car je suis sincèrement en train de perdre pied...

– *L'Apogée*..., je murmure pour me ramener à quelque chose de concret.

Il me faut lire. Lorsque des pensées me torturent, la lecture est pour moi le meilleur moyen de me forcer à arrêter de réfléchir.

Anxieuse, guettant l'apparition d'autres pensées intrusives, je cherche du regard le livre que je brûle d'ouvrir ce soir, sans succès. *L'Apogée* ne semble être nulle part dans cette bibliothèque.

Je souffle, et esquisse un pas en arrière, les sourcils froncés, balayant pour la quinzième fois les ouvrages en espérant voir apparaître la couverture qui m'aurait échappée. Il est impossible qu'il ne l'ait pas... Serait-il si extrême qu'il aurait refusé de lire ne serait-ce que la version censurée ? Je peine à le croire...

Je remarque alors un roman séparé des autres, qui dépasse du dessus de la bibliothèque. Je déplace le fauteuil pour l'atteindre et pousse un cri de joie. Le cœur battant, j'effleure la mystérieuse couverture sur laquelle un soleil flamboyant se noie dans l'horizon. Cela tranche avec la version originale, d'un bleu uni au design conçu de façon très minimaliste afin qu'il puisse être imprimé dans le plus grand nombre d'exemplaires possible avant d'être censuré. Hypnotisée, je m'assois dans un coin de la pièce, j'ouvre délicatement le livre et je tourne les premières pages en les faisant doucement glisser sous mes doigts.

*« Chapitre 1.*

*Suspendu entre deux étendues bleues, l'astre de feu semblait figé dans sa course. Ses rayons or et rouge remplissaient l'espace d'un étrange halo, si bien qu'on ne pouvait trancher en faveur de l'aube ou du crépuscule, du commencement ou de la fin, du ciel ou de la mer. »*

Le style lyrique m'emporte, me faisant basculer dans un autre monde. Le livre est quasiment dénaturé. L'intrigue, les personnages, les réflexions, le système politique… Presque tout a été retouché, modifié, ôté, lissé pour devenir politiquement correct. Et pourtant… Pourtant la plume est toujours aussi aérienne, l'action aussi envoûtante, les personnages aussi attachants. Je dévore chaque page, un sourire bienheureux aux lèvres, savourant le plaisir de lire à nouveau. Ma vie était si remplie que je ne me suis même pas rendu compte à quel point cela me manquait…

Et puis, chapitre après chapitre, la fatigue se met à peser. Mes paupières se font lourdes, mon esprit semble s'enfoncer dans une mer de coton. Je me force encore quelques minutes à lire une ou deux lignes supplémentaires quand soudain la limite entre l'histoire et le rêve s'efface, m'emportant dans l'univers chaotique de mes pensées.

Un univers chaotique si envoûtant que, perdue dans d'autres aventures aux côtés de personnages de papier, je n'entends même pas le cliquetis du revolver que l'on recharge dans la pièce d'à côté.

## À SUIVRE...

# SUIVEZ-NOUS SUR LES RÉSEAUX SOCIAUX

@shingfoo

@shingfooeditions

.

Milton Keynes UK
Ingram Content Group UK Ltd.
UKHW010648140923
428670UK00003B/154

9 782379 872945